SCHEINBEZIEHUNG GESUCHT

EINE FRIENDS-TO-LOVERS-BÜROROMANZE

SYNERGY
BUCH 2

MICHELLE MCCRAW

HINWEISE ZUM INHALT

Scheinbeziehung gesucht ist eine heiße Romance mit expliziten Intimszenen und derber Sprache. Diese Geschichte enthält auch Demenz, Verletzung und Krankenhausaufenthalt und Tod eines Elternteils (off page, in der Hintergrundgeschichte).

Wenn jetzt nicht der richtige Zeitpunkt für dich ist, eine Geschichte mit diesen Elementen zu lesen, solltest du dieses Buch vorerst überspringen. Bitte pass gut auf dich auf.

1

ICH HATTE SCHON viele Frauen aus Cooper Fallons Büro
kommen und gehen sehen, aber diese hier war die schlimmste.
Und sie ging nicht gerade leise.

Als ihr Schrei – etwas, das mit »Arschloch« endete – aus seiner
geschlossenen Bürotür drang und bis zu meinem Schreibtisch am
Ende des Flurs hallte, presste ich die Lippen zusammen, um mir
mein Grinsen zu verkneifen, und rief die Kontaktdaten der Personalagentur auf.

Seit seine langjährige Assistentin vor fünf Monaten in den
Ruhestand gegangen war, hatte der Chief Operating Officer von
Synergy Analytics achtzehn Aushilfsassistentinnen verschlissen.
Einige stürmten wie diese hier gleich hinaus, andere schlichen
sich davon und wieder andere machten sich gar nicht erst die
Mühe, am nächsten Tag zur Arbeit zu erscheinen.

Ich schwöre, das war alles seine eigene Schuld. Zumindest am
Anfang. Nachdem die fünfte Aushilfe auf ihrem Weg nach
draußen die Kirschholzoberfläche seines Schreibtisches mit einem
Schlüssel zerkratzt hatte, bat er mich, die nächste auszuwählen.
Als Gefallen. Und ich machte mir einfach seine hohen Ansprüche
– und sein aufbrausendes Temperament – zunutze, um sicherzustellen, dass keine von ihnen blieb. Ich wurde zur Freiheitsstatue

der Aushilfskräfte von San Francisco: *Gebt mir eure Amateure, eure Faulenzer, eure Romanautoren und Dichter, die sich danach sehnen, auf der faulen Haut zu liegen ...*

Ich war also vielleicht nicht die unparteiischste Person, um Coopers Assistentin einzustellen.

Denn ich hatte einen Plan. Einen, der auf, nun ja, unzuverlässiger Hilfe beruhte.

Während ich die E-Mail an die Agentur verfasste – ich musste vage genug formulieren, warum wir diese hier feuerten, damit sie uns eine weitere, ebenso schreckliche, schicken würden –, fragte eine Stimme hinter mir: »Ist bei denen alles in Ordnung?«

Ich wirbelte auf meinem Stuhl zu der vertrauten Stimme herum und stieß mir mein nacktes Knie am Bein meines Schreibtisches. Ich blinzelte meinen Arbeitskollegen Tyler Young an, der durch das diesige Licht, das durch das Oberlicht im obersten Stockwerk der umgebauten Mühle fiel, von einem Heiligenschein umgeben war.

Ich rieb mein Knie. Da Cooper aus dem Eckbüro brüllte, hatte ich Tylers leise Turnschuhe nicht kommen hören. »Ich wollte gerade das Popcorn rausholen.«

Er zeigte seine süßen Grübchen und trat vor meinen Schreibtisch, wie er es immer tat, damit ich nicht ins Oberlicht starren musste. Als Coopers tiefes Knurren die höhere Stimme der Aushilfe unterbrach, schob Tyler seine schwarz umrandete Brille hoch und fragte: »Bist du sicher? Müssen wir nicht ...?«

Ich legte den Kopf schief, um zu lauschen. Die Aushilfe teilte genauso gut – oder besser – aus, wie sie einstecken musste. Alle Schimpfwörter kamen von ihrer Seite. »Nein, die beiden sind sich ziemlich ebenbürtig. Wenigstens ist sie keine Heulsuse.« Für die, die er letzte Woche gefeuert hatte, hatte ich meine Schreibtischschublade nach Schokolade und Taschentüchern geplündert, um sie zu trösten.

Als das Geschrei der Aushilfe zu einem hohen Kreischen anschwoll, trat der andere Gründer von Synergy, Jackson Jones, aus seinem Büro und schlenderte zu meinem Schreibtisch. »Hey,

Marlee. Wer hat zur Wette« – er tippte auf seine Omega – »sechzehn Uhr gesagt?« Mein Chef stützte seine große Hand auf meinen Schreibtisch und nahm sich ein Bonbon aus der Keramikschale.

Ich schnaubte. »Jemand aus der Lohnbuchhaltung. Ich schätze, sie wird gewinnen.«

»Armer Cooper.« Er knüllte sein Bonbonpapier zusammen und gab es mir, damit ich es in den Müll warf. »Nicht jeder kann die beste Assistentin von San Francisco haben. Er ist eifersüchtig, dass ich Sie zuerst gefunden habe.«

Meine Wangen wurden warm und ich strich meinen rosenknospenrosa Rock glatt.

Cooper, der COO einer der angesagtesten Technologiefirmen der Welt, verlangte seinen Angestellten viel ab. Er war ein Alpha-Milliardär, genau wie in meinen Lieblingsromanen.

Absolut romanheldentauglich. Ich wünschte nur, er wäre meiner.

An dem Tag, als ich ihn zum ersten Mal traf, als ich noch eine Teilzeitkraft war und herauszufinden versuchte, was Analysesoftware eigentlich macht und wie es das Gebäude voller ungepflegter junger Programmierer in die Fortune 1000 geschafft hatte, war mir die Kinnlade heruntergefallen und die Knie waren mir weich geworden. Er war mehr als gut aussehend; er sah aus wie das Model auf dem Cover des Liebesromans, den ich gerade las. Blondes Haar, blaue Augen, der perfekte Dreitagebart, makellose Kleidung – wenn auch ohne Breitschwert – und hoch wie ein Mammutbaum. Ich hatte meine ersten drei Tage bei Synergy damit verbracht, ihn anzustarren. Am Ende der zweiten Woche war ich unsterblich in ihn verknallt.

Er war nicht nur einer der begehrtesten Junggesellen Nordkaliforniens, sondern auch ein rücksichtsvoller, fürsorglicher und ehrlicher Mann. Er kannte die Namen all seiner Mitarbeiter, von der Vorstandsetage bis hinunter zur Poststelle. Er hatte eine Stiftung gegründet, um Kindern aus einkommensschwachen Familien die Teilnahme an Programmier-Camps zu ermöglichen. Und am wichtigsten –

»Gehen Sie da ran?«, fragte Jackson und lehnte eine Hüfte gegen den Speckstein-Labortisch, den ich als Schreibtisch benutzte.

Coopers Leitung leuchtete auf meinem Tischtelefon und klingelte, aber da die beiden Personen, die hätten rangehen sollen, sich gegenseitig anschrien, lag es an mir.

»Büro von Cooper Fallon, Marlee Rice am Apparat.«

»Hallo«, sagte eine heisere Frauenstimme. »Hier ist Jamila Jallow. Ist Cooper zu sprechen? Er erwartet meinen Anruf.«

Tatsächlich? Mein Herz pochte. Warum rief Jamila Jallow, die Stanford-Jahrgangsbeste, die ein Model hätte sein können, die auf allen Vierzig-unter-Vierzig-Listen stand, Coopers beste Freundin, ihn heute an?

»Nein, tut mir leid. Er ist im Moment beschäftigt. Kann ich Ihnen helfen?«

»Sicher. Könnten Sie ihm ausrichten, dass sich meine Pläne geändert haben und ich *doch* mit ihm zu Jacksons Hochzeit gehen kann?«

Heiliger Strohsack.

»Das können Sie?« Obwohl Jamila und Cooper mehr als eine Branchenveranstaltung gemeinsam besucht hatten, brachte er zu Synergy-Events nie eine Begleitung mit. Und obwohl die Hochzeit meines Chefs am nächsten Wochenende keine offizielle Firmenveranstaltung war, war ich mir sicher gewesen, dass er allein hingehen würde.

»Ja, kann ich. Aber wissen Sie was, ich schreibe ihm einfach. Danke, Marlee.«

Mir sausten die Ohren. Ich hatte damit gerechnet, dass Jamila zu Jacksons Hochzeit gehen würde. Sie waren seit dem College befreundet. Was bedeutete es, dass sie mit Cooper hinging? War es ein freundschaftliches Date oder ein richtiges Date?

Es würde genau mein Glück sein, wenn sie sich Cooper

schnappte, gerade als ich endlich den Mut gefasst hatte, etwas gegen meine drei Jahre alte Schwärmerei zu unternehmen.

»Ähm, Marlee?«, fragte Tyler und richtete seine Brille. »Ist alles in Ordnung bei dir?«

Ich blinzelte, um scharf zu sehen. »Alles bestens.« Ich wandte mich an Jackson. »Das war Jamila Jallow. Sie sagt, sie kommt mit Cooper. Zu Ihrer Hochzeit.«

Seine Augenbrauen schossen in die Höhe. »Er bringt nie jemanden zu meinen Partys mit.«

»Ich weiß, oder? Was ist da los?«

Coopers Tür schwang auf, knallte gegen die Wand, und die Aushilfe stürmte heraus, ihr Gesicht so rot wie ihre Seidenbluse. Ich hatte ein wenig Angst gehabt, als die umwerfende Frau am Montag mit ihrer Designerkleidung und Schuhen, die mehr kosteten als mein Wochengehalt, hereingekommen war, aber sie war zu sehr damit beschäftigt gewesen, mit ihren falschen Wimpern nach Cooper zu klimpern, um seine Anrufe entgegenzunehmen. Sie schnappte sich ihre butterweiche Lederhandtasche vom Schreibtisch davor und stolzierte an uns vorbei zu den Aufzügen.

»Tschüss, Lynley«, sagte ich.

»Fick dich.« Sie bog nach rechts ab, riss die Tür auf und verschwand im Treppenhaus.

Ich tauschte einen Blick mit Jackson aus.

»Ja«, sagte er, »Cooper hat manchmal diese Wirkung auf mich.«

Tyler sagte nichts. Er hatte nicht genug Zeit hier oben im sechsten Stock verbracht, um zu wissen, dass Coopers Launen wie ein Sommergewitter waren: laut, aber schnell vorüber.

Der Mann selbst trat aus seinem verglasten Büro, seine Nasenflügel bebten, sein Kiefer war wie Marmor. Er schob die Hände in die Taschen seiner maßgeschneiderten schwarzen Hose und näherte sich uns, den Blick auf den Boden aus wiederverwertetem Holz gerichtet. Ich fuhr mit einer Hand über meinen Anhänger und setzte mich in meinem Stuhl aufrechter hin.

Er rieb sich den Nacken und richtete seine kristallblauen Augen auf mich.

»Marlee?« Er verlagerte das Gewicht von einem Fuß auf den anderen. »Es scheint, als ob Lindsey –«

»Lynley«, korrigierte ich ihn.

Er verzog das Gesicht und zeigte gerade weiße Zähne. »Sie und ich sind uns einig geworden, dass sie nicht gut zu Synergy passt.«

»So kann man es auch ausdrücken«, sagte Jackson.

Coopers Blick durchbohrte seinen Freund. »Wenn du nur in Erwägung ziehen würdest, Marlee mit mir zu teilen …«

»Ich würde sehr gerne –«, begann ich.

»Kommt nicht infrage«, unterbrach mich Jackson. Er sah mich streng an. »Marlee hat schon genug zu tun. Und Sie könnten mich genauso gut bitten, Ihnen meinen rechten Arm zu leihen. Suchen Sie sich Ihre eigene Marlee.« Er zuckte mit den Schultern. »Oder behalten Sie eine der Aushilfen, die sie für Sie findet.«

Bevor er sprach, nahm sich Cooper einen Moment Zeit, um seine Hände zu entspannen, die sich zu Fäusten geballt hatten. Dann sah er mich an. »Glauben Sie, Sie könnten –«

»Erledigt.« Ich klickte, um meine E-Mail an die Personalagentur zu senden.

»Danke. Sie wissen ja, dass ich Sie sehr gernhabe, Marlee.« Und da war es, das herzzerreißende Lächeln, das mich jedes Mal dahinschmelzen ließ. Ich wollte mit meinen Fingerspitzen über seinen starken, stoppeligen Kiefer und in sein kurzes, sandfarbenes Haar fahren. Meine Hände über sein grau gestreiftes Hemd gleiten lassen, um die durchtrainierten Schultern darunter zu berühren. Meine Nägel seinen Rücken hinunterziehen und seinen

–

»Wie auch immer, Jay –« Er wandte sich an Jackson, und in diesem Moment wurde mir klar, dass ich Cooper schon wieder mit den Augen ausgezogen hatte. »Können wir unsere Radtour früher beginnen? Ich habe heute Abend eine Veranstaltung der Stiftung.«

»Ich ziehe mich um.« Jackson warf mir einen Blick zu – meine schweifenden Augen waren ihm nicht entgangen – und legte Tyler dann eine Hand auf die Schulter. »Lassen Sie uns morgen über Ihre Ideen für das Kraftstoffverbrauchsmodul sprechen.« Da ich Cooper beobachtete, sah ich, wie sein Blick der Hand seines Freundes folgte und sich dann bei Tyler verengte. Cooper neigte dazu, der eifersüchtige Partner in seiner Bromance mit Jackson zu sein.

»Klar doch.« Tyler grinste unseren Chef an und sah dabei genauso aus wie ein Labrador, dem man gerade gesagt hatte, dass er ein braver Junge war.

Jackson hatte das Vorzeigeprodukt des Unternehmens – ein Automotive-Analytics-Paket, das die Leistung und Sicherheit von Autos verbessert – vor zehn Jahren in dem Wohnheimzimmer entwickelt, das er sich in Stanford mit Cooper geteilt hatte. Als Programmierlegende genoss er die Bewunderung unter den Entwicklern, und Tyler war der Präsident des Fanclubs. Obwohl Tyler selbst ein echter Programmierer war. Jackson hatte nicht die Geduld, viele Programmierer zu betreuen, aber für Tyler nahm er sich Zeit.

Als die beiden Führungskräfte in ihre jeweiligen Büros zurückkehrten, winkte ich Tyler zu mir und vergewisserte mich, dass niemand sonst in der Nähe war. »Ich habe gehört, dass Sanjay geht.«

»Ja?« Seine Unterlippe schob sich zu einem Beinahe-Schmollmund vor. »Er ist ein guter Chef. Ich werde ihn vermissen.«

»Sicher, aber ...« Ich machte eine dramatische Pause. »Damit wird eine Managerstelle frei. Und ich kenne einen talentierten Programmierer, der für eine Beförderung bereit ist.«

»Wen, Grant?«

Ich schnaubte. »Nein, du Dummkopf. Du.«

Er trat von einem Bein aufs andere. »Ich bin noch nicht so weit. Ich bin seit weniger als einem Jahr hier.«

»Es ist egal, wie lange du hier bist. Was zählt, ist, wie viel du vom Programmieren verstehst und wie gut du mit Menschen umgehen kannst.« Und Tyler war gut im Umgang mit Menschen. Im Gegensatz zu den meisten seiner Kollegen sah er nicht auf mich herab, weil ich eine Assistentin war.

Seine Augen verengten sich unsicher.

»Denk darüber nach. Die Personalabteilung wird die Stelle nächste Woche ausschreiben.«

Er gab ein unverbindliches Grunzen von sich. Er nahm sich ein Pfefferminzbonbon aus meiner Bonbonniere und drehte die Enden fester zusammen. Er öffnete den Mund, holte Luft und ließ sie dann langsam wieder raus.

»Ach, richtig. Das Kraftstoffverbrauchsmodul. Soll ich für morgen ein Treffen mit ihm ansetzen?« Ich klickte mich zu Jacksons Kalender und suchte nach einem freien Termin. »Wie wäre es mit vierzehn Uhr dreißig?«

Ein leises Trommeln war meine einzige Antwort. Seine langen Finger klopften einen Rhythmus gegen die Seite seiner Jeans.

»Tyler?«, hakte ich noch einmal nach.

»Richtig. Klar.« Er riss seinen Blick von meinem Schreibtisch los und sah mich an. »Ein paar von uns gehen – ich dachte, du würdest vielleicht, äh –«

»Ja?«, fragte ich, während ich die Besprechungseinladung tippte und verschickte, während er zögerte. Ich warf einen Blick auf die Uhr in der Ecke meines Bildschirms. Wenn Jackson jetzt ging, konnte ich gerade noch den frühen Zug erwischen. Definitiv eine gute Idee, wenn man die Probleme bedenkt, die wir in letzter Zeit hatten. Vor ein paar Wochen hatte Dad versucht zu helfen, indem er das Abendessen kochte, hatte aber am Ende einen Topf auf dem Herd anbrennen lassen und den Rauchmelder ausgelöst.

»Heute ist Abend des Drei-Dollar-Biers, und …«

Wir zuckten beide zusammen, als Jackson seine Bürotür zuschlug und den Flur entlang rief: »Coop, beweg deinen Arsch!«

Cooper trat aus seinem Büro, die Sporttasche über die Schulter geworfen. Wie Jackson trug er ein T-Shirt, das seine Brust umspielte und knapp unterhalb der Hüfte einer eng anliegenden Radlerhose endete. Meine Augen wanderten sein durchtrainiertes

Bein hinauf bis zur Andeutung einer Beule direkt unter dem Saum dieses Shirts. Ich schluckte.

»Wir sehen uns morgen.« Jackson winkte lässig in unsere Richtung, bevor er zur Treppe joggte und Cooper die Tür aufhielt. »Nach der Tour, lass uns –« Die Tür schloss sich hinter ihnen und schnitt Jacksons Worte ab.

Ich blinzelte kräftig und wandte mich dann wieder Tyler zu. »Entschuldige, was hast du gesagt?«

Er nahm seine Brille ab und rieb sie an seinem T-Shirt. Ohne seine Brille waren seine Augen mit Sprenkeln aus Braun, Blau, Grün und Gold gesprenkelt, wie die Erde vom Weltraum aus gesehen.

»Ich dachte daran, nach der Arbeit in die Kneipe im nächsten Block zu gehen. Willst du mitkommen?«

»Tut mir leid, heute Abend kann ich nicht. Mit wem gehst du denn?« Wenn wir auf den vierteljährlichen Synergy-Partys zusammen abhingen, kreisten die anderen Programmierer wie Satelliten um Tyler. Die meisten von ihnen waren in Ordnung, aber ein paar würden nicht einmal mit jemandem sprechen, der nicht »Entwickler« im Titel hatte. Sie sahen an mir vorbei, als wäre ich eine Art exotisches rosa Insekt, das ihrer Beachtung völlig unwürdig war.

»Oh, ähm. Ich hatte noch niemanden sonst eingeladen.«

Ich hielt beim Packen inne. Das war typisch für Tyler, das Treffen um mich und meine Vorlieben herum zu organisieren. So ein lieber Kerl. Wäre ich irgendjemand anderes, hätte ich die Gelegenheit ergriffen, nach der Arbeit Zeit mit ihm zu verbringen.

Aber ich hatte Verpflichtungen. Und Pläne. »Vielleicht an einem anderen Abend?«

Sobald er nickte, ging ich zum Aufzug und hämmerte auf den Knopf.

Die Türen glitten sofort auf, und als ich mich umdrehte, um den Knopf zu drücken, erhaschte ich einen Blick auf Tylers heruntergezogene Mundwinkel, als er mir nachsah. Ich schenkte ihm ein entschuldigendes Lächeln und wedelte mit dem Finger.

Er würde schon klarkommen. Er würde heute Abend mit seinen anderen Freunden ausgehen. Er war wie die meisten Leute in unserem Alter, die bei Synergy arbeiteten – engagiert und fleißig, mit wenigen Verpflichtungen außerhalb des Büros und mit viel Geld, um zu feiern, wenn die Arbeit getan war.

Obwohl wir seit fast einem Jahr befreundet und seit mehr als sechs Monaten die besten Kumpel waren, wusste Tyler nicht, dass ich nicht wie er war. Ich hoffte, er dachte nicht, ich würde mir eine Ausrede ausdenken, wie es all meine Freunde aus dem College getan hatten. Sie hatten sich langsam aus meinem Leben zurückgezogen, nach zu vielen abgelehnten Einladungen, zu vielen kurzfristigen Absagen.

Aber von dem Moment an, als er mich vor diesem bösen Bierzapfhahn gerettet hatte, war Tyler anders gewesen. Er hatte mich immer wieder gefragt, ob ich mitkommen wollte, obwohl ich die meiste Zeit ablehnte. Er war ein guter Freund. Einer, den es sich zu behalten lohnte.

Ich würde ihn am nächsten Tag zum Mittagessen einladen. Aber in diesem Moment musste ich mich für meinen zweiten Job wappnen.

2

ALS DER ZUG in meinen Bahnhof in Oakland einrollte, schob ich mein Lesezeichen in mein Bibliotheksbuch und strich über den glänzenden Einband. Eines Tages würde mich jemand in die Arme nehmen und mich so küssen, wie der Held im Schottenrock in dem Liebesroman gerade die Heldin geküsst hatte – voller aufgestauter Sehnsucht und mit einem Gewirr aus Zungen. Würde es Cooper sein?

Nicht, wenn er in Jamila Jallow verliebt war.

Ich blickte von der unwahrscheinlich glatt gewachsten Brust auf dem Cover auf und sah einen Mann, der mir gegenüber saß und feixte. Ich verdrehte die Augen, stand auf und stopfte das Buch in meine Tasche. Wäre ich ein Kerl gewesen, der einen *Playboy* angafft, hätte er mir einen Faustgruß gegeben. Aber weil ich eine Frau war, die einen Liebesroman mit einem aufreizenden Cover las, glaubte er, auf mich herabsehen zu können. Ich sorgte dafür, ihm auf dem Weg nach draußen meine fuchsiafarbene Kunstledertasche hart in den Ellenbogen zu rammen.

Ich schlängelte mich durch die Menschenmenge im Bahnhof und bahnte mir meinen Weg auf die Straße. Die Luft war an diesem Septemberabend noch warm und die Sonne gerade noch über den Dächern der niedrigen Gebäude zu sehen. Ich ging zügig die breiten, offenen Straßen entlang, die sich so sehr von den von Hochhäusern überschatteten Schluchten von Downtown San Francisco unterschieden. Ich grüßte die vertrauten Gesichter, an denen ich vorbeikam: die alte Mrs. Lukas, die an der Bushaltestelle ihre Bowlingtasche umklammerte, der bullige Mr. Oliveras, der in der Tür seines Lebensmittelladens lehnte, die kleinen Park-Kinder, die mit ihren Matchbox-Autos auf der Vordertreppe ihres Gebäudes ein Rennen fuhren. Ich hatte mein ganzes Leben in Oakland gewohnt, und obwohl ich in San Francisco aufs College gegangen war und nun dort arbeitete, war die East Bay mein Zuhause.

Gerade als ich die Tür zu unserem Stuckbungalow aufschließen wollte, klirrte etwas an der Seite des Hauses. Mein Herz pochte mir in den Ohren. Unsere Nachbarschaft fühlte sich normalerweise sicher an, aber es wäre nicht das erste Mal gewesen, dass jemand versucht hätte einzubrechen. Das wäre ein großartiger Moment für meinen Highland-Helden gewesen, mir mit seinem Claymore zur Rettung zu eilen und mich vor dem Einbrecher zu bewahren, aber alles, was ich hatte, war Dad, und der benutzte einen Gehstock, kein Schwert.

Mit zitternder Hand kramte ich in meiner Handtasche nach meinem Taser – ich hoffte, die Batterien funktionierten noch – und, nachdem ich meine Tasche leise abgestellt und meine Stöckelschuhe ausgezogen hatte, schlich ich auf Zehenspitzen die Stufen wieder hinunter und an der Hausfront entlang.

Gleich um die Ecke schabte Metall auf Metall. Hatte der Einbrecher beschlossen, aufs Dach zu klettern und durchs Fenster einzusteigen? Ich schauderte. Mein Schlafzimmerfenster.

Ich umklammerte den Taser in meiner Faust und straffte meinen Rücken. Nein. Ich war keine hilflose Jungfer in Nöten. Ich hatte zwei Selbstverteidigungskurse im YWCA belegt, war bewaffnet und hatte keine Angst, mich und mein Zuhause zu schützen. Ich sprang um die Ecke und schwang den Taser in einem hohen Bogen, um den Einbrecher im Gesicht oder am Hals zu treffen, wie man es mir beigebracht hatte.

Ich ließ ihn wie eine heiße Kartoffel fallen und er hüpfte ins Gras.

»Dad! Was zur Hölle?«

Er blickte zu mir hinunter, ein Fuß auf der untersten Sprosse der Leiter, die Hände um die Seiten gekrallt und eine uralte, bunte Lichterkette über die Schulter gehängt.

Um seine schieferblauen Augen bildeten sich Fältchen. »Marlee! Du bist zu Hause! Ich wollte gerade die Lichter aufhängen.«

»Lichter für was?« Ich rieb mir die Brust, um mein Herz davon abzuhalten, mir aus dem Brustkorb zu springen.

Er nahm eine Hand von der Leiter, um die Kabel zu berühren, die von seiner Schulter hingen. »Weihnachtslichter, natürlich.«

»Es ist Mitte September. Findest du nicht, dass es dafür ein bisschen früh ist?« Ich trat näher, bereit, ihn zu stützen, falls er auch die andere Hand von der Leiter nehmen sollte.

Sein Lächeln verblasste und er sah mich ausdruckslos an. Dann röteten sich seine Ohrspitzen und seine wettergegerbten Wangen. »Ich dachte, ich fange früh an?« Die unsichere Art, wie seine Stimme am Ende anstieg, versetzte mir einen Schlag in die Magengrube.

»Du weißt, dass du die Leiter nicht benutzen sollst.« Ich hob meinen Taser auf und steckte ihn in meine Jackentasche, bevor ich meinen Arm um seine Taille legte. »Halt dich fest und setz den Fuß wieder auf den Boden.«

Er ließ die Schultern hängen, gehorchte aber. »Mein Stock ist da drüben.« Er deutete mit dem Kinn zur Seite des Hauses, wo der Stock noch am Stuck lehnte. Ich vergewisserte mich, dass er mit beiden Füßen auf dem Boden stand und beide Hände die Leiter umklammerten, bevor ich ihn lange genug losließ, um den Stock zu holen und ihm in die Hand zu drücken.

»Lass uns reingehen.« Ich legte meinen Arm um seine Taille und stützte ihn, als er die Leiter losließ und sich zur Vorderseite des Hauses drehte.

»Ich hätte das geschafft. Ich bin auf diese Leiter geklettert, da warst du noch nicht einmal geboren.«

Ein Sturz von genau dieser Leiter hatte sein Bein zerschmettert und ihn für immer behindert. Ich schloss die Augen und presste die Lippen zusammen, um ihn nicht daran zu erinnern, dass wir uns eine weitere Episode wie diese nicht leisten konnten.

Stattdessen sagte ich: »Es ist fast Zeit fürs Abendessen, und außerdem haben wir noch zwei Monate Zeit, bevor wir die Lichter aufhängen müssen.«

Er humpelte neben mir zu den vorderen Stufen, wo er innehielt. »Sieh es positiv«, sagte er mit funkelnden Augen, »ich habe dein Weihnachtsgeschenk schon bestellt. Dieses Jahr kommt es nicht zu spät.«

———

VON DER HAUSTÜR aus trennten nur sechs normal große Schritte – zwölf von Dads schlurfendem Gang – das Wohnzimmer von der Küche, die uns mit dem würzigen Duft von Chili aus dem Schongarer empfing. Ich ließ Dad am Waschbecken stehen, wo er sich die Hände wusch, während ich meine Sachen an die Hintertür stellte.

Er trocknete sich die Hände ab und nahm die Schachtel mit der Maisbrotmischung, die ich auf der Theke hatte stehen lassen. »Ich habe mich wohl ablenken lassen.«

»Mach dir keine Gedanken.« Warum hatte er beschlossen, die Lichter aufzuhängen? Hatte er einen dieser frühen Weihnachtswerbespots im Fernsehen gesehen und das Datum vergessen?

Ich richtete meine Stöckelschuhe an der Wand aus, bevor ich meine Laptoptasche in das magentafarbene Regalfach stellte, das Dad neben die Hintertür gebaut hatte, als ich in den Kindergarten gekommen war. Er hatte es über die Jahre viele Male neu gestrichen, immer in meinen liebsten Rosatönen.

Ich quetschte mich an ihm vorbei, um meine Hände zu waschen, und deckte dann den Tisch. Beim Abendessen brauchten wir keine Worte mehr; wir hatten über die Jahre so oft zusammen gekocht, dass wir vorausahnten, was der andere tun würde. Ich reichte ihm eine Schüssel und er schöpfte das Chili hinein. Wiederholung mit einer zweiten Schüssel, die ich zum runden Holztisch trug.

Meine College-Freunde hatten mich für seltsam gehalten, weil ich zu Hause wohnen wollte, aber Dad war die einzige Familie, die ich hatte. Ich brauchte ihn. Inzwischen brauchte er mich auch.

»Wie war die Schule heute?«, fragte er und ließ sich in seinen knarrenden Stuhl fallen.

»Die Arbeit, Dad. Die Arbeit war in Ordnung. Cooper hat wieder eine Assistentin verloren, also musste ich ihm eine neue für morgen suchen.«

»Noch eine? Er muss ja hart zu ihnen sein.«

»Ist er. Er hat hohe Erwartungen.« Die Tatsache, dass Cooper Zeitarbeitskräfte am laufenden Band verschliss, war ein wesentlicher Teil meines Plans, ihn für mich zu gewinnen. Wenn mein Chef in die Flitterwochen abreiste, wären nur noch wir beide da. Ich würde Cooper bei gemütlichen Mittagessen umwerben.

»Du setzt ihm unrealistische Erwartungen. Diese Aushilfen werden niemals an dich herankommen.« Ich hatte nur eine Sekunde Zeit, mich über sein Lob zu freuen, bevor er mich mit einem »Du könntest so viel mehr mit deinem Informatikabschluss machen« vom hohen Ross holte.

Mir zog sich alles zusammen. Ich liebte es, mit Dad zusammenzuwohnen, aber darauf, genau hierauf, hätte ich gut verzichten können. Die meisten Fünfundzwanzigjährigen hatten zumindest die Distanz eines Telefonanrufs; ich musste meinem Dad in die Augen sehen, während er mich für meine Unterforderung schalt.

»Es ist ein festes Gehalt, und ich bekomme die besten Sonderprojekte, wenn ich Zeit habe.«

»Aber du hast nie Zeit, oder?« Dads unbestechlicher Lehrerblick bohrte sich in mich.

»Jackson hält mich auf Trab.« Ich fügte nicht hinzu, dass ich nach Hause hetzte, um sicherzustellen, dass Dad nicht das Haus abgefackelt hatte oder – schon wieder – gestürzt war, was mir keine Zeit für Sonderprojekte ließ.

»Wann heiratet er?«

»Nächstes Wochenende.« Ich blinzelte über den abrupten Themenwechsel.

»Nimmst du jemanden mit?«

Ich konnte die feurige Röte nicht verbergen, die sich von meinen Wangen bis zu meiner Stirn ausbreitete. »Ich weiß nicht.« Zum zehntausendsten Mal wünschte ich, meine Mutter wäre noch da, um mit ihr über solche Dinge zu reden. Oder um ein Puffer zwischen Dad und mir zu sein. Er versuchte es, aber –

»Das solltest du. Hochzeiten sind magisch.« Erinnerung funkelte in seinen Augen. »Unsere war es.«

Obwohl ich die Geschichte schon unzählige Male gehört hatte, hielt ich ihn nicht auf. Ich liebte sie jedes Mal.

»Wir hatten kein Geld, aber ich wusste, dass es für meine Maggie etwas Besonderes sein musste. Also habe ich mir von einem befreundeten Landschaftsgärtner Pflanzen geliehen – Töpfe mit Rosen in allen Farben – und Santos' Hinterhof damit gefüllt. Immer wenn ich Rosen rieche, erinnert es mich an unsere Hochzeit. Wird Alicia Rosen haben?«

»Nein. Hortensien.«

»Ganz ohne Duft.« Er schüttelte den Kopf, aber dann, anstatt mehr Chili aufzunehmen, legte er seinen Löffel hin. »Du wirst auf der Hochzeit deine Magie finden.«

Das hatte ich gehofft, aber mit der Jamila-Entwicklung war mein Mut verflogen. »Hat sie – hattest du am Anfang Angst, dass sie nicht dasselbe für dich empfunden hat wie du?«

Er kicherte. »Natürlich. Ich war der angeheuerte Handwerker. Jeden Tag, während ich dieses Poolhaus baute, kam sie in ihrem Badeanzug heraus. Manchmal allein mit einem Buch und ihren Kopfhörern. Manchmal mit einer Freundin oder sogar einem Kerl. Ich habe mir mit einem Bandschleifer den Daumennagel abgerissen, während ich ihr beim Schwimmen mit einem anderen Typen zugesehen habe.« Er lächelte bei der Vorstellung, die nur er sehen konnte. »Sie war so wunderschön. Sie sah genauso aus wie du jetzt.« Er starrte auf das Foto meiner Mutter an der Wand, über dem, was ihr Platz am Tisch hätte sein sollen.

Er hatte größtenteils recht. Wir hatten dasselbe dichte, dunkelhonigblonde Haar – obwohl meines nicht zu einer 90er-Jahre-Frisur toupiert war – und braune Augen. Während ihr Kinn rund war, hatte ich Dads markanten Kiefer und sein breites Grinsen geerbt. In ihrer Halsbeuge ruhte ein sternförmiger Anhänger aus winzigen Diamantsplittern. Ich strich darüber, wo er jetzt an meinem Halsansatz lag.

»Woher wusstest du, dass sie die Richtige war? Und woher wusste sie, dass du der Richtige warst?«

Er lehnte sich in seinem Stuhl zurück. »Eines Tages waren wir früh fertig. Ich bin noch dageblieben und habe aufgeräumt, nachdem die anderen Jungs gegangen waren. Auf dem Weg nach draußen ging ich am Pool vorbei, und sie bat mich, ihr ein Handtuch zu reichen. Ich war verschwitzt, voller Sägespäne, aber als ich ihre Hand berührte, wusste ich es. Ich wusste, dass ich ihre Hand für den Rest unseres Lebens halten wollte.« Er lächelte, aber er sah mich nicht an. Stattdessen schaute er zurück zu ihrem Bild.

Warum hatten wir nicht schon früher darüber geredet? Die Geschichte war einfach zum Dahinschmelzen. »Und hat sie – war das der Moment, in dem sie es wusste?«

Sein trauriges Lächeln verwandelte sich in ein Grinsen. »Sie hat mir erzählt, sie wusste es, als ich das erste Mal mein Hemd auszog.«

»Dad!«

»Ich glaube schon. Sie hat endlich gesehen, dass das, was sie wollte, nicht diese feinen Pinkel mit ihren Wuschelhaaren und ihren hochgestellten Kragen waren. Ich war es. Obwohl ich ein rauer Kerl war, liebte ich sie so, wie diese anderen Typen es nicht konnten. Ein paar Tage später reichte sie mir am Ende des Tages ein Bier, und wir unterhielten uns. Und ich habe endlich den Mut zusammengenommen, sie um ein Date zu bitten.« Er starrte in seine Schüssel, verloren in den Erinnerungen an eine Ehe, die viel zu kurz gewesen war.

Als ich von seinem niedergeschlagenen Gesicht wegsah, fiel das Glitzern von Metall in mein peripheres Sichtfeld.

»Hey, Dad«, sagte ich, »wie wäre es, wenn wir heute Abend das Teleskop rausholen? Der Himmel sieht klar aus.«

Er zog sein Handy aus der Tasche und tippte ein paar Mal. »Wir werden den Saturn sehen können. Und der ISS-Transit ist um 20:45 Uhr.« Ein breites Grinsen breitete sich auf seinem Gesicht aus, als er die Karten überprüfte.

Der Druck in meiner Brust ließ nach. Die Weihnachtslichter waren eine Anomalie. Dad war noch so scharfsinnig wie eh und je. »Weißt du was«, sagte ich. »Du spülst das Geschirr, und ich baue das Teleskop auf.«

Er stand auf, schneller als er sollte, schwankte kurz, schnappte sich dann aber seine Schüssel. Schwer auf seinen Stock gestützt, schlurfte er zum Waschbecken. Das Teleskop war mittlerweile zu schwer für ihn, aber die Feineinstellungen würde ich ihm überlassen.

Als ich meine Schüssel zum Waschbecken trug, küsste ich seine stoppelige Wange. »Hab dich lieb, Dad.«

»Ich dich auch, Sonnenschein. Aber wir können heute Abend nicht lange draußen bleiben; du hast morgen Schule.«

Ich schloss die Augen und seufzte lang durch die Nase. Ich hievte den Teleskopkoffer von seinem Regal und klapperte die hinteren Stufen hinunter in das lavendelfarbene Licht des Sonnenuntergangs. In dem winzigen Hinterhof mit seinen Rosenbüschen und Sukkulenten, wo wir den japanischen Ahorn für meine Mutter gepflanzt hatten, wo Dad mir beigebracht hatte, einen Baseball zu werfen und zu fangen, und wo wir unzählige klare Nächte lang unseren Blick zu den Sternen gerichtet hatten, atmete ich die Düfte von Zuhause ein, das Zuhause, das er für meine Mutter und mich gebaut hatte.

Meine Mutter war vor ihrem dritten Hochzeitstag gestorben, aber zumindest hatte sie kurz eine perfekte, märchenhafte Liebe gekannt. Eines Tages würde ich sie auch haben, und das würde alles wiedergutmachen: dass ich keine Mutter hatte, die mich abends ins Bett brachte, mich aufklärte, hundert Fotos von meinem Abschlussball-Date und mir machte. Dass ich keine einzige Erinnerung an sie hatte.

Cooper hatte nicht einmal sein Hemd ausziehen müssen, damit ich mich in ihn verliebte. Und sicher, ich hatte ihn schon oft berührt, ihm an meinem ersten Tag die Hand geschüttelt, ihm an vielen Tagen seither Papiere oder sein Handy gereicht, und noch war kein Funke übergesprungen, aber ein Tanz, ein magischer Hochzeitstanz, würde uns zusammenbringen. Wie Aschenputtel und der Märchenprinz.

3

EINE EINZIGE NACHRICHT meiner besten Freundin ruinierte mir den Morgen.

Ich war gerade mit meiner Code-Überprüfung am Mittwochmorgen fertig – Jackson ließ mich gerne zuerst alles durchgehen, da ich die meisten Fehler fand, die er mit seinem Blick für das große Ganze übersah –, als eine SMS auf meinem Handy aufploppte. Als ich Alicias Namen sah, dachte ich, sie wolle vielleicht zum Mittagessen gehen oder hätte eine Frage zu Jacksons Terminkalender. Harmloser Kram.

Aber nein.

ALICIA

Ich muss deine Antwortkarte verloren haben.
Bringst du jemanden zur Hochzeit mit?

Es hätte einfach sein sollen, zu antworten. Zehn Tage vor der Hochzeit hätte ich Alicia meine Karte bereits geben sollen. Ich hätte sicher wissen sollen, wen – wenn überhaupt – ich mitnahm.

Ich hatte einen Plan gehabt. Ich war davon ausgegangen, dass Cooper und ich beide allein hingehen würden, und ich würde endlich meinen ganzen Mut zusammennehmen und ihm sagen, was ich empfand. Ich hatte sogar gehofft, mit ihm zum Weingut fahren zu können. Eingekuschelt auf dem engen Beifahrersitz seines elektrischen Porsche hätten wir endlich die Zeit zu zweit gehabt, die uns über den Kollegenstatus hinaus zu etwas mehr bringen würde.

Aber das war vor Jamila.

Jetzt hatte ich zwei Möglichkeiten: allein auftauchen oder meine eigene Begleitung mitbringen. So oder so war es eine Zwickmühle, bei der ich am Ende wehmütig auf ihn und Jamila starren würde, anstatt meinen Plan in die Tat umzusetzen.

Und nun hatte meine beste Freundin mich daran erinnert, wie im Eimer mein Plan war.

Ich starrte den Flur hinunter auf die Glaswand von Coopers Büro. Nach einer Sekunde schritt er ins Blickfeld, das Headset auf dem Kopf, eine Hand in die Tasche seiner schwarzen Anzughose geschoben. Er hielt inne und rieb sich eine dunkelblonde Augenbraue, als ob ihm der Kopf schmerzte. Dann drehte er sich um und schritt zurück, bis er aus meinem Sichtfeld verschwand.

Armer Cooper. Er arbeitete zu hart, trug zu viel Verantwortung. Er fing alles auf, was Jackson liegen ließ. Und Jackson ließ eine Menge liegen. Er brauchte jemanden zu Hause, der seine Lasten erleichterte, ihm half, sich zu entspannen. Konnte Jamila das? Sie hatte ihre eigene Firma, ihre eigenen Sorgen. Vielleicht verband sie diese Gemeinsamkeit.

Eine weitere Nachricht blitzte auf meinem Handy auf.

ALICIA

Bist du noch da?

Kannst du mir noch ein paar Tage geben, um ein paar Dinge zu klären?

Kein Problem. Ich muss die Zahl nur am Freitag an das Weingut weitergeben.

Zwei Tage. Ich hatte zwei Tage Zeit, um mir eine Strategie als Reaktion auf die Jamila-Entwicklung auszudenken.

Ich blickte zurück zu Coopers Büro und sah gerade noch den Aufschlag seiner Hose, als er aus dem Blickfeld schritt.

Vielleicht war es nicht so schlimm, wie ich dachte. Sie könnten als Freunde hingehen, so wie sie schon so viele Galas zusammen besucht hatten. Alle drei waren sich im College nahegestanden – Jackson, Cooper und Jamila –, also hatte Jamila ihre eigene Einladung zur Hochzeit. Vielleicht fuhren Cooper und Jamila zusammen hoch, um Sprit zu sparen.

Die Tür zum Treppenhaus fiel hinter mir mit einem dumpfen Geräusch ins Schloss, kurz bevor ich das verräterische Schleifen eines Turnschuhs auf dem Holz hörte. Bereits lächelnd blickte ich über meine Schulter. »Was verschlägt dich hier hoch?«

»Hey.« Umrahmt von der Mittagssonne, die durch das Dachfenster strömte, blieb Tyler vor meinem Schreibtisch stehen und starrte auf die Korkwand zu meiner Linken. Als er nichts weiter sagte, folgte ich seinem Blick dorthin, wo er an der butterblumengelben Antwortkarte endete, die an der Wand gepinnt war.

»Sie hat dir doch nicht geschrieben, dass du hochkommen und mich wegen der Hochzeit nerven sollst, oder? Ich habe gesagt, ich sage ihr bis Freitag Bescheid.«

»Nicht – nicht direkt.« Er verlagerte sein Gewicht auf einen Fuß und senkte den Kopf.

Mein Magen knurrte, und ich schlug meine Hand darauf. Dad hatte noch geschlafen, als ich heute Morgen das Haus verließ. Da ich ihm kein Frühstück gemacht hatte, hatte ich vergessen, selbst etwas zu essen.

»Wollen wir Mittagessen gehen?«, fragte Tyler grinsend.

Ich hatte auch vergessen, mein eingepacktes Mittagessen mitzubringen. »Geniale Idee.« Ich warf einen Blick auf Jacksons geschlossene Tür und schickte ihm eine schnelle Nachricht, dass ich ging. Er antwortete nicht, also musste er voll im Programmier-Tunnel sein. Ich schnappte mir meine Handtasche und stand auf. »Gehen wir.«

Als sich die Aufzugtür in der Lobby öffnete, stand Alicia da und plauderte mit José am Sicherheitsschalter. »Oh, gut, du bist bereit zu gehen.«

»Gehen?« Was hatte ich vergessen?

Mein Handy klingelte mit einer Erinnerung. *Alicias letzte Anprobe.* Ich kniff die Augen zusammen. Vergessliches, hungriges Hirn. »Planänderung, Tyler. Wir gehen mit Alicia zu ihrer Kleideranprobe.«

»Oh, nein. Ihr hattet was vor?«, fragte Alicia. »Macht euch keine Sorgen. Ich kann allein gehen.«

»Auf keinen Fall. Du stellst dich der Drachenlady nicht allein.«

»Drachenlady?«, fragte Tyler.

»Sie ist eine echte Nummer für sich. Aber das kann sie sich auch leisten. Sie ist die Beste.« Ich zuckte mit den Schultern.

»Und eine persönliche Freundin von Jacksons Mutter«, sagte Alicia.

Gemeinsam gingen wir zur Drehtür, und Tyler bedeutete uns, vorzugehen. »Ich kann es kaum erwarten, sie kennenzulernen.«

Der Brautladen war nicht weit von Synergys Büro in der Innenstadt entfernt. Während wir gingen, sprachen Alicia und Tyler über ein Projekt, an dem er arbeitete. Ich ließ meine Sorgen über Cooper und die Hochzeit im Synergy-Gebäude hinter mir und ließ die Septembersonne mein Gesicht wärmen.

Als wir den Laden erreichten, verschwand Alicia mit der Drachenlady in der Umkleidekabine.

»Vergiss nicht, ich habe versprochen, ein Foto für Tiannah zu machen«, rief ich ihr nach. Tiannah, Alicias beste Freundin aus ihrer Heimat, war Alicias offizielle Trauzeugin. Da sie in Texas lebte, hatte ich die meisten Aufgaben vor Ort übernommen, wie zum Beispiel die Kleideranproben.

Eine Assistentin brachte uns Getränke – eine Dose Mountain Dew für Tyler und ein schickes Flötenglas mit Sprudelwasser für mich – und wir ließen uns auf einem Loveseat vor einem Podest nieder, das von drei Spiegeln umgeben war.

Tyler sah sich im Laden um. »Das ist für mich eine Premiere.«

»Du hast all diese Brüder. Und deine Schwester. Keiner von ihnen ist verheiratet?«

»Nein. Einer ist aber verlobt.« Er nippte an seinem Getränk und schluckte, als wäre es bitter statt süß.

Ich zog meine Schuhe aus und zog die Knie unter mich. »Wann ist die Hochzeit?«

»Nächsten Sommer, glaube ich?« Er schaute weg und trommelte mit den Fingern auf seine Jeans. Sein Grübchen war verschwunden.

Ich konnte die deutlichen »Ich-will-nicht-darüber-reden«-Vibes, die er aussendete, nicht ignorieren, aber ich konnte versuchen, ihn aufzuheitern. Ich stellte mein Glas auf den Tisch und drückte seine Schulter. »Bin gleich wieder da.«

Ich ging zum Hutständer in der Ecke, nahm einen Armvoll davon und trug sie zurück zum Loveseat. Ich legte sie sanft auf den niedrigen Tisch und nahm einen blaugrünen Fascinator mit Pfauenfedern und einer Wolke aus Netzstoff. Ich setzte ihn auf meinen Kopf und zog die Augenbrauen zu Tyler hoch. »Was meinst du?«

Ein Mundwinkel zuckte nach oben. »Nicht deine Farbe.«

»Dann muss es deine sein.« Ich setzte ihn auf seinen Kopf und bauschte das Netz auf. Es ließ seine haselnussbraunen Augen blau erscheinen.

Er schaute in den Spiegel und drehte seinen Kopf von einer Seite zur anderen. »Verdammt, sehe ich gut aus.«

»Bescheiden und gut aussehend.« Ich nahm einen roten mit flauschigen Federn, die wie ein Feuerwerk davon abstanden.

»Der da«, sagte Tyler und zeigte darauf.

Ich legte den roten weg und nahm den, auf den er gezeigt hatte. Er war schlichter als die anderen, ein Trio aus zartrosa Seidenrosen, eingebettet in einen Hauch von blassrosa Netzstoff, der mit perlenartigen Perlen besetzt war. Ich setzte ihn auf meinen Kopf und blickte in den Spiegel. Ich nickte. »Du hast recht. Er ist wunderschön.«

Seine Augen waren unter seinem lächerlichen Hut dunkel geworden. »Wunderschön.«

Die Stimme der Assistentin schreckte mich auf. »Nachschub gefällig?«

Tyler riss seinen Hut ab. »Nein, wir sind versorgt.«

Sie lächelte ihn an und dann mich. »Also, wann ist der große Tag?«

»Alicia, meinen Sie?«, Ich nickte in Richtung der Umkleidekabine. War das nicht ihr Job, das zu wissen? »Es ist—«

»Nein, ich meinte Sie beide. Sie werden zusammen so umwerfend aussehen.«

»Oh, nein. Nein.« Mein Lachen war zu hoch, fast schon hysterisch. »Wir sind nur Freunde. Arbeitskollegen.«

»Nur Freunde.« Tyler sammelte die Hüte ein und trug sie zum Ständer.

»Schade«, sagte die Assistentin. Starrte sie auf seinen Hintern?

Okay. Es war ein schöner Hintern, schlank und straff unter seinen Jeans. Ich räusperte mich. »Freunde.«

Laute Stimmen aus der Umkleidekabine erregten meine Aufmerksamkeit. »Bin gleich wieder da, Tyler.« Ich huschte hinter den rosa Samtvorhang.

Alicia sah blass aus, so wie vor ein paar Wochen, bevor ihre morgendliche Übelkeit nachgelassen hatte, und sie konnte nicht alle Tränen wegblinzeln, die in ihren Augen glänzten. Die Drachenlady zerrte am Reißverschluss und runzelte die Stirn über die sich spannende, spitzenbesetzte Seide.

»Was ist los?«, fragte ich und zog den schweren Vorhang hinter mir zu.

»Es – es geht nicht zu. Ich habe wohl zugenommen.« Alicia schniefte.

»Keine Tränen auf das Kleid«, schnauzte die Drachenlady. Ihre Nüstern blähten sich, was mich daran erinnerte, warum ich sie Drachenlady getauft hatte. Abgesehen von ihrer funkelnden Persönlichkeit sah sie immer so aus, als würde sie gleich Flammen aus ihrer Nase schießen. Sie schnappte sich ein Taschentuch aus einer nahen Schachtel und drückte es Alicia in die Hand, bevor sie ihre Aufmerksamkeit wieder dem Reißverschluss widmete, der an der Vertiefung in Alicias Rücken stecken geblieben war.

Jetzt wünschte ich, ich hätte den Champagner angenommen, den ihre Assistentin angeboten hatte.

»Natürlich hast du zugenommen«, sagte ich und verschränkte die Hände, um nicht nach der steifen blonden Bienenkorbfrisur der Drachenlady zu grapschen. »Du bist im vierten Monat schwanger. Hätte die Schneiderin das nicht einplanen sollen?«

»Das haben wir getan. Das ist mehr Gewicht, als wir erwartet hatten«, knurrte die Frau.

Alicia hatte den winzigsten, entzückendsten Babybauch. Wenn es meiner und der meiner wahren Liebe wäre, hätte ich ihn mit Neonlichtern beleuchtet.

»Was können wir wegen des Kleides tun?«, fragte ich. Meine sonst so unerschütterliche Freundin, die dieses Problem normalerweise hätte lösen können, war … erschüttert.

»Lassen Sie mich einige« – die Drachenlady blickte über ihre Nase hinweg – »Optionen prüfen.« Nachdem sie durch den Vorhang gerauscht war, drückte Alicia die Vorderseite des Kleides an ihre Brust. Ich konnte bereits erkennen, dass der Stoff auch dort nicht ausreichen würde. Ihr Babybauch war nicht der einzige Teil von Alicia, der gewachsen war.

»Siehst du? Es wird alles gut«, sagte ich und nahm ein weiteres Taschentuch aus der Schachtel. »Sie hat gesagt, sie hätte Optionen.«

Eine Träne lief über Alicias Wange und löste einen Teil ihrer Wimperntusche auf. Ich tupfte sie weg.

»Man hat mir gesagt, im vierten Monat würde man kaum etwas sehen. Ich hätte mehr Salate essen sollen.«

»Nein, Schatz, dein Körper ist wunderbar. Du lässt da drin ein neues Leben wachsen. Da werden die Dinge ein bisschen seltsam sein. Aber es wird alles gut.« Dafür würde ich sorgen.

»Hey, ist bei euch alles in Ordnung?«, kam Tylers leise Stimme durch den Vorhang.

»Ja«, sagte Alicia.

»Nein«, sagte ich gleichzeitig, was Alicia ein Lächeln entlockte. »Wir sind in ein paar Minuten draußen. Vielleicht könntest du ein paar Sandwiches holen ... und Schokolade?«

»Bin schon dabei«, sagte er.

Alicia hatte sich gerade die Nase geputzt, als die Drachenlady zurückkam. In der einen Hand hielt sie einen Fetzen industriell wirkendes weißes Spandex. In der anderen umklammerte sie einen Bügel mit einem schlaff aussehenden Meerjungfrauenkleid aus Stretch-Spitze.

Sie schwenkte das Spandex vor Alicia. »Bauch-weg-Body.«

Sowohl Alicia als auch ich starrten entsetzt darauf. Wenn wir sie da jemals hineinbekämen, müsste man sie mit der Rettungsschere wieder herausschneiden, was ihrer Hochzeitsnacht jegliche Erotik rauben würde. Vorausgesetzt, sie würde bei der Zeremonie nicht wegen Sauerstoffmangels in Ohnmacht fallen.

»Schadet das nicht dem Baby?«, fragte Alicia.

»Sowas ziehen wir Bräuten ständig an«, sagte die Drachenlady. Sie hatte die Frage nicht beantwortet, aber ich hätte von ihr sowieso keinen Rat für die Schwangerschaft angenommen.

»Was ist die andere Option?«, fragte ich und beäugte das Kleid auf dem Bügel.

»Das ist unser Notfallkleid. Es ist sehr viel verzeihend.«

Ich senkte mein Kinn und starrte es an. Viel verzeihend, vielleicht. Definitiv unvorteilhaft. Diese Stretch-Spitze würde nichts verbergen. Es war eine Sache, Alicias schwangeren Körper zu feiern, und eine andere, nur ihren Babybauch und ihre riesigen Brüste hervorzuheben. Jackson würde es wahrscheinlich lieben. Seine konservative Mutter wäre weniger begeistert.

Alicias Finger verkrampften sich für einen Moment um das Mieder ihres Kleides, bevor sie begann, ihre Arme aus den Ärmeln zu ziehen.

Ich legte eine Hand auf ihren Arm und hielt sie auf. »Nein. Es muss eine dritte Option geben.« Ich warf der Drachenlady den stählernen Blick zu, den ich benutzte, wenn ich Jackson sagte, er müsse sich mit dem CEO treffen. »Können Sie den Stoff in Alicias Kleid nicht auslassen?« Sie hatte im letzten Frühjahr, als sie sich verlobt hatten, Dutzende von Kleidern anprobiert, und dieses war das, das sie liebte. Ich wusste nichts über Nähen, aber – »Ich bin sicher, wir kriegen das hin.«

Die Drachenlady zog das Kleid von Alicias Seite weg, um mir die inneren Nähte zu zeigen. »Es gibt keinen zusätzlichen Stoff, mit dem man arbeiten könnte. Und die nächste Größe zu bestellen, würde zwei Monate dauern.«

Im Spiegel wurden Alicias Augen wieder rotgerändert und glasig.

»Dann machen Sie eine ... eine Art Einsatz. Wissen Sie, nehmen Sie etwas Stoff von woanders und fügen Sie ihn hinzu.« Bei Haut machte man das doch auch; sicherlich gab es ein ähnliches Konzept bei Änderungen.

Sie kräuselte ihre Lippe. »Ich nehme an, wir könnten an den Seiten ein paar Bahnen einfügen. Solange Sie Ihre Arme unten lassen, wird es nicht allzu auffällig sein.«

»Sie sind der beste Brautladen in San Francisco. Ich bin sicher, Sie können es so machen, dass es überhaupt nicht auffällt«, sagte ich in einem honigsüßen Ton. »Audrey wird entzückt sein.«

Die Drachenlady schürzte ihre roten Lippen, runzelte einen Moment lang die Stirn über Alicias Oberkörper und zückte dann das Maßband von ihrem Hals. »Wir können Audrey nicht enttäuschen«, murmelte sie.

Die Glocke an der Außentür bimmelte. »Ich lasse euch beide das klären. Das Foto machen wir beim nächsten Mal.« Ich drückte Alicias Hand und schlüpfte durch den Vorhang.

Tyler traf mich am Loveseat, eine Papiertüte in der Hand.

Ich hielt meine Hände hin und wackelte mit den Fingern. »Gib mir das Sandwich.«

»Müssen wir nicht auf Alicia warten?«

»Sie wird eine Minute brauchen.«

»Ich habe dein Lieblingssandwich besorgt, Pute und Avocado.«

Mein Magen knurrte. »Danke. Du bist der Hammer.«

Die ersten paar Bissen meines Sandwiches waren himmlisch. Er hatte sogar an den scharfen Senf gedacht, den ich der widerlichen Mayonnaise vorzog, die normalerweise darauf war. Ich tauchte erst wieder auf, als Tyler sprach.

»Ich schätze, wir werden nicht mehr viele Tage wie diesen haben.«

Ich blickte aus dem Fenster auf die Septembersonne. »Ich schätze nicht. Bald ist Herbst.«

»Nein.« Er legte sein Sandwich auf seinen Schoß. »Ich meine, wir drei.«

»Warum nicht? Wir sind Freunde, seit ihr beide hierhergezogen seid.« Im Gegensatz zu den anderen Programmierern war Tyler freundlich gewesen – und nicht auf eine gruselige, »Ich-lade-dich-zum-Essen-ein«-Art, sondern auf eine »Ich-behandle-dich-wie-eine-Gleichgestellte«-Art –, seit ich ihn kennengelernt hatte. Er und Alicia hatten zusammen an einem großen Projekt in Synergys Büro in Austin gearbeitet, wo sie Jackson kennengelernt hatten. In Austin war Tyler Jacksons Schützling und Alicia seine Freundin geworden.

Tyler war Anfang des Jahres hierhergezogen, und wir hatten uns auf einer von Synergys vierteljährlichen Partys angefreundet. Nachdem Alicia ein paar Monate später endgültig hierhergezogen war, waren wir sofort Freundinnen geworden. Seitdem waren wir ein Triumvirat, besonders wenn Jackson auf Reisen war.

Es war schwierig für mich, Freundschaften zu pflegen, da Dad so viel meiner Freizeit beanspruchte, aber diese beiden waren seit mehr als sechs Monaten geblieben. So sehr ich meinen Dad auch liebte, ich brauchte auch Freunde.

Tyler blickte auf sein Sandwich hinab. »Ich dachte nur, da Alicia mehr Zeit mit Jackson verbringt, werden wir drei vielleicht nicht mehr so oft zusammen sein.« Er pellte eine Gewürzgurke vom Brötchen.

Ich würgte den letzten Bissen meines Sandwiches hinunter. Er hatte recht: Sobald sie verheiratet waren, würden Alicia und

Jackson mehr Zeit als Familie verbringen. Sicherlich würde ich meine Freundin nicht ganz verlieren. Wir würden uns immer noch treffen, wenn sie nicht gerade pärchenmäßige Dinge mit ihrem Mann unternahm.

Oder?

Ich blickte zum Vorhang. Daneben fiel mir ein Porträt einer Doppelhochzeit ins Auge. Genau wie die Schwestern in der Colin-Firth-Version von *Stolz und Vorurteil*.

Für eine Doppelhochzeit war es zu spät, aber Doppel-Dates waren immer eine Möglichkeit. Es wäre perfekt: Jackson und sein bester Freund, Cooper, und Alicia und ich. Vielleicht wären sie eines Tages Trauzeugin und Trauzeuge bei *unserer* Hochzeit. Cooper würde in einem grauen Cutaway wie die Bräutigame auf dem Porträt umwerfend aussehen.

»Marlee?« Tylers Stimme durchbrach meine Vision.

»Was ist?«

»Wir bleiben doch immer Freunde, oder?« Er lächelte mich an, aber sein Grübchen fehlte.

»Natürlich bleiben wir das. Ich würde mich zu Tode langweilen, wenn du nicht hochkommen würdest, um mich zu besuchen. Und« – ich verengte die Augen – »wenn du diese Managerposition bekommst, musst du öfter hochkommen.«

»Ich bin nicht bereit für—«

»Natürlich bist du das. Du musst dich nur zusammenreißen und nach dem fragen, was du willst.«

Genau wie ich es tun musste.

Es war an der Zeit, den ›Cowgirl-up-für-Cooper‹-Plan ernst zu nehmen.

4

IN DEN DREI JAHREN, die ich bei Synergy arbeitete, hatte ich das eine oder andere über unsere Führungskräfte gelernt.

Harris Weston, unser CEO, hatte eine so schwere Erdnussallergie, dass er nicht mit einem Linienflugzeug fliegen konnte.

Jackson, mein Boss, konnte nicht länger als zwanzig Minuten still sitzen, es sei denn, er programmierte.

Und Cooper Fallon ging jeden Morgen um halb sieben ins Fitnessstudio.

Ich stieß die Glastür zu Synergy's Fitnessraum im Erdgeschoss auf und biss mir beinahe auf die Zunge, als ich ihn an der Brustpresse sah. Sein Tanktop enthüllte die Ergebnisse seines täglichen Trainings an dem Gerät: breite, muskulöse Schultern, feste Brustmuskeln und definierte Oberarme, die in ein Fitnessmagazin gehörten.

Mein Gesicht war nicht das Einzige, was ich mit meiner Mutter gemeinsam hatte.

»Morgen, Cooper«, rief ich durch den Raum.

»Marlee«, stieß er aus.

Wow. Es war zu früh, um schon so angeturnt zu sein. Ich riss meinen Blick von seinen Deltamuskeln los und rollte meine Yogamatte aus. Als ich seine Trainingsgewohnheit entdeckt hatte, hatte ich versucht, mir die Hantelgeräte mit ihm zu teilen. Okay, ich hatte mich dumm gestellt und ihn gebeten, mir die Bedienung beizubringen, bis es ihn anscheinend irritierte. Ich war nicht stolz darauf. Aber Yoga brachte mich besser zur Geltung. Kein Schwitzen oder Anstrengen, und meine Yogahose ließ meinen Hintern süß aussehen. Ich begann mit ein paar Dehnübungen, die es mir erlaubten, ihn dabei zu beobachten, wie er die Griffe rein- und rausdrückte.

Ver-dammt.

Ich schloss die Augen, um seinen ablenkenden Körperbau auszublenden. Zu dumm, dass er sich auf die Innenseite meiner Augenlider eingebrannt hatte. Ich atmete tief und reinigend ein und formulierte die Absicht für meine Übung: *Sei stark für Dad ... und anmutig für Cooper, damit er mich wirklich ansieht.*

Nicht gerade das, was meine Yogalehrerin im Sinn hatte.

Ich begann mit meinen Sonnengrüßen, streckte mich zu den Leuchtstoffröhren hoch und zur rosafarbenen Oberfläche meiner Matte hinunter. Ich machte kraftvolle Posen: Krieger, Halbmond, Berg. Ich zog den Bauch ein, dehnte meine Brust aus und stand aufrecht da.

Währenddessen blies Cooper die Wangen auf, während er die Griffe hochdrückte, um den hohen Stapel Gewichte zu heben. Ein Schweißtropfen lief über seinen Wangenknochen und hing an seinem markanten Kiefer. Er zog die Stirn kraus, konzentriert auf seine Wiederholungen.

Sein Gesicht hatte denselben Ausdruck konzentrierter Wut gezeigt, an dem Tag, an dem ich mich in ihn verliebt hatte.

In meiner zweiten Woche im Job, an dem Tag, an dem er ein geplantes Treffen mit Weston, dem CEO, hatte, war Jackson verschwunden. Nicht nur verschlafen, sondern weg. Ich würde nie den donnernden Blick auf Coopers Gesicht vergessen, als er knurrte: »Wir werden ihn finden.«

Ich hatte Todesangst. Angst, dass meinem Boss etwas zugestoßen war, Sorge, dass ich meinen Job verlieren würde, und Verzweiflung, dass ich Cooper nie wieder würde anstarren können.

Aber wir fanden ihn. Hinter dem heruntergekommensten Lagerhaus, das ich je gesehen hatte. Eine räudige, braune Ratte war tatsächlich an der Wand entlanggehuscht, als ein aufgemotzter, protziger Escalade davonraste.

Ich hatte mich gerade so außer Hörweite ihres geflüsterten Gesprächs gehalten. Als Cooper seine Hand auf die Schulter seines Freundes legte und Jackson ein schwaches Lächeln erwiderte, beide mit glasigen Augen, hätte ich es beinahe genau dort hinter diesem widerlichen Lagerhaus nicht mehr ausgehalten. Ich hatte nie eine solche Freundschaft gehabt. Ich hatte nie einen Freund gehabt, der mich im schäbigsten Teil der Stadt, den ich je gesehen hatte, suchen gekommen wäre und mich ohne Urteil dorthin zurückgebracht hätte, wo ich hingehörte.

Nachdem wir Jackson zurück in sein Büro gebracht hatten, wandte Cooper seine Aufmerksamkeit mir zu.

»Kann ich auf Ihre Diskretion zählen, Marlee?«

»Na-natürlich.« Ich hatte bei meiner Einstellung eine Verschwiegenheitserklärung unterschrieben, aber mehr noch, ich liebte es, für Jackson zu arbeiten. Er war witzig, freundlich und energiegeladen. Und Fürsorge lag mir von Natur aus.

»Danke. Dafür und für Ihre Hilfe heute.« Cooper starrte auf seine glänzenden Budapester. »Jackson hat einige … selbstzerstörerische Neigungen. Autorität – insbesondere Weston – löst sie manchmal aus.«

Was er als Nächstes sagte, brannte sich in mein Gehirn.

»Sie und ich« – er hypnotisierte mich mit seinem eiskalten blauen Blick – »wir sind jetzt Partner, wenn es darum geht, ihn zu beschützen.«

Partner. Das hatte mir den Rest gegeben. Ich hätte alles getan, was er sagte, jedes Verbrechen begangen, ihm all mein Geld gegeben – nicht dass er welches gebraucht hätte –, um seine Partnerin zu sein. Um ihn eines Tages so ansehen zu haben, wie er Jackson angesehen hatte, mit Liebe, die aus seinen Augen strahlte.

Denn ein Mann, der einem Freund so ergeben war, würde seiner Geliebten genau das bieten, wonach ich mich sehnte: eine epische Romanze. Eine, in der er zu meiner Rettung eilen würde, wann immer ich es brauchte. In der jeder Tag Schokolade und Blumen bedeuten würde. Ein wahr gewordenes Märchen.

Partner. Seit diesem Tag hatte ich davon geträumt. Dass wir mehr als nur Kümmerer-Partner werden würden. Dass er mich so sehen würde, wie ich ihn sah. Als Seelenverwandten.

Ich blickte zu ihm hinüber ins Fitnessstudio. Er war zur Beinpresse gewechselt, was mich direkt in seine Sichtlinie brachte. Die Seilzüge surrten.

Ich grub einen Fuß in die Matte, hob und umfasste meinen hinteren Fuß und beugte mich in die Tänzer-Pose vor, wobei ich mir vorstellte, wie anmutig unsere Lehrerin aussah, wenn sie sie machte. Ich spannte meinen Bauch an und bildete einen Neunzig-Grad-Winkel zwischen meinem Bein und meinem Rumpf, der sich bis zu meinem ausgestreckten Arm fortsetzte. Ich blickte entlang meiner ausgestreckten Finger. Mein Oberkörper schwebte über der Matte. Ich war Anmut, Selbstvertrauen, Haltung.

Bis ich meinen Blick zu Cooper wandern ließ, um sicherzugehen, dass er mich auscheckte.

Die leichte Bewegung meines Kopfes brachte mich aus dem Gleichgewicht. Ich fuchtelte eine Sekunde lang, wedelte verzweifelt mit den Armen, um mein Gleichgewicht wiederzufinden, aber es half nichts. Ich stürzte nach vorne und schaffte es gerade noch, mit der Schulter statt mit dem Kinn auf der Matte aufzuschlagen. Ein »Uff« entfuhr mir. *Ganz geschmeidig, Marlee.*

Ohne das rhythmische Surren des Geräts zu unterbrechen, rief er: »Alles okay, Marlee?«

Während ich versuchte, mich von meinem Yoga-Missgeschick zu erholen, streckte ich die Arme und hob meinen Oberkörper in die Kobra-Pose. »Alles bestens«, quiekte ich.

SPÄTER AN DIESEM MORGEN enthüllte die Glaswand von Jacksons Büro die Warnzeichen: das wippende Bein, der wirbelnde Stift, der leere Gesichtsausdruck. Zeit, ihn in Bewegung zu bringen. Nachdem sein Zehn-Uhr-Dreißig-Besuch gegangen war, stieß ich die Tür auf und steckte den Kopf in sein Büro.

»Lass uns einen Spaziergang machen«, sagte ich.

Jackson sah mich an, als hätte ich ihm gerade gesagt, dass die Schule für den Sommer aus sei. »Du bist die Beste, Marlee.«

»Ich weiß. Lass uns gehen.« Er musste etwas von seiner Energie verbrennen, bevor sein Mittagessen-Meeting stattfand. Er warf sich eine Fleecejacke über sein Ramones-T-Shirt und ging neben mir zu den Aufzügen. Draußen bogen wir in Richtung Park ab. Als der Beton in Klee und Gras überging, löste sich die Anspannung von seinen Schultern, und die Falte zwischen seinen Augenbrauen glättete sich.

»Gibt es etwas, worüber du reden willst, Boss?«, fragte ich. Ich hielt meinen Blick auf dem gepflasterten Weg, um nicht mit meinen schwarzen Kitten-Heels in den Fugen hängen zu bleiben – das Kunstleder würde sich sofort ablösen –, aber er spannte sich an.

»Nicht wirklich.«

Das war sein gutes Recht. Ich war seine Assistentin, nicht seine Therapeutin, und wenn er nicht über den Stress reden wollte, der sein ADHS aufflammen ließ, war mir das recht.

Er steckte die Hände in die Taschen und verließ den Weg in Richtung einer Skulptur eines Mannes und zweier Bären – oder Hunde, ich war mir nie ganz sicher, was sie waren. Er meditierte immer auf einem flachen Felsen dort drüben.

Während er sein Om fand, saß ich auf einer Bank und grübelte über mein eigenes Problem: Cooper. Und was auch immer mit Jamila los war. Ich hatte mir eine Ausgabe eines lokalen Klatschblatts von Coopers neuer Aushilfe geliehen, und jetzt zog ich es aus meiner Tasche. Es berichtete über eine Gala, an der Cooper mit Jamila teilgenommen hatte, und ein großes Foto in der Reportage zeigte sie auf dem roten Teppich. In ihren Absätzen war sie so groß wie Cooper, und ihre dunkle Haut leuchtete vor ihrem weißen Kleid. Er hatte seine Hand auf die Rundung ihres Rückens gelegt – etwas, das ich mir in den letzten drei Jahren mindestens einmal am Tag bei mir vorgestellt hatte –, und ihr natürliches Grinsen deutete darauf hin, dass einer von ihnen dem anderen gerade einen geheimen Witz erzählt hatte.

Aber was mir ins Auge fiel, war die Bildunterschrift darunter: *Läuten die Hochzeitsglocken für **Jackson Jones** (links), wird San Franciscos begehrtester Junggeselle, **Cooper Fallon**, seinem Partner bald mit der Tech-Queen **Jamila Jallow** zum Altar folgen?*

Dem kleineren Foto von Jackson und Alicia und der Spekulation der Bildunterschrift über ihren Babybauch schenkte ich kaum einen Blick.

Hochzeitsglocken? Was zum Teufel?

Ich hörte ein Scharren auf dem Kies, und Jackson gesellte sich wieder zu mir, ein jungenhaftes Lächeln im Gesicht und die Hände frei an seinen Seiten schwingend. Er deutete auf das Klatschblatt, das ich umklammerte. »Alicia sieht fantastisch aus.«

Ich wischte die Empörung aus meinem Gesicht und lächelte zu ihm auf. »Sie sieht immer fantastisch aus, aber ihr seht beide toll aus auf dem Foto. Soll ich eine Kopie von der Zeitung besorgen?«

Er spähte über den oberen Rand der Seite darauf. »Ja. Aber was sagen die über Cooper und Jamila?«

Ich schluckte. »Dass deine Hochzeit sie auf Ideen bringt. Verlobungsideen.«

Er schnaubte. »Sie sind Freunde. Nichts weiter. Kein Funke.«

Seine Worte beruhigten mich nicht so, wie sie es hätten tun sollen. Wenn Jamila Cooper zu Veranstaltungen begleitete, war sie immer wunderschön in einem Abendkleid in Größe 36, mit selbstbewusst kurzgeschnittenem Haar und einem schlanken Hals, der ihre glitzernden, juwelenbesetzten Statement-Ketten zur Geltung brachte. So anders als ich mit meiner mittleren Statur, langem braunem Haar und einer einzigen Halskette. Ich streichelte meinen Anhänger und fuhr seine scharfen Kanten nach. Sie war die perfekte Partnerin für Coopers Lebensstil. Ich hatte keine Chance, mit ihr zu konkurrieren, wenn es das war, was er wollte. Ich knüllte das Klatschblatt zu.

»Hör zu, Marlee.« Jackson setzte sich neben mich auf die Bank. »Ich weiß, dass du … Gefühle für ihn hast. Ich glaube, ihr beide wärt großartig zusammen.«

Ich hörte auf zu atmen. Wir hatten bisher immer um dieses Thema herumgetanzt, es umschifft, so wie ich es vermieden hätte, durch Dads Teleskop direkt in die Sonne zu blicken. Ich hätte es leugnen können, und er hätte einen Rückzieher gemacht. Aber er war sowohl mein Freund als auch mein Boss. »Danke.«

»Da er eine Begleitung zur Hochzeit mitnimmt, solltest du das vielleicht auch tun? Ein bisschen tanzen? Ihm zeigen, was er verpasst?« Er stieß mich mit dem Ellbogen an.

Das Bild, wie Cooper und ich getrennt zur Hochzeit gingen, aber am Ende zusammenfanden, genau wie Aschenputtel und ihr Prinz, hatte mich verzehrt. Aber vielleicht hatte er recht. Mit einer anderen Begleitung zum Ball zu gehen hatte bei Amy Adams in *Verwünscht* funktioniert. Und ich hatte bereits gegen eine Drachenlady gekämpft.

Aber wer würde mit mir gehen? Die Hochzeit war in neun Tagen. Seit ich Cooper getroffen hatte, war ich mit niemandem ernsthaft ausgegangen. Niemand war ihm gewachsen gewesen.

»Denk darüber nach, okay?« Er stand auf. »Andrew nimmt keine Begleitung mit. Er würde mit dir gehen.«

Ein Date mit Jacksons Bruder fühlte sich irgendwie inzestuös an. Aber welche andere Möglichkeit hatte ich?

»Ich werde darüber nachdenken.« Ich hakte meinen Arm bei ihm unter, als wir zurück zum Büro gingen. »Und nun, was ist mit dir? Fühlst du dich besser?«

Jackson legte seine Hand auf meine. »Viel besser. Ich weiß nicht, was ich ohne dich tun würde.«

»Oh, ich schon«, sagte ich in einem neckischen Ton. Ich zählte die Punkte an meinen Fingern ab. »Du würdest jedes Meeting verpassen und sie würden den Laden ohne dich gegen die Wand fahren. Du würdest verhungern, weil du vergessen würdest zu essen. Du würdest wegen Nichtzahlung von Steuern ins Gefängnis kommen. Oh, und du wärst nicht mit Alicia zusammen.«

Wie üblich widersprach er. »Ich war derjenige, der tatsächlich gekrochen ist.«

»Aber ich habe dir die Idee gegeben. Ohne meine erstaunlichen Tipps hättest du sie nie zurückgewonnen.« Ich wünschte, ich hätte all meine besten Tipps zum Kriechen aus Liebesromanen in Aktion sehen können, aber er hatte das Kriechen in Austin erledigt.

Ich ging durch die Drehtür, und er traf mich auf der anderen Seite. »Okay, verstanden.« Er warf einen hoffnungsvollen Blick auf den Lieferanten am Sicherheitsschalter. »Gibt es Essen?«

»Natürlich gibt es Essen«, sagte ich. »Du hast ein Mittagsmeeting mit Mr. Weston.«

Sein Lächeln sank. »Weston.« Die Beziehung zwischen Synergys CEO und Jackson war eine, die ich in der Öffentlichkeit als herausfordernd bezeichnete. In Wirklichkeit waren sie wie Hund und Katz.

»Aber ich habe dein Lieblings-Chipotle-Hühnchen-Sandwich bestellt. Mit Pommes. Trägst du es für mich hoch?« Ich unterschrieb für das Essen, und Jackson nahm die Tüten vom Lieferanten.

Als sich die Aufzugtüren hinter uns schlossen, blickte Jackson vom Boden auf. »Könntest du irgendwie ...«

»Nö.«

»Aber du weißt nicht, was ich ...«

»Nein.« Er lag falsch. Ich wusste es.

»Aber was, wenn ...?«

»Keine Chance. Du gehst in zehn Tagen in deine Flitterwochen. Du musst dich mit ihm treffen, bevor du gehst. Und ich habe ihn während des Mittagessens eingeplant, damit ihr beide besser gelaunt seid. Ich habe Kekse bestellt.«

Jacksons Schultern sackten in sich zusammen. Aber dann hellte sich sein Gesicht auf. »Doppelte Schoko-Cookies?«

»Natürlich.«

»Ich liebe dich, Marlee.«

Wenn sein Partner nur dasselbe empfinden würde.

5

NACHDEM ICH JACKSON und Mr. Weston in seinem Büro untergebracht hatte, nahm ich mein Mittagessen und meinen Roman mit in den Pausenraum im sechsten Stock. Ich stocherte auf einem Viereck meines Erdnussbutter-Marmeladen-Sandwichs in seiner zerkratzten Plastikdose herum, dieselbe, die ich schon als Kind benutzt hatte. Und genau wie damals hatte ich Dad ein gleiches Sandwich dagelassen. Ich hoffte, er dachte daran, es zu essen.

»Da bist du ja.«

Marie Curie sei Dank war es Alicia und nicht Cooper, die mich mit meinem jämmerlichen Mittagessen erwischt hatte. Ich strahlte meine Freundin an. »Hey. Hast du ihn gesucht? Er hat ein Meeting mit Weston.«

»Nein, ich bin wegen dir gekommen.« Obwohl sie einen Besucherausweis trug, verlangte die Security für Jacksons Verlobte nie eine Begleitung.

Mein Magen zog sich zusammen. »Ich verspreche, dass ich dir die Antwortkarte bis morgen gebe.« Wenn ich nur den Mut gehabt hätte, Cooper zu fragen, ob er mit mir hingeht, müsste ich jetzt vielleicht keine traurige *1* auf die Zeile *Gästeanzahl* kritzeln. Noch trauriger, als allein zu Mittag zu essen, wäre es, verlassen am Ehrentisch zu sitzen und Cooper dabei zuzusehen, wie er die ganze Nacht mit Jamila Jallow tanzte.

»Nein, ich bin nicht gekommen, um dich damit zu nerven. Obwohl du normalerweise nicht ganz so … spontan bist.« Alicia sagte es, als ob das Wort schlecht schmecken würde. Abgesehen davon, dass sie sich in Jackson verliebt hatte, hatte Alicia, eine Planerin durch und durch, noch nie in ihrem Leben etwas Spontanes getan. »Ich bin gekommen, um dir für gestern zu danken. Ich weiß nicht, was ich ohne dich getan hätte.«

»Um eine Zicke zu bekämpfen, muss man selbst eine sein.« Ich stocherte in meinem Sandwich und ein wenig Marmelade quoll heraus.

»Marlee.« Sie sagte meinen Namen so scharf, dass ich aufsah. »Du bist keine Zicke. Du weißt, was du willst, und du tust, was nötig ist, um es zu bekommen.«

Ich sackte auf meinem Stuhl zusammen. Wenn ich nur mutig genug wäre, um Cooper zu bekommen.

Ihre blauen Augen waren feucht, als sie sagte: »Aber unter dieser Zielstrebigkeit bist du die gutherzigste und widerstandsfähigste Person, die ich kenne.«

Ich lächelte meine beste Freundin an. Das hatten wir gemeinsam. Sie hatte ihren Neffen bei sich aufgenommen, als sie ihre Schwester verloren hatte. Alicia setzte sich für Noah, der ebenfalls ADHS hatte, mit einer Entschlossenheit ein, von der ich hoffte, sie eines Tages für jemanden, den ich liebte, nachahmen zu können. Sie mochte von außen sanft aussehen, aber innerlich war Alicia aus Stahl.

»Entschuldigen Sie, Alicia.« Cooper war hinter ihr aufgetaucht, wo sie in der Tür stand. Sie trat zur Seite und die Wärme in ihrem Lächeln gefror.

»Wie läuft Ihre Arbeit für Jamila?«, fragte er sie. Bei dem Namen erstarrte ich.

»Fast fertig. Wir werden das Projekt vor der Hochzeit abschließen.«

»Gut.« Coopers blaue Augen waren so kühl und spiegelnd wie

der Millennium Tower gewesen, aber sie wurden wärmer, als er mich bemerkte. »Guten Tag, Marlee.« Er griff in den Kühlschrank und holte einen seiner widerlichen grünen Smoothies heraus.

Ich ließ den Deckel auf meine Sandwichdose schnappen und stützte einen Ellbogen darauf. »Hey, Cooper. Und, wie gefällt dir Kim?«

»Oh.« Sein Lächeln geriet ins Stocken. »Sie ist in Ordnung.«

Sie war nicht in Ordnung. Anders als ihre Vorgängerin, die wimpernklimpernde, großmäulige Faulenzerin, hatte die heutige temporäre administrative Assistentin den ganzen Morgen ruhig an ihrem Schreibtisch gesessen. Aber nach vier Stunden konnte sie Coopers Namen immer noch nicht richtig schreiben und hatte es irgendwie geschafft, ihn für ein Treffen mit einem wichtigen Partner in Boston einzuplanen, während er eigentlich auf einer Konferenz in Los Angeles sein sollte. Sie würde wahrscheinlich noch ein paar Tage durchhalten, was alles war, was ich brauchte.

»Großartig.« Ich schenkte ihm mein strahlendstes Lächeln. »Hattest du heute Morgen ein gutes Training?«

»Nicht schlecht.«

Warum fiel mir in seiner Nähe nie etwas Kluges ein? In meiner Vorstellung wäre ich Katharine Hepburn zu seinem Spencer Tracy, und alle um uns herum wären von unseren geistreichen Wortge-fechten verblüfft. Oder wir würden wenigstens ein einziges bedeutungsvolles Gespräch führen. Irgendwann einmal. In Wirk-lichkeit waren wir die Finalisten im Wettbewerb für die pein-lichsten Kollegen.

»Nun denn.« Er warf Alicia einen Seitenblick zu, bevor er seinen Smoothie in einem Trinkgruß zu mir hob. »Bis später.«

Als er sich umdrehte, sah ich zu, wie diese khakifarbenen Beine und der feste Arsch über den Flur schritten, bis er sich hinter seinen Schreibtisch setzte. Nachdem ich ihn heute Morgen in seiner Trainingskleidung gesehen hatte, war es leicht, sich vorzustellen, was sich unter dem Business-Casual-Look verbarg.

Ich griff nach meinem Buch und fächelte mir damit Luft zu,

während ich mich ein paar Sekunden lang meiner Fantasie hingab: Ich, wie ich in sein Büro ging, Cooper, der den Knopf an der Wand drückte, um die Jalousien herunterzulassen. Ich, wie ich zu seinem Stuhl ging, auf dem er saß, er, der mich auf seinen Schoß zog. Der feste Druck von –

Alicia räusperte sich. »Marlee, diese Schwärmerei ist nicht gesund. Ich glaube, du hältst an etwas fest, an das du selbst nicht mehr glaubst.«

Ich sah mich um, um sicherzugehen, dass wir immer noch allein waren. »Ich habe es vom ersten Tag an gespürt, als ich ihn sah. Wahre Liebe. Und ich glaube immer noch daran. Du und Jackson seid der Beweis dafür.«

Sie kicherte. »Es war ganz sicher keine wahre Liebe, als ich Jackson Jones zum ersten Mal getroffen habe. Er hat alles gehasst, wofür ich stand, und ich hielt ihn für ein Arschloch.«

»Jackson ist nicht gerade das, was man Liebe auf den ersten Blick nennt. Er kann ein bisschen …« Ich suchte nach dem richtigen Wort, um meinen Chef zu beschreiben. Ich verehrte ihn, aber andere, besonders Weston, fanden ihn schwierig.

»Arrogant? Selbstherrlich? Stachelig?«

»Und du liebst ihn trotz alledem. Cooper hingegen ist makellos.« Ich strich über meinen Anhänger.

»Ich glaube, du romantisierst ihn ein wenig. Er ist ein Eisklotz, bis er mit diesem Temperament explodiert.«

»Bei mir würde er das niemals tun.« Sie teilte meine Bewunderung für Cooper nicht. Sie respektierte ihn beruflich, und sie war ihm gegenüber freundlich. Obwohl sie mir gesagt hatte, dass sie dachte, Cooper würde es ihr übel nehmen, dass sie ihm seinen besten Freund weggenommen hatte. Ich hielt das für Schwachsinn. Cooper Fallon war perfekt. Meine wahr gewordene Fantasie.

»Außerdem bringt er Jamila zur Hochzeit mit.«

Ich knirschte mit den Zähnen. »Ich weiß.« Ich stopfte mein Sandwich zurück in meine Vintage-Barbie-Lunchbox und führte Alicia aus dem Pausenraum zu meinem Schreibtisch.

Jacksons Tür öffnete sich. Nachdem wir zugesehen hatten, wie Mr. Weston hinausschritt und über den Flur zu seinem eigenen Eckbüro ging, lehnten wir uns beide gegen die Kante meines Schreibtisches. Ich konnte die Hitze, die von ihrem Wortwechsel aus Jacksons Büro zu kochen schien, fast spüren.

»Ich glaube, ich gehe zurück in Jamilas Büro«, sagte Alicia. »Ich rufe später an, um nach ihm zu sehen.«

»Gute Idee. Ich werde versuchen, ihm heute Nachmittag etwa eine Stunde freizuschaufeln, damit er im Fitnessstudio etwas Zeit allein mit dem Boxsack verbringen kann.«

»Du bist meine Rettung, Marlee.«

»Das ist mein Job. Sehen wir uns morgen zum Mittagessen?«

»Oh.« Alicias Lächeln geriet ins Stocken. »Jamila bekommt morgen bei einem Mittagessen einen Innovationspreis verliehen. Ich habe Jackson gesagt, dass ich mit ihm hingehe.«

»Geht – geht Cooper auch hin?«

»Ja.« Ihre Lippen verengten sich kurz. »Es tut mir so leid, dass wir unser letztes Freitags-Mittagessen vor der Hochzeit verpassen.«

Ich machte eine abwinkende Handbewegung, als ob es nichts ausmachte. »Mach dir keine Sorgen deswegen. Natürlich solltest du mit Jackson gehen. Ruf mich an, wenn du an diesem Wochenende irgendwelche Brautjungferdienste brauchst.«

»Es gibt immer etwas. Ich kann es kaum erwarten, bis alles vorbei ist.« Sie stieß sich von meinem Schreibtisch ab und ging in Richtung Treppe.

Ich sah ihr nach, und die Leichtigkeit, die ich zuvor gefühlt hatte, verblasste wie ein brauner Zwergstern. Obwohl sie nicht die verschwenderische Gesellschaftshochzeit wollte, die Jacksons Mutter geplant hatte, heiratete sie ihre wahre Liebe. Und Tyler hatte recht: Als verheiratete Frau würde Alicia immer weniger Zeit für mich haben, da ihr Leben zunehmend mit dem von Jackson verflochten sein würde. Und mit Jacksons bestem Freund.

Wenn Cooper und ich zusammenkämen, wäre es so einfach, Zeit mit Alicia zu verbringen. Ich würde mit ihm zu den Mittagessen für die Innovationspreise gehen. Wir würden Doppel-Dates haben. Pärchen-Wochenenden am Strand. Vielleicht würden unsere Kinder eines Tages zusammen spielen.

Aber nicht, wenn er stattdessen Jamila wollte.

Ich sank in meinen Stuhl und schob meine Lunchbox in die Schublade zu meiner Handtasche.

Bei einem betont klingenden Knarren des Bodens hinter mir drehte ich mich um und sah Tyler, der eine weiße Papiertüte trug.

»Was machst du hier oben?«

Er hielt mir die Tüte hin. »Ich – ich hatte vom Mittagessen noch einen Keks übrig.«

»Für mich?«

»Doppelschokolade-Kokos-Macadamia.«

»Das ist meine Lieblingssorte!« Er grinste, als ich die Tüte an mich riss und hineinspähte. »Willst du die Hälfte? Warte. Du bist ja allergisch.« Ich hatte sorgfältig darauf geachtet, meine Schale nur mit Süßigkeiten zu füllen, die in nussfreien Anlagen verarbeitet wurden, seit ich das herausgefunden hatte. Ich brach ein Stück ab und steckte es mir in den Mund. Eine buttrige, cremige Nuss schmolz auf meiner Zunge. Himmlisch. »Warum hast du diese Sorte geholt?«

Er schob seine Brille auf der Nase hoch. »Ähm …« Sein Blick wanderte zu der markanten gelben Antwortkarte an meiner Pinnwand und dann zurück zu mir. Die nächsten Worte sprudelten in einem Schwall aus ihm heraus. »Alicia hat erwähnt, dass du noch kein Date für die Hochzeit hast. Ich gehe auch hin und dachte, vielleicht – vielleicht möchtest du mit mir hinfahren. Wir könnten, ähm, zusammen rumhängen. Auf der Hochzeit.« Er tippte mit seinem Mittelfinger gegen seinen Oberschenkel.

Rumhängen? Auf der Hochzeit? Im Sinne von, mit meinem besten Kumpel von der Arbeit als mein Date hingehen?

Ich seufzte. Es war meine eigene Schuld, dass mein Leben so geworden war.

Aber dann legte ich den Kopf schief und überlegte. Was wäre trauriger: allein zu gehen oder mit meinem Freund zu gehen?

Im Gegensatz zu den restlichen Entwicklern sah er mich. Hörte mir zu. Er war nachdenklich. Rücksichtsvoll. Holte mir auf Firmenfeiern Bier, wenn ich beschäftigt war. Brachte mir Kekse. Ich schluckte den letzten köstlichen, nussigen Bissen hinunter.

Meine Augen brannten darauf, zu Cooper zu schauen, um zu wissen, ob er mich – uns – beobachtete, aber ich konnte nicht. Aus seinem Büro kam kein Geräusch. Als Hoffnung in Tylers haselnussbraunen Augen aufblitzte, verhärtete ich meinen Blick. »Als Freunde, richtig?« Ich konnte nicht zulassen, dass irgendwelche Mehr-als-nur-Freunde-Gefühle meinem »Reiß-dich-zusammen-und-schnapp-dir-Cooper«-Plan in die Quere kamen.

»Oh, ähm, ja. Freunde.«

Vielleicht hatte Jackson recht, und mich mit einem Date zu sehen, wäre der Anstoß, den Cooper brauchte, um anzufangen, mich als etwas anderes als eine tabuisierte Kollegin zu betrachten. Würde er eifersüchtig sein, wenn ich mit Tyler den Raum betrat und über etwas lachte, das er gesagt hatte? Nein, *Tyler* würde über etwas lachen, das *ich* gesagt hatte. Und ich würde zu Cooper hinübersehen, und er würde sich fragen, was Lustiges ich gesagt hatte, und er würde es hören wollen, und er würde mich zum Tanz auffordern. Coopers Hand in meiner. Magie.

»Dann, ja, okay.«

Er schenkte mir ein Lächeln, das ein Grübchen in seine Wange zauberte. »Großartig.« Er stieß einen Luftstoß aus. »Kann ich –?« Er zeigte auf die Antwortkarte. Ich reichte sie ihm. Er zog einen Stift aus dem Becher auf meinem Schreibtisch. »Steak, Hummer oder vegetarisch?«

»Hummer.« Alicias Hochzeit mit dem Spross der Joneses aus San Francisco war kein Garten-Barbecue.

Er zeigte sie mir. Er hatte das Kästchen angekreuzt und unten hingekritzelt: *Sitzplatz bei Tyler Young.* Er steckte sie in seine Jeanstasche und sagte: »Ich gebe sie Alicia.«

Ich nickte, gerade als Jackson aus seinem Büro kam.

»Da sind Sie ja, Tyler. Hören Sie auf, mit Marlee zu flirten, und kommen Sie hier rein.« Anscheinend immer noch schlecht gelaunt wegen Weston. Jackson drehte sich auf dem Absatz um und ging zurück in sein Büro.

Mit rotem Gesicht zuckte Tyler die Achseln und eilte hinter ihm her.

Ich richtete meine Halskette. Mein Plan, Cooper zu umwerben, war doch nicht entgleist. Tatsächlich fing er gerade erst an.

6

WÄHREND DIE STUNDEN vor dem Hochzeitswochenende verstrichen, wirkte Cooper ... seltsam.

Durch die offene Tür seines Büros beobachtete ich, wie er stirnrunzelnd auf seinen Computerbildschirm starrte, ohne die Tastatur oder die Maus zu berühren. Sein Telefon hatte mehrmals geklingelt, aber er war nicht drangegangen. Kim, die ahnungslose Aushilfe, stellte die Anrufe trotzdem immer wieder durch.

Eine erwartungsvolle Stille lag über dem sechsten Stock. Am Vortag waren Alicia und Jackson zum Weingut aufgebrochen, um die Vorbereitungen vor Ort abzuschließen. Keiner der anderen leitenden Angestellten war zur Arbeit gekommen; sie machten aus den Hochzeitsfeierlichkeiten ein dreitägiges Wochenende. Und die Assistenzkräfte warteten nur darauf, dass die Uhr zwölf schlug, um Feierabend zu machen.

Ich hatte meinen eigenen Plan geschmiedet und ihn mit einem Sharpie auf ein liniertes Blatt aus einem Stenoblock geschrieben. Ich machte mir nicht die Mühe, meine Schublade zu öffnen, um ihn noch einmal zu lesen, da ich die simple Liste auswendig gelernt hatte.

1. Auf der Hochzeit mit Cooper tanzen.

2. Während Jacksons Flitterwochen als Coopers Assistentin arbeiten. Lange arbeiten. Uns bei Essen zum Mitnehmen besser kennenlernen.

3. Cooper Fallon küssen.

Kleine, simple Meilensteine, genau wie Alicia, die organisierteste Person, die ich kannte, es empfohlen hatte. Es begann mit einer Berührung – das hatte ich mir aus der Geschichte meiner Eltern abgeschaut – und endete mit einem Kuss. Der Fokus der Kamera würde weichgezeichnet, die Geigen würden aufspielen und Waldtiere würden sich versammeln, um uns ein Ständchen zu bringen. Okay, vielleicht nicht ganz, aber es wäre ein Kuss der wahren Liebe. Inklusive Funkenflug.

Und dann würden wir glücklich bis ans Ende unserer Tage leben.

Seine Leitung klingelte. Schon wieder. Bevor die Aushilfe abheben und den Anruf zu Cooper durchstellen konnte, der immer noch wie erstarrt an seinem Schreibtisch saß, ging ich ran.

»Büro von Cooper Fallon, Marlee Rice am Apparat.«

»Oh, Marlee, Gott sei Dank. Ich dachte schon, ich komme nie durch. Hier ist Jamila. Kannst du ihm ausrichten, dass er mich anrufen soll, wenn er eine Minute hat? Ich habe hier eine kleine Krise.« Sie lachte, als würde sie Krisen zum Frühstück essen.

Ich wünschte, ich wäre nicht rangegangen.

Andererseits war die Krise vielleicht, dass sie doch nicht zur Hochzeit kommen konnte. Und Cooper somit ohne Begleitung wäre.

»Klar doch.« Nachdem ich aufgelegt hatte, ging ich zu Coopers Tür. »Hey. Alles okay?«

Er schreckte auf und zuckte regelrecht in seinem Stuhl zusammen. »Scheiße, wie spät ist es?«

»Keine Sorge, es ist noch nicht mal zwölf. Aber geht es dir gut? Du wirkst … abgelenkt.«

Er blinzelte mich an. »Mir geht's gut.«

»Nichts, worüber du reden möchtest?«

»Alles bestens.« Die harten Züge seines Gesichts wurden weicher. »Wirklich.«

Ich biss mir auf die Lippe. *Irgendetwas* bedrückte ihn. Wenn er es mir nur sagen würde. Ich wünschte, ich könnte ihn nach Jamila fragen. Aber die Frage blieb mir im Hals stecken.

»Wie geht es dir?«, fragte er. »Bereit für dieses Wochenende?«

Und wie ich das bin. »Ich muss nichts Schwieriges machen. Nur zu Beginn der Zeremonie den hinteren Teil ihres Kleides glattstreichen.«

»Und sicherstellen, dass sie auftaucht.« Er sah aus dem Fenster, während er kicherte.

»Ich glaube nicht, dass die Gefahr besteht, dass die Braut oder der Bräutigam das Weite suchen. Sie sind Seelenverwandte.« Ich seufzte. »Genau wie meine Mutter und mein Dad.«

»Wie geht es Will? Kommt er?«

»Nein, ich dachte, ein ganzes Wochenende wäre zu viel für Dad.« Obwohl es ihm in letzter Zeit besser ging. Vielleicht hatte er an dem Tag, an dem er versucht hatte, die Leiter hochzuklettern, nur seine Medikamente durcheinandergebracht.

»Schade. Ich unterhalte mich immer gern mit ihm über Physik.«

»Und er liebt es, mit dir zu reden.« Vor zwei Wochen, als ich Dad zur Hochzeitsfeier von Jackson und Alicia mitgebracht hatte, hatte ich Dad und Cooper dabei angetroffen, wie sie über Quantenmechanik redeten. Cooper hatte nicht mit der Wimper gezuckt, als Dad der Begriff *Feynman-Diagramm* nicht einfiel; er hatte es einfach ergänzt und weiter über Bosonen geplaudert. Und da wusste ich, dass es an der Zeit war, endlich wegen meines Schwarms aktiv zu werden. Nicht viele Männer würden eine Partnerin akzeptieren, die im Doppelpack mit Dad und seinen Gesundheitsproblemen kam. Aber ich wusste, Cooper würde es tun.

Sein Telefon vibrierte auf seinem Schreibtisch. Aber er griff nicht sofort danach. »Brauchtest du etwas, Marlee?«

Oh. Richtig. »Jamila hat angerufen. Sie hat darum gebeten, dass du sie zurückrufst. Irgendwas mit einer Krise. Einer kleinen«, fügte ich schnell hinzu, als sich seine Augenbrauen zusammenzogen.

»Danke.«

Ich hatte mich bereits zum Gehen umgedreht, als seine Stimme mich aufhielt. »Hebst du mir bei der Hochzeit einen Tanz auf? Den ersten nach unserem Toast?«

Ein freudiger Funke durchzuckte mich. *Ganz cool bleiben.* Ohne mich auch nur umzudrehen, sagte ich so beiläufig, wie ich nur konnte: »Sicher.«

Vielleicht schwang ich auf dem Weg zurück zu meinem Schreibtisch ein wenig extra mit den Hüften. Es machte mir nicht einmal etwas aus, als seine Leitung aufleuchtete und ich wusste, dass er Jamila anrief. Er hatte mich um einen Tanz gebeten. Schritt Eins war in den Startlöchern.

Ich überflog die E-Mails in Jacksons Posteingang, markierte ein paar für seine Antwort und teilte den Absendern mit, dass er die nächsten drei Wochen verreist sein würde. Fidschi. Alicia hatte mir Bilder von türkisfarbenem Wasser und zuckerweißen Sandstränden gezeigt. Vielleicht würde Cooper mich eines Tages in dieses karibische Refugium mitnehmen, in das er floh, wann immer er Zeit hatte.

Seine Tür öffnete sich und er trat heraus, die Farbe war in seine Wangen zurückgekehrt und ein heimliches Lächeln umspielte seine Mundwinkel. Seine Laptoptasche hing über seiner Schulter.

»Schon auf dem Weg?«, fragte ich unnötigerweise.

»Jamila hat mich gebeten, bei ihr vorbeizuschauen und etwas abzuholen, aber wir fahren bald los.« Er nickte mit dem Kinn in Richtung meines Koffers und meines Kleidersacks. »Brauchst du eine Mitfahrgelegenheit?«

Mein aufgesetztes Lächeln drohte zu kippen. Er hatte einen Schlüssel zu Jamilas Wohnung. Er kannte sich dort gut genug aus, um ihren vergessenen Gegenstand zu finden. Und er hatte mich gerade gefragt, ob ich ihr drittes Rad am Wagen sein wollte. Ein Bild schoss mir durch den Kopf, wie ich nicht auf dem Vordersitz, sondern auf der Rückbank von Coopers Porsche saß, während die beiden redeten und lachten, bis sie sich an mich erinnerten und Jamila sich mit Mitleid in den Augen umdrehte, um mich ins Gespräch einzubeziehen.

Die Tür zum Treppenhaus fiel ins Schloss, kurz bevor ich das bewusste Schleifen eines Turnschuhs auf dem Hartholzboden hinter mir hörte.

»Hey, Marlee. Cooper.« Tyler wartete, bis ich ihm meine Aufmerksamkeit schenkte. »Bereit loszufahren?« Anstelle seines üblichen T-Shirts trug er ein weißes Button-down-Hemd zu seinen Jeans. Die bis zum Ellbogen hochgekrempelten Ärmel gaben den Blick auf gebräunte Haut und einen Flaum goldener Haare frei.

Mein Herz machte einen Hüpfer beim Anblick meines Retters vor dem Dasein als drittes Rad am Wagen.

»Jep.« Ich wandte mich Cooper zu, mein Lächeln war nicht länger aufgesetzt, sondern echt. »Tyler nimmt mich mit.«

»Oh?« Er zog die Augenbrauen hoch und blickte zwischen uns hin und her.

Ich stand auf und nahm den Kleidersack vom Haken hinter meinem Schreibtisch. Tyler zog den Griff meines Rollkoffers hoch.

»Warte!« Ich huschte in die Küche und kam mit einer kalten Dose Mountain Dew zurück, die ich im Kühlschrank versteckt hatte. Ich reichte sie Tyler. »Für die Fahrt.«

Sein Lächeln wurde breiter. »Danke.«

Tyler zog meinen peinlich pinken Koffer hinter sich her zum Aufzug. Die Aufzugtüren öffneten sich und wir traten ein. Tyler hielt eine Hand vor die Tür. »Auch nach unten?«

Cooper runzelte die Stirn. »Ich nehme den nächsten.«

Aus dem Aufzug heraus erhaschte ich einen Blick auf Cooper, der uns nachsah, seine Stirn in Falten gelegt und seine Unterlippe zwischen den Zähnen gefangen. Als sich die Tür schloss, rief er: »Vergiss unseren Tanz nicht.«

Ein schwindelerregender Schauer lief über meine Haut.

Dann sah ich Tyler aus dem Augenwinkel an. Ein Spiegelbild

von Coopers Stirnrunzeln legte sich für eine Sekunde auf sein Gesicht, bevor er sich mir zuwandte. Seine Haltung war entspannt, aber seine Fingerknöchel an meinem Koffer waren weiß. »Bist du bereit dafür?«

»Und wie.« Der Countdown war abgeschlossen und mein Plan war startklar.

7

TYLER STARRTE auf die geschlossenen Aufzugtüren. »Du stehst auf Cooper, oder?«

Mir stieg die Hitze ins Gesicht. »Was? Nein. Wir arbeiten zusammen, das ist alles.« Nur Alicia und Jackson wussten von meiner Schwärmerei. Als Jacksons rechte Hand musste ich ein gewisses Image wahren und es war mir lieber, wenn meine Kollegen nichts von meinen nicht ganz so professionellen Gefühlen wussten.

Aber, verdammt, Tyler wusste es. »Doch, du *stehst* auf ihn.« Er verzog das Gesicht. »Ich sehe, wie du … wie du ihn ansiehst. So wie gerade eben.«

»Es ist nur eine Schwärmerei.« Ich spielte am Reißverschluss meiner Handtasche herum. »Er weiß es nicht einmal. Oder er tut so, als ob.«

Seine Stimme war sanft, als er wieder sprach. »Hey, wir sind Freunde, oder?«

Ich drehte mich zu ihm um. Er lächelte, als mein Blick seinen traf, aber ich konnte nicht sagen, ob es Traurigkeit oder Mitleid war, das seine Augenwinkel nach unten zog. »Ja. Freunde.«

Er nickte. »Freunde helfen einander. Möchtest du, dass ich dir helfe?«

»Mir helfen?«

»Du weißt schon, so tun, als wären wir … mehr als Freunde. Coopers Aufmerksamkeit auf dich lenken. Ihn dazu bringen, dich so zu sehen, wie ich – wie alle anderen es tun.« Ein Finger tippte gegen den Griff meines rosa Koffers.

»Du meinst, wir tun so, als wären wir *richtig* zusammen und versuchen, ihn eifersüchtig zu machen?« War das der Anstoß, den Cooper brauchte? Er war ehrgeizig, das wusste ich. Ich konnte Tylers Miene nicht deuten. Meinte er das wirklich ernst?

»Ja.«

»Wirklich? Das würdest du für mich tun?«

Seine Stimme war gepresst. »Ich habe gesagt, dass ich es tun würde.«

Wenn es ihm nichts ausmachte, dieses Wochenende so zu tun als ob, wie konnte ich sein Angebot ablehnen? »Okay.«

Noch ein kurzer Blick zu mir. »Okay?«

»Machen wir's«, sagte ich. Vielleicht konnten er und ich ja zu »With a Little Help from My Friends« von den Beatles tanzen.

»Wir sollten einen Codenamen haben.«

»Einen Codenamen?«

»Du weißt schon, falls wir etwas sagen müssen, wenn andere Leute dabei sind. Genauso wie bei Softwareprojekten.«

»Oh. Ich hatte es mir als den ‚Rann-an-Cooper'-Plan vorgestellt.«

Er rümpfte die Nase. »Wie wäre es mit Operation … Operation Märchenprinz?«

Ich quietschte und umarmte mich selbst. Wäre da nicht die Kamera im Aufzug gewesen, hätte ich ihm einen Kuss auf die Wange gedrückt. »Das ist perfekt! Und danke, wirklich. Ich hoffe, es ist nicht zu unangenehm für dich. Du weißt schon, so zu tun, als wärst du mein Freund.«

Ein Mundwinkel zuckte nach oben. »Das schaffe ich schon.«

———

DER GASTHOF, mit seiner Kulisse aus Hektar großen, ordentlichen Reihen von Weinreben, sah genauso aus wie in der Broschüre, die Alicia und ich gemeinsam eingehend studiert hatten.

»Wow.« Tyler lehnte sich an die Seite seines Mustangs und nahm alles in sich auf. Sie musste ihm die Broschüren nicht gezeigt haben.

Die zweistündige Fahrt zum Weingut war mit Reisespielen wie im Flug vergangen. Wir hatten das Lieder-Raten-Spiel gespielt – Tyler kannte *viel* zu viele Emo-Songtexte; das Film-Raten-Spiel – da hatte ich ihn fertiggemacht, da ich jede romantische Komödie kannte, die je gedreht wurde; und das klassische Alphabetspiel. Ich war fast enttäuscht gewesen, als wir zur Hochzeitslocation abbogen. Aber jetzt waren wir hier, und die Operation Märchenprinz konnte beginnen.

»Ich weiß, ist das nicht elegant?« Ich ging um die Motorhaube herum und stellte mich neben ihn.

Die weißen Stuckwände des zweistöckigen Gebäudes wurden von Rundbogentüren und Fenstern unterbrochen, die eine umlaufende Veranda mit glänzend roten Adirondack-Stühlen preisgaben. Gäste entspannten sich mit Weingläsern, und ein paar Kellner bewegten sich zwischen ihnen. Spätsommerblumen in Scharlachrot, Zitronengelb und Sonnenuntergangs-Orange quollen aus Töpfen, die in den Fenstern und Türen standen.

»Jay bringt alle unter, nicht nur mich, oder?« Er öffnete den Kofferraum.

»Mhm.« Jackson hatte für die normalen Gäste wie Tyler ein nahegelegenes Hotel gebucht, und die Hochzeitsgesellschaft übernachtete im hauseigenen Gasthof des Weinguts. Ich zog meinen Kleidersack von den Koffern.

Er ging die Stufen hoch und hielt mir die Tür auf. Das war Tyler, mein altmodischer Gentleman aus dem Süden. Er hielt Türen auf, selbst wenn er nicht so tat, als wäre er mein Date.

Als sich meine Augen vom blendenden Sonnenlicht draußen

an das dunklere Innere gewöhnt hatten, sah ich etwas, das mich besonders dankbar dafür machte, dass Tyler hinter mir war.

Jamila Jallow wirbelte beim Geräusch der Rollen meines Koffers auf dem Fliesenboden zu uns herum. »Marlee Rice«, sagte sie lächelnd, »schön, Sie wiederzusehen. Ihr Stil ist umwerfend. Ich liebe Ihre Schuhe.«

»Danke.« Es waren nur Imitate von Manolo-Blahnik-Pumps in Blütenrosa. Nichts so Fabelhaftes wie ihre glitzernden Jimmy Choos.

Cooper trat an ihre Seite. Ich wünschte, ich wüsste, ob der Schlüssel, den er Jamila gab, zu seinem eigenen Zimmer passte oder ob sie getrennte Zimmer hatten.

»Hi, Marlee. Tyler.« Er schüttelte uns die Hände. »Mila, das ist Tyler Young, einer unserer Entwickler. Ich werde dir nicht verraten, wie talentiert er ist. Ich möchte nicht, dass du versuchst, ihn uns abzuwerben.«

Ihr Lachen war laut und dreist. »Selbst ich würde nicht versuchen, einen von Jacksons Lieblingsprogrammierern auf seiner eigenen Hochzeit abzuwerben.« Sie umklammerte Coopers Arm. Ich wünschte, ich hätte das tun können.

Tyler schüttelte Jamilas Hand. »Es ist mir eine Ehre, Sie kennenzulernen, Frau Jallow. Ich habe letzte Woche Ihren Blogbeitrag gelesen. Ihre Ideen zum maschinellen Lernen sind inspirierend. Ich würde mich liebend gern einmal mit Ihnen darüber unterhalten.«

»Bitte, nennen Sie mich Jamila oder Mila. Cooper, schau weg.« Sie zog eine Karte aus ihrer winzigen Designer-Umhängetasche und reichte sie Tyler. »Falls wir an diesem Wochenende nicht zum Reden kommen, rufen Sie mich an, dann machen wir etwas aus.«

Tyler machte dasselbe Fanboy-Gesicht wie in Jacksons Gegenwart. Und warum auch nicht? Sie war brillant, elegant, souverän, witzig und verdammt nett. Ich wollte sie hassen, aber ich konnte es nicht.

Cooper berührte ihren Arm, was eine Flamme der Eifersucht

in meinem Herzen entfachte. »Finger weg von Jacksons Schützling. Komm, lass uns vor der Probe noch etwas trinken gehen.«

Ein Blick huschte zwischen ihnen hin und her, und dann lächelte sie uns an. »Bis später.« Sie wandten sich der Treppe zu. Kein Paar hätte gegensätzlicher aussehen können: Coopers blonde Strähnchen, leicht gebräunte Haut und eisblaue Augen standen im Kontrast zu Jamilas ebenholzfarbenem Haar, dunkler Haut und tiefen, fast schwarzen Augen. Aber sie passten zusammen, ihre königliche Selbstsicherheit, ihre jahrelange Freundschaft verband sie auf eine Weise, die ich nie erfahren hatte. Sie waren perfekt füreinander. Und ich blieb außerhalb ihrer Blase aus gemeinsamer Vergangenheit, aus langjähriger Freundschaft, aus Privilegien, die durch Intelligenz und Erfolg erworben wurden. Warum sollte Cooper mich wählen, die arme »Vorher«-Version von Aschenputtel, statt Jamilas Glamour?

Tyler stieß mich an. Sein Lächeln wirkte gezwungen. »Lass uns dich einchecken.«

»Oh. Richtig.« Ich war für Alicia hier, und ich musste mich für die Probe umziehen. Selbst wenn der Anblick von Cooper mit Jamila mich dazu verleitete, mich das ganze Wochenende in meinem Zimmer verstecken zu wollen.

Nachdem ich eingecheckt hatte, trug Tyler meine Taschen hoch in mein Zimmer. Er stellte meinen Koffer direkt hinter der Tür ab, bevor er sich umdrehte, um zu gehen. Der Gedanke, Jamila mit Cooper bei der Probe zu sehen – oder schlimmer noch, allein beim Abendessen zu sitzen – jagte mir einen Schauer über den Rücken.

»Wir sehen uns beim Probeessen, oder?« Meine Stimme war höher, als ich es gewollt hatte.

»Natürlich.« Sein Gesicht war vorsichtig ausdruckslos. »Es sei denn, du willst nicht –«

»Nein!« Ich streckte eine Hand aus. »Wir sind Freunde, oder?«

Er umschloss meine Hand mit seiner größeren, seine langen Finger legten sich um meinen Handrücken. Sein warmer, tröstender Griff löste die Anspannung, die meine Rippen seit unserer Begegnung mit Cooper und Jamila zusammengeschnürt hatte.

Seine Grübchen zeigten sich. »Freunde. Und Hochzeits-Dates. Und Trinkkumpel, richtig?«

»Es *ist* ein Weingut.«

»Ich glaube, wir werden eine Menge Wein brauchen, um das hier durchzustehen.«

»Was, meinst du das mit dem So-tun-als-ob?«

Dieser Ausdruck, den er manchmal machte, huschte über sein Gesicht. Ich hatte ihn noch nicht entschlüsselt. Ein Zusammenziehen der Augen und des Mundes, fast wie Schmerz. Aber es war in einer Sekunde verschwunden, und seine Worte passten nicht dazu. »Nee, das wird einfach sein. Ich mache mir nur Sorgen um Jays Familie. Alicia sagt, die können ziemlich anstrengend sein.«

»Ach. Du bist so süß, dir Sorgen um Alicia zu machen. Ihr wird es gut gehen. Und uns auch. Wie du schon sagtest, der Wein wird uns da durchbringen.«

»Ist das nicht aus ›You and Me Against the World‹ von Helen Reddy?«

»Das ist eines der Lieblingslieder meines Vaters. Ich dachte, du kennst nur Emo-Alt-Rock-Musik. Aber ich glaube, sie hat gesagt, es wären die Erinnerungen, die uns da durchbringen würden.«

»Erinnerungen, Wein, Freunde. Passt doch alles.«

Dieses Grinsen. Diese Grübchen. Ja, wir würden das schaffen. Selbst wenn Cooper mit Jamila zusammen war, würde ein Wochenende mit meinem Kumpel Tyler ein Riesenspaß werden.

8

MEINE SICHT VERSCHWAMM. Weil ich während des Studiums bei Dad gewohnt hatte, hatte ich nicht allzu viele Trinkspiele gespielt. Ich wusste nur, dass ich dieses hier nicht verstand und bereits verloren hatte.

»Jasmin.«

»Nektarinen.«

»Petroleum«, sagte Tyler mit einem selbstbewussten Lächeln.

»Angeber«, sagte Jamila.

Ich roch an meinem Glas. Wein. Ich wusste, wenn ich ihn probieren würde, würde er nach … Wein schmecken. Obwohl ich mir mit allem, was ich bereits getrunken hatte, vielleicht die Geschmacksknospen verbrannt hatte. Ich schob das Glas auf die andere Seite meines Desserttellers. Verdammt, gehörte es dorthin? Ich warf einen verstohlenen Blick auf Jamilas Gedeck. Sie hatte ihr Weinglas auf die andere Seite ihres Wasserglases gestellt. Ich korrigierte meinen Fehler. Das Probeessen mit all seinen schicken Gabeln und Gläsern war eine Nummer zu groß für mich.

»Wie hast du das über Wein gelernt?«, fragte ihn Jamila. »Durch deine Eltern?«

»Nein.« Er kicherte. »Meine Familie ist eher Shiner Bock als Riesling.«

Sie stellte ihr Glas ab und beugte sich vor. »Texas?«

»Dallas, geboren und aufgewachsen.«

»Du bist weit weg von zu Hause, Cowboy. Vermisst du es?«

»Nee. Ich liebe es hier. Die Möglichkeiten. Außerdem war es zu Hause immer ein bisschen voll.«

»Tyler kommt aus einer großen Familie. Vier Brüder und eine Schwester«, sagte Cooper. »Die meisten von ihnen waren College-Athleten und einer ist Profi-Baseballspieler.« Cooper konnte das, interessante Fakten über fast jeden bei Synergy aus dem Hut zaubern. Ihm lag so viel an der Firma. So aufmerksam und großzügig.

Aber als ich mich zu Tyler umdrehte, strahlte er nicht vor Bewunderung wie ich. Er nahm seine Brille ab, musterte sie und presste die Lippen zu einer schmalen Linie zusammen.

»Welches Team?« Jamila hatte anscheinend nicht bemerkt, dass Tylers fröhliche Seifenblase geplatzt war.

»Minnesota«, sagte er.

»Mom und Dad müssen so stolz sein.«

Noch mehr Anspannung schlich sich in seinen Kiefer. »Das sind sie. Obwohl sie glücklicher wären, wenn er näher an zu Hause spielen würde.«

»Sie haben dieses Jahr nur knapp die Playoffs verpasst«, war der Beitrag von Jacksons Bruder Andrew zum Gespräch.

Jacksons Schwester Sam zog einen Stuhl heran und ließ sich darauf fallen. »Sammy!« Andrew drehte sich zu ihr um. »Bist du Junggeselle Nummer zweiundzwanzig entkommen?«

»Warum sollte sie denken, dass ich mich mit einem Banker gut verstehen würde?« Sie zupfte ihren Rock zurecht, um ihre Knie zu bedecken.

»Weil sie es mit Unternehmern, CEOs, CIOs, CTOs und sogar ein paar reichen Erben versucht hat. Sie wird langsam verzweifelt.«

»Ich bin erst vierundzwanzig. Und vielleicht bin ich nicht daran interessiert, eine Partnerschaft einzugehen. Weder jetzt noch jemals. Ich habe ihn Nat vorgestellt und mich davongeschlichen.« Sie winkte quer durch den Raum, wo das jüngste Jones-Kind tatsächlich mit einem süßen Kerl in einem teuer aussehenden Anzug plauderte.

Huh. Ich wusste, dass es solche Frauen gab – Alicia sagte, bevor sie Jackson kennengelernt hatte, wäre sie eine von ihnen gewesen –, aber es fiel mir schwer, mir vorzustellen, keine wahre Liebe zu wollen, die Art, bei der man Funken spürt, wenn man sich berührt, die Art, bei der sich die Zehen kräuseln, wenn man sich küsst.

»Du kennst Mutter. Sie will das Jones-Imperium immer erweitern, entweder organisch« – Andrew nickte zu Alicia am Nebentisch, die eine Hand auf ihrem Bauch ruhen ließ – »oder durch Akquise. Außerdem, was ist schon dabei? Vielleicht ist einer von ihnen ein verborgenes Juwel.«

Sie verdrehte die Augen. »Das einzige Juwel, das mich interessiert, ist die Programmiersprache Ruby. Unsere Mutter kann ihre weißen Ritter und Märchenprinzen behalten.«

Ich zuckte zusammen, als Tyler mir ins Ohr flüsterte. »Ich glaube, das ist unser Stichwort.«

»Unser Stichwort?«

Er stand auf und zog mich an unseren verschränkten Händen hoch. Ich schwankte und sackte an seine Seite. Whoa. Ich war wackeliger auf den Beinen, als ich gedacht hatte. *Dummer Wein.*

»Ich muss Marlee ins Bett bringen.« Und er wackelte tatsächlich mit den Augenbrauen in Coopers Richtung. »Morgen ist ein großer Tag.«

Ich warf einen Blick auf Cooper. Seine eigenen dichten Augenbrauen zogen sich in die Höhe. »Gute Nacht. Bis morgen.«

Verdammt. Abgesehen vom Hochziehen der Augenbrauen war er unbeeindruckt.

Als wir uns abwandten, flüsterte mir Tyler ins Ohr: »Okay, wenn ich deine Hüfte berühre?«

Gehörte das zum falschen Date? Oder war er mein Freund und bewahrte mich vor dem Hinfallen? Alles an den Rändern war verschwommen. »Ähm … okay.«

Seine Hand glitt von meiner Schulter zu meinem unteren Rücken, wo er innehielt. Der Alkohol musste meine Nervenenden durcheinandergebracht haben, denn eine prickelnde Spur von Funken folgte seiner Hand dorthin, wo sie auf der oberen Rundung meines Hinterns zur Ruhe kam. Er führte mich zwischen den Tischen zur Tür, als ob er mich jeden Tag so berühren würde.

»Okay?«, murmelte er mir ins Ohr, und sein warmer Atem ließ Gänsehaut auf meinem Nacken entstehen.

»Das ist nicht meine Hüfte«, flüsterte ich.

Er blickte über seine Schulter zurück. »Ich glaube aber, es hat funktioniert. Er starrt auf deinen Hintern.«

Wahrscheinlich, weil er von dem Kribbeln glühte, das Tylers Berührung ausgelöst hatte. Es war zu lange her – drei Jahre –, dass ich jemanden so nah an mich herangelassen hatte.

Die ganze Situation war seltsam. Ich war schon früher mit männlichen Freunden ausgegangen, auch mit Tyler. Baseballspiele, Bars, einmal sogar eine Spendenveranstaltung in schicker Garderobe mit Jackson. Aber ich hatte noch nie jemanden zum Schein gedatet. Machten wir das richtig? Es fühlte sich richtig an – körperlich –, da meine Haut jedes Mal einen Freudentanz aufführte, wenn Tyler mich berührte. Aber tiefer im Inneren, jenseits meiner kribbelnden Nervenenden, fühlte es sich falsch an. Selbst wenn es funktionierte und Cooper mir sagen würde, dass er und Jamila nur Freunde seien und er mich lieben könnte, würde ich die Lüge bereuen, die ich erzählt hatte, um ihn dazu zu bringen?

Als die Restauranttür hinter uns zuschlug, trat ich einen Schritt zurück. Oder versuchte es zumindest. Als ich die Sicherheit von Tylers Halt verließ, stieß ich gegen die Wand. Er griff nach mir, hielt aber inne, als ich eine Hand hob und, von der Wand gestützt, stehen blieb.

»Danke«, sagte ich. »Mir geht es gut.« Ich hielt mich am Geländer fest, klemmte meine Zunge zwischen die Zähne und tastete mich die Treppe hinauf. *Dummer Wein. Dumme Absätze.*

Ich schaffte es, aufrecht zu bleiben, und durchquerte den Verkostungsraum zur Tür, die er schwungvoll für mich öffnete. Draußen holte ich tief Luft von der frischen Nachtluft, um nüchtern zu werden. Es funktionierte nicht. Ohne Tylers Halt oder meine neue beste Freundin, die Wand, kippte der Horizont und ich schwankte in meinen Absätzen.

»Muss mich hinsetzen.« Ohne mir Sorgen um Schmutz auf meinem Secondhand-Kleid zu machen, sank ich auf die oberste Stufe der Veranda.

»Alles in Ordnung?« Die Stufe bebte, als Tyler sich darauf fallen ließ.

»Ich bin eher ein Biertrinker. Der Wein ist mir direkt zu Kopf gestiegen.« Ich blickte zu den Sternen auf, um mich zu erden, und entdeckte Pegasus. Seine Rautenform erinnerte mich an etwas, worüber wir vorhin gesprochen hatten.

»Dein Bruder ist also Profi-Baseballspieler? Warum wusste ich das nicht?«

Ich wandte meinen Blick gerade rechtzeitig vom Himmel ab, um zu sehen, wie sein Kiefer sich verhärtete. »Ich rede nicht viel über meine Familie.«

»Oh.« Ich rieb seinen Arm. »Tut mir leid, dass ich es angesprochen habe. Hast du auch Sport gemacht?«

Er lehnte sich in meine Berührung. »Nee. Ich meine, ich habe gern mit meinen Brüdern gespielt. Und in meinen Highschool-Teams. Aber als ich mit dem Programmieren angefangen habe, wusste ich, das ist es für mich. Einen Job bei Synergy zu bekommen, mit Jay zu arbeiten, das war ein wahr gewordener Traum. Meine Version der Olympiade.«

»Ich bin sicher, deine Familie ist auch auf dich stolz. Du bist ein Starprogrammierer bei einer schnell wachsenden Firma. Du hast es weit gebracht.«

Ein Mundwinkel verzog sich. »Es ist nicht leicht, der Geek in einer Familie von Athleten zu sein. Sport ist viel einfacher zu verstehen als Software.« Er nippte an seinem Wein. »Es hat nicht geholfen, dass ich meinem Bruder gesagt habe, er solle erst sein

Studium beenden, bevor er in den Draft geht.«

Oh.

Sicher, Dad nörgelte an mir herum, weil ich mein Potenzial nicht ausschöpfte, aber er hatte mich nie mit jemand anderem verglichen. Er hätte mich unterstützt, selbst wenn ich ein Superstar-Geschwisterkind gehabt hätte. Und er hatte mir hartnäckig eingeredet, mein Studium abzuschließen, selbst nachdem Jackson mich eingestellt hatte.

»*Ich* verstehe Software. Und ich weiß, dass du bei Synergy der Hammer bist. Glaubst du, du bleibst eine Weile?« Programmierer in der Bay Area waren eher unbeständig und kletterten die Gehaltsleiter hinauf.

»Ja. Ich kann mir nicht vorstellen, gehen zu wollen.«

»Gut. Ich finde immer noch, dass du dich auf die Managerposition bewerben solltest.«

Er senkte den Kopf. »Ich weiß nicht. Ich muss noch eine Menge über Software lernen, bevor ich anfange, anderen Leuten zu sagen, was sie tun sollen. Aber was ist mit dir? Hast du jemals darüber nachgedacht, zu uns in den vierten Stock zu kommen?«

Natürlich hatte ich das. Aber in einer offiziellen Funktion zu programmieren bedeutete weniger flexible Arbeitszeiten. »Geht nicht. Ich muss nach Hause zu Dad.«

»Wieso das?«

Verdammt. Ich atmete die kühle Nachtluft ein, um mein Gehirn besser arbeiten zu lassen. Ich hatte nicht vorgehabt, Tyler von Dads Problemen zu erzählen. Wenn ich Freunden erzählte, dass ich mich um ihn kümmern müsse, glaubten sie mir nie. Selbst wenn sie ihn an einem seiner schlechten Tage trafen, fragten sie mich, warum er mein Problem sei, warum er nicht in einem Pflegeheim leben könne. Auf jeden Fall dachten sie, ich würde Ausreden erfinden, und luden mich nicht mehr ein. Niemand verstand es. Außer Alicia, die sich um ihren eigenen Neffen kümmern musste. Bisher war Tyler hartnäckig gewesen. Er lud mich immer wieder zu Happy Hours, Softball-Ligen und Partys ein. Aber vielleicht würde er mich auch aufgeben, wenn ich ihm von meinem Privatleben erzählte. Und ich wollte an Tyler festhalten. Besonders jetzt, da sich Alicias Leben veränderte.

»Ach, du weißt schon, er wird einsam, wenn er den ganzen Tag zu Hause ist. Wenn ich nicht pünktlich nach Hause gehe, fängt er vielleicht an, Nachrichten im Kabelfernsehen zu schauen. Und dann müsste ich anfangen, mich für Politik zu interessieren.«

Tyler kicherte. »Das geht natürlich nicht.«

Krise abgewendet. Ich stand auf. »Begleitest du mich zurück zum Gasthaus?«

Er warf mir einen prüfenden Blick zu, der Schauer über meinen Nacken jagte.

Ich schlug ihm auf den Arm. »Ich hab's nicht *so* gemeint, du – du. Ich bin nicht sicher, ob ich es zurückschaffe, ohne mir den Knöchel zu verstauchen.«

»Selbstverständlich, Lady Rice.« Er erhob sich und machte eine Scheinverbeugung und noch eine schwungvolle Geste mit dem Arm, während er mir seinen Ellbogen anbot. Ich hakte mich bei ihm ein und drückte seinen Bizeps. Seinen steinharten Bizeps.

Die Nacht war klar, mit einem abnehmenden Mond, der den Weg zurück zum Gasthaus beleuchtete. Eine kühle Brise seufzte durch den Weinberg zu unserer Rechten und wirbelte das süße Aroma gefallener Trauben auf, die die Ernte verpasst hatten. Tylers Masse und Wärme schützten mich vor der Kälte, mit der ich nicht gerechnet hatte, als ich das Gasthaus vorhin in meinem dünnen Kleid verlassen hatte.

Die Lichter des Gasthauses leuchteten vor uns. Wie beendete man ein falsches Date? Mit einem falschen Kuss? Oder einem echten? Mein Gehirn, klebrig vom Wein, hing bei der Frage fest. Wie würden sich seine Lippen auf meinen anfühlen? Würde es einen Funken geben, so wie als er meinen Hintern berührt hatte?

Ich biss mir auf die Innenseite meiner Wange, um mich zu konzentrieren. Nein, das war Tyler. Es würde keinen Kuss geben. Oder noch mehr Wein, um meine Gedanken durcheinanderzubringen.

Endlich erreichten wir die Veranda des Gasthauses.

»So, das bin ich«, sagte ich, ließ seinen Arm los und stützte mich auf das Treppengeländer.

Er schob seine Hände in seine Hosentaschen. »Soll ich dich zu deinem Zimmer bringen?«

»Nein.« Ich reckte mein Kinn und ließ als Beweis das Geländer los. Zu meiner eigenen Überraschung blieb ich aufrecht stehen. »Danke.«

»Ich hab ja nur gefragt.« Im Lampenlicht hatten Tylers Pupillen die haselnussbraune Iris fast verschluckt.

»Du wirst doch nicht versuchen, zurück zu deinem Hotel zu fahren, oder?«

»Nee, ich fahre bei jemandem mit. Mach dir keine Sorgen um mich.« Er blickte auf seine Vans hinunter.

Jetzt tat es mir leid, dass ich so schroff gewesen war. Wir hatten Spaß gehabt und es war nicht unangenehm gewesen … bis jetzt. Und das war meine Schuld. »Freunde machen sich Sorgen umeinander. Also sei heute Abend vorsichtig. Ich möchte nicht, dass meiner Hochzeitsbegleitung etwas zustößt.«

Das brachte ihn dazu, aufzuschauen und zu grinsen. »Bis morgen, Hochzeitsbegleitung.«

Ich konnte nicht anders, als zurückzulächeln. »Gute Nacht, Hochzeitsbegleitung.«

»Trink etwas Wasser«, war das Letzte, was ich hörte, als ich die Treppe hinaufstieg und mich am Geländer festhielt.

VIERHUNDERT AUGENPAARE STARRTEN UNS AN, wie wir auf der Bühne im Festsaal standen – ich in meinem strohblumengelben Brautjungfernkleid und Cooper, der in seinem Smoking zum Anbeißen aussah. Trotz seiner jahrelangen Übung darin, vor Publikum zu sprechen, wirkte Coopers Lächeln gezwungen, wie eingefroren. Vielleicht spürte er auch noch die Nachwirkungen des Weins von letzter Nacht.

Ich schenkte ihm ein aufmunterndes Lächeln und murmelte: »Wir schaffen das schon.«

Tiannah, die neben Alicia am Ehrentisch saß, und Andrew, auf der anderen Seite von Jackson, hatten ihre Trinksprüche bereits gehalten. Jetzt waren wir an der Reihe, der Moment, den ich seit Wochen geplant hatte.

Ich hob mein Glas mit Gingerale und beugte mich zum Mikrofon. »Wir sind heute Abend hier, um die Hochzeit von Alicia und Jackson mit der Hilfe von so vielen Familienmitgliedern und Freunden zu feiern, einschließlich des gesamten Vorstands von Synergy.« Ich deutete auf den Tisch mit den VIPs zu meiner Linken und wartete auf den höflichen Applaus.

»Und *wir*«– Cooper legte beiläufig einen Arm um meine Schultern, was meinen Magen flattern ließ – »sind hier als Jays ältester Freund –«

»–und Alicias neueste Freundin.« Ich grinste sie an. Das arme Ding war umgeben von Jacksons einschüchternd reicher Familie und der Tech-Elite von San Francisco und konnte sich nicht einmal mit Champagner lockermachen. Aber der Stress einer unerwarteten Schwangerschaft, einer neuen Stadt und einer neuen Familie, die ihr Leben in den Wirtschaftsmagazinen führte, lastete heute Abend nicht auf ihr. Sie schwebte praktisch vor Glückseligkeit, mit ihrem Seelenverwandten vereint zu sein.

»Ich kenne Jay, seit wir Zimmergenossen im College waren. Durch Jay habe ich eine Vorliebe für europäische Sportwagen entwickelt« – Cooper machte eine Pause für das schallende Gelächter der Menge – »und meinetwegen kennt Jay jedes Wort von *Casablanca*. Zusammen haben wir Jays Idee zu einem Fortune-1.000-Unternehmen mit Büros auf der ganzen Welt ausgebaut. Und von all den Softwarefirmen in all den Städten auf der ganzen Welt schneit Alicia ausgerechnet in Jays herein.« Er hielt erneut inne für das anerkennende Schmunzeln der Gäste. »Obwohl es höchst unangebracht von ihm war, sich in eine Beraterin zu verlieben –«

»–war es auch unglaublich romantisch«, sagte ich. »Als ich sie zum ersten Mal zusammen sah, wusste ich, dass sie bis über beide Ohren verliebt waren.«

»Jay ist nicht gerade für seine Konzentration bekannt«, sagte Cooper. »Ich glaube, das Einzige, was ihn durch das erste Jahr Englisch gebracht hat, waren meine pantomimischen Zusammenfassungen der Bücher, die er nicht lesen wollte.«

Jackson rief: »Ihr hättet ihn bei *Drachenläufer* sehen sollen.«

Coopers Lächeln war liebevoll, als er sich wieder der Menge zuwandte. »Aber seit er Alicia getroffen hat, zeigt er eine neue Hingabe. Letztes Jahr haben er und Alicia unser Team zur erfolgreichsten Produkteinführung in der Geschichte von Synergy geführt.« Jubel brandete von den Tischen der Synergy-Mitarbeiter und vom Vorstand auf. Der Aktienkurs war in den letzten neun

Monaten um fünfundzwanzig Prozent gestiegen. »Alicia ist die einzige Person, die ich je getroffen habe, die Jay im Zaum halten kann. Ich weiß, ich konnte es nie.«

»Wie jedes Paar hatten sie ihre Höhen und Tiefen«, sagte ich, »aber ich habe noch nie zwei Menschen gesehen, die verliebter sind, nicht seit meiner eigenen Mutter und meinem Vater. Deshalb könnte ich nicht glücklicher sein, dass mein Chef eine so exzellente Partnerin gefunden hat und dass meine Freundin die Liebe ihres Lebens gefunden hat. Lasst uns alle unsere Gläser auf viele kommende Jahre des Glücks erheben.«

Cooper sagte: »Ich seh euch in die Augen, Kinder.«

Die Gäste hoben alle ihre Gläser zum Toast, Jackson und Alicia küssten sich und das Stimmengewirr setzte wieder ein.

Als wir von der Bühne traten, drehte ich mich zu Cooper, stellte mich auf die Zehenspitzen und umarmte ihn, wobei ich versuchte, es spontan aussehen zu lassen, obwohl ich es seit Tagen geplant hatte. »Vielen Dank, Cooper. Ohne dich hätte ich das nicht geschafft«, flüsterte ich ihm ins Ohr. Süße Ada Lovelace, er roch so gut. Grüne Minze und Champagner und die Perfektion eines Romanhelden. Nach einer zu langen Umarmung senkte ich mich widerstrebend auf meine Fersen und trat von ihm weg.

Die Sängerin trat ans Mikrofon, die Band begann zu spielen und Jackson wirbelte Alicia auf die Tanzfläche.

»Sie sehen so glücklich aus.« Ich hatte Jackson noch nie so entspannt, so zufrieden gesehen. Alicia war wie die Musik in seinen Kopfhörern, die ihn beruhigte, ihn konzentrieren ließ. Könnte ich das für Cooper sein? Würde sich die kleine Sorgenfalte zwischen seinen Augenbrauen eines Tages glätten, wenn ich in der Nähe war?

Nicht heute Abend. Die Furche war tief, als er sagte: »Findest du? Ich finde, er sieht … müde aus.«

»Nein! Na ja, vielleicht ein bisschen.« Alicia war diejenige, die müde aussah. Ich hatte sie gesehen, bevor die Stylistin die dunklen Schatten unter ihren Augen abgedeckt hatte. »Sie haben hart gearbeitet, um das hier auf die Beine zu stellen und die Arbeit abzuschließen, damit sie nach Fidschi verreisen können.«

»Und ich bin derjenige, der die Arbeit auffangen muss, während er weg ist«, brummte er.

Ah. *Das* war es, was ihn so grantig machte.

»Ich helfe dir, während er weg ist.« Alles Teil des Plans. »Ist es das nicht wert, um sie so glücklich zu sehen?«

Tyler kam auf uns zu und ich packte seinen Arm, um ihn näherzuziehen. »Tyler, findest du nicht auch, dass sie glücklich aussehen?«

»So glücklich habe ich sie noch nie gesehen.« Er hob sein Champagnerglas. »Mögen wir alle die Liebe unseres Lebens heiraten.« Im Licht über der Tanzfläche verdrängte das Grün die anderen Farben in seinen haselnussbraunen Augen.

»Darauf ein Hoch.« Ich warf einen verstohlenen Blick auf Cooper. Sein Glas baumelte an seinen Fingern an seiner Seite und er blickte stirnrunzelnd auf das Paar.

Das Lied endete, und während alle um uns herum klatschten, winkten Alicia und Jackson uns zu, um uns auf der Tanzfläche zu begleiten.

Tyler berührte meinen Arm. »Sollen wir, Hochzeitsbegleitung?«

»Oh. Ich, ähm.« Das Bedauern auf meinem Gesicht war echt. Ich wäre viel lieber geblieben und hätte mich mit Tyler unterhalten, der sich tatsächlich zu amüsieren schien, als mit dem grantigen Cooper. Aber es war Schritt zwei des Plans. »Das ist mein Tanz mit Cooper.«

Für einen Moment verzogen sich Tylers Mundwinkel, aber dann klärte sich sein Gesichtsausdruck zu seiner üblichen Freundlichkeit. »In Ordnung. Aber denk dran, Fallon, Marlee ist heute Abend meine Begleitung.«

Meine Fingerspitzen kribbelten. Tyler war *gut* in diesem Fake-Date-Ding.

Ich anscheinend nicht. Ich schüttelte meine Finger aus.

Als Cooper seine Hand ausstreckte, nahm ich sie und folgte

ihm in die Mitte der Tanzfläche. Er hob unsere verschränkten Hände und legte seine andere Hand auf meinen Rücken. Auf meinen nackten Rücken über meinem tief ausgeschnittenen Satinkleid. Seine Augen weiteten sich, als er seine Hand tiefer gleiten ließ und schließlich an der Vertiefung meines Rückens Stoff fand, genau über der Stelle, an der Tylers Hand letzte Nacht meinen Hintern gestreift hatte. Unter dem Gewicht seiner Hand klebte der dünne Stoff an meiner schweißfeuchten Haut. Das erklärte wahrscheinlich, warum ich nicht in die gleichen Schauer ausbrach wie letzte Nacht, als Tyler mich dort berührt hatte.

»Wir wollen deine Begleitung doch nicht eifersüchtig machen, oder?«

Ich zwang mich zu einem Lachen. Ugh. Die Ironie des Schicksals.

»Ich nehme an, heute Abend ist nicht der richtige Zeitpunkt, um dich vor den Herausforderungen einer Beziehung mit einem Kollegen zu warnen.« Seine Augen waren auf Alicia und Jackson gerichtet.

Ich reckte mein Kinn. »Bei ihnen hat es gut geklappt. Sie sind glücklicher als ein paar Heliophysiker während einer Sonnenfinsternis.«

»Stimmt.« Er sah zu mir herunter. »Ich sage dir das, weil du mir wichtig bist, Marlee.«

»Das – das bin ich?« Ich hielt den Atem an und wartete. Könnte es sein, dass er mir gleich sagen würde, dass er Gefühle für mich hatte?

»Wie ein großer Bruder.«

Verdammt. Na ja, damit konnte ich arbeiten. »Jackson ist wie ein Bruder für mich. Du bist wie der beste Freund meines Bruders.« Einer meiner liebsten romantischen Tropen. Und wenn die Heldin hartnäckig war, verliebte sich der Freund des Bruders am Ende immer in sie.

Offensichtlich hatte Cooper keine Romane über beste Freunde von Brüdern gelesen. »Jedenfalls, wenn etwas zwischen dir und Tyler ... passieren sollte, wäre es schwierig – unangenehm – für dich, ihn jeden Tag bei der Arbeit zu sehen. Es würde wehtun, ihm so nah zu sein und zu wissen, dass du nie mit ihm zusammen sein kannst.«

Meine Füße hörten auf, sich zu bewegen. Warnte er mich vor Beziehungen zwischen Kollegen, weil *ihn* das zurückhielt? Hatte er vermieden, etwas mit mir anzufangen, weil er Angst vor den Konsequenzen bei der Arbeit hatte? War Jamila nur eine Ablenkung für ihn? Mein Herz – jedes Organ in meinem Körper – füllte sich mit Hoffnung. »Ich würde die Hoffnung nicht aufgeben. Dass wir es schaffen und zusammenkommen könnten. Eines Tages.«

Seine eisblauen Augen schmolzen bei diesen Worten ein wenig. »Das ist es, was ich an dir liebe, Marlee. Du bist ein Sonnenstrahl in dunklen Zeiten. Danke.« Er beugte sich vor, um mich auf die Wange zu küssen. Ich unterdrückte ein Quietschen. Er hatte »liebe« gesagt und mich geküsst, auch wenn seine Lippen kalt und hölzern waren.

Das Lied endete und ich riss mich von ihm los, um für die Band zu klatschen. Mein Kopf wirbelte und ich konnte meine Füße nicht spüren. Ich schwebte zurück zu Tyler am Rande der Tanzfläche.

»Danke, Tyler, dass du mir den Vortritt gelassen hast. Und danke dir, Marlee.« Cooper nickte, fast eine prinzliche Verbeugung.

Tyler legte eine besitzergreifende Hand auf die nackte Haut meines unteren Rückens – *ein elektrischer Schlag!* – und küsste meine Wange. Die andere, nicht die, die Cooper gerade geküsst hatte, und näher an meinem Mund, sodass meine eigenen Lippen vor Vorfreude summten. Die Zärtlichkeit in dieser kurzen Berührung ließ mich dahinschmelzen. Davon könnte Cooper sich eine Scheibe abschneiden.

»Toller Trinkspruch übrigens. Alle reden darüber«, sagte Tyler. Er zog mich an seine Seite und blickte zurück zu Cooper, die Augenbrauen gehoben, in genau der richtigen Mischung aus freundlich und *Hände-weg-von-meinem-Mädchen*.

»Danke«, sagte ich. »Wir arbeiten gut zusammen, findest du nicht, Cooper?«

Coopers Blick verweilte auf Tylers Hand an meiner Hüfte. »Hmm. Ich muss Jamila finden. Und einen Drink. Viel Spaß.« Er drehte sich um und stapfte zur Bar.

Das hatte nicht so gut geendet.

Tyler massierte einen Kreis auf meinem unteren Rücken. »Ihr saht aus, als hättet ihr da draußen einen besonderen Moment.« Er nickte in Richtung Tanzfläche.

Mein beschwingtes Gefühl vom Tanzen verflog. »Ich weiß nicht. Er hat mich einen ›Sonnenstrahl‹ genannt. Was meinst du, was das bedeutet?«

Tyler lockerte seine steife Haltung. »Ich glaube, es bedeutet, dass du in dem Kleid fantastisch aussiehst. Mit den hochgesteckten Haaren siehst du aus wie, ähm … diese Prinzessin – meine Schwester hatte eine Puppe, die ein großes gelbes Kleid trug.«

»Belle? Aus *Die Schöne und das Biest?*«

»Genau die.«

»Aw. Du bist die süßeste Hochzeitsbegleitung aller Zeiten.« Ich umarmte ihn.

Er zog sich zurück. »Süß?«

»Definitiv.«

»Kein Kerl will süß genannt werden. Oder nett.«

»Aber du bist beides.«

Er verdrehte die Augen zu den Scheinwerfern über der Bühne. »Tanz mit mir?«

»Sicher.«

Kurz bevor wir auf die Tanzfläche traten, entdeckte ich den schlaksigen, elfjährigen Noah, der allein an einem Tisch saß. Seine Großmütter hatten sich den Tanzenden angeschlossen: Alicias Mutter mit Jackson und ihre Stiefmutter mit Alicia. Es waren viele andere Kinder auf der Hochzeit – ein Haufen junger Jones-Cousins –, aber sie drängten sich um den Kuchentisch und ließen Noah allein. Der Abend musste für Noah seltsam sein, da er den offiziellen Übergang für ihn und Alicia in die Jones-Familie markierte, und mein Herz tat mir leid für den Jungen, der im letzten Jahr so viel Veränderung durchgemacht hatte. Und der seine Mutter verloren hatte, genau wie ich. Ich blieb neben Noah stehen und hielt Tyler an.

»Hey, Noah«, sagte ich. »Tyler und ich gehen tanzen. Willst du mitkommen?«

Seine Ohren wurden rosa und er schüttelte den Kopf, sodass die langen dunkelblonden Strähnen ihm ins Gesicht flogen. »Nein, danke.« Noah, hatte Alicia mir erzählt, war ein kleines bisschen in mich verknallt, seit ich vor ein paar Monaten seine Babysitterin gewesen war.

Tyler ging vor ihm in die Hocke. Er sprach leise, aber ich hörte ihn sagen: »Hör zu, mein Freund, wenn ein hübsches Mädchen dich zum Tanzen auffordert, sagst du Ja. Sie fragt dich vielleicht nicht noch einmal.«

Noah schluckte und nickte, seine Augen waren weit aufgerissen. Ich streckte ihm meine Hand hin, er ergriff sie und folgte uns auf die Tanzfläche, wo die Band einen poppigen Song aus den Sechzigern spielte. Tyler legte ein lächerliches Gezappel eines Verbindungsstudenten hin, und Noah und ich kicherten und wippten mit.

Während wir tanzten, fiel mein Blick auf Alicia und Jackson, die sich wieder zusammengetan hatten und langsam aus dem Takt des schnellen Liedes schwankten. Sie erinnerten mich an das Hochzeitsfoto meiner Eltern. Ihre Hochzeit war überhaupt nicht opulent gewesen, aber die Ausdrücke auf ihren Gesichtern waren denen meiner Freunde so ähnlich. Reine Liebe strahlte aus Alicias blauen Augen, als sie ihren Mann ansah. Ich seufzte mit dem ganzen Körper.

Ein paar Lieder später war ich verschwitzt und meine Haare begannen, sich aus ihrer mit Haarspray fixierten Hochsteckfrisur zu lösen, als die Band zu »Something« von den Beatles überging. Alicia trat heran und fragte Noah: »Hey, Kumpel. Tanz mit mir?«

»Klar.« Alicia schenkte mir über seinen Kopf hinweg ein dankbares Lächeln, als sie davontanzten.

Tyler kam näher und ergriff meine rechte Hand. Er zögerte einen Moment und ließ dann seinen Arm über meinen Rücken gleiten, zog mich zu sich heran, bis uns nur noch wenige Zentimeter trennten. »Okay?«, fragte er.

»Okay.« Aber es war mehr als nur okay. Tyler war genauso warm wie ich und sein weißes Hemd, am Hals aufgeknöpft, klebte an seiner Haut. Der Duft seines Parfums – Zeder und Zitrus – entfaltete sich aus nächster Nähe. Ich blickte ihm in die Augen, ein Kaleidoskop aus Smaragd, Bernstein und Saphir. Ein Hauch von Stoppeln milderte seinen starken Kiefer. Als die Lichter von der Bühne sein Gesicht trafen, traf mich sein gutes Aussehen wie ein Völkerball in die Magengrube. Ich hatte ihn noch nie wirklich *angesehen*. Schon gar nicht aus dieser Nähe.

»Mmhmm.«

»Was ist?«, fragte er.

»Ich habe dir nur zugestimmt.«

»Ich habe nichts gesagt.«

»Oh.« Wenn ich getrunken hätte, hätte ich es auf den Wein geschoben. Dann bemerkte ich, dass wir die wenigen Zentimeter zwischen unseren Körpern geschlossen hatten und die gelbe Seide, die meine Brüste bedeckte, direkt gegen die dünne Baumwolle seines Hemdes drückte.

Tyler blickte über meine Schulter. »Mach dich bereit für Phase zwei.«

»Was?«

»Operation Märchenprinz. Phase eins war Tanzen.« Er führte uns in eine Vierteldrehung und atmete tief ein. »Bereit?«

»Für wa–«

Er küsste mich.

Und die Welt blieb stehen.

Ich meine, die Welt drehte sich um uns weiter, und der Sänger schmachtete »Don'will sie jetzt nicht verlassen«, und die anderen Paare schwankten weiter, und die bunten Lichter huschten umher.

Aber für mich verblasste alles außer der sanften Berührung von Tylers Lippen auf meinen und seinen Armen, die mich auf dieser Tanzfläche hielten. Es hätten fünf Sekunden oder fünf Minuten oder fünf Stunden sein können, denn die Zeit endete, während sich meine Augen schlossen und unsere Lippen sich trafen.

Endlich löste er sich sanft und ich öffnete die Augen. Meine rechte Hand war in den Haaren an seinem Hinterkopf verfangen und er starrte mir ins Gesicht. Seine Brust hob und senkte sich, als wäre er eine Treppe hochgerannt. Oder vielleicht war es meine Brust, die sich hob und senkte.

Dann zuckte sein Blick nach rechts von mir, wo Cooper uns über Jamilas Schulter hinweg beobachtete.

10

WÄHREND TYLER und ich uns in der Mitte der Tanzfläche drehten, wurde meine Stirn von Schweißperlen benetzt und meine Füße schmerzten, aber ich konnte mich nicht erinnern, wann ich mich das letzte Mal mehr wie der Star eines Rodgers-und-Hammerstein-Musicals gefühlt hatte. Wenn ich auch nur einen Ton hätte halten können, wäre ich lauthals in Gesang ausgebrochen.

Dad hatte nie das Geld oder die Zeit gehabt, mich zum Tanzunterricht zu schicken, aber er hatte den Wohnzimmerteppich aufgerollt und mir zu Anne Murrays »Could I Have this Dance« die Grundlagen beigebracht. So sehr ich auch davon fantasiert hatte, eine Prinzessin auf einem Ball zu sein, so hätte ich dafür doch Unterricht auf dem Niveau von Mia Thermopolis bei Julie Andrews gebraucht. Aber an diesem Abend war Tyler mein eigener Fred Astaire, der mich herumwirbelte, als wäre ich Ginger Rogers.

Die Band legte mit Elvis Presleys »Can't Help Falling in Love« los, und Tyler drehte mich von sich weg und zog mich wieder an sich heran. Mein hauchdünner gelber Rock weitete sich um meine Knöchel und verfing sich in seinen Hosenbeinen.

»Bist du so eine Art Hochzeits-Gigolo?«, fragte ich ihn.

»Was?« Er schenkte mir ein verwirrtes Lächeln, während er geschickt einem wirbelnden Paar Blumenmädchen auswich.

»Wirst du angeheuert, um mit den Brautjungfern und alten Jungfern zu tanzen?«

Tyler summte und führte mich ins Scheinwerferlicht in der Mitte der Tanzfläche.

»Du bist ein fabelhafter Tänzer. Ich bin eine schreckliche Tänzerin, und du hast mich den ganzen Abend gut aussehen lassen.«

»Du hast schon vorher gut ausgesehen.« Er wirbelte uns in eine schnelle Drehung. »Ich habe dich nur anmutig aussehen lassen.«

Ich schnaubte. Anmutig.

»Meine Mom«, sagte er.

»Was?«

»Meine Mutter hat uns Jungs allen das Tanzen beigebracht. Sie sagte, sie wollte nicht, dass wir sie beim Mutter-Sohn-Tanz in der Schule blamieren.«

Ich stellte mir Tyler und vier ihm zum Verwechseln ähnlich sehende Brüder in Anzügen vor, aufgereiht wie an einem Buffet. Lecker. Aber trotzdem – »Deine arme Mutter.«

»Wir waren im Blocken und Tackling besser als im Foxtrott, aber wir haben uns ganz gut geschlagen.«

Als das Lied endete und der Sänger eine fünfzehnminütige Pause ankündigte, verflog mein Tanzrausch und ließ meine Füße in meinen filigranen Sandalen pochen.

»Ich muss mich setzen«, stöhnte ich.

»Oh. Stimmt. Tut mir leid.« Tyler bot mir seinen Arm an, auf den ich mich stützen konnte, und führte mich zu einem Tisch.

»Kein Grund, sich zu entschuldigen.« Ich ließ mich auf einen Stuhl sinken. »Ich kann mich nicht erinnern, jemals so viel Spaß auf einer Hochzeit gehabt zu haben.«

Er grinste. »Wasser oder Champagner?«

»Wasser, bitte.«

»Bin gleich zurück.«

Ich sah ihm nach, wie er zur Bar ging. Sein Hemd klebte an seiner Haut, zerknittert dort, wo meine verschwitzte Hand seine Schulter umklammert hatte. Sein Gesicht war gerötet, aber er lächelte, seine Haltung war entspannt und locker. Bis Cooper von hinten an ihn herantrat und etwas sagte. Tyler wirbelte herum.

Mein Handy vibrierte in meiner Rocktasche, ich zog es heraus und öffnete mit dem Daumen meine Nachrichten-App.

DAD

Ich geh ins Bett. Ich hoffe, du hast eine gute Zeit auf der Party.

Hab ich. Gute Nacht. Ich ruf dich morgen früh an.

Sogar das Pochen in meinen Füßen ließ nach. Dad hatte sich an diesem Wochenende großartig geschlagen. All diese kleinen Aussetzer, die er in den letzten Wochen gehabt hatte, waren völlig normale Teile des Alterungsprozesses. Und hier war ich, auf der Hochzeit meiner Freunde, tanzte wie jede andere Fünfundzwanzigjährige und saß nicht wie eine Stubenhockerin ohne Freunde zu Hause.

»Fantastische Party.« Jamila Jallow ließ sich auf den Stuhl mir gegenüber gleiten und lenkte meine Aufmerksamkeit von meinem Handy ab. Ihr figurbetontes magentafarbenes Kleid zeigte keine Falten, und nur der Glanz ihrer Haut deutete darauf hin, dass sie fast so viel getanzt hatte wie ich.

»Es ist wie ein Märchenball.« Mit den Füßen tastete ich unter meinem Stuhl nach meinen Sandalen. Ich fand sie und steckte meine Zehen hinein. Ich konnte nicht barfuß mit der eleganten Jamila reden.

Sie lehnte sich im Stuhl zurück und hakte ihren Arm über die Rückenlehne. »Ich mag Sie, Marlee. Und nach dem, was Cooper sagt, sind Sie blitzgescheit.«

»Danke sehr.« Ich richtete mich auf.

»Kann ich ganz offen zu Ihnen sein? Von einer Geschäftsfrau zur anderen?«

Ich blinzelte. Jamila Jallow, CEO ihrer eigenen Firma und rundum eine Powerfrau, wollte mir einen Rat geben? »O-okay.«

Sie beugte sich vor, die Ellenbogen auf die Knie gestützt. Als ihr Blick über mich wanderte, war ich durchsichtig, entblößt. »Software ist eine Männerwelt. Vorerst. Das bedeutet, Sie müssen Ihren Kopf benutzen. Und diese hübschen braunen Augen.« Sie machte ein paar Sekunden Pause.

Das war der seltsamste Karrieretipp, den ich je gehört hatte. »Mhm?«

»Ich glaube, eine Fantasie hindert Sie daran zu sehen, was direkt vor Ihnen liegt. Und was sein könnte.«

Sprach sie von meinem Schwarm? »Warum denken Sie, dass es nur eine Fantasie ist? Glauben Sie nicht, ich könnte …«

»Ich denke, Cooper Fallon ist ein komplizierter Mann. Aber Sie sind jung. Talentiert. Ihr Gehirn ist verschwendet für das Verwalten von Kalendern und das Ausfüllen von Spesenabrechnungen.« Sie wiederholte die Worte meines Vaters.

»Das ist nicht alles, was ich …«

»Sie könnten mehr tun.« Ihr Tonfall brachte mich zum Schweigen. Ich konnte mir vorstellen, dass das auch im Sitzungssaal funktionierte. Aus ihrer Clutch zog sie eine Visitenkarte und hielt sie mir hin. »Was auch immer Sie brauchen – einen Rat, Mentoring, einen neuen Job«, sie wischte meinen Protest beiseite, »rufen Sie mich an. Wenn Sie so weit sind.«

Ich steckte die Karte in die Tasche meines Rocks. Ich würde sie nicht brauchen, aber es war nett von ihr, es anzubieten.

Sie blickte zur Bar, und ich folgte ihrem Blick, um Cooper und Tyler zu sehen, die mit Drinks in den Händen auf uns zukamen. »Ich habe Sie nicht darum gebeten, aber ich gebe Ihnen auch einen persönlichen Rat. Halten Sie sich mit beiden Händen an Tyler fest. Dieser Kerl ist etwas Besonderes.«

Sie stand auf, als Cooper den Tisch erreichte. Er reichte ihr ein Glas Champagner.

»Weißt du, was dazu großartig passen würde? Noch ein Stück Kuchen.« Machte sie da etwa Rehaugen?

»Natürlich«, sagte er. Er nickte Tyler und mir zu und ging weg, seinen Arm um Jamilas schmale Taille gelegt.

Hatte Jamila mich gerade unter dem Deckmantel eines Karrieretipps vor Cooper gewarnt? Versuchte sie, mir Schmerz zu ersparen, weil sie und Cooper zusammen waren, oder versuchte sie, mich abzulenken, weil sie sich bedroht fühlte? Oder versuchte sie, mich von Synergy abzuwerben? Ein Schmerz zog sich über meine Stirn. Ich nahm das Glas Wasser von Tyler und stürzte es hinunter.

»Alles in Ordnung?« Tyler ließ sich auf Jamilas Stuhl nieder.

»Alles bestens.« Ich trank noch mehr Wasser und beobachtete ihn über den Rand des Glases. *Etwas Besonderes*, hatte sie ihn genannt. Er war süß. Ein wenig tollpatschig. Das genaue Gegenteil von Cooper Fallon. Cooper wurde von Selbstvertrauen in einer goldenen Aura umhüllt. Er beurteilte jede Situation und handelte dann souverän. Sogar seine Bewegungen hatten die geschmeidige Anmut eines Löwen.

Tyler drehte sein Champagnerglas auf dem Tisch. Er folgte Jackson wie ein Hündchen. Ein ungelenkes mit zu großen Pfoten. Er hörte mehr zu, als er sprach, und zu viele seiner Sätze hatten am Ende einen fragenden Ton. Das war bei einem Freund bezaubernd, aber bei einem Liebhaber? Nicht das, was ich wollte.

Egal, wie viel Spaß wir hatten oder wie exzellent Tyler tanzte, es gab einfach keinen Vergleich.

———

NACHDEM WIR UNS VERSAMMELT HATTEN, um Alicia und Jackson zu verabschieden, entwickelte sich das Ziehen in meiner Stirn zu ausgewachsenen Kopfschmerzen, also humpelte ich zum Brauttisch, um der lauten Musik zu entkommen. Tyler machte sich auf die Suche nach Ibuprofen.

Ich zog mein Handy aus meiner Clutch. Keine neuen Nachrichten von Dad oder unserer Nachbarin Alma, die den Abend mit ihm verbracht hatte. Sie hätte mir Bescheid gesagt, wenn Dad irgendwelche Probleme gehabt hätte, von denen er mir nichts erzählt hatte.

Als ich von meinem Handy aufsah, stand Cooper ein paar Plätze weiter und fingerte an einer Ansteckblume herum. Zuerst dachte ich, er hätte sie gerade abgenommen, aber dann bemerkte ich, dass seine noch an seinem Revers steckte, vom Tanzen zerdrückt. Mit Jamila. Die in seiner Hand hatte eine weiße Calla-Lilie, was sie als die von Jackson kennzeichnete.

»Glaubst du, er wird die haben wollen?«, fragte ich. Ich bezweifelte es; das Einzige, was Jackson sammelte, waren Vintage-T-Shirts. Und Autos.

Cooper schreckte auf und blickte hoch. Er rieb sich den Nacken. »Hmm, vielleicht.« Er steckte die Blume in seine Brusttasche. »Ich heb sie für ihn auf, nur für den Fall.«

Er ist so rücksichtsvoll. Obwohl Jackson wahrscheinlich über seine Sentimentalität lachen würde, wollte Cooper diese Erinnerung an seine Hochzeit für seinen Freund aufbewahren. Noch eine Sache, die wir gemeinsam hatten: Ich bewahrte mein getrocknetes Ball-Blumenanstecksträußchen in der Schublade unter dem Fenstersitz in meinem Schlafzimmer auf.

Wir hatten beide andere Begleitungen und es war fast Mitternacht, aber ich konnte mir diese Chance nicht entgehen lassen. Das Schmerzen in meinen Füßen ignorierend, ging ich die paar Schritte zu ihm. »Willst du später im Gasthof noch etwas trinken? Wir können reden und uns entspannen.« Sein Stirnrunzeln verriet mir, dass ihn etwas beschäftigte. Vielleicht würden wir endlich über die unbeholfenen Gespräche hinauskommen, die wir immer zu haben schienen, und über etwas Bedeutungsvolles reden.

»Danke, aber nein.« Sein Blick ruhte auf Alicias Brautstrauß, der ebenfalls auf dem Tisch zurückgelassen worden war. »Mila muss heute Abend nach Hause.«

All mein Glück vom Tanzen löste sich auf und hinterließ einen schweren Kloß in meinem Magen. Er fuhr mit Jamila nach Hause.

»Du bleibst nicht? Alicia und Jackson werden dich morgen früh beim Brunch vermissen. Du wirst sie nicht mehr sehen, bevor sie in die Flitterwochen fliegen.«

»Nein, ich … ich kann nicht.« Er riss seinen Blick von den Blumen los und sah mir in die Augen. »Richte Jay aus, dass er eine gute Reise haben soll. Wir sehen uns am Montag im Büro.«

Ich nickte, ballte aber meine Hände zu Fäusten. Meine Pläne, mit Cooper zu reden, ihm endlich meine Schwärmerei zu gestehen und zu sehen, ob er auch nur annähernd so empfand wie ich, waren komplett den Bach runtergegangen. Alles, was ich tun konnte, war am Montag zu Schritt zwei meines Plans überzugehen.

»Fahrt vorsichtig.« Ich zwang mich zu einem Lächeln.

Er drehte sich um und schritt zu dem Tisch, an dem Jamila stand, groß, elegant und, im Gegensatz zu mir, immer noch Schuhe tragend, und sich mit einigen Führungskräften von Synergy unterhielt. Er legte seine Hand auf ihr Kreuz und beugte sich vor, um ihr etwas ins Ohr zu flüstern. Sie schlang ihren Arm um seine Taille und bot ihre Wange für einen Kuss dar. Verdammt. Sie sahen so vertraut miteinander aus. Wie ein Liebespaar.

»Was ist los?«

Ich lockerte meinen Kiefer und meine Fäuste und versuchte, Tyler anzulächeln, der sich genähert hatte, während ich sie angestarrt hatte. »Nichts.« Aber ich blickte dorthin, wo Cooper und Jamila standen, die Arme umeinander gelegt.

Er folgte meinem Blick und neigte den Kopf zur Seite, beobachtete sie. Dann hielt er mir zwei orangefarbene Tabletten und eine Flasche Wasser hin.

Ich schluckte die Pillen und wünschte, sie könnten auch meine Eifersucht betäuben.

»Lass uns hinsetzen, bis die wirken.« Sein Tonfall war so sanft, dass meine Augen anfingen, von Tränen zu brennen.

»Okay.«

Tyler setzte sich auf den Stuhl neben mich und zeigte auf meine Füße. »Macht es dir was aus, wenn ich …?«

»Du willst meine Füße anfassen? Aber die sind verschwitzt.«

»Und sie tun weh.« Er griff nach meinem Knöchel und legte meine Ferse auf sein Knie. Seine Hand strich über die rote Furche an meinem Knöchel, wo der Riemen eingeschnitten hatte. »Okay?«

»J-ja.« Seine Hände waren warm, und er übte genau den richtigen Druck aus, um den Schmerz zu lindern, den die teuflischen Schuhe hinterlassen hatten.

Er wanderte weiter über meinen Fußrücken und glättete die Druckstelle des Riemens über meinen Zehen. Ich lehnte mich im Stuhl zurück.

»Tut der Kopf immer noch weh?«, fragte er.

»Mhm.«

Er drückte einen Daumen zwischen meinen großen und meinen zweiten Zeh und übte Druck aus. Es war seltsam, sich von einem Freund, einem Kollegen, die Füße anfassen zu lassen. Aber als er zwischen meine Zehen drückte, ließ der Schmerz in meinem Kopf nach. Seit wann wirkte Ibuprofen so schnell?

»Was … was machst du da?«

»Willst du, dass ich aufhöre?«

»Nein! Es hilft.«

Er grinste. »Dachte ich mir. Du kannst mir vertrauen.«

Und das tat ich. Seine Daumen bewegten sich über die Oberseite meines großen Zehs und dann darunter zum Fußballen. Die Musik der Band verblasste, und ebenso die anderen Hochzeitsgäste. Die Anspannung verließ meine Muskeln, und ich schmolz in den Stuhl.

Er hatte mich heute Abend zweimal überrascht. Zuerst mit seinen Tanzkünsten und jetzt mit der professionellen Fußmassage. Welche anderen verborgenen Talente besaß er? Was wusste ich noch nicht über meinen Freund, Tyler Young?

Meinen nun knochenlosen Fuß auf seinem Knie lassend, griff er nach dem anderen und streichelte meine Wade. Er benutzte dieselben langen Striche über meinen Knöchel und den Fußrücken und linderte die gespannten Muskeln darunter.

Er bewegte seine Hände zu meiner Fußwölbung und bearbeitete dort eine Stelle. Zuerst sanft, dann langsam den Druck erhöhend. Der Muskel entspannte sich und wurde geschmeidig. Ich wusste nichts über Bioenergie, Chi oder Prana, aber in meinem Fuß ging etwas Mystisches vor sich.

Nicht nur in meinem Fuß. Ein Kribbeln kroch meinen Knöchel hinauf und verharrte dort, wo meine Schenkel aufeinandertrafen. Pulsierend. Wärmend. Ich sah nach unten, um zu überprüfen, ob seine Hände immer noch auf meinem Fuß lagen und nicht unter meinen Rock gewandert waren, wo Phantomfinger mich berührten. Als ich mich im Stuhl bewegte, erhitzte sich meine Haut.

»Fühlt sich gut an?« Er hielt den Kopf gesenkt, die Augen auf meinen Fuß gerichtet.

»Ja«, kam meine Stimme hoch und hauchig heraus. Ich ließ meine Augen zutreiben, während ich meine Schenkel aneinanderpresste. Feuchtigkeit drang durch die unzureichende Barriere meines Tangas, und ich wagte es, ein wenig fester zu drücken. Tylers Hände wechselten von meiner Fußwölbung zur Mitte meines Fußes. Seine Daumen drückten nach oben zu meinen Zehen. Das Kribbeln verstärkte sich. Mein Puls dröhnte in meinen Ohren, und ich sog nach Luft. Das war keine entspannende Fußmassage. Es war reines Vorspiel.

Er knetete weiter die Unterseite meines Fußes, und als er gleichzeitig auf meine Fußwölbung drückte, verkrampfte sich mein Zentrum. Und verkrampfte sich und verkrampfte sich wieder, bis sich Wärme in meinem Unterleib ausbreitete.

Ich stieß einen zittrigen Atemzug aus. Das war Massage-Magie.

Tyler ließ seine Hände auf meinen Füßen ruhen. »Jetzt besser?«

»Gnnnh.«

Ich hielt meine Augen geschlossen, aber ich hörte das selbstgefällige Lächeln in seiner Stimme. »Bereit, den Abend zu beenden?«

»Ich bin nicht sicher, ob mein Körper noch funktioniert. Das war eine Wahnsinns-Fußmassage.«

»Ich könnte dich zurücktragen.«

Ich öffnete blinzelnd ein Auge. Mit diesen überraschend starken Armen könnte er das auch. Und – ein Kitzel durchfuhr mich – es würde allerlei lächerliches Gerede verursachen. Aber dann erinnerte ich mich, dass Cooper gegangen war. Operation Märchenprinz war vorbei. Der kleine Kitzel flatterte und erstarb.

»Nein, es geht schon.« Ich sammelte die teuflischen Schuhe – es würde mir ein Vergnügen sein, sie später zu verbrennen – und meine Clutch ein. Ich konnte den kurzen Weg zurück zum Gasthof barfuß bewältigen.

Er bot mir seinen Arm an. »Sollen wir, Hochzeitsbegleitung?«

Das war alles, was er war: eine Hochzeitsbegleitung. Vorübergehend. Zeitlich begrenzt. Wir würden morgen zusammen in die Stadt zurückfahren, aber nur als Freunde. Am Montag bei der Arbeit würde ich ihn vielleicht in der Cafeteria sehen und winken. Kein Tanzen mehr oder schockierend intime Fußmassagen. Definitiv kein Küssen mehr. Besser, die Täuschung jetzt zu beenden. Ich hielt meinen Arm an der Seite und straffte meine Schultern. »Gehen wir.«

Jenseits des verzweifelten Getümmels der verbliebenen Partygänger war die Welt dunkel und still. Eine sanfte Brise raschelte in den getrockneten Blättern der Weinreben und verursachte Gänsehaut auf meinen Armen.

»Sieh dir das an.« Tyler blieb stehen, und ich hielt ebenfalls an.

»Was?« Ich spähte den Weg entlang und dachte, er hätte ein knutschendes Paar entdeckt. *Meine* Gedanken waren jedenfalls dabei.

»Ich habe nicht mehr so viele Sterne gesehen, seit ich aufgehört habe, auf Weiden abzuhängen.«

Ich hob meine Augen zum Nachthimmel. Weit weg vom Nebel und den Lichtern der Stadt war sogar der Schimmer der Milchstraße sichtbar. Wie Dad es mir beigebracht hatte, orientierte ich mich. »Schau, da ist Andromeda.«

»Wo?«

»Siehst du die Milchstraße? Jetzt schau nach unten, und du siehst ein *W*. Das ist Kassiopeia. Genau rechts davon bilden sieben oder acht Sterne eine Art gebogenes Dreieck, dessen Spitze zum Horizont zeigt. Siehst du es?«

»Ja. Ist dir kalt?«

»Nur ein bisschen.« Ich fror. Tylers Jackett, warm von seinem Körper, legte sich über meine Schultern. Es roch sogar nach ihm. Ich kuschelte mich hinein.

»Was ist ihre Geschichte?«, fragte er.

»Wessen?« Meine Gedanken waren ganz milchstraßen-verschwommen.

»Andromeda. Als wir im Englischunterricht Mythologie durchgenommen haben, war ich zu sehr damit beschäftigt, Vanessa Brown anzusehen, um aufzupassen.«

Ich blinzelte. »Das ist schade. Du hast eine gute Geschichte verpasst. Und sie hat sogar ein Happy End.«

Tyler schnaubte. »Vanessa war viel interessanter als mein Englischlehrer. Außerdem dachte ich, alle Sterblichen wurden in Schwäne oder Bären verwandelt.«

»Manche schon. Nicht Andromeda.«

»Erzähl mir von ihr.« Er rückte näher, sein Körper solide gegen meinen Arm.

»Andromeda war eine Prinzessin und die Tochter von Königin Kassiopeia.«

»Warum ist Kassiopeia ein *W*? Wurde sie in eine Schlange verwandelt?«

»Häh? Nein, sie sitzt auf einem Stuhl. Dazu komme ich noch.«

»Okay.«

Ich klammerte mich an seinen Arm, um mich abzustützen, während ich in den Himmel blickte. »Kassiopeia war sehr schön und auch sehr eitel. Sie prahlte damit und machte Poseidon wütend.«

»Poseidon war der Gott des Meeres, richtig?«

»Richtig. Also schickte Poseidon ein Seeungeheuer, um ihr Volk zu terrorisieren. Kassiopeia fand ein Orakel, das ihr sagte, der einzige Weg, das Monster zu besiegen, sei, ihre einzige Tochter, Andromeda, zu opfern. Sie ketteten sie an einen Felsen am Strand, und Andromeda wartete darauf, dass das Seeungeheuer kam, um sie zu verschlingen.«

»Das klingt nicht nach einem Happy End.«

»Sch. Gerade noch rechtzeitig kam Perseus. Das ist er, links von Andromeda – er sieht aus wie ein Strichmännchen ohne Arme – und tötete das Monster. Er befreite Andromeda, verliebte sich in sie, und sie segelten davon, um … glücklich bis ans Ende ihrer Tage zu leben.«

»Weit weg von der bösen Schwiegermutter. Perfekt.« Sein Arm legte sich über seinem Jackett um mich. »Also, warum sitzt Kassiopeia auf einem Stuhl?«

»Poseidon war immer noch wütend auf sie, also kettete er sie an einen Stuhl am Himmel.«

»Pervers.« Sein Atem kitzelte mein Ohr.

»Was?«

»Nichts.« Er zog sich zurück und ließ meinen Körper trotz seines Jacketts frösteln, aber er ergriff meine Hand mit seiner größeren, warmen Hand. Er ging wieder den dunklen Pfad entlang, und mit einem letzten Blick auf die Geschichten am Himmel folgte ich ihm. Wir blieben direkt außerhalb des Lichtkegels stehen, der den Gasthof umgab.

»Ich hatte heute Abend Spaß«, sagte er.

»Ich auch.« Obwohl ich Hochzeiten liebte, machten mich die Feiern normalerweise unglücklich. Das Paar verbrachte die Nacht in einer Blase des Glücks, und ich saß draußen fest. Heute Abend hatten Tyler und ich unsere eigene Blase erschaffen.

»Vielleicht könnten wir … es irgendwann wiederholen?« Ich konnte sein Gesicht in der Dunkelheit nicht sehen, aber seine Stimme klang hoffnungsvoll.

»Was wiederholen?«

»So tun, als wären wir zusammen. Oder ausgehen. In echt.«

Verdammt. »Tyler …«

»Sag es nicht.« Seine Stimme war ein tiefes Grollen.

»Aber …« Ich wollte nicht, dass er wütend oder enttäuscht war oder was auch immer dieses Knurren andeutete. Als ich einen Schritt näher auf ihn zuging – ich wusste nicht, ob es war, um seine Hand zu fassen oder ihn zu umarmen, weil mein Körper einfach *loslegte* – sank mein Fuß unerwartet in den weichen Rasen, und ich stolperte. Katzengleich packte er mich und schlang seine Arme um mich. Ihm so nahe zu sein, war noch berauschender, als sein Jackett zu tragen. Ich dachte an den Kuss auf der Tanzfläche zurück. Es war ein süßer, mit geschlossenem Mund, für die Öffentlichkeit bestimmter Kuss gewesen. Aber er war alles andere als keusch gewesen. Hitze hatte direkt unter der Oberfläche geköchelt. Ich fragte mich, ob diese Hitze in Flammen aufgehen würde, wenn wir es hier im Dunkeln noch einmal versuchten.

Ich wiegte mich auf den Fersen zurück. Ich konnte nicht. Ich wollte Cooper, nicht meinen Freund, egal wie süß, egal wie magisch er diesen Abend gemacht hatte. Ich musste mein Ziel im Auge behalten. Und meine Lippen für mich.

Aber Tyler hatte sich als so viel mehr herausgestellt, als ich gedacht hatte. *Etwas Besonderes*, hatte Jamila gesagt. Eine unerwartete Mischung aus Gene Kelly und Tantra-Masseur, die aufmerksamste Verabredung, die ich je hatte, obwohl alles nur gespielt war.

Dieser Kuss. War er nur Show gewesen, oder waren seine Lippen wirklich so bezaubernd, wie sie schienen?

Es war falsch, aber ich musste es wissen.

Ich drückte mich auf die Zehenspitzen.

Und ich küsste ihn.

Ich hatte so recht gehabt. Auf seinen Lippen musste ein Zauber liegen. Er ließ meinen ganzen Körper erzittern und meine Knie versagen. Vielleicht hielt Tyler mich aufrecht. Oder ich schwebte, weil Poseidon mich an den Himmel geheftet hatte.

Seine Zunge berührte zaghaft meine Unterlippe, und ich ließ ihn hinein. Er schmeckte, wie er roch: nach Zitrusfrüchten, Champagner und Verlangen. Ich ließ eine Hand über seinen Rücken gleiten, entlang des glatten Stoffes seines Hemdes, und streichelte die festen Muskeln darunter. Mit der anderen fuhr ich den Bogen seines Nackens nach, bevor ich meine Finger in sein Haar vergrub. Er zog mich näher an sich, und ich war verloren.

Ich weiß nicht, wie lange wir uns küssten, während die Sterne sich am Himmel um uns drehten. Tyler löste sich zuerst und ließ meine Lippen kribbeln. Wir keuchten beide, sein warmer Atem auf meinem Gesicht.

»War das in Ordnung?«, fragte er. Wäre es nicht so dunkel gewesen, wäre die Antwort sicher in meinen glasigen Augen und geröteten Wangen deutlich zu sehen gewesen.

»Besser als in Ordnung.« Ich ignorierte die blinkenden roten Lichter, die Sirenen, die mir sagten, ich solle aufhören, und holte mir mehr. Mehr Feuerwerk. Mehr sinnenbetäubendes Vergnügen. Ich drückte mich gegen ihn und rieb schamlos meine weichen Stellen an seinen entsprechenden harten. So sensibilisiert, wie mich diese Fußmassage gemacht hatte, könnte ich wahrscheinlich voll bekleidet zum Höhepunkt kommen. Etwas, das ich seit … nun ja, seit dieser sexy Fußmassage nicht mehr getan hatte. Aber davor, in der Oberstufe. Ich fuhr mit meiner Hand über seine Brust, mein Wackelpudding-Hirn ignorierte meinen früheren Vorsatz, konzentriert zu bleiben. Was wäre schon dabei, eine kleine Knutscherei unter Freunden, wirklich?

Gerade als meine Hand den Bund seiner Hose erreichte, keuchte er und trat zurück. »Warte. Hör auf.«

»Aufhören?« Mein Herzschlag sagte: *go-go, go-go.*

»Wir sind Freunde, richtig?«

»Freunde.« Ich nickte.

Falsche Antwort. »Freunde.« Das Mondlicht beleuchtete sein bitteres Lächeln. »Gute Nacht, Marlee.«

Er kehrte mir den Rücken zu, schob seine Hände in die Hosentaschen und ging den Weg entlang, der zum Parkplatz führte. Die kalte Brise drang durch die offene Vorderseite von Tylers Jackett, kühlte meine erhitzte Haut und löschte mein Verlangen. Ich stapfte die Treppe zu meinem einsamen Zimmer im Gasthof hinauf.

11

NEIN, ich wälzte mich nicht die ganze Nacht hin und her. Ich sank in den seligen Schlaf von jemandem mit reinem Gewissen. Nicht wie jemand, der Sekunden, nachdem sie einem süßen Kerl gesagt hatte, dass sie ihn nicht daten konnte, versucht hatte, aus ihrer Freundschaft eine mit gewissen Vorzügen zu machen.

»Marlee, geht es dir gut?«, fragte Andrew, als ich mir einen Schokoladen-Muffin vom Brunch-Buffet im Gemeinschaftsraum des Gasthofs nahm.

»Mir geht's gut«, murmelte ich mit einem Mund voll Muffin. Jacksons Bruder war die dritte Person, die mich das in den fünf Minuten gefragt hatte, seit ich unten zum Brunch nach der Hochzeit war.

Er musterte die blauen Schatten unter meinen Augen, vor denen mein Concealer kapituliert hatte. »Kann ich dir eine Tasse Kaffee bringen?«

»Die größte, die du finden kannst. Bitte.«

Jetzt, da er weg war, konnte ich mich in eine Ecke verkriechen und unsozial sein. Ich müsste nicht mit Jackson oder Tyler reden oder –

Eine Hand packte meinen Arm, rosafarbene Fingernägel krallten sich um den Ärmel meiner Strickjacke. »Da bist du ja.«

Alicia.

Sie marschierte mit mir zu zwei Ohrensesseln in der Ecke, weg von der Menge am Buffet. Aber ihre Stimme war sanft, als sie sagte: »Du siehst … müde aus.«

Ich hatte es so verdammt satt, dass die Leute mir das sagten. »Du auch.«

Sie schnaubte. »Ich habe eine Ausrede. Jeder erwartet von einer Braut, dass sie am Morgen nach ihrer Hochzeitsnacht erschöpft aussieht.«

Ich riss die Augen auf. »Ooh. *Hat* er dich die ganze Nacht wach gehalten?«

Ihre Wangen wurden knallrot, aber dann wurde ihr Blick ganz weich. »Wir haben heute Morgen ein bisschen geschlafen.«

»Okay, ich brauche ein paar Details.« Vielleicht lebte ich mein Sexleben stellvertretend durch Alicia aus. Wenigstens eine von uns bekam etwas ab, das keine Batterien erforderte.

Sie schüttelte den Kopf. »Ich muss wissen, was zwischen dir und Tyler los ist.«

»Oh.« Ich schluckte, um zu versuchen, den Kloß in meinem Hals aufzulösen.

Sie drehte ihren Kopf von einer Seite zur anderen. »Schau, ich weiß nicht, wie lange wir ungestört reden können. Als Tyler mir deine Antwortkarte gab, dachte ich, ›Platz bei Tyler‹ bedeutet, dass ihr beide als Freunde zur Hochzeit kommt. Und dann hast du – er – er hat dich geküsst. Was ist da los?«

»Du hast es gesehen.« Ich hatte gehofft, dass sie es nicht gesehen hatte. Dass sie so in ihrer glücklichen Blase mit Jackson eingeschlossen gewesen war, dass sie nichts mitbekommen hatte.

Ihre Lippen pressten sich zu einer dünnen Linie zusammen.

Jetzt war ich an der Reihe, zu überprüfen, ob uns niemand zuhörte. Ich senkte trotzdem meine Stimme. »Ich habe – wir haben versucht, Cooper eifersüchtig zu machen. Indem wir so getan haben, als wären wir … zusammen.«

»Tyler hat dem zugestimmt?«

»Er hat es vorgeschlagen!«, zischte ich.

Sie sank in ihrem Stuhl zusammen. »Ich glaube nicht, dass er –«

Irrationale, gleißend heiße Wut durchzuckte mich. Ich beugte mich zu ihr und zischte: »Du kennst Cooper nicht. Wir hatten eine Verbindung, als wir getanzt haben. Es war, als würde er mir sagen, dass der einzige Grund, warum er mich nicht daten kann, ist, dass wir Kollegen sind.« Ich umklammerte meinen Anhänger, der sich warm an meiner Halsbeuge anfühlte.

»Du weißt, dass er da nicht ganz unrecht hat.«

»Oh, für dich ist es in Ordnung, aber nicht für mich?« Wie konnte meine Freundin, meine beste Freundin, meine Träume auf diese Weise zunichtemachen? »Meinst du nicht, ich verdiene auch das Märchen? Mein ganzes Leben lang wollte ich nur die Art von Liebe, die meine Eltern hatten. Die Art, von der man in Büchern liest. Und Cooper ist es für mich. Du weißt, dass ich seit Jahren für ihn schwärme. Und jetzt könnte endlich alles wahr werden.«

»Marlee.« Sie legte ihre Finger um meine Hand, wo sie die Armlehne umklammerte. »Du weißt, ich will, dass du glücklich bist. Und dass du deinen perfekten Partner findest, so wie ich es getan habe. Ich meine nur, dass Cooper weniger flexibel ist, was die Firmenrichtlinien angeht – was eigentlich alles angeht – als Jackson. Der Anschein von … von Fraternisierung könnte ihn davon abhalten, jemanden zu umwerben.«

Und genau das hatte er gesagt, während wir getanzt hatten. War er wirklich so kalt, dass er seine Gefühle für jemanden – für mich – wegen einer Firmenrichtlinie unterdrücken konnte?

»Ich bin ihm nicht einmal unterstellt.« Meine Stimme war schwach und dünn.

Sie schenkte mir ein trauriges Lächeln. »Das würde keine Rolle spielen.«

Eine Beziehung mit Jamila kannte keine solchen Hürden. »Glaubst du, er und Jamila sind zusammen?«

Sie schüttelte den Kopf. »Ich weiß es nicht. Ich habe immer angenommen, dass sie nur gute Freunde sind. Aber aus Freunden kann mehr werden.« Sie ließ das ein paar Sekunden in meinem Gehirn sacken und sagte dann: »Apropos –«

Sie musste den Satz nicht beenden, damit der Muffin zu einem unendlich schweren schwarzen Loch in meinem Magen wurde.

»Entweder seid du und Tyler bessere Schauspieler, als ich je geglaubt hätte, oder da gibt es einen echten Funken.«

Ich blickte auf meinen rosa geblümten Rock. »Da ist etwas, schon gut. Und ich – ich habe ihn geküsst. Später. Unter vier Augen. Und ich habe versucht zu – ich glaube, ich habe ihn verärgert.«

»Aber warum, Marlee? Warum würdest du Tyler küssen, wenn du an Cooper interessiert bist?«

Ich fuhr eine Rose auf meinem Rock nach. »Es ist drei Jahre her, dass ich einem Mann so nah war. Meine Hormone haben mein Gehirn übermannt.« Diese Hormone würden unsere Freundschaft versauen, wenn ich sie nicht unter Kontrolle bekäme.

»Da seid ihr ja.« Andrew hielt eine Tasse Kaffee hoch.

Ich nahm sie ihm ab. Schwarz. Ich nippte daran und schauderte bei der Bitterkeit. »Danke.«

»Andrew, wärst du so lieb und holst mir bitte ein Glas Saft?«, sagte Alicia.

»Kein Problem. Schwesterherz.« Er grinste und ging davon.

Ihr Lächeln verschwand, als sie mich ansah. »Der Kuss? Der unter vier Augen?«

Ich stellte den bitteren Kaffee auf den Beistelltisch. »Er hat mir eine Fußmassage gegeben. Ich glaube, das war eine Art Voodoo. Ist das so ein Texas-Ding? Ich könnte schwören, es fühlte sich an, als hätte er seine Hände auf meinen –« Ich blickte auf meinen Schoß.

»Das hat er nicht.« Ihre blauen Augen weiteten sich.

»Nein! Natürlich nicht.« Obwohl ich es mir für eine Sekunde gewünscht hatte.

»Und dann hast du versucht, ihn –?«

»Wie einen Baum zu erklimmen. Aber er hat mich aufgehalten.« Ich strich meinen Rock glatt. Ich war zu weit gegangen und hatte meinen Freund verärgert.

»Du bist meine Freundin und ich hab dich lieb, Marlee. Aber Tyler ist auch mein Freund.« Sie umklammerte meine Hand fester. »Tu ihm nicht weh.«

»Werde ich nicht. Ich verspreche es.« Und der einzige Weg, dieses Versprechen zu halten, war, Tyler in die Friendzone zu stecken. Und ihn dort zu lassen. Ohne Besuchsrecht in der Mehr-als-Freunde-Zone.

Mein Versprechen schwebte noch in der Luft zwischen uns, als Tyler und Sam herankamen. Mit einer Dose Mountain Dew in der einen Hand reichte er mir eine Tasse Kaffee. »Morgen.«

Er sah nicht viel besser aus als ich. Bartstoppeln bedeckten seine Wangen und sein Kinn, und seine Lider hingen über blutunterlaufenen Augen. Er trug ein kariertes Hemd, das über einem marineblauen V-Ausschnitt-T-Shirt offen stand und ein paar dunkelbraune Haare am unteren Ende des Vs freilegte. Ich fragte mich, ob sie seine gesamte Brust wie eine Matte bedeckten oder ob sie spärlich, strategisch über seine Brustmuskeln und ... darunter verteilt waren. Ich presste meine Oberschenkel zusammen und blickte in meinen Kaffee. Er hatte ihn mit Milch und – ich nahm einen Schluck und seufzte – Zucker aufgehellt.

»Morgen«, sagte Alicia. »Sam, hattest du gestern Abend Spaß? Ich habe dich nach den Fotos nicht mehr gesehen.«

»Oh, ich bin zurück zum Gasthof gegangen. Ich hatte eine Idee für meine Forschung. Also, ja, ich hatte Spaß.«

Alicia lachte. »Was ist mit dir, Tyler? Ein lustiger Abend?«

Ich hielt meine Augen auf die Fluiddynamik der wirbelnden Lipide in meinem Kaffee gerichtet und wagte nicht aufzusehen.

»Hatte ich. Marlee ist eine gute« – *sag es nicht, sag es nicht* – »Tänzerin.«

Ich blinzelte ihn an. Ein Lächeln umspielte seine Lippen, als er meinen Blick erwiderte. Freunde. Vielleicht würden wir das schaffen.

»Tyler!« Jackson war von der anderen Seite herangekommen,

wodurch ich meinen Kaffee verschüttete. Er packte Tylers Hand und zog ihn mit dem anderen Arm in eine Bruder-Umarmung. »Bist du gerade erst angekommen?«

»Ja.«

Jackson rieb sich grinsend die Hände. »Also. Wer hat letzte Nacht etwas getan, das er bereut? Ich heirate nur einmal, also müssen die Geschichten episch sein. Ich will, dass die Leute für den Rest unseres Lebens über dieses Wochenende reden. Tyler? Marlee? Nicht du, Sam; ich will nichts über die Ausschweifungen meiner kleinen Schwester hören.«

Bevor ich eine Lüge murmeln konnte, kam Andrew mit einem Glas Saft herangeeilt, das er Alicia reichte. »Pass auf, Sam. Mutter ist auf dem Kriegspfad. Sie hat gehört, dass du den Empfang gestern Abend früh verlassen hast.«

»Ich habe an meiner Doktorarbeit gearbeitet. Das ist viel wichtiger als noch eine Party. Nichts für ungut, Jackson.«

»Es gab Wein und Tanz. Es war nicht nur irgendeine Party, oder?«, wandte sich Jackson an Alicia. Sie legte ihm tröstend eine Hand auf den Unterarm.

Andrew stieß seine Schwester an. »Hey, Sam, vielleicht könntest du Mutter sagen, du hättest dich mit Tyler davongestohlen. Ihr seid beide Computerfreaks. Vielleicht kauft sie es dir ab.«

Sie trat einen Schritt von ihm weg und rümpfte die Nase. »Tyler ist mit Marlee zusammen.«

»Tyler und Marlee?«, kicherte Jackson. »Die sind nur Freunde.«

Er musste der Einzige gewesen sein, der unseren Kuss auf der Tanzfläche verpasst hatte. Was sollte ich sagen? Ich konnte Jackson nicht anlügen. »Wir –«

»Ich glaube, aus Freunden werden die besten Liebhaber.«

Wir alle starrten Sam mit großen Augen an, die das gesagt hatte. Ich kannte sie seit drei Jahren, und sie hatte nie eine ernste Beziehung gehabt. Was wusste sie schon über Liebhaber?

»Jemand, der dich kennt und dich bereits mag. Der sich um dich als Person sorgt. Und dann fügt man die romantischen und sexuellen Komponenten hinzu. Es ist, als hätte man ein Programm, das bereits gut funktioniert, und fügt eine neue Funktion hinzu. Was könnte besser sein? Ich würde mit meinem Partner befreundet sein wollen.«

Ich konnte – wollte – Tyler nicht ansehen. Ich hatte versucht, unserer Beziehung eine Funktion dranzuschrauben, aber eine, die da nicht hingehörte. Als ob man versuchen würde, einer Notiz-App eine Wettervorhersagefunktion hinzuzufügen.

»Ich brauche – ich meine, ich hole mir etwas zu trinken.« Tyler ließ seine Limonade auf einem nahen Tisch stehen und stalkte davon, ohne zurückzublicken. Ohne *mich* anzusehen.

Jackson wandte sich an mich, seine Augenbrauen wanderten in Richtung seines Haaransatzes. »Was ist los?«

»Nichts. Ich … Entschuldigt mich.« Alicia konnte ihm alles erzählen. Ich musste die Dinge mit meinem Freund wieder in Ordnung bringen. Ich folgte Tyler nach draußen auf die Veranda.

Er stand am Geländer mit Blick auf den Weinberg. Ich trat neben ihn und atmete tief die nach Trauben duftende Luft ein.

»Letzte Nacht bin ich – ich bin zu weit gegangen. Ich habe einen Fehler gemacht.« Ich schluckte. »Unsere Freundschaft ist mir wichtig, und ich hätte das nicht tun sollen. Es tut mir leid.«

»Mir tut es auch leid. Ich habe eine Grenze überschritten, als ich dich geküsst habe. Ich habe mich in die Operation –«

»Ich weiß. Ist schon gut. Und wenn du nicht mehr weitermachen willst, bin ich damit einverstanden.« Operation Traumprinz hatte sich nach einem weiteren lustigen Spiel angehört, als er es zu Beginn des Wochenendes vorgeschlagen hatte. Aber es hatte sich als gefährlicher Spaß herausgestellt. Wie mit Streichhölzern zu spielen.

»Nein, schon gut. Wir sind Freunde. Freunde helfen sich gegenseitig. Ich will dir helfen.« Als er sich zu mir umdrehte, sah er wieder wie mein Freund aus. Keine zornigen Falten zwischen seinen Augenbrauen, kein trauriges Hängen seiner Lippen. Er lächelte, obwohl sich das Grübchen nicht zeigte.

Half das vorgetäuschte Dating? Ich spielte den Schock auf

Coopers Gesicht nach, nachdem Tyler mich geküsst hatte. Es war nicht ganz Eifersucht gewesen, aber es war ein guter Anfang. Wenn ich etwas Qualitätszeit mit meinem batteriebetriebenen Freund-Ersatz verbringen würde, könnte ich vielleicht meine Hormone im Zaum und meine Hände von Tyler lassen. Und dann würde Cooper erkennen, dass wir perfekt füreinander waren.

»Danke. Du bist der Beste.«

»Carly Simon, ›Nobody Does It Better‹.«

Zum ersten Mal an diesem Tag lachte ich. Aber es erinnerte mich daran, dass wir zwei Stunden allein in einem Auto verbringen mussten, um zurück in die Stadt zu fahren. Wie unangenehm würde das sein? Schlimmer noch, konnte ich mir selbst trauen, nicht nach seiner Hand über der Mittelkonsole zu greifen?

Abstand. Das war es, was ich brauchte. Und ein oder zwei Solo-Orgasmen. Dann könnte ich seine Freundin und Schein-Freundin vor Cooper sein.

»Hey, macht es dir was aus, wenn ich mit Sam zurückfahre? Sie hat es angeboten, als wir uns gestern fertig gemacht haben.« Es war nicht einmal eine Lüge. Wir hatten über Sci-Fi-Serien gefachsimpelt, und sie hatte mich gefragt, ob ich Sonntagabend mit ihr eine oder zwei Folgen von *Battlestar Galactica* sehen würde.

Tylers Grinsen verblasste. »Kein Problem. Ich hatte sowieso überlegt, früher zurückzufahren.«

Es versetzte meinem Herzen einen Stich, aber ich sagte: »Ich muss noch ein paar letzte Brautjungfern-Pflichten erledigen. Sehen wir uns am Montag bei der Arbeit?«

»Na klar.« Er drehte sich auf der Spitze seines Sneakers um und ging zu den Stufen, die zum Parkplatz führten. Kein Lächeln, keine Umarmung, nicht einmal ein freundliches Schulterklopfen.

Ich hatte es verdient. Aber ich würde versuchen, es wiedergutzumachen. Ab Montag.

12

»ÄHM, Cooper?« Ich lehnte mich am Montagmorgen um halb neun an den Türrahmen seines Büros.

Er blickte nicht von seinem Bildschirm auf und tippte auf eine Taste seiner Tastatur. »Ja, Marlee?«

»Ich habe eine gute und eine schlechte Nachricht.«

Er riss den Kopf hoch, die Augen in seinem blassen Gesicht weit aufgerissen. »Ist mit Jackson alles in Ordnung? Und mit Alicia?«

»Oh.« Ich verzog das Gesicht. »Natürlich sind sie das. Es ist nichts *so* Dramatisches.« Er lehnte sich in seinem Stuhl zurück. »Die gute Nachricht ist, dass Kim, die Aushilfe, die du letzte Woche gehasst hast, angerufen und gesagt hat, dass sie nicht wiederkommt. Die schlechte Nachricht ist, das heißt, du hast heute keine Assistentin.« Ich kämpfte gegen ein freudiges Kichern an, das in mir hochsprudeln wollte. Schritt zwei meines Plans hatte sich fast zu einfach gefügt.

Er stützte die Ellbogen auf die mit einer Glasplatte bedeckte Kirschholz-Tischplatte, senkte den Kopf und raufte sich die dunkelblonden Haare am Ansatz. Ihn so verletzlich zu sehen, weckte in mir das Verlangen, zu ihm zu gehen, seinen Kopf nach hinten zu ziehen und ihm einen langen, langsamen Kuss zu geben. Ich fragte mich, ob seine Lippen wohl nach Zitrus schmecken würden, so wie Tylers. Ich schüttelte beide Gedanken ab – besonders die Erinnerung an Tylers Kuss – und ging ein paar Schritte in sein Büro, wobei meine Absätze in den weichen antiken Teppich einsanken. »Warum bist du überhaupt so hart zu ihnen?«

»Zu wem? Zu den Aushilfen?« Als ich nickte, rieb er sich den Nacken. »Eigentlich ist es deine Schuld.«

Ich holte Luft, um zu widersprechen. Ich war zu jeder einzelnen seiner Aushilfen nichts als freundlich gewesen, hatte mir von meiner eigenen Arbeit Zeit genommen, um sie einzuarbeiten und ihnen bei Coopers unverschämten Forderungen zu helfen. Der Mann verlangte von jedem Perfektion – na ja, von jedem außer Jackson, der bei allem außer Programmieren ein hoffnungsloser Fall war; für alles andere hatte er ja mich – und das war zu viel verlangt von einer Aushilfe, die achtzehn Dollar pro Stunde verdiente und zur Abendschule ging.

»Wie kannst du es wagen ...«

Er hielt mich auf, indem er beschwichtigend die Hände hob. »Ich wollte nur sagen, dass du die Messlatte zu hoch legst. Sie alle wirken im Vergleich zu dir inkompetent.«

Ich fühlte mich fast, *fast* schuldig, weil ich ihr Scheitern eingefädelt hatte. »Es ist schwer, etwas Neues anzufangen. Du musst den Leuten eine Chance geben.« *Gib mir eine Chance.*

Er schüttelte den Kopf. »Du warst vom ersten Tag an großartig. An deinem ersten Tag«, Cooper zählte die Punkte an seinen Fingern ab, »hast du Jay in seiner Wohnung aufgespürt, wo er seinen Kater ausschlief, hast ihn dazu gebracht zu duschen und sich anzuziehen, und hattest ihn pünktlich, mit einem Kaffee in der Hand, für eine Vorstandspräsentation hier. *Ich* hätte das nicht geschafft, und ich kenne ihn seit über zehn Jahren.«

Ich konnte nicht glauben, dass er sich daran erinnerte. »Ich dachte mir, ich müsste das tun. Wenn er gefeuert worden wäre, hätte ich meinen Job verloren.«

»Wenn ich dich nur klonen könnte ...«

»Tja, kannst du nicht. Frag mich nicht mal nach einem Wangenabstrich. Aber ich habe eine Idee.« Nachdem Schritt eins geschafft war und der Erfolg unseres Tanzes noch in den Sternen stand, war es Zeit, zu Schritt zwei überzugehen: erzwungene Nähe, einer meiner liebsten Romantik-Kniffe. »Da Jackson drei Wochen weg ist, werde ich mich total langweilen. Also bin ich, während er weg ist, deine kommissarische Assistentin. Ich werde dich organisieren. Ich werde sogar einige Kandidaten für dich überprüfen. Vielleicht können wir endlich den Richtigen für dich finden. Dauerhaft.«

»Ich muss gar nichts tun? Du kümmerst dich darum?«

»Willst du die Kandidaten nicht interviewen?«

Er warf einen Blick auf seinen Bildschirm. Ich war mir sicher, dass in den fünf Minuten, in denen wir uns unterhalten hatten, zwanzig E-Mails eingegangen waren. »Nicht, wenn ich nicht muss.«

»Du vertraust mir, dass ich eine feste Assistentin für dich einstelle?« Jetzt tat mir sein unangebrachtes Vertrauen in mich wirklich leid.

»Absolut.«

»Okay dann. Ich werde dir jemanden Tolles finden. Versprochen.« Ich würde die Sabotage wiedergutmachen.

Sein Gesicht hellte sich auf. »Und in der Zwischenzeit bekomme ich dich für drei Wochen?«

Du könntest mich für immer haben, wenn du nur fragen würdest. Ich spielte mit meinem Anhänger und nickte, während ich an Eiswürfel und Winterbrisen dachte, um die Röte aus meinen Wangen zu vertreiben.

»Abgemacht«, sagte er.

Er blickte zurück auf seinen Monitor und dann zu mir auf, ein ironisches Lächeln auf den Lippen. »Zufälligerweise habe ich in zehn Minuten ein Meeting im nordwestlichen Konferenzraum. Kannst du die Präsentation laden und das Austin-Team per Videokonferenz zuschalten? Bitte?«

Ich unterdrückte ein Seufzen. »Klar doch.« Ich drehte mich um, um zu gehen.

Er rief mir nach: »Das Mittagessen geht auf mich.«

Ich spähte über meine Schulter zu ihm. »Während ich deine Assistentin bin, geht das Mittagessen *jeden* Tag auf dich. *Mit* Nachtisch.«

Er kicherte. »Sie verhandeln aber hart, Miss Rice.«

»Ich werde dir gleich hart zeigen«, murmelte ich leise, als ich in den Flur trat und fast mit einer breiten Brust in einem verblichenen grünen Donkey-Kong-T-Shirt zusammenstieß. Mist, warum musste er mich erwischen, als ich aus Coopers Büro kam?

»Sorry«, quiekte ich und blieb abrupt stehen.

Tylers Kiefer spannte sich für eine Sekunde an, aber dann lächelte er. »Hey, freut mich, dass du es zurückgeschafft hast. Wie war *Battlestar Galactica?*«

»Gut. Sam hatte eine Menge Meinungen dazu. Wir hatten Spaß.« Es war nicht so, als würde man mit Tyler oder Alicia abhängen, aber neue Freunde zu finden, war eine gute Sache. Besonders, nachdem man seinen Freund auf der Hochzeit eines anderen Freundes geküsst hatte.

Wir drehten uns gemeinsam um und gingen zum Konferenzraum, redeten über das Wetter, Science-Fiction, alles, außer darüber, wie wir unsere Freundschaft beinahe ruiniert hätten, indem wir zu weit gegangen waren.

Er ließ sich auf einem Stuhl nieder, während ich die Präsentation einrichtete und auf den Bildschirm brachte. Nach ein paar Minuten schritt Cooper herein. »Können wir loslegen, Marlee?«

»Bereit. Klick einfach auf den Anruf-Button.« Ich überflog den Raum noch einmal. Alles war in bester Ordnung.

Gerade als ich mich herausschleichen wollte, lehnte sich Tyler in seinem Stuhl zurück. »Marlee, hast du meine Jacke mitgebracht?«

Meine Röte war echt, als ich einen Blick auf Cooper warf. »Sie ist an meinem Schreibtisch. Danke nochmal, dass ich sie mir leihen durfte.«

»Jederzeit.« Tyler legte eine solche Hitze in seinen Blick, dass sie das Feuer in meinen Wangen schürte. Er war so gut in diesem Fake-Dating, dass er mich auch gut darin machte.

Ich schloss leise die Tür hinter mir, hielt mich für eine Sekunde am kühlen Griff fest und versuchte, meinen Puls zu verlangsamen und aufzuhören, wie ein roter Riese zu glühen. Wir spielten nur wieder das Spiel, das war alles.

Eine Stunde später, als alle aus dem Konferenzraum kamen, hatte ich Coopers Zeitplan organisiert, farblich markiert und sowohl ausgedruckt als auch auf sein Handy übertragen. Ich hatte für jeden Tag, an dem er noch nichts vorhatte, eine Stunde für »Mittagessen mit Marlee« geblockt. Ich machte keine Witze wegen der Mittagessen. Ich würde das Beste aus meinen drei Wochen mit Cooper machen. Ohne die missbilligenden Blicke von Alicia und Jackson würde ich endlich den Mut aufbringen, Cooper zu zeigen, was ich für ihn empfand, und Mittagessen fernab vom Büro – und Abendessen zum Mitnehmen bei Überstunden – waren die perfekte Gelegenheit.

Tyler machte eine große Show daraus, seine Jacke aufzuheben, als er an meinem Schreibtisch vorbeiging, und schenkte mir eines seiner Texas-Zwinkern. Aber ein Kollege wartete an der Tür zum Treppenhaus auf ihn, also verweilte er nicht an meinem Schreibtisch.

Anstatt direkt in sein Büro zu gehen, lehnte sich Cooper mit einer in Khaki gekleideten Hüfte an meinen Schreibtisch. Er hielt sein Telefon hoch. »Danke, dass du meinen Kalender für mich synchronisiert hast.«

»Kein Problem. Jackson mag auch eine gedruckte Kopie, also habe ich die auf deinen Schreibtisch gelegt. Sag Bescheid, wenn du zukünftig keinen Ausdruck mehr möchtest.«

»Das ist in Ordnung, danke.« Er blickte über meine Schulter zur Treppenhaustür, wo Tyler und sein Teammitglied standen und sich unterhielten. Mit leiser Stimme sagte Cooper: »Er sieht erschöpft aus. Ist das deine Schuld?«

Meine Schuld? Er sah besser aus als am Sonntagmorgen. Er

hatte mir sogar dieses flirtende Zwinkern geschenkt. »Was meinst du damit?«

»Hast du unseren Jungen zu lange wach gehalten?«, fragte er und starrte demonstrativ auf Tylers Jackett, das über seinem Arm hing.

Heiliger Sir Isaac Newton.

Ich griff nach meiner Wasserflasche, verfehlte sie aber und kippte sie über meinen Schreibtisch. Ich sprang von meinem Stuhl auf, holte eine Rolle Papiertücher aus meiner Schublade und begann, das Chaos aufzutupfen.

»Ich kann nicht glauben …«, sagte ich viel zu laut, bevor Cooper mir eine Geste machte, ich solle mich beruhigen. Ich fuhr im Flüsterton fort: »Erstens geht es dich nichts an, mit wem ich …« Obwohl ich wünschte, es würde ihn etwas angehen. »Zweitens schlafen wir *nicht* miteinander.« Die Tür zum Treppenhaus schlug hinter mir zu und ich zuckte zusammen.

»Wirklich.« Coopers Stimme war ausdruckslos, skeptisch.

Fake-Dating war eine Sache. So zu tun, als würde man miteinander schlafen, war ein Schritt zu weit. Cooper war zu sehr ein Gentleman, um eine ernsthafte Beziehung zu zerstören. »Wirklich. Es ist was Lockeres. Wir schauen, ob wir mehr als nur Freunde sein wollen.«

»Es sah so aus, als hättet ihr euch bei all dem Tanzen gut verstanden.«

War das ein Funken Eifersucht in seinen Augen? Hatte Operation Traumprinz tatsächlich funktioniert?

»Wir, äh, wir lassen es langsam angehen.« Das war wahr. Ich hoffte, wir könnten vergessen, wie ich versucht hatte, es zu vermasseln, indem ich unseren Fake-Kuss in eine echte Knutscherei verwandelt hatte. Das durfte nicht wieder passieren.

Er zuckte mit den Schultern. »Du sahst glücklich aus.«

Cooper verpasste mir ein Schleudertrauma mit seiner Rede darüber, man solle keine Kollegen daten, gefolgt von »Du sahst glücklich aus«. Aber war ich das gewesen? Ich hatte meine Gefühle vom Wochenende immer noch nicht geordnet. Sie lagen durcheinander in mir wie die Fotos auf meinem Handy, ungesichtet. Ich warf das durchnässte Papier in den Müll und funkelte ihn an. »Sei nicht so voreilig.«

Er verzog das Gesicht. »Marlee, du weißt, ich …«

Mein Telefon klingelte und ein Blick verriet mir, dass es Jacksons Anschluss war. Ich hob einen Finger und nahm den Hörer ab.

Ein Niesen kam durchs Telefon, gefolgt von einem feuchten Schniefen. »Marlee, hier ist Audrey Jones. Ich brauche Ihre Hilfe.«

Warum rief mich Jacksons Mutter an? Ein Schauer durchfuhr mich. »Geht es Jackson und Alicia gut?« Cooper hatte sich von meinem Schreibtisch abgestoßen und wollte gerade in sein Büro zurückkehren, aber er erstarrte.

»Natürlich. Ich bin sicher, es geht ihnen gut. Ich bin es«, sie nieste wieder, »der es nicht gut geht.«

»Was ist los?« Ich scheuchte Cooper weg und formte mit den Lippen die Worte: *Es geht ihnen gut.*

»Wir passen auf ihre Katze, Tigger, auf, während sie in den Flitterwochen sind, und meine – meine« – ein weiteres Niesen – »meine Allergiemedikamente wirken nicht. Würde es Ihnen etwas ausmachen, ihn für uns zu nehmen?«

Eine Katze. In unserem Haus. Mit Dad. Ich kniff die Augen zusammen und schüttelte den Kopf. Aber Alicia liebte diese Katze. Also sagte ich: »Nein, Mrs. Jones. Das würde mir überhaupt nichts ausmachen.«

»Vielen Dank. Kann ich ihn mit einem Fahrer in Ihr Büro schicken? Glauben Sie, Sie könnten früher aus dem Büro gehen, um ihn nach Hause zu bringen?«

Ich würde mein erstes Mittagessen mit Cooper verpassen, aber ich stellte mir Alicia vor, endlich sorgenfrei, am Strand auf Fidschi. »Das ist kein Problem. Vielen Dank.«

Nachdem wir aufgelegt hatten, klopfte ich an Coopers Türrahmen.

»Sorry, ich muss das Mittagessen verschieben. Jacksons Mutter ist allergisch gegen Tigger und sie schickt ihn mit mir nach Hause. Jetzt.«

Er runzelte die Stirn. »Arme Audrey.«

»Arme Marlee. Was soll ich mit einer Katze anfangen?« Wir hatten nicht einmal einen Fisch gehabt.

»Hast du Tigger schon kennengelernt? Er liebt jeden. Und er schläft die ganze Zeit. Richte sein Bettchen einfach in der Nähe eines sonnigen Fensters ein und du wirst drei Wochen lang keinen Mucks von ihm hören.«

Ich machte ein unverbindliches Geräusch. Ich hoffte, die Katze würde keinen Ärger machen. Ich hatte zu Hause schon genug um die Ohren.

Ich wollte gerade gehen. »Ruf an, wenn du etwas brauchst.«

»Mm-hm.« Er hatte seine Nase bereits wieder in seinem Computerbildschirm vergraben.

Ich schlurfte zurück zu meinem Schreibtisch, um zusammenzupacken. Spielstand: Schicksal – 2, Marlees romantische Pläne – 0.

———

AN DIESEM ABEND, als ich meine zerkratzten Arme im Spülbecken in der Küche wusch, rechnete ich im Kopf die Stunden aus, die ich mit Tigger verbringen musste, bis Jackson und Alicia aus ihren Flitterwochen zurückkehrten. Unter dem Küchentisch leckte die Katze lässig eine Pfote und rieb sie über ihr Ohr.

»Vierhundertsechsundfünfzig Stunden, Katze. Können wir nicht so lange Freunde sein?«

Er drehte seine Ohren nach hinten und fauchte mich an.

Vielleicht sollte ich mehr Zeit im Büro verbringen. Das würde die Zeit mit Tigger minimieren und die Zeit mit Cooper maximieren. Aber wer würde sich dann um Dad kümmern? »Okay, vielleicht ist Freunde zu viel verlangt. Können wir uns nicht einfach ignorieren?«

Er stand auf, drehte mir seinen orange gestreiften Rücken zu, ließ sich wieder nieder, und sein zuckender Schwanz zeigte auf mich. Ich schloss die Augen und seufzte durch die Nase.

Dad kam herein. »Sonnenschein, mit wem hast du da geredet?«

»Nur mit der Katze.«

Er runzelte die Stirn. »Wir haben keine Katze.«

Dieses vertraute Gefühl traf mich wie ein Taser in die Brust. »Dad, erinnerst du dich, ich habe dir von Tigger erzählt, als ich nach Hause gekommen bin. Wir passen auf ihn auf, für Jackson und Alicia.«

Sein Gesichtsausdruck änderte sich nicht, aber er sagte: »Stimmt ja. Na dann, gute Nacht.«

Ein kleiner Aussetzer. Das war alles. Am Wochenende war er in Ordnung gewesen. Den ganzen Tag über in Ordnung. Ich verlor meinen Dad nicht. Er war müde und hatte es vergessen.

Ich starrte die Katze an, die genauso wenig in unserem Haus sein wollte wie ich sie hier haben wollte.

»Unruhestifter«, knurrte ich. Wenn Alicia und Noah, die diese Katze liebten, nicht wären, würde sie auf ihrem pelzigen Hintern rausfliegen. Gott sei Dank gab es die Operation Traumprinz. Sie würde mir die Ablenkung verschaffen, die ich brauchte, um die nächsten neunzehn Tage zu überstehen.

13

»DANKE, Marlee. Ich weiß Ihre Hilfe zu schätzen.« Cooper blickte nicht von seinem Monitor auf, als er sprach.

Bis Mittwochnachmittag hatte ich bei ihm keinerlei Fortschritte gemacht, obwohl ich seine inoffizielle Assistentin war. Wir hatten eine Menge Zeit miteinander verbracht, aber die Meteore meiner Zuneigung, die ich ihm entgegenwarf, verglühten zu Asche in der dichten Atmosphäre von Professionalität, mit der er sich umgab.

Ich stand vor seinem Schreibtisch und legte den Kopf schief. »Brauchen Sie noch etwas?« Er sah bei Weitem nicht so gestresst aus wie vor der Hochzeit. Aber da war etwas in der Art, wie seine Schultern zusammensackten – Schultern, die er sonst immer wie ein Vier-Sterne-General zurückzog – und wie seine Brust sein Herz zu umschließen schien. Ich wollte ihm mit den Fingern durchs Haar fahren und die Falten auf seiner Stirn glätten. Ich wünschte, ich könnte ihm seine Budapester ausziehen und ihm eine Fußmassage in Tyler-Qualität anbieten, aber ich hatte Muggel-Finger.

Hatte Jamila ihn verletzt? Hatten sie sich am Ende des Hochzeitswochenendes auch gestritten? Nicht einmal davon konnte ich mich selbst überzeugen. Sie hatte ihn jeden Tag angerufen, obwohl ihre Gespräche kurz gewesen waren.

Das war Cooper seit der Hochzeit: kurz angebunden. Beim Mittagessen heute war alles in Ordnung gewesen, solange wir über die Arbeit gesprochen hatten. Er hatte so lange von seiner bevorstehenden Reise zu den Büros an der Ostküste erzählt, bis ich fast mit dem Gesicht in meinem Cobb-Salat gelandet wäre. Aber als ich ihn gefragt hatte, was er nach Feierabend machte, wenn er auf Reisen war, hatte er mich mit schiefgelegtem Kopf angesehen und ein einziges Wort gesagt: »Arbeiten.«

Ich hatte nachgehakt. Sicherlich hatte er ein Lieblingsrestaurant oder eine Bar in New York. Irgendeinen Ort, den er und Jackson auf einer ihrer vielen Reisen besucht hatten. Aber sein Mund war schmaler geworden als die Türdichtung seines Porsches und er hatte gemurmelt, dass er keine Zeit für Vergnügen hätte.

Er räusperte sich.

Ups. Wie lange hatte ich da gestanden und gestarrt? »Also nichts weiter?«

»Nein. Danke.«

Ich drückte mein Tablet an die Brust, drehte mich um und ging über seinen weichen Teppich zur Tür. Genau das brauchte er: Vergnügen. Sich gehen lassen, entspannen. Dabei konnte ich ihm helfen. Wenn er mich nur lassen würde. Wie konnte ich ihn überzeugen, mir bei der Operation Hakuna Matata zu helfen?

In meine Gedanken vertieft, bemerkte ich den Besucher an meinem Schreibtisch erst, als ich direkt vor ihm stand.

»Tyler! Ich wusste nicht, dass du hochkommst.«

»Hey.« Er nahm ein Kirschbonbon aus der Schale auf meinem Schreibtisch und drehte es zwischen seinen Fingern. Diese Finger. Ich hatte ihnen noch nie einen zweiten Gedanken geschenkt und jetzt fixierte ich mich zu den seltsamsten Zeiten auf sie. Warum?

Ich blinzelte und setzte mich auf meinen Stuhl, wobei ich meine Augen auf sein Gesicht richtete statt auf diese gefährlichen Hände. »Was kann ich für dich tun?«

Er begegnete meinem Blick und nach einer Sekunde zogen sich seine Mundwinkel nach oben. »Ich habe dich in letzter Zeit nicht in der Kantine gesehen. Wie geht's dir so?«

»Gut. Viel zu tun. Ähm« – ich vergewisserte mich über meine Schulter, dass Coopers Bürotür geschlossen war – »arbeite immer noch an Operation Traumprinz. Wir sind zusammen zum Mittagessen gegangen.«

Er steckte sich das Bonbon in den Mund und sprach darum herum. »Gut. Freut mich, dass es klappt.«

»Ich weiß nicht, ob ich sagen würde, dass es *klappt*. Ich habe keine großen Fortschritte gemacht.« Ich loggte mich wieder in meinen Computer ein und überflog die Dutzend E-Mails, die eingegangen waren, während ich in Coopers Büro gewesen war.

»Gibt es etwas, was ich für dich tun kann?«

Tylers Finger trommelten gegen sein Bein. *Nicht die Finger!* Diese sexuelle Durststrecke spielte meinem Kopf wirklich übel mit. Vielleicht brauchte ich einen neuen Vibrator. Meine letzten paar Sitzungen mit dem Cooper – ja, ich benannte mein Sexspielzeug – waren glanzlos gewesen. »Nein, danke. Ich versuche es weiter. Es sind ja erst ein paar Tage.«

»Dann will ich dich nicht aufhalten.« Aber er ging nicht. Er öffnete den Mund und schloss ihn wieder. Und das lenkte meinen Blick auf seine Lippen. Rosa gefärbt von dem Kirschbonbon, hatten diese Lippen mich am Samstagabend bis zur Besinnungslosigkeit geküsst. *Nein! Absolut kein Gedanke daran, meinen Freund zu küssen.*

Beim Kepler-Teleskop, wohin *konnte* ich nur schauen? Seine Nase. Ich hatte keinerlei sexuelle Gefühle für seine Nase. Er hatte eine schöne Nase. Gerade. Sie würde sich an meinen Hals schmiegen, während er –

Ich schluckte und richtete einen Stapel Papiere auf meinem Schreibtisch auf. »Tyler, was brauchst du?«

»E-eine Gruppe von uns geht heute Abend aus. Zur Happy Hour.« Er klopfte gegen seinen Oberschenkel. »Willst du mitkommen? Nicht – nicht, wenn du beschäftigt bist. Dann solltest du das tun.«

»Was tun?«

»Was auch immer du vorhast.«

»Oh.« Früher war ich spontan gewesen. Als ich auf dem College war, war ich nach dem Unterricht in das Wohnheimzimmer eines Freundes gegangen und hatte Videospiele gespielt. Oder war nach der Arbeit mit Jackson ein Bier trinken gegangen. Aber mittwochs hatte Alma Chorprobe und mir gefiel der Gedanke nicht, Dad allein zu lassen. Außerdem würde er nie daran denken, Tigger zu füttern. Und wer wusste, welchen Unfug ein hungerlauniger Tigger anstellen würde?

Aber der Gedanke, Tyler abzusagen, gerade als wir die Freundschaft, die ich am Wochenende fast zerstört hätte, wieder kitten wollten, ließ kalte Schauer in meinem Bauch aufsteigen. Er hatte sich bemüht, indem er mich einlud, mit ihm und seinen Kollegen auszugehen. Ich musste es auch versuchen.

»Heute Abend kann ich nicht. Ich muss vorausplanen, um Vorkehrungen für Dad und Tigger zu treffen.« Er blinzelte ein paar Mal, aber bevor er die Fragen aussprechen konnte, die sich in seinen haselnussbraunen Augen abzeichneten, fuhr ich schnell fort. »Wie wäre es mit morgen? Ich könnte meine Nachbarin bitten, nach ihnen zu sehen.«

Seine Schultern sackten zusammen. »Morgen kommt mein Bruder in die Stadt. Wir gehen essen.«

»Oh. Nun, dann –«

Er schüttelte den Kopf. »Komm mit. Komm mit uns. Raleigh ist gar nicht so schlimm.«

»Welcher ist Raleigh?«

»Der, der an der SMU Football gespielt hat. Jetzt ist er im Vertrieb.«

Ich wollte nicht das dritte Rad am Wagen sein bei seinem Abendessen mit seinem Bruder. Aber ich wollte ihm auch nicht absagen.

»Macht es dir wirklich nichts aus?«

Sein Mund wurde schmal, aber dann sagte er: »Nein. Ich lasse ihn versprechen, sich von seiner besten Seite zu zeigen.«

»Okay.«

»Okay.« Sein Tonfall wurde heiterer. »Ich hole dich morgen um sechs hier ab.«

Ich nickte. Als er sich umdrehte und zu den Treppen ging, wandte ich mich bewusst ab. Raleigh war nicht der Einzige, der auf sein Verhalten achten musste.

———

AM FOLGENDEN ABEND kam Tyler fünf Minuten zu früh an meinem Schreibtisch an und ich war nicht bereit. Nicht, weil ich mich aufbrezeln musste, um mit meinem Arbeitskumpel und seinem Bruder auszugehen. Nicht einmal, weil ich nicht emotional bereit war, mich wieder in einem sozialen Umfeld mit meinem Freund zu befinden, nachdem er meine sexhungrigen Hormone in Wallung gebracht hatte. Okay, das war vielleicht eine Lüge.

Was mich am meisten unvorbereitet sein ließ, war, dass ich nicht sicher war, ob es Dad gut ging.

Seit meiner Rückkehr von der Hochzeit war es ihm gut gegangen. Tatsächlich hatte er mir an diesem Morgen einen schönen Tag bei der *Arbeit*, nicht in der Uni gewünscht. Aber als ich ihn gegen halb sechs angerufen hatte, eine halbe Stunde bevor unsere Nachbarin Alma vorbeikommen sollte, hatte er mich dreimal gefragt, wann ich nach Hause käme.

Ich hatte Alma angerufen und sie gebeten, früher hinzugehen, um nach ihm zu sehen. Nach etwa zwanzig Minuten hatte sie angerufen und mir versichert, dass es ihm gut ging. An der unechten Fröhlichkeit in ihrer Stimme vermutete ich, dass sie etwas getan hatte, um ihn in Ordnung zu bringen, zum Beispiel ihn aus dem Bett gelockt oder ihm geholfen hatte, seinen Stock zu finden – vielleicht beides. Und das Nervigste daran? Ich konnte dieses Arschloch, Tigger, im Hintergrund bei ihr schnurren hören. Sie hatte ihn *lindo* genannt.

Als Tyler also die Treppe hochkam, gerade als ich mit Alma aufgelegt hatte, war ich nicht bereit, die lustige Arbeitsfreundin zu sein, die ich sein musste. Und das sah man mir an.

»Was ist los?« Er klopfte mit den Fingern gegen seine Jeans.

»Nichts. Mir geht's gut.«

»Irgendwas ist los. Du kannst es mir sagen.«

»Es ist mein Dad. Er klang seltsam, als ich angerufen habe, um nach ihm zu sehen.« Ich hatte ihm immer noch nichts von Dads Aussetzern erzählt. Wenn ich es laut aussprach, könnte es schlimmer klingen, als es war. Und es könnte sogar wahr sein.

»Seltsam?«

»Nur – verwirrt. Das passiert ihm manchmal.«

»Musst du für heute Abend absagen?« Er schob die Hände in seine Hosentaschen.

Das hätte ich tun können. Vielleicht hätte ich nach Hause gehen sollen, um selbst nach Dad zu sehen. Aber dann hätte ich mein Versprechen an meinen Freund gebrochen. Außerdem hatte Alma gesagt, dass es ihm gut ging. Und sie hatte meine Nummer, falls sich das änderte.

»Nein, alles gut. Wo treffen wir deinen Bruder?«

»In einem italienischen Restaurant zwischen hier und seinem Hotel. Es ist nicht weit. Wollen wir laufen?«

Ich blickte zum Oberlicht hoch. Kein Regen. »Sicher.«

Draußen vor der Drehtür des Synergy-Gebäudes hatte Nebel aufzuziehen begonnen, kalt und klebrig. Die Rücklichter der im Verkehr steckenden Autos leuchteten im Dunst. Büroangestellte und Touristen drängten auf dem Gehweg aneinander vorbei.

Tyler hakte seinen Ellbogen in meine Richtung. »Lass uns gehen.«

Ich fädelte meine Hand ein und zog mich in seine wohlige Wärme. Er führte mich in Richtung Park, dieselbe Richtung, die ich vor ein paar Wochen mit Jackson gegangen war. Vielleicht konnten wir wieder so werden, wie wir damals waren, bevor ich alles seltsam gemacht hatte.

»Du kannst mir sagen, ich soll mich raushalten, aber was ist mit deinem Dad los?«, fragte er.

Oder auch nicht. Ich zog meine Hand zurück und steckte sie in meine eigene Manteltasche. Aber wenn wir einander vertrauen wollten, musste ich etwas von mir preisgeben.

»Du hast ihn auf Jackson und Alicias Verlobungsfeier getroffen. Er benutzt einen Stock. Weil er sich vor ein paar Jahren das Bein gebrochen hat und es nicht richtig verheilt ist. Er hat versucht, wieder zur Arbeit zu gehen, aber er – es hat nicht geklappt. Seine Schmerzmittel machen ihn manchmal verwirrt. Also ist er jetzt die ganze Zeit zu Hause. Ich mache mir Sorgen um ihn.«

Wir blieben an der Kreuzung stehen und Tyler sah mich an, seine Augen dunkel in der dämmrigen Straße. »Würdest du dich besser fühlen, wenn du nach Hause gehst?«

Ja. Nein. »Es geht ihm wirklich gut. Unsere Nachbarin ist bei ihm.«

»Aber wie geht es dir? Sich um einen behinderten Elternteil zu kümmern, ist eine Menge.«

»Mir? Mir geht's gut. Er hat sich immer um mich gekümmert. Jetzt bin ich an der Reihe. Wir kommen zurecht.« Ich atmete tief durch. Den Rest hatte ich ihm auch nie erzählt und es immer geschafft, das Thema zu wechseln, bevor sie zur Sprache kam. »Meine Mutter ist gestorben, als ich klein war.«

Die Ampel wechselte und wir überquerten die Straße. Als wir auf der anderen Seite waren, legte er seinen Arm um meine Schultern und umarmte mich von der Seite, nur für eine Sekunde, wie Männer es untereinander tun. Dann steckte er seine Hände in seine Manteltaschen. »Das tut mir leid.«

»Danke.« Über meine tote Mutter zu sprechen, war immer ein Stimmungskiller, also sagte ich: »Du hast eine große Familie, oder? Vier Brüder?«

»Und eine Schwester.« Er starrte geradeaus den Gehweg

entlang. »Raleigh – eigentlich meine ganze Familie – kann ein bisschen …« Er stieß den Atem aus, der in der kühlen Luft für eine Sekunde sichtbar war, bevor er mit dem Nebel verschmolz. »… anstrengend sein. Wir machen viele Witze, meist auf Kosten der anderen.« Er blieb vor einem Restaurant mit Glasfront stehen, wo Kellner zwischen weißen Tischdecken und glänzenden Metallic-Akzenten schwebten. »Hier sind wir. Nur –« Er verzog das Gesicht. »Ignorier alles, was er sagt.«

Er hielt mir die Tür auf und ich trat ein. Ich musste nicht einmal raten, wer Raleigh sein könnte. Im kleinen Wartebereich des Restaurants stand Tylers Zwilling. Na ja, kein Zwilling, aber eine bulligere, etwas ältere Version. Anstelle von Tylers offenem Gesichtsausdruck verzog ein Grinsen seine Lippen.

»Ty!« Raleigh streckte die Arme aus, um seinen Bruder zu umarmen, und klopfte ihm auf den Rücken. Als er mich ansah, waren seine Augen einheitlich braun, ohne die Farbflecken wie bei Tyler. »Wer ist das?«

Tyler befreite sich aus Raleighs Bärenumarmung. Er ließ die Hände an seinen Seiten und sagte: »Marlee, das ist mein Bruder Raleigh. Raleigh, das ist meine Freundin Marlee Rice.«

Da ich nicht in Raleighs fleischige Arme geraten wollte, streckte ich meine Hand aus. »Schön, Sie kennenzulernen.«

Er schüttelte sie sanfter, als ich erwartet hatte. »Na, na, na.«

»Sollen wir uns einen Tisch suchen, jetzt, da wir alle hier sind?«, fragte Tyler. Ohne auf eine Antwort zu warten, trat er zur Empfangsdame. Sie führte uns direkt zu einem Tisch im hinteren Bereich, wo Tyler und ich Raleigh gegenübersaßen.

Während wir die Speisekarte studierten und bestellten, tauschten die beiden Brüder Neuigkeiten aus. Raleigh war in der Stadt, um die Zentrale seiner Firma zu besuchen, wie er es drei- oder viermal im Jahr tat. Er hatte ihre Eltern am vergangenen Wochenende gesehen und berichtete, dass sie bei guter Gesundheit, aber Tyler vermissten. Wie lange war es her, dass er zu Hause gewesen war? Wochen? Monate? Länger? Raleigh deutete an, dass es eher *länger* war.

Tyler erzählte Raleigh von seiner Wohnung im Excelsior – einem Drecksloch, wie er es mit einem entschuldigenden Blick zu mir nannte. Ich war noch nie dort gewesen, aber so schlimm konnte es nicht sein. Immobilien in San Francisco waren teuer, aber Synergy bezahlte Entwickler gut. Und er erzählte seinem Bruder von seinem Job. Es laufe ganz gut, sagte er. Ich öffnete den Mund, um ihn zu korrigieren – Tyler war Jacksons Protegé, was etwas über sein Talent und seine Aussichten aussagte –, aber der Kellner kam mit unseren Gerichten und unser Gespräch drehte sich um das Essen und die Lieblingsrestaurants der Brüder in Dallas.

Raleigh legte seine Gabel nieder und schluckte seinen Bissen Rigatoni. »Das Probeessen ist im Carolina's. Bella wollte etwas Schickes.«

Tyler murmelte etwas in sein Hühnchen.

Da ich fand, Raleigh hätte eine bessere Antwort als das verdient, sagte ich: »Du bist derjenige, der heiratet?«

Er nickte. »Diesen Sommer. Meine College-Freundin. Obwohl ich sie schon davor kannte. Wir waren auf derselben Highschool, aber sie ist ein paar Jahre jünger. Dein Jahrgang, richtig, Ty?«

»Ja.« Er beugte sich über seinen Teller und schob mit der Gabel einen Bissen Hühnchen herum.

Raleigh lehnte sich in seinem Stuhl zurück. »Obwohl, wenn ich jetzt so darüber nachdenke, erinnere ich mich, dass sie manchmal bei uns zu Hause war. Sie war mit jemandem befreundet. Vielleicht ist sie mit einem von uns zum Abschlussball gegangen?«

Tyler ließ seine Gabel mit einem Klirren auf den Teller fallen, das durch den lauten Speisesaal hallte. Er funkelte seinen Bruder an und zischte: »Befreundet. Wir waren sechs Monate zusammen, du Arschloch.«

Mein Herz setzte aus. Raleighs Lächeln gefror auf seinem Gesicht und seine Augen weiteten sich. Ich hatte Zeit, zwei Szenarien durchzuspielen, in denen ich zwischen sie sprang, ohne Marinara auf meinen austernrosafarbenen Rock zu bekommen – leider beide selbst in meiner Vorstellung klägliche Fehlschläge –, als Raleigh zu kichern begann. Dann steigerte er sich in ein volles Bauchlachen hinein, das die Leute an den Nachbartischen dazu veranlasste, ihm amüsierte Blicke zuzuwerfen. Raleigh hatte ein tolles Lachen. Zu schade, dass er ein totaler Vollidiot war.

»Ich wusste das. Ich wollte dich nur verarschen.«

»Vollpfosten«, murmelte Tyler. Dann blickte er zu mir auf. »Entschuldigung.«

»Gerechtfertigt«, flüsterte ich. Ich hatte nie ein Geschwisterkind gehabt, aber Raleigh musste den Kodex gebrochen haben, indem er mit der Ex seines Bruders ausging. Und dann hatte er darüber *gewitzelt*? Was für ein –

»Wobei, wenn du wie der Rest von uns Sport getrieben hättest, hättest du sie vielleicht behalten können.«

Ich presste den Mund zusammen und atmete durch die Nase ein.

»Dieser Kerl« – Raleigh wedelte mit seiner Gabel auf Tyler – »hätte für UT spielen können.«

Tyler verdrehte die Augen.

»Aber er saß lieber in der Bibliothek vor einem Computer, als zum Training zu gehen. Oder sich mit uns anderen zu messen.«

Tyler lehnte sich in seinem Stuhl zurück. »Ich war immer dein Torwart, Catcher, Center. Du hast mich nie als Stürmer, Shortstop oder Quarterback spielen lassen.«

Raleigh zuckte mit den Schultern. »Wir wussten nicht, dass du das wolltest. Du hättest ja was sagen können.«

Tyler setzte sein Wasserglas mit einem dumpfen Geräusch ab. »Hab ich doch.«

»Pah. Dann hättest du es lauter sagen müssen.«

Vielleicht hatte ich mich all die Jahre geirrt, in denen ich mir ein Geschwisterchen gewünscht hatte. Ich sah auf mein Handy. Nichts von Alma. Und ich hatte noch reichlich Zeit bis zum letzten Zug. Ich warf Raleigh einen Blick zu. *Leider.*

Er kaute mit abwesendem Blick und legte seine Gabel ab.

»Andererseits, hätte ich mehr Zeit in der Bibliothek verbracht, hätte ich jetzt vielleicht einen bequemen Schreibtischjob wie du.«

»Du hast einen tollen Job«, sagte Tyler. »Du verdienst gut und bist schon überall gewesen. New York, San Francisco, Singapur …«

»Ja«, sagte Raleigh. »Aber Bella hasst es. Sie wünschte, ich wäre öfter zu Hause. Sie will Kinder.« Er verzog das Gesicht.

»Und du nicht?«, fragte ich ihn.

»Ich weiß nicht. Vielleicht. Noch nicht. Mit drei jüngeren Geschwistern hatte ich von Kindern irgendwie die Nase voll. Verstehst du?«

Ich wollte kein Mitleid mit dem Arschloch haben, aber vielleicht hatte er recht. Wahrscheinlich hatte er seinen Teil an Windeln gewechselt, zumindest bei den beiden Jüngsten.

Raleigh legte Messer und Gabel über Kreuz auf seinen leeren Teller, und ein Abräumer nahm ihn sofort mit. Ein Glanz trat in seine braunen Augen. »Also. Wie lange seid ihr beide schon zusammen?«

»Sind wir nicht«, knurrte Tyler.

»Nein, nur Freunde.« Meine Stimme war zu hoch.

Raleigh griff über den Tisch und gab Tyler einen Klaps auf die Schulter. »Dummkopf.« Mit den Augen verständigten sie sich in einer Art unausgesprochener Brudersprache.

Schließlich blickte Tyler auf sein halb aufgegessenes Abendessen. »Ich glaube, das nehme ich mit nach Hause.«

»Das ist mein Bruder Tyler. Achtet immer auf seine mädchenhafte Figur.« Raleigh klopfte sich auf seinen flachen Bauch.

»Du solltest lieber auf deine achten«, sagte Tyler. »Du hast ein paar Pfund zugelegt, alter Mann.«

Tyler konnte also auch austeilen. Ich lächelte und zog mein Portemonnaie heraus. »Ich muss kurz telefonieren. Kann ich euch etwas Bargeld für die Rechnung geben?«

Raleigh sah mich an, als hätte ich zwei Köpfe. »Ich weiß nicht, was dieser Holzkopf hier an der Westküste so treibt, aber ich wurde nicht so erzogen, dass ich eine Dame für das Abendessen bezahlen lasse.«

Tyler verdrehte die Augen. »Ich übernehme das, Knallkopf.«

»Ich setz' es von der Steuer ab.«

Ich überließ sie ihrem Streit um die Rechnung, schlüpfte in meinen Mantel und ging nach draußen, wo ich unter der tropfenden Markise stand und Dad anrief.

»Hey, geht es dir gut?«

»Natürlich, Sonnenschein. Ich habe mit Alma zu Abend gegessen und jetzt schauen Tigger und ich Baseball. Er mag Baseball, nicht wahr, Großer?«

»Dad.« Verdammter Kater. »Ist es in Ordnung für dich, wenn ich noch ein bisschen in der Stadt bleibe?«

»Sicher.«

»Überprüfst du, ob die Türen abgeschlossen sind? Und der Herd aus ist?«

Er kicherte. »Ja, Ma'am. Vergiss nicht, ich bin hier der Vater.«

»Ich weiß.« Er klang gut. Und ich sollte ihn wirklich nicht wie ein Kind behandeln. »Gute Nacht. Wir sehen uns morgen früh.«

»Nacht, Sonnenschein.«

Ich steckte mein Handy weg. Tyler und Raleigh waren nach draußen gekommen und unterhielten sich leise. Als ich näher kam, sagte Raleigh gerade: »Was soll ich ihnen also sagen?«

»Sag ihnen, ich weiß es nicht.«

Ich legte eine Hand auf Tylers Schulter, damit er wusste, dass ich da war.

»Mom wird sich die Augen ausheulen, wenn du an Thanksgiving nicht zu Hause bist.«

Tylers Schulter spannte sich an. »Ich werde darüber nachdenken.«

Raleigh presste seine Lippen zu einer dünnen Linie zusammen. Dann streckte er mir eine Hand entgegen. »Marlee, es war mir ein Vergnügen.«

»Mmh.« Es wäre eine Lüge gewesen, das Kompliment zu erwidern.

Er zog Tyler in eine weitere Bärenumarmung. »Wir sehen uns, Mann.« Er drehte sich um und ging weg.

»Jep. Genauso schlimm, wie ich es mir gedacht habe.« Tyler erwiderte mein halbes Lächeln. »Musst du sofort nach Hause?«

Ich schaute auf meine Uhr. Ich hatte noch ein paar Stunden bis zum letzten Zug. Nach diesem schrecklichen Abendessen konnte ich Tyler nicht allein lassen. Seine Schultern hingen immer noch herab, als hätte Raleigh ihn mit einem Baseball-schläger geschlagen. »Nicht sofort. Willst du noch einen Nach-tisch essen?«

Er warf seine Box mit den Resten in einen nahen Mülleimer. »Beste Idee überhaupt.«

———

IN DIESER KÜHLEN Nacht waren wir kurz vor Ladenschluss die einzigen Kunden in der Eisdiele. Tyler fragte den jugendlichen Angestellten, welche Sorten Baumnüsse enthielten, und nachdem er ein paar nussfreie Sorten probiert hatte, entschied er sich für eine doppelte Portion Malz-Milchschokolade und Fudge-Ripple mit Karamellsoße. Ich wählte eine Kugel cremiges Erdbeer-Mango-Sorbet. Wir setzten uns ans vordere Fenster, wo der Nebel an der Scheibe leckte.

Ich zog meinen Löffel über die Oberfläche meines Sorbets. »Ist er immer so?«

Er stach mit seinem Löffel in sein Eis. »Das sind sie alle. Warum glaubst du, wohne ich dreitausend Kilometer entfernt?« Doch sein Lächeln war ironisch. »Es ist Familie.«

»Tut es nicht weh?«

Er zuckte mit den Schultern. »Manchmal.«

Beim Abendessen hatte er ausgesehen wie Dad, als der sich eine Tackerklammer durch den Zeigefinger geschossen hatte.

»Du solltest es ihnen sagen. Dich gegen sie behaupten.«

Er löffelte eine Portion aus seinem Becher. »Was er gesagt hat, war wahr. Ich war im Sport immer nur die zweite Wahl. Und Bella war nur mit mir zusammen, bis klar war, dass ich es nie in eine erste Mannschaft schaffen würde.«

»Das ist furchtbar!« Ich setzte meinen Becher ab.

Er zuckte mit den Schultern.

Ich schüttelte den Kopf, zum ersten Mal froh, ein Einzelkind gewesen zu sein. »Also, ich finde, sie hat dich unterschätzt. Sie alle haben das. Und es ist nicht fair. Außerdem ist dein Bruder ein Arsch.«

Ich schob mir einen weiteren Löffel Sorbet in den Mund und blickte auf, um zu sehen, wie er mich beobachtete, während ich den Löffel aus dem Mund zog. Sein Adamsapfel bewegte sich, als er schluckte. Meine eigene Kehle war plötzlich trocken, und ich ließ den Blick zum Tisch sinken. Ich musste mir wirklich bald diesen neuen Vibrator bestellen.

Zu meinem Glück rief der mürrische Teenager, der uns bedient hatte: »Sorry, Leute, wir schließen«, und drehte das Schild im Fenster um.

Wir schlenderten hinaus auf die dunkle, neblige Straße und wichen Touristen und späten Pendlern aus. Winzige Tröpfchen sammelten sich und glitzerten an meinen Haarspitzen und den Ärmeln meines Mantels. Die feuchtkalte Luft kroch über mein Gesicht und in den offenen Kragen meines Mantels. Ich erschauderte.

»Kalt?«, fragte Tyler.

Das war eines der Dinge, die mich nach der Hochzeit in Schwierigkeiten gebracht hatten. Ich musste dem Kontakt mit Tylers Duft, der Wärme seines Körpers, widerstehen. »Nein, alles gut. Aber ich glaube, ich nehme ein Taxi zum Bahnhof.« Der Bahnhof war nur ein paar Blocks entfernt, aber es war ein langer Tag gewesen, und meine Abwehrkräfte schmolzen wie das Eis, das wir gerade gegessen hatten.

Er hustete. »Ich nehme ein Taxi nach Hause und setze dich ab.«

»Der Bahnhof liegt nicht gerade auf dem Weg.«

»Das macht mir nichts aus. Ich habe es nicht eilig.«

Bevor ich erneut protestieren konnte, winkte er einem vorbeifahrenden Taxi, und als es anhielt, öffnete er mir die Tür. Ich nannte dem Fahrer den Namen des Bahnhofs, und Tyler, der hinter mir einstieg, gab seine Adresse als zweiten Halt an. Selbst zu so später Stunde kroch der Verkehr durch die Straßen. Zu Fuß wäre es schneller gewesen, aber das Taxi war warm und trocken. Ich starrte aus dem Fenster und beobachtete, wie Wassertropfen auf der Scheibe zitterten und herunterliefen.

Tyler berührte meine Hand, die auf dem Vinylsitz ruhte. »Danke, dass du mitgekommen bist. Es war besser mit dir.«

Ich wandte mich vom Fenster ab, um ihn anzulächeln. Ich drehte meine Hand um und verschränkte meine Finger mit seinen. »Wann immer du emotionale Unterstützung gegen deine Idioten von Brüdern brauchst, sag einfach Bescheid.«

»Versprochen?« Er räusperte sich.

»Was?«

Er rollte seine Unterlippe zwischen den Zähnen. »Ich muss diesen Sommer nämlich auf eine Hochzeit gehen. Alle meine Idioten von Brüdern – und meine Schwester, die auch eine Idiotin ist – werden da sein. Vielleicht könnten wir die Sache mit der Hochzeitsbegleitung wiederholen.«

Der Sommer war noch Monate entfernt. Aber bei dem Gedanken an den armen Tyler auf der Hochzeit seines Bruders mit seiner Ex konnte ich nicht Nein sagen. »Wenn du mit niemandem zusammen bist, den du lieber mitnehmen möchtest, komme ich mit dir. Dafür sind Freunde da.«

Anstatt mich mit seinem unbeschwerten Lächeln zu belohnen und mein Angebot anzunehmen, runzelte er die Stirn und rieb sich am Hals.

»Was ist los?«

Er bewegte seinen Mund, bevor er sprach, als würde er ihn testen. »Es juckt. Seltsam. Als hätte ich eine Reaktion.«

»Aber du hast keine Macadamianüsse gegessen. Überhaupt keine Baumnüsse.« Mein Gehirn arbeitete langsam, wie ein Computer, dessen Speicher überlastet war.

»Erinnerst du dich, ob eine der Sorten in der Nähe der Schokolade Nüsse enthielt? Vielleicht haben sie denselben Eisportionierer benutzt.«

»Es gab eine Sorte mit Nutella-Geschmack in derselben Theke.« Ich erinnerte mich daran, weil ich überlegt hatte, sie zu probieren, sie aber wegen Tylers Allergie ausgeschlossen hatte. »Das enthält Nüsse, oder?«

Er schluckte mühsam. »Und wie.« Er klopfte auf den Sitz. »Scheiße. Habe meine Tasche mit meinem EpiPen im Büro gelassen.«

»Hey«, sagte ich zu dem Taxifahrer. »Können Sie uns bitte zum nächstgelegenen Krankenhaus bringen?«

»Nein.« Tylers Stimme war rau. »Ich habe einen in meiner Wohnung. Mir wird es gut gehen.«

Der Fahrer verlangsamte. »Was soll's sein?«

Mein Herz drohte, mir aus der Brust zu springen, aber ich verstand, dass man nicht unnötig ins Krankenhaus wollte. Tyler hatte wahrscheinlich eine Versicherung mit hohem Eigenanteil, so wie ich. »Bringen Sie uns zu seiner Wohnung. In Excelsior, bitte. Und beeilen Sie sich.« Ich umklammerte seine Hand, als ob das helfen würde.

Die fünfminütige Fahrt zu seiner Wohnung schien fünf Stunden zu dauern. Tyler sog keuchend und nach Luft schnappend Luft ein wie ein Emphysempatient. Mit einer Hand massierte er seinen Hals. Die andere drückte meine Hand, als wollte er mich beruhigen. Es funktionierte nicht. Ich atmete schwer genug für uns beide, als wir vor seinem Haus hielten.

Als er stolperte, schob ich mich unter seinen Arm und stützte ihn die Treppe zu seiner Wohnung hinauf. Er schloss die Tür auf und knipste das Licht an. Ich war noch nie in seiner Wohnung gewesen, aber ich hatte keine Zeit, mich umzusehen. Mein Herz stolperte in meiner Brust, als wäre ich diejenige, die den allergischen Anfall hatte.

Er taumelte durch eine offene Tür und drückte den Lichtschalter. Das Badezimmer war gerade groß genug für eine Badewannen-Dusch-Kombination, die Toilette und einen viereckigen Waschbeckenunterschrank. Er beugte sich über das Waschbecken, riss den Spiegelschrank auf und griff nach einem Plastikröhrchen, das er auf die Ablage legte. Er schloss den Toilettendeckel und hantierte an seinem Gürtel. »Sorry«, keuchte er, als er seine Jeans zu Boden gleiten ließ.

»Keine Sorge.« Heiliger Hippokrates, er machte sich Sorgen, mitten in einer anaphylaktischen Reaktion die Hosen runterzulassen? Ich stand am Waschbecken, meine Hände hingen schlaff und taub herab.

Aber Tyler wusste, was zu tun war. Er sank auf den Toilettendeckel und zog mit ruhigen Fingern das Gerät aus seinem Röhrchen. Er entfernte die Kappe, setzte es an die Außenseite seines Oberschenkels, genau unterhalb des Beins seiner Boxershorts, und drückte, bis es klickte.

»Das war's? Es ist vorbei?«

Seine Hände zitterten, als er das Gerät auf die Ablage legte. Er räusperte sich. »Ja.«

»Kann ich jetzt den Notruf wählen?«

»Nein, es wird mir gut gehen.«

»Da steht genau drauf, dass man sofort medizinische Hilfe suchen soll.« Die Worte waren über der unheimlich aussehenden Nadel aufgedruckt.

»Mir wird es gut gehen. Ich habe das schon ein paar Mal durchgemacht.« Sein Gesicht war verschwitzt und blass, aber er atmete jetzt leichter. Seine Lippen hatten sich bereits von blau zu blassrosa verfärbt.

Als er aufstand, streckte ich meine Arme nach ihm aus, als könnte ich ihn auffangen, falls er fiele. »Wirklich, mir geht es gut.« Er zog seine Jeans hoch. »Entschuldige das alles. Ich rufe dir ein Taxi nach Hause.«

Ich verschränkte die Arme. »Ich fahre nicht nach Hause. Ich lasse dich heute Nacht nicht allein. Was ist, wenn deine Symptome zurückkommen? Oder du auf das Medikament reagierst?«

»Es wird mir gut gehen. Wirklich.«

Ich rührte mich nicht vom Fleck. »Ich bleibe.«

»Na gut.« Seine Lippen zuckten. »Macht es dir was aus, wenn ich mich hinlege?«

»Oh. Sicher. Kein Problem.« Jetzt waren nicht nur meine Hände nutzlos; es war mein ganzer Körper. Ich trat rückwärts aus dem Badezimmer und folgte ihm durch eine weitere Tür in sein Schlafzimmer. Er schob die Schranktür auf und holte ein Kissen und eine Decke herunter. Er trug sie ins Wohnzimmer, wo eine lange Couch vor einem Couchtisch und einem Fernseher stand. Die Wohnung war klein, nicht ganz so groß wie das winzige Erdgeschoss unseres Hauses.

Er warf das Kissen auf das Sofa und ließ sich auf die Polster fallen. »Du nimmst das Bett.«

»Auf keinen Fall. Du hattest gerade einen medizinischen Notfall. Du schläfst in deinem Bett.« Tyler war stur, aber nicht so stur wie ich. Ich ergriff seine Hand und zog, bis er stand. »Los jetzt. Ich gebe dir eine Minute, um dich einzurichten.«

Mit gerunzelter Stirn trottete er in sein Schlafzimmer. Ich rief zu Hause an, um nach Dad zu sehen, und dann verbrachte ich ein paar Minuten in seinem Badezimmer, wusch mein Gesicht und putzte meine Zähne mit seiner Zahnpasta und meinem Finger.

Als ich ins Schlafzimmer kam, schenkte er mir ein verschlafenes Lächeln, und meine Herzfrequenz verlangsamte sich endlich. »Fühlst du dich besser?«

»Ja.« Die Decke war bis zu seinem Kinn hochgezogen. »Ich kann jetzt gut atmen. Wirklich, du kannst nach Hause gehen.«

»Keine Chance.« Ich saß auf der anderen Seite des Bettes, auf der Bettdecke, und streckte mich neben ihm aus. Ich deckte mich mit der Decke zu, die er zuvor über das Sofa geworfen hatte.

»Was machst du da?« Das Lächeln war verschwunden.

»Hier ist genug Platz. Ich werde sicherstellen, dass du gut schläfst.«

»Wirklich, mir geht es—«

»Ich weiß, ich weiß, dir geht es gut. Trotzdem bleibe ich.« Ich wusste nicht, was ich tun würde, wenn meinem Freund etwas zustoßen würde. Und das wollte ich auch nicht herausfinden.

Er knipste die Lampe aus, und wir lagen schweigend da.

»Wir gehen nie wieder in diesen Laden, weißt du«, sagte ich.

»Die Eisdiele?« Er kicherte. »Schade. Mein Eis war echt gut. Bis es versucht hat, mich umzubringen.«

Ich legte eine Hand auf seine Brust, um seinen Herzschlag zu fühlen. Er schien schnell, aber er war gleichmäßig. Er legte seine Hand auf meine. »Zu früh?«

»Definitiv zu früh. Keine Witze mehr. Schlaf jetzt.«

Seine Finger drückten fester. »Danke, Marlee. Dass du auf mich aufgepasst hast.«

Ich wusste, dass er nicht nur seinen allergischen Anfall meinte. Den hatte er selbst ganz gut in den Griff bekommen. Er meinte das mit dem schrecklichen Raleigh.

»Jederzeit.« Und ich würde jederzeit auf ihn aufpassen. Genauso wie ich es für Alicia tun würde. Ich verdrängte den Gedanken daran, was mit ihm hätte passieren können, aus meinem Kopf. Ich wusste, ich würde Schlafprobleme bekommen, wenn ich an diese beängstigende Taxifahrt dachte.

Stattdessen beobachtete ich, wie sich seine Brust in dem schwachen Licht, das an den Seiten der Jalousien eindrang, hob und senkte. Sein Atem wurde gleichmäßiger und langsamer, und bald wurde es auch meiner.

14

ICH WACHTE im grauen Licht der Morgendämmerung auf, warm und geborgen. Aber es war nicht mein Kissen unter meiner Wange, sondern die Haut eines anderen.

Oh. Mein. Gott. Was hatte ich getan?

Ich hob den Kopf und meine Wange löste sich mit einem leisen Schmatzen von Tylers Brust. Ich starrte auf die Hautfläche vor mir. Ein Tattoo zierte seine goldene Schulter, ein geschwungenes V mit einem kleinen Fünfeck an einem Ende und einem Dreieck am anderen. Es kam mir vage bekannt vor, aber ich konnte mir nicht zusammenreimen, was ein V auf Tylers Schulter zu bedeuten hatte. Vielleicht war es ein Y für Young? Oder hatte er mit einem Tattoo angefangen, das tatsächlich wie etwas aussah, und es sich dann anders überlegt?

Er seufzte und streckte seinen anderen Arm hinter das Kissen. Der Arm, der nicht fest um meine Taille lag. Meine – *oh, Gregor Mendel sei Dank* – vollständig bekleidete Taille. Obwohl ich mich über seine Brust ausgebreitet hatte, lag meine untere Körperhälfte immer noch auf der Bettdecke. Eine tolle Krankenschwester war ich gewesen. Ich war auf meinem Patienten eingeschlafen.

Im schwachen Licht, das durch die Jalousien fiel, nahm ich mir eine Sekunde Zeit, um die Wölbung seines Trizeps, die flache

Ebene seiner Brustmuskeln und die Rillen seiner Bauchmuskeln zu bewundern. Für jemanden, der den ganzen Tag am Schreibtisch saß, hatte er eine Menge Muskeln am Start. Aber ich hielt meine Finger zu Fäusten geballt. Freunde berührten nicht die nackte Brust von Freunden. Und sie spähten schon gar nicht unter das Laken, das seine untere Hälfte bedeckte.

Aber ich musste nicht spähen, um zu sehen, dass die untere Hälfte ebenso … überraschend war. Nicht, dass es mich überraschte, dass Tyler einen Penis hatte. Natürlich hatte er den. Ich hatte nur noch nie einen Grund gehabt, darüber nachzudenken. Bis heute Morgen, als seine Erektion ein Zelt unter dem Laken bildete, das groß genug war für –

Ich schloss die Augen. Aber sie flogen sofort wieder auf. Das weiche Jersey-Laken schmiegte sich an ihn und zeichnete die Form in anschaulicher Deutlichkeit nach. Ich schluckte schwer und riss meinen Blick los.

Die Einrichtung in seinem Schlafzimmer war spärlich: eine Kommode und ein einzelner Nachttisch, auf dem seine Brille neben einem Wecker lag, dessen LED-Anzeige mir verriet, dass es weit nach sechs Uhr war. *Mist.* Es war Freitag, Cooper hatte ein frühes Meeting und ich musste ins Büro.

Vorsichtig schob ich mich unter seinem Arm hervor. Ein Stirnrunzeln huschte über sein Gesicht, und ich legte die Hand, die auf meinem Rücken gelegen hatte, auf seinen Bauch. Er murmelte: »Prinzessin«, und ich erstarrte und wartete darauf, dass er die Augen öffnen würde, aber das tat er nicht. Keine Zeit, ihn zu wecken; außerdem brauchte er nach seinem allergischen Anfall die Ruhe. Stattdessen glitt ich vom Bett und schlich auf Zehenspitzen hinaus ins Wohnzimmer.

Ich entdeckte meine Handtasche auf dem Boden neben der Tür, wo ich sie während des gestrigen Wahnsinnslaufs zum Epinephrin hatte fallen lassen. Ich kramte mein Handy hervor, in der Hoffnung, dass Tylers Wecker sich bei der Uhrzeit geirrt hatte, aber es war halb sieben. Keine Zeit, nach Hause zu fahren und mich umzuziehen. Ich würde in den Kleidern von gestern zur

Arbeit gehen müssen. Während ich ein Uber bestellte, zupfte ich an meinem BH, um den Bügel aus der Kerbe zu befreien, die er beim Schlafen in die Seite meiner Brust gegraben hatte. Autsch.

Wo hatte ich meinen Mantel fallen lassen? Ich ging im Kreis durch den kleinen Raum, bis das rosige Licht, das durch das Fenster filterte, einen hellen Stofffleck auf dem dunklen Sofa beleuchtete. Ich ging hinüber, um ihn vom Kissen zu nehmen, aber ein Fauchen schreckte mich auf, sodass ich meine Hand zurückzog. Die Ecke meines rosafarbenen Mantels lugte unter einem Klumpen taubengrauen Flors hervor.

Bösartige blaue Augen – sie hatten fast dieselbe Farbe wie die von Cooper – blinzelten mich aus einem dunkelgrauen Gesicht an. Es fauchte mich wieder an. Tyler hatte eine … Katze? Eine, die mich anscheinend genauso sehr hasste wie Tigger. Hatte ich in einem früheren Leben Katzen misshandelt? Oder einen Hund? Und wie konnte es sein, dass ich nicht wusste, dass mein Freund eine Katze hatte?

»Feines Kätzchen«, flüsterte ich. »Komm her.« Ich winkte sie zu mir. Der starre Blick der Katze wich nicht von meinem Gesicht. »Pscht. Alles gut.« Ich wusste nicht, ob ich mit mir selbst oder mit der Katze sprach. Ich streckte eine zaghafte Hand nach der Ecke meines Mantels aus. Die Katze knurrte, und ich zog meine Hand an meine zerknitterte Bluse. Nein. Mein Mantel war den Verlust meiner Tippfinger nicht wert.

Eine raue Stimme ertönte hinter mir. »Morgen.«

»Hey.« Er war immer noch oberkörperfrei und trug nur die Jeans von letzter Nacht, ohne Gürtel und tief auf der Hüfte hängend. Blitzschnell wandte ich den Blick ab. »Ich habe ein frühes Meeting und deine Katze hält meinen Mantel als Geisel. Kannst du …?«

»Oh. Sorry. Klar.« Er hob die Katze hoch und ich schnappte mir meinen Mantel vom Sofa.

»Danke.«

»Das ist Subha. Sie ist ziemlich entspannt.« Mit einem Arm kuschelte er die Katze an seine nackte Brust, und sie schnurrte.

Ich konnte es ihr nicht verdenken. Er hatte eine gemütliche Brust. Und, ach du lieber Leonardo da Vinci, wie sexy war bitte eine muskulöse Brust mit einem flauschigen Kätzchen, das sich daran schmiegte? *Nein.* Mein Freund war *nicht* sexy. Okay, schön, er war es, aber ich fühlte mich überhaupt nicht zu ihm hingezogen.

»Wie fühlst du dich?« Seine Gesichtsfarbe war besser als letzte Nacht. Seine Lippen waren rosa und nicht mehr bläulich verfärbt.

»Besser. Danke«, sagte er. Als er lächelte, löste sich die Enge in meiner Brust. »Sorry wegen der ganzen Katzenhaare. Soll ich mit einer Fusselrolle drübergehen?«

Ich schaute auf mein Handy, als ob die Zeit auf wundersame Weise hätte rückwärtslaufen können. »Keine Zeit. Cooper hat ein frühes Meeting.«

»Dann fällt das Frühstück wohl auch aus. Gib mir eine Minute, um mich anzuziehen, dann fahre ich dich.«

»Nein, danke. Ich habe ein Uber gerufen. Du solltest wieder ins Bett gehen.« Ich kämpfte gegen den Drang an, zu ihm zu gehen, ihn zu umarmen, ihm einen Kuss auf die Wange zu geben. Sicher, er stand da, gesund und nicht mit einem Atemschlauch in einem Krankenhausbett liegend. Aber wenn ich ihn berührte, selbst wenn es nur wäre, um mich zu vergewissern, dass es ihm gut ging, fürchtete ich, dass ich mir mehr nehmen würde, als unsere Freundschaft erlaubte.

Ich hielt meine Augen von seiner nackten Haut fern, schlüpfte in meinen Mantel und schwang meine Tasche über die Schulter. »Wir sehen uns später.«

Ich entriegelte die Tür und schlüpfte hinaus. Als ich die Treppe hinunterlief, versuchte ich, unseren panischen Wettlauf die Treppe hinauf in der Nacht zuvor zu vergessen. Ich hatte seit Dads Sturz von der Leiter nicht mehr solche Angst gehabt. Ich war froh, dass ich letzte Nacht bei Tyler gewesen war. Obwohl er, wenn wir nicht zusammen gewesen wären, niemals dieses kontaminierte Eis gegessen hätte. Nächstes Mal würde ich darauf achten, dass der Kellner einen frischen Eisportionierer benutzte. Ich würde besser auf meinen Freund aufpassen.

Im Büro umklammerte ich meinen Mantel und rannte mit einem flüchtigen Winken an der Security vorbei. *Hier gibt es nichts zu sehen.* Oben warf ich einen Blick den Flur hinunter zu Coopers Büro – immer noch dunkel –, schnappte mir meine Sporttasche und eilte zu Jacksons privatem Badezimmer.

Ein paar Minuten später roch ich frisch und war einigermaßen präsentabel, genug für einen Freitag bei Synergy. Ich huschte zurück zu meinem Schreibtisch, verstaute meine Tasche in einer Schublade und ließ mich auf meinen Stuhl fallen, genau als der Aufzug klingelte und Cooper in seiner gebügelten und pomadisierten Perfektion heraustrat.

Er stutzte, als er meinen Schreibtisch sah. Normalerweise wäre das eine gute Sache gewesen. Heute gefiel mir die zusätzliche Aufmerksamkeit nicht. Er nahm meinen Pferdeschwanz und mein »Yoga Girls Are Twisted«-T-Shirt über dem zerknitterten, blassrosa Rock von gestern wahr.

»Fühlen Sie sich gut, Marlee?«

»Ich habe verschlafen.« Gewissermaßen. Auf verkehrte Weise. Ich starrte ihm in die Augen und forderte ihn heraus, meinen Bluff auffliegen zu lassen.

Er kratzte sich am Hinterkopf. »Ich weiß, Jackson ist kein Verfechter der Kleiderordnung, aber ich würde es vorziehen, wenn meine Assistentin mich professionell repräsentiert. Selbst an einem Freitag.«

Die Röte begann an meiner Brust und schoss mir bis in die Haarwurzeln. »Entschuldigen Sie, Cooper. Das wird nicht wieder vorkommen.«

»Okay, dann. Können Sie die Telefonkonferenz starten?«

»Sicher doch.« Ich rief die Meeting-Anwendung auf meinem Bildschirm auf, dankbar, ihm nicht in die Augen sehen zu müssen. Er drehte sich um, ging in sein Büro und schloss die Tür.

Ich rief im Londoner Büro an, schaltete Cooper hinzu und trennte meine Leitung. Dann sackte ich in meinen Stuhl und stieß den Atem aus. Das würde ein langer Tag werden. Ich zog mein Handy heraus, um Dad anzurufen, und fand eine SMS.

Hysterisches Lachen blubberte hinter meinen geschlossenen Lippen auf. Nichts war *okay*. Mein Schwarm hatte mich wegen unserer nicht existierenden Kleiderordnung zurechtgewiesen. Ich hätte meinen Freund beinahe umgebracht und landete dann schlafend auf seiner nackten Brust. Außerdem hatte ich Dad die ganze Nacht allein zu Hause gelassen.

Aber nichts davon war seine Schuld.

Ich rief Dad an.

»Hi«, sagte ich, als er abnahm. »Nochmal Entschuldigung für letzte Nacht. Ich musste meinem Freund helfen.«

»Maggie?«

Ich zuckte zusammen und rieb mir die Schläfe. »Nein, Dad, hier ist Marlee.«

»Sonnenschein! Geht es dir gut?«

»Ja, gut. Und dir?«

»Gut, gut. Play-off-Spiel heute Nachmittag. Wie klingen Tacos zum Abendessen?«

Der stechende Schmerz an meiner Schläfe ließ ein wenig nach. »Großartig. Ich sehe dich heute Abend zu Hause, okay?«

»Bis später, Schatz.«

Ich legte mein Handy weg und beugte mich mit dem Kopf in den Händen über meinen Schreibtisch, dankbar, so dankbar, dass es ihm gut ging. Aber was wäre, wenn ihm etwas passiert wäre? Ich war wirklich ein schrecklicher Mensch. Zur Buße würde ich nichts als arbeiten und bei Dad zu Hause bleiben.

Moment. Bei ihm zu Hause zu bleiben sollte keine Strafe sein. Der Mann hatte sich mein ganzes Leben um mich gekümmert. Ich war eine undankbare Tochter. Ich zupfte an meinem Pferdeschwanz.

Schließlich stöhnte ich und wandte meine Aufmerksamkeit meinem Computer zu.

Vertieft in meine morgendliche Code-Überprüfung, hörte ich die nahenden Schritte nicht und zuckte zusammen, als ein Kaffeebecher zum Mitnehmen und eine Papiertüte auf meinen Schreibtisch plumpsten. Tyler stand über mir, eine Flasche Mountain Dew in der Hand und ein strahlendes Grinsen im Gesicht.

Gerade als er den Mund öffnete, tauchte Cooper auf.

Ich riss meinen Blick von Tylers Gesicht und schenkte Cooper ein gezwungenes Lächeln. »Was kann ich für Sie tun, Cooper?«

Sein Blick erfasste Tyler, den Kaffeebecher und mein Yoga-Shirt – schon wieder. Seine Augenbrauen hoben sich. »Morgen, Tyler.« Er grinste überheblich.

»Morgen«, murrte Tyler.

Ich neigte mein Kinn in Richtung des Kaffees, den er mir mitgebracht hatte. »Danke. Wir sehen uns später.«

Seine Mundwinkel zogen sich zusammen, bevor er sich umdrehte und zum Treppenhaus zurückging.

Nachdem die Tür zugefallen war, wackelte Cooper mit seinen dichten Augenbrauen auf mich zu. »Verschlafen, was?«

Ich verengte meine Augen. Cooper schien überhaupt nicht eifersüchtig zu sein. Er schien … vergnügt. »Ich habe letzte Nacht bei Tyler übernachtet. Unerwartet.«

Seine Augenbrauen hoben sich. »Also läuft da doch *was*.«

Ich hob den Kaffee an meine Lippen. Er schmeckte nach Pumpkin Spice und Unehrlichkeit. Obwohl alles, was ich ihm gesagt hatte, wahr war, fühlte es sich an, als würde ich Cooper anlügen. Eine Beziehung, die auf einer Lüge aufbaut, würde nicht halten. Bevor er auf seine Reise ging, würde ich reinen Tisch machen. Über Tyler und über meine Gefühle für Cooper.

Diese Laseraugen musterten mich wieder, als ob sie versuchten, meinen Bullshit zu durchdringen. Endlich blinzelte er und lehnte eine Hüfte an meinen Schreibtisch. »Hey, ich habe Karten für ein Musical, und ich habe mich gefragt …«

Heiliges Hubble-Teleskop. *Endlich* würde er mich um ein Date bitten. Ich erstarrte und wartete darauf, dass er die Worte aussprach.

»Sie sind für nächste Woche, und da bin ich verreist. Möchten Sie sie haben? Ich weiß, Sie sind ein Musical-Fan. Sie könnten Tyler mitnehmen.«

Ich sackte in mich zusammen. Obwohl ich mir schon ewig gewünscht hatte, eine professionelle Musicalaufführung zu sehen. »Sicher. Ich meine, ja, das wäre wunderbar. Danke.«

Als er die Stirn runzelte – wahrscheinlich wegen meiner Undankbarkeit – senkte ich den Blick auf meinen Schreibtisch. Mein Handy leuchtete auf, und ich schnappte mir den Hörer, dankbar für eine Atempause von diesem laserblauen Blick.

José von der Security sagte: »Marlee, Ihr Besucher ist hier.«

»Besucher?« Wer würde

mich besuchen wollen?

»Er sagt, er hat einen Termin.«

Ich rief meinen Kalender auf und fand den Eintrag für ein Vorstellungsgespräch mit einem weiteren Kandidaten für Coopers Assistentenstelle. Ich war so in alles verwickelt gewesen, dass ich das vergessen hatte. Wenigstens war der heutige Kandidat ein Mann. Ein Mann würde mein weniger als professionelles T-Shirt und meinen zerknitterten Rock nicht bemerken, im Gegensatz zu den Frauen, die ich die ganze Woche interviewt hatte.

»Danke. Ich komme sofort runter.«

Cooper schwebte immer noch vor meinem Schreibtisch. »Ich interviewe einen weiteren Kandidaten für Sie«, sagte ich und zupfte meinen Ordner mit den Lebensläufen aus dem Sortierfach. »Wollen Sie mitkommen?«

Er schauderte und trat einen Schritt zurück. »Nein, danke. Ich habe eine Menge Arbeit zu erledigen.«

Ich schüttelte den Kopf über ihn, und er drehte sich um und eilte zurück in sein Büro. Feigling.

Ich schnappte mir den Kaffee, den Tyler mir mitgebracht hatte – er musste der beste Freund aller Zeiten sein – und spähte in die

Tüte. Drinnen war die erwartete Papierhülle mit Gebäck, die auf einer in Plastik verpackten Fusselrolle lag. Ich kicherte.

Aber als ich mit dem Aufzug ins Erdgeschoss fuhr, erstarb das Lächeln auf meinem Gesicht. Wenn der heutige Kandidat qualifiziert war, würde er mich in meiner vorübergehenden Rolle als Coopers Assistent ersetzen. Keine Mittagessen zu zweit mehr, keine Ausreden mehr, um in seinem Büro aufzutauchen, keine Gelegenheiten mehr, ihm bei der Arbeit bis spät in die Nacht zu helfen.

Meine Zeit lief ab.

———

NATÜRLICH MUSSTE sie an dem Tag zu Synergy kommen, an dem ich ein T-Shirt trug und mein ungewaschenes Haar zu einem Pferdeschwanz hochgesteckt hatte.

Jamila Jallow, ihre Beine in einer hoch taillierten Hose und einem Burberry-Trenchcoat, der vorne offen war und einen Kaschmirpullover und einen Seidenschal enthüllte, sahen endlos aus. Sie lehnte am Sicherheitsschalter und plauderte mit José.

»Morgen, Jamila.«

»Morgen, Marlee. Kannst du mich nach oben begleiten?«

Ich hatte geplant, das Vorstellungsgespräch mit dem Kandidaten unten zu führen, aber ich schätze, ich könnte beide mit in den sechsten Stock bringen. »Sicher. Lassen Sie mich nur« – ich blickte auf den Lebenslauf in meiner Hand – »Ben holen.«

Ein Kerl in meinem Alter sprang von seinem Sitz auf einem der unbequemen chartreusefarbenen Ledersessel in der Lobby auf. »Marlee?«, fragte er und streckte bereits seine Hand aus. Er trug ein blau kariertes Button-down-Hemd unter einem grauen Pullover und dunkle Chinos. Seine geschnürten Stiefeletten passten zum weich aussehenden braunen Leder seiner Umhängetasche.

Ich ging auf ihn zu und wünschte, ich sähe so gut gekleidet aus wie er. Als ich seine Hand schüttelte, neigte ich meinen Kopf nur leicht nach oben, um ihm in seine whiskyfarbenen Augen zu blicken. Nicht monströs groß wie Cooper und Jamila. »Hi, Ben. Ich bin Marlee Rice. Gehen wir nach oben.«

Während wir auf den Aufzug warteten, beugte sich Ben um mich herum. »Sie sind Jamila Jallow, richtig?«

Sie lächelte und streckte eine lange, schlanke Hand aus. »Die bin ich.«

»Ben Levy-Walters.« Er schüttelte ihre Hand. »Ich habe diese Woche Ihren Blogbeitrag über User Experience Design gelesen. Er war inspirierend.«

Las die gesamte Bevölkerung von San Francisco Jamilas Blog? Ugh.

Während wir nach oben fuhren, setzten sie ihr Gespräch über Benutzeroberflächen fort. Ich hielt den Mund und hörte zu. Der Typ war klug und konnte mit einem der hellsten Sterne der Branche mithalten. Hmm.

Im sechsten Stock brachte ich Ben in einem Konferenzraum unter und begleitete Jamila zu Coopers Büro. Als ich anklopfte und die Tür öffnete, verschwand sein konzentriertes Stirnrunzeln und ein breites Grinsen erschien auf seinem Gesicht. Ein Grinsen, das er *mir* noch nie gezeigt hatte.

»Mila! Ich wusste gar nicht, dass du heute kommst.«

»Ich dachte, ich überrasche dich. Schaue mal nach dem Rechten.«

Ich schloss die Tür und trottete zurück zu Ben. Was musste ich tun, damit er mich wahrnahm? Mich anlächelte?

Aber ich verdrängte Jamila aus meinem Kopf, als ich mich Ben gegenüber an den Tisch setzte. Während wir Höflichkeiten austauschten, überflog ich seinen Lebenslauf. Ich erinnerte mich, dass seine Referenzen nur mittelmäßig gewesen waren: zwei Jahre als Empfangsmitarbeiter und drei als Assistent der Geschäftsführung bei einer einzigen Firma. Kein Hochschulabschluss. Aber sein Anschreiben war hervorragend gewesen.

»Also, Ben«, sagte ich und begann den offiziellen Teil des Gesprächs, »sagen Sie mir, warum Sie sich für diese Position bei

Synergy beworben haben.« Ich lehnte mich zurück und bereitete mich darauf vor, mir das Blaue vom Himmel über die *großartige Gelegenheit* und die *perfekte Ergänzung* erzählen zu lassen, wie es bei jedem anderen Kandidaten der Fall gewesen war.

»Ehrlich?« Er beugte sich vor, die Handflächen auf der Tischkante und die Finger zu mir gespreizt. Seine whiskybraunen Augen waren weit aufgerissen. »Das Start-up, für das ich gearbeitet habe, ist letzten Monat den Bach runtergegangen. Ich habe es nicht einmal kommen sehen. Mein Chef sagte, es ginge uns gut, und ich habe ihm geglaubt. Die Geschichte meines Lebens. Jedenfalls saß ich zwei Wochen lang in einem dunklen Raum und habe Häagen-Dazs gegessen.« Sein Mundwinkel zuckte nach oben. »Dann hat mir meine Schwester von dieser Stelle erzählt. Sie arbeitet hier in der Buchhaltung und weiß, dass ich ein totaler Fanboy von Cooper Fallon bin.«

So hatte es sein unterdurchschnittlicher Lebenslauf also durch den Filter der Personalabteilung geschafft – er war eine Mitarbeiterempfehlung. »Wirklich? Erzählen Sie mir, was Sie über Cooper wissen und warum Sie ein Fan sind.«

Er lehnte sich in seinem Stuhl zurück. »Nicht viele Leute wissen, dass Cooper Informatik studiert hat. Sie alle nehmen an, Jackson war das Programmiergenie und Cooper der Geschäftsmann. Das stimmt zwar, aber Cooper hat bei der anfänglichen Produktentwicklung geholfen.« Er faltete die Hände in seinem Schoß. »Er gibt keine Interviews über sein Leben vor dem College und engagiert sich in Stiftungen, die gefährdete Kinder unterstützen. Also nehme ich an, dass er in seiner Jugend einige Schwierigkeiten hatte. Wie ich.« Er beugte sich leicht zu mir. »Ich möchte von ihm lernen. Eines Tages möchte ich auch Kindern helfen.«

Ich nickte ihm zu. Er konnte viel von Cooper lernen. Ich fing an, Ben zu mögen, aber er musste wissen, worauf er sich einließ. »Es kann … schwierig sein, mit ihm zu arbeiten.«

Er kicherte. »Ich weiß, die Stelle ist seit Monaten unbesetzt, seit seine alte Assistentin in Rente gegangen ist. Keiner der Zeitarbeiter hat funktioniert?«

Ich verzog das Gesicht. Er musste nicht wissen, warum. »Nein. Und er war zu beschäftigt, um bis jetzt Vorstellungsgespräche für die Stelle zu führen.«

Sein Blick war fest, prüfend. »Und *er* interviewt mich jetzt nicht; *Sie* tun es. Warum ist das so?«

»Oh, er ist viel gereist und hat an … gearbeitet.«

»Entschuldigen Sie die Ausdrucksweise, aber das ist Bullshit.« Er ließ seinen Blick über mich schweifen, von meinem Pferdeschwanz bis zu meinen Kunstleder-Stiefeletten. »Ich glaube, es ist *Ihre* Schuld.«

Ich legte den Kopf schief. »Wirklich.« Dieser Kerl kannte mich seit zwanzig Minuten und wollte meine Beziehung zu Cooper diagnostizieren. Ha.

»Jeder weiß, dass Jackson Jones ein – ein bisschen … zerstreut ist. Aber Sie haben es geschafft, ihn zu einem beitragenden Geschäftsführer des Unternehmens zu formen.«

Ich hätte das gerne auf meine Kappe genommen, aber er hatte sich für Alicia geändert. »Nun, eigentlich war es …«

Er unterbrach mich. »Sie lassen ihn sich auf das konzentrieren, was wichtig ist. Sie sind der Zauberer von Oz, der hinter dem Vorhang die Fäden zieht. Sie sind *zu* gut. Cooper sieht, was Jackson hat, und will dasselbe.«

Ich rutschte auf meinem Stuhl herum. Hier sollte es nicht um mich gehen. Wenn Ben nur Recht hätte und Cooper *wirklich* mich wollte. Aber darauf würde ich mich bei diesem allzu scharfsinnigen Mann nicht einlassen.

Als ich nicht widersprach, fuhr Ben fort: »Ich vermute, Cooper ist nicht wie Jackson. Er scheint sein Leben im Griff zu haben.«

»Das hat er.« Ich presste die Lippen zusammen, um nicht über all Coopers gute Eigenschaften zu plappern. Ich brauchte ihn nicht zu verkaufen.

»Was *braucht* er?«

Ich lehnte mich in meinem Stuhl zurück. Wer interviewte hier wen? »Was *denken Sie*, braucht er?«

Ein langsames Lächeln breitete sich auf Bens Gesicht aus. Wie ich, musste er Herausforderungen mögen. »Ein Mann, der in zehn Jahren ein Unternehmen von seinem Studentenwohnheim zu einem Fortune-1000-Unternehmen aufgebaut hat. Ein Mann, dessen Mitbegründer brillant, aber zerstreut ist und dessen CEO, nach« – er vergewisserte sich, dass die Tür des Konferenzraums geschlossen war – »bestimmten Berichten zufolge eine etwas … sagen wir, schwierige Persönlichkeit ist.«

Ein Arschloch traf es eher. Aber Ben war bei einem Vorstellungsgespräch.

»Dennoch schafft es Cooper Fallon, verschiedene Stiftungen zu unterstützen und sein Unternehmen jedes Jahr wachsen zu lassen. Er hält einen zermürbenden Reiseplan ein. Er braucht …«

Ich beugte mich in meinem Stuhl vor.

»Er braucht jemanden, der ihn vor sich selbst schützt. Während es wichtig ist, dieses Unternehmen und seine Mitarbeiter zu unterstützen, braucht er jemanden, der ihn davon abhält, zu viel von sich selbst zu geben. Bevor er ausbrennt.«

Ich erinnerte mich an die dunklen Schatten unter seinen Augen, die nach seiner Rückkehr aus Asien nicht verschwunden waren. Operation Hakuna Matata. Ich lehnte mich in meinem Stuhl zurück. »Genau.«

»Entschuldigen Sie, dass ich das sage, aber Sie sehen aus, als könnten Sie auch jemanden gebrauchen, der das für Sie tut.«

Ich verengte meine Augen und sah Ben an. Dieser Mann sah zu viel. Ich hatte keinen Zweifel, dass wir ihn einstellen würden; er war genau das, was Cooper brauchte. Aber ich würde in seiner Nähe auf mich aufpassen müssen.

15

ALS ICH AN DIESEM Abend die Haustür öffnete, sah Dad in seinem abgenutzten alten Fernsehsessel *Nova*.

»Hi, Dad«, rief ich über das Dröhnen des Fernsehers hinweg.

»Sonnenschein! Hattest du einen guten Tag bei der Arbeit?« Als er mich anstrahlte, warf das flackernde blaue Licht des Fernsehers Schatten auf sein Gesicht, sodass es wie ein grinsender Totenschädel aussah.

»Ganz gut.« Ich schüttelte mich, während ich in die Küche ging und das Licht anknipste. Ich hoffte, wir hatten etwas Bier. Oder Wein. Das wäre noch besser. Nach dem Abendessen würde ich mich nach oben schleichen und endlich diesen neuen Vibrator bestellen. Etwas … lebensechteres.

Ich verbarg meine glühenden Wangen vor Dad, stellte meine Taschen ab und streifte meine Mules ab. In dem Moment fiel mir Tiggers untypisch voller Napf auf dem Boden ins Auge. Normalerweise schlang er sein Fressen in Sekundenschnelle hinunter. War er krank? Ich war heute Abend wirklich nicht in der Stimmung, das schlecht gelaunte Kätzchen zum Tierarzt zu bringen. Ich würde es natürlich tun. Auf keinen Fall würde Alicias geliebtes Kätzchen in einem weniger als perfekten Zustand sein, wenn ich es ihr in einer Woche zurückgab. Ich schaute unter den Tisch, wo er sich am liebsten vor mir versteckte, aber dort saß nur ein oranges Wollmaus.

Ich tappte zurück ins Wohnzimmer, aber Tigger kuschelte auch nicht mit Dad. Ich ging in sein Zimmer, hob eine Ecke der Tagesdecke an und spähte unter das Bett. Noch mehr Wollmäuse – ich fügte Staubsaugen zu meiner mentalen To-do-Liste hinzu – aber keine Katze.

Tiggers Hass auf mich war so stark, dass er sich weigerte, seine zierlichen Pfoten in den ersten Stock zu setzen, aber ich rannte trotzdem die Treppe hoch und sah in meinem Zimmer nach. Keine Spur von dem wilden Fellknäuel.

Ich trabte die Treppe wieder hinunter, mein Herz raste, und blieb zwischen Dad und dem Fernseher stehen.

»Hast du Tigger gesehen?« Ich versuchte, die Panik aus meiner Stimme herauszuhalten. Es hatte keinen Sinn, ihn aufzuregen.

»Wen?«

Ich schnappte mir die Fernbedienung und schaltete den Fernseher stumm. »Tigger. Die Katze.«

Er zog die Stirn in Falten. »Wir haben keine Katze.«

Ich schloss die Augen und atmete ein paar Mal tief durch, um mich zu beruhigen. »Alicias Katze. Er ist seit fast zwei Wochen hier.«

Als ich die Augen öffnete, zeigte Dads Gesicht kein Verständnis. *Scheiße.* Nach einem letzten Blick durch den Raum kehrte ich in die Küche zurück. Ich fand meine Turnschuhe auf der Waschmaschine, schlüpfte hinein und schnappte mir eine Jacke, eine Taschenlampe und mein Handy. Das wohlbeleibte Kätzchen konnte nicht weit gekommen sein, aber im Dunkeln würde es schwer zu finden sein. Und ich musste ihn finden. Alicia liebte diese verdammte Katze.

———

ZWEI STUNDEN später zitterten meine Hände, als ich mir ein Glas Rotwein einschenkte. Ich ließ mich auf einen Küchenstuhl fallen und sah an mir herunter. Mein blassrosa Rock und mein T-Shirt waren mit Dreck verschmiert und mit orangefarbenen und weißen Haaren übersät, und meine Hände und Arme waren von Kratzern durchzogen. Die meisten davon waren nicht tief, und ich hatte sie gut ausgewaschen, aber die Schramme auf meinem Handrücken hatte ein wenig geblutet und fing an, eine Kruste zu bilden. Die Seite meines Gesichts fühlte sich um den oberflächlichen Kratzer, der an meinem Wangenknochen begann und sich bis zu meinem Hals zog, geschwollen an. Trotzdem grinste ich – *autsch*. Ich war aus unserem Kampf siegreich hervorgegangen.

Mein Herz hatte gehämmert, mein ganzer Körper angespannt und zitternd, während ich die Straßen unserer Nachbarschaft auf und ab gelaufen war. Ich war mir nicht sicher gewesen, ob ich ihn rufen oder versuchen sollte, mich an ihn heranzuschleichen, wenn man bedachte, wie sehr Tigger mich verabscheute. Schließlich war meine Stimme zu einem Krächzen verkümmert, was die Frage überflüssig machte. Ich hatte mir bereits vorgestellt, wie ich seinen zerknüllten Körper auf der Straße finden würde, und im Kopf schon formuliert, was ich Alicia sagen würde, als ich ein Rascheln von trockenen Blättern gehört und mit dem Strahl meiner Taschenlampe ein Paar gelbe Augen angeleuchtet hatte.

Ich hatte ihn durch ein paar Gärten gejagt, bis ich ihn an jemandes Treppe in die Enge getrieben und ihn um die Mitte gepackt hatte. Erst als der Dämon mich im Gesicht kratzte, kam ich auf die Idee, meine Jacke auszuziehen und ihn darin einzuwickeln. Danach war er relativ sanftmütig und stieß nur gelegentlich ein Jaulen aus, als ich ihn nach Hause trug wie ein Runningback, der gerade den entscheidenden Touchdown erzielt hatte. Ich hatte meinen Drang unterdrückt, einen Spike mit ihm hinzulegen und zu dabben, als wir sicher in der Küche waren.

Jetzt kuschelte sich das kleine Monster sicher an Dad in seinem Bett. Ich hingegen wünschte, wir hätten etwas Stärkeres als Wein, um mein Zittern zu beruhigen, damit ich selbst ins Bett gehen konnte. Und so sehr ich auch nicht daran denken wollte, war meine Erleichterung, Alicias Katze unversehrt gefunden zu haben, nicht der einzige Grund, warum meine Hände zitterten. Das schlaffe Unverständnis auf Dads Gesicht, als ich ihn nach Tigger gefragt hatte, machte mir Angst. Ich konnte es nicht länger leugnen: Irgendetwas stimmte mit meinem Dad nicht.

16

WIEDER BEI DER Arbeit am Montagnachmittag, gekleidet in einen schwarzen Rock und einen rosa Pullover mit Wasserfallausschnitt, also *angemessen*, stand ich auf, um meinen Rücken zu strecken. Für Jackson zu arbeiten, gab mir mehr Gelegenheiten, mich zu bewegen; er brauchte immer einen Spaziergang oder Hilfe dabei, etwas in seinem Büro aufzustöbern. Für Cooper zu arbeiten, hieß vor allem, an meinem Schreibtisch zu sitzen.

Als sich die Tür zum Treppenhaus öffnete, grinste ich. Tyler sprang heraus, kaum außer Atem, und schlenderte zu mir herüber. In der letzten Woche hatte er es sich zur Gewohnheit gemacht, am späten Nachmittag zu meinem Schreibtisch zu kommen. Er lehnte sich mit der Hüfte an den Tisch und verschränkte die Arme. »Hey.«

»Gutes Wochenende gehabt?«

»Es war okay. Deins?«

»Das Übliche.« Ich strich mir die Haare glatt. »Dad und ich haben Sport geguckt.«

»Warte mal. Was ist mit deiner Hand passiert?« Er griff nach unten, nahm meine Hand in seine beiden und drehte sie zum Oberlicht. Den Makel in meinem Gesicht hatte ich mit Make-up kaschieren können, aber der Kratzer an meiner Hand war tiefer.

Niemand sonst – nicht einmal Cooper, und wir hatten zusammen zu Mittag gegessen – hatte ihn bemerkt.

Ich schnaubte. »Tigger ist passiert. Er ist am Freitag ausgebüxt und hat mir zu verstehen gegeben, dass ich ihn niemals lebend kriegen würde. Aber ich hab's geschafft – es geht ihm gut. Bitte sag Alicia nichts davon.«

Er untersuchte den langen Kratzer und fuhr mit einem Finger leicht neben dem dunkelroten Schorf entlang. An meinem Unterarm bildete sich eine Gänsehaut. Er sah von meiner Hand zu meinem Gesicht auf, seine Augen hatten das samtige, bräunlich-grüne Moos an einem Baumstamm.

Meine Nachrichten-App pingte und riss mich aus dem Moment. »Hey. Einen Moment.« Ich zog meine Hand sanft aus seiner und warf einen Blick auf meinen Bildschirm. »Oh! Ben hat unser Angebot angenommen.«

»Wer ist Ben?« Er nahm ein Wassermelonenbonbon und drehte es zwischen seinen Fingern.

Ich riss meinen Blick von dem Bonbon los und richtete ihn wieder auf meinen Computerbildschirm, um der Personalmitarbeiterin eine Antwort zu tippen. »Er wird Coopers Assistent. Er fängt übernächste Woche an.«

»Das ist gut für dich, oder? Weniger Arbeit, besonders da Jay zurückkommt.«

»Genau.« Was es bedeutete, war, dass mir die Zeit davonlief. Cooper würde morgen seine Reise antreten und erst an Bens erstem Tag zurückkehren. Ich musste *jetzt* handeln. Zum Glück hatte ich bereits Vorkehrungen für Dad getroffen, damit ich lange arbeiten konnte.

»Wir könnten – wir könnten das feiern gehen. In dem mexikanischen Laden die Straße runter ist Margarita-Montag-Wahnsinn.«

Das klang zwar lustig, aber – »Tut mir leid. Ich habe Cooper versprochen, ihm bei seiner Präsentation für seine Reise an die Ostküste zu helfen.«

»Heute Abend?«

Ich rutschte auf meinem Stuhl hin und her. »Er war seit der

Hochzeit in einem Meeting nach dem anderen und hat Jacksons Arbeitspensum übernommen. Er hat abends allein daran gearbeitet. Ich helfe ihm nur noch beim letzten Schliff.« Er war so ein guter Mann. So verantwortungsbewusst. Ein winziger Schuldstachel zwickte mich wegen der inkompetenten Aushilfskräfte, die ich angeheuert hatte. Alles für einen guten Zweck.

Tyler war einen Moment lang still. »Ich schätze, die Operation Traumprinz läuft noch.«

Ich senkte meine Stimme. »Ich werde heute Abend die Karten auf den Tisch legen.«

»Heute Abend?« Er trat einen halben Schritt zurück, als hätte ich nach ihm geschlagen, aber dann schenkte er mir ein schwaches Lächeln. »Ich meine, wirst du tatsächlich die Karten« – er gestikulierte zu meinem Oberkörper – »auf den Tisch legen?«

»Igitt. Sei nicht eklig. Ich rede von Gefühlen. Davon hast du schon mal gehört, oder?« Ugh, warum war ich so eine Zicke zu meinem Freund?

Sein Kiefer spannte sich an. »Sicher. Obwohl ich nicht sicher bin, ob er das hat.« Er blinzelte zu Coopers geschlossener Tür.

Er war kein Fan von Cooper Fallon, aber ich versuchte, es ihm verständlich zu machen. »Vielleicht wirkt er anfangs kalt. Aber er hat auch Gefühle. Leidenschaft. Ich glaube, die richtige Person könnte ihn dazu bringen, sich ein wenig zu entspannen. Ein wenig von dem Eis zu schmelzen.« Ich hatte ein- oder zweimal oder vielleicht tausendmal davon geträumt. Wie diese Maske, die er trug, brechen würde, wenn ich ihm sagte, dass ich ihn mochte. Genau wie der Alpha-Milliardär in dem Liebesroman, den ich letzte Woche gelesen hatte und der nur eine gutherzige Frau brauchte, um ihm zu zeigen, was Liebe war.

»Die richtige Person. Das bist du.« Seine Stimme war ausdruckslos, fast so kalt wie die von Cooper. »Und er ist deine richtige Person.«

»Natürlich.« Ich schob meinen Stiftebecher zurecht. Wenn Cooper es nur sehen könnte. Dann würde ich meine Funken bekommen. Und den Kuss der wahren Liebe.

Er ließ das Bonbon zurück in meine Schale fallen. »Nachmittag, Cooper.«

Ich wirbelte auf meinem Stuhl herum und stieß mir das Knie am Tischbein. Schmerzsterne tanzten vor meinen Augen. Aber tatsächlich war Cooper an meinen Schreibtisch gekommen.

»Was gibt's, Cooper?« Ich rieb mir das Knie.

Er blickte zwischen uns hin und her. »Ich hätte fast vergessen, Ihnen das zu geben.« Er reichte mir einen Umschlag.

»Was ist das?«

»Die Theaterkarten, die ich Ihnen versprochen habe. Sie und Tyler könnten zusammen gehen. Diesen Liebeszank beilegen, den Sie gerade haben.« Er machte eine kreisende Handbewegung, um uns beide einzuschließen.

Er konnte wahrscheinlich die Spannung spüren, die wie der Nebel draußen zwischen uns waberte. Ich öffnete den Umschlag und zog zwei Tickets heraus, Parkett Mitte, natürlich, für –
»*Hamilton?*«, quiekte ich.

»Haben Sie es schon gesehen?«

»Nein.« Die Karten waren für Freitagabend. Ich konnte Dad und Tigger nicht allein lassen. Ich schob sie zurück in den Umschlag. »Ich kann nicht –«

Tyler übertönte mich. »Wir würden sehr gerne gehen. Danke.«

»Fantastisch. Es wird Ihnen gefallen.« Cooper lächelte wie ein stolzer Onkel, das erste Mal, dass ich heute sah, wie sein strenger Gesichtsausdruck auflockerte. »Sind Sie bald so weit, mit meiner Präsentation anzufangen, Marlee?«

Ein Schauer durchfuhr mich. Das war es. Operation Traumprinz, bereit zum Start. Ich nickte, da ich meiner Stimme nicht traute.

»Zehn Minuten, in meinem Büro?« Seine Stimme war tief und sexy.

Vielleicht würde ich buchstäblich auf dem Tisch landen. Oder auf diesem großen, butterweichen Sofa in seinem Büro ausgestreckt. Ich stellte mir vor, wie sein Laserblick immer näher kam, während seine Lippen sich auf meine senkten. Wie sein holziger

Duft mich umgab. Die Hitze seines Körpers, die durch sein teures Hemd strahlte. Aus der Nähe würde er sicher warm sein und nicht so eisig, wie er immer schien. »Sicher«, quiekte ich.

Mit einem Nicken drehte er sich um und schritt zurück in sein Büro.

Wow. Ich blinzelte.

»Er reist morgen ab, richtig?«

»Ja.« Ich seufzte und schob den Umschlag mit den Tickets zu Tyler hinüber. »Geh du. Ich kann nicht weg.«

Er berührte den Umschlag nicht. »Du willst unbedingt *Hamilton* sehen. Du wirst nicht lange arbeiten müssen, da sowohl Jackson als auch Cooper weg sein werden. Warum kannst du nicht gehen?«

»Es ist kompliziert.« Ich konnte immer noch nicht begreifen, warum Dad Tigger vergessen hatte. Heute Abend lange zu bleiben, war schon schlimm genug. Obwohl er in Ordnung gewirkt hatte, als ich ihn kurz vor Tylers Erscheinen angerufen hatte, war es eine riskante Sache, das zweimal in einer Woche zu tun.

»Stimmt etwas nicht?«

»Nur – nur mein Dad. Ich glaube nicht, dass ich ihn allein lassen kann.«

»Als wir mit Raleigh unterwegs waren, hast du gesagt, er wirkt komisch. Ist es schlimmer geworden?«

»Vielleicht.« Es war schlimmer geworden; ich wusste es. Seine Aussetzer wurden häufiger. Und der am Freitagabend – Tigger rauslassen – hätte ernste Konsequenzen haben können.

»Kannst du deine Nachbarin bitten, wieder auf ihn aufzupassen?«

»Ich habe ein schlechtes Gewissen, sie immer zu fragen. Er ist meine Verantwortung.«

»Auch Betreuer brauchen mal eine Pause«, sagte er. »Frag sie. Und wenn sie nicht kann, finde ich jemanden, der mit ihm abhängt. Du weißt, dass du unbedingt hingehen willst.«

Ein Mundwinkel hob sich. »Okay. Ich schreibe dir heute Abend, was sie sagt.«

»Perfekt.« Er wandte sich ab. »Das wird großartig. Warte nur ab.«

Jetzt grinste ich über das ganze Gesicht. Ich hatte den Soundtrack auf dem Weg zur Hochzeit im Auto gespielt. »Du hast ihn dir angehört.«

»Vielleicht.« Er schob seine Unterlippe unter die Zähne. »Wir sehen uns morgen.«

Im nächsten Moment war er im Treppenhaus verschwunden.

Ich stand auf und nahm mein Tablet. Wann würde ich wieder die Chance bekommen, *Hamilton* zu sehen? Ich würde mich in den Hintern beißen, wenn ich diese Gelegenheit verpasste. Ich wollte die Show schon seit Jahren unbedingt sehen. Dad würde es gut gehen. Oder?

Tyler würde auch klarkommen. Obwohl ich nicht herausfinden konnte, warum er vorhin so sauer geworden war. Er war doch vorher mit der Operation Traumprinz einverstanden gewesen. Er würde sich für mich freuen, wenn Cooper und ich zusammen wären, oder? Selbst wenn Tyler und Cooper nicht gerade die besten Freunde waren, würde ich einen Weg finden, damit wir alle zusammen abhängen konnten. Wir würden danach Freunde bleiben.

Ich warf mein Haar über die Schulter und hüpfte beinahe zu Coopers Tür. Phase zwei der Operation Traumprinz war angelaufen.

Zwei Stunden später saßen wir in den ledernen Clubsessel in seinem Büro, vor uns auf dem Couchtisch war thailändisches Essen zum Mitnehmen ausgebreitet.

Ich legte meine Stäbchen und meinen leeren Teller ab – bei Cooper konnte man nicht direkt aus den Take-away-Behältern essen; er hatte Porzellanteller in seiner Anrichte – und zog die Beine unter mir auf dem Sessel an. Meine Stöckelschuhe hatte ich schon vor einer Stunde ausgezogen.

Er durchbrach die Stille, die sich während des Essens zwischen uns ausgebreitet hatte. »Wie geht es Will?«

Das war Cooper. So rücksichtsvoll, immer darauf bedacht,

dass seine Angestellten Familien und ein Leben außerhalb von Synergy hatten. »Ihm geht es gut. Das kältere Wetter lässt sein Bein immer schmerzen.«

»Das ist schade. Braucht er irgendetwas? Eine Überweisung an einen Spezialisten? Jemanden, der sich für ihn einsetzt?«

»Nein, wir kommen klar, danke.«

»Er hat Glück, Sie zu haben, die sich um ihn kümmert.«

Ich hob meine Tasse vom Tisch und umschloss sie mit den Händen. »Ich glaube, ich bin die Glückliche, dass ich ihn habe.«

»Sie haben im Vater-Lotto gewonnen.«

»Oh, gibt es so etwas?« Ich lächelte. »Ich schätze, das habe ich.«

Cooper räusperte sich und neigte sein Kinn, um mir einen gespielt ernsten Blick zuzuwerfen. »Und was hält Will von dem jungen Tyler?«

Ich kniff meine Augen zusammen. »Sie haben sich nicht getroffen. Warum sollten sie?«

»Mit seinen Besuchen hier oben und Ihrer Übernachtung letzte Woche dachte ich, es würde ernst werden.«

Er hatte Tylers Besuche bemerkt? Wer tat das, außer jemand, der eifersüchtig war? Aber nach über einer Woche in unmittelbarer Nähe zu Cooper konnte ich cool bleiben. »Was sind Sie, meine Verbindungs-Schwester?«

»Ich bin nur interessiert.«

Mein Herz schlug schneller. Interessiert? An mir? Es war Zeit für Ehrlichkeit. Ihm zu sagen, wie ich fühlte. »Wir sind Freunde. Das ist alles.«

»Sie sind zusammen zu Jacksons Hochzeit gegangen.«

»*Sie* sind mit Jamila gegangen.«

Er hob seine Tasse an die Lippen, trank aber nicht. »Sie ist immer mein Plus-Eins, wenn ich eins brauche. Wir sind seit dem College befreundet.«

Freunde mit gewissen Vorzügen? Oder Freunde, die mehr wurden? Sie hatte in den letzten zwei Wochen mehr Zeit bei Synergy verbracht als in den drei Jahren davor zusammen. Ich wünschte, ich wüsste, was er für sie empfand. Und was er für mich empfand.

Vielleicht wartete er darauf, dass ich den ersten Schritt machte, weil er sich nicht zwischen Tyler und mich drängen wollte. Und es lag an mir, ihm zu zeigen, was ich fühlte. Genau das, was Amy Adams zu Patrick Dempsey in *Verwünscht* gesagt hatte.

»Also? Sie und Tyler?«

Ich sah ihm direkt in die Augen. Die Operation Traumprinz – und die damit verbundenen Spielchen – war vorbei. Jetzt waren wir im Endspiel. »Wir hatten keine Begleitung für die Hochzeit, also sind wir zusammen hingegangen. Freunde tun das.«

»Er hat Sie geküsst. In der Öffentlichkeit.«

Und privat. Ich senkte den Blick. Als ich meine Teetasse an die Lippen hob, hoffte ich, der Dampf würde mein Erröten verbergen. »Wir haben uns hinreißen lassen.«

»Die Übernachtung letzte Woche?«

»Er hatte eine allergische Reaktion. Ich bin geblieben, um sicherzustellen, dass es ihm gut geht.«

»Sie sind eine gute Freundin. Und eine gute Tochter. Eine hervorragende Assistentin. Sie glänzen in allem, Marlee.«

Daraufhin sah ich ihn an. *Wirklich* an. Wir waren uns so ähnlich. Wir beide strebten nach Perfektion oder zumindest danach, eine perfekte Fassade aufrechtzuerhalten. Wir beide verbargen Dinge dahinter – ich meine Probleme mit Dad, und er sprach nie über seine Vergangenheit vor Stanford. Wir waren beide getrieben, unsere Ziele zu erreichen. Er hatte bekommen, was er wollte: ein Multimilliarden-Dollar-Unternehmen. Stand ich kurz vor dem, was ich wollte, meinem eigenen Happy End?

Er war der Traumprinz, von dem ich immer geträumt hatte, gut aussehend, erfolgreich und gütig. Verständisvoll wegen Dad. Wenn er nur *mich* sehen könnte, nicht als Synergy-Mitarbeiterin, sondern als eine Frau, die vor ihm saß. Eine Frau, die ihn lieben könnte, wenn er mir nur eine Chance gäbe. Wir wären großartig zusammen. Ahnte er dasselbe? Hatte er meine Hilfe heute Abend angenommen, um nach Tyler zu fragen und sicherzustellen, dass der Weg frei war? Warum machte er dann keinen Schritt?

Weil Cooper, wie ich Ben erzählt hatte, zu sehr damit beschäftigt war, sich um die Menschen um ihn herum zu kümmern, um sich um sich selbst zu kümmern. Ich müsste mich um ihn kümmern.

Ich schlug die Beine auseinander und trat um den Couchtisch herum. Er beobachtete mich, sein Gesicht unleserlich, als ich mich auf das Sofa neben seinen Sessel setzte. Ich nahm seine Hand in eine meiner. »Cooper«, begann ich leise, »ich muss Ihnen sagen –«

Mein Puls schnellte in die Höhe, als er seine andere Hand auf meine legte und mich mit seinem Blick durchbohrte. Der Adler war gelandet. Er würde mir sagen, wie er fühlte. Ich weitete meine Augen, meine Ohren, jede Pore, um seine Worte aufzufangen. Hoffnung schoss durch meine Adern in dem kurzen, herrlichen Moment, bevor ich ihm sagte, dass ich ihn mochte. Dass ich ihn eines Tages auch lieben könnte.

»Marlee, hören Sie auf.« Er zog meine Hand von seiner weg und legte sie auf die kühle Lederarmlehne der Couch. In einer geschmeidigen Bewegung erhob er sich aus dem Sessel und schritt zum Fenster. Dort stand er, sein Rücken hoch, gerade und kalt.

»Ich schaffe das von hier aus allein. Danke für Ihre Hilfe. Sie sollten jetzt nach Hause gehen.«

Mein Herz fiel mir in den Magen, wo das scharfe thailändische Essen begann, es aufzulösen. Schmerzhaft. Ich konnte nicht glauben, dass er mich abblitzen ließ, als wir so kurz vor etwas mehr standen. »Aber, Cooper, ich –«

»Nein, Marlee.« Er drehte sich nicht einmal um. »Sie sind eine Mitarbeiterin von Synergy. Ich bin der Chief Operating Officer. Selbst wenn ich –«

Ich sprang von der Couch auf und marschierte zu ihm hinüber, stand vor seinem steifen Rücken und versuchte so sehr, meine Wut zurückzuhalten, dass ich davon vibrierte. »Tun Sie denn nie etwas, nur weil Sie es wollen? Die Regeln beugen? Sie manchmal sogar missachten?«

Er war ein Granitblock. »Nein. Im Gegensatz zu Jackson nehme ich meine Verantwortungen sehr ernst. Sie, von allen Leuten, sollten das verstehen.«

»Es gibt wichtige Regeln wie … Menschen richtig zu behandeln. Respekt. Anderen zu zeigen, dass sie einem wichtig sind. Jackson hält sich daran ganz gut. Andere Regeln« – *verlieb dich nicht in deinen Kollegen* – »können geopfert werden, um den wichtigeren treu zu bleiben.«

»Alle Regeln werden aus einem Grund geschaffen, Marlee. Sie sind alle wichtig.«

In meinem Kopf nannte ich ihn einen sturen Esel und ein paar andere Kraftausdrücke. Aber den Streit fortzusetzen, selbst nach Feierabend, wäre bestenfalls sinnlos gewesen. In der Stimmung, in der er war, hätte ich es Cooper zugetraut, mir eine formelle Verwarnung auszustellen. Er hätte wahrscheinlich auch das Tragen von unpassendem Schuhwerk im Büro erwähnt.

»Gute Nacht, Cooper«, sagte ich. »Eine gute Reise.« *Sturer …* *Konventionalist.*

»Gute Nacht.« Er hob seine Hand zu einer Art Winken, drehte sich aber nicht um, um mich anzusehen.

Ich schnappte mir meine Schuhe und knallte die Tür hinter mir zu. Hart. Ich hoffte, es erschreckte ihn. Ich hoffte, er bereute es, mich abserviert zu haben. Ich hoffte, er hatte die nächste Woche blaue Eier.

Mitten zwischen seinem Büro und meinem Schreibtisch erstarrte ich. *Ach du heiliger Bimbam.* Jetzt war ich eine der verrückten Frauen, die Coopers Büro verließen. Wenn ich diese Schlampe, Karma, jemals sehen würde, würde ich ihr mit meinem Taser eine verpassen.

REGEN PRASSELTE gegen das Oberlicht und tauchte das Büro in ein so graues Licht, dass ich nicht sagen konnte, ob es Morgen oder Nachmittag war.

Was aber auch egal war.

Ich warf einen Blick auf die geschlossene Tür zu Coopers unbeleuchtetem Büro und sah dann schnell wieder weg. Wie konnte ich es nur vermeiden, da jemals wieder hineinzugehen? Jedes Mal, wenn ich sie ansah, brannte mein Bauch vor Scham. Zumindest fühlte ich dadurch irgendetwas. Ich war ein Asteroid, der durchs All trudelte, nur von den schwächsten Kräften angezogen. Hohl. Taub.

Ich riss meine Schublade auf und kramte meinen alten Plan hervor. Schritt eins, unseren Tanz, hatte ich durchgestrichen. Ich hatte mir nicht die Mühe gemacht, Schritt zwei abzuhaken, da die Annäherung bei Essen zum Mitnehmen sich als kolossaler Fehlschlag entpuppt hatte. Und Schritt drei? Für mich würde es keinen magischen Kuss geben.

Ich knallte die Schublade zu, trottete in den Kopierraum und schob die Liste in den Aktenvernichter. Aber selbst sein lautes Mahlen war nicht befriedigend. Vielleicht hätte ich sie verbrennen sollen.

Als der Aktenvernichter verstummte, drückte die Stille gegen meine Ohren. Tatsächlich war es auf der sechsten Etage, abgesehen vom Trommeln des Regens auf dem Oberlicht, bemerkenswert ruhig. Wahrscheinlich, weil die überlebensgroßen Persönlichkeiten von Jackson und Cooper fehlten.

Was eigentlich eine Erleichterung hätte sein sollen. Cooper zu sehen, wäre bestenfalls unangenehm gewesen, nachdem er mir letzte Nacht einen Korb gegeben hatte, selbst nachdem meine Wut verflogen und durch Leere ersetzt worden war. Und dass Jackson mich so sah, blass unter meinem Make-up und mit blauen Schatten unter den Augen? Er hätte mir die ganze, demütigende Geschichte entlockt und etwas Lächerliches getan, wie mir Blumen zu kaufen.

Und so sehr ich Blumen auch liebte, Blumen aus Mitleid waren die schlimmsten. Welche Art bekam man für jemanden, der drei Jahre lang in jemanden verknallt war und eine eiskalte Abfuhr bekommen hatte? Eines dieser schrecklichen Trauergestecke mit blutenden Herzen, mit roten Bändern, die wie Blut herabtropften.

Die Tür krachte hinter mir auf, und das Quietschen von Tylers Turnschuhen hallte durch die leere Etage. »Marlee, kommst du nicht?«

Ich drehte mich zu ihm um. »Wohin kommen?«

»Zur Bürgerversammlung. Sie fängt gleich an. Alle sind schon da.«

Ich blickte mich auf der leeren Etage um und dann zurück auf meinen Computerbildschirm, der mich eigentlich hätte daran erinnern sollen. Ach ja, richtig, er war in den Schlafmodus gewechselt, während ich Trübsal blies.

Ich schnappte mir mein Handy und stand auf. Aber anstatt mich zu den Aufzügen zu führen, legte er seine Hände auf meine Oberarme. Selbst durch die Ärmel meiner Strickjacke spürte ich dieses Kribbeln, genau wie bei der Hochzeit. Nur ein weiteres Zeichen dafür, wie verkorkst mein Liebesleben war. Ein Kribbeln, sobald mich ein Mann auch nur berührte. Wer sollte das verstehen.

Er drückte sanft meine Arme. »Ist alles in Ordnung bei dir?«

Ich konnte ihn nicht ansehen. Mein Rückgrat fühlte sich an wie eine nasse Nudel, und ich konnte nicht die Energie aufbringen, das knallharte Image auszustrahlen, das ich brauchte, um mich vor denen zu schützen, die mich und meine Macht bei Synergy entweder verachteten oder fürchteten.

»Mir geht's gut«, murmelte ich und starrte auf die Schleife von Ms. Pac-Man auf seinem T-Shirt.

»Deinem Dad geht's gut?«

»Was? Natürlich.« Trotzdem schaute ich auf mein Handy. Keine Nachrichten oder SMS. Er war auf den Beinen gewesen und hatte sich in der Küche bewegt, als ich ihm heute Morgen einen Kuss auf die Wange gegeben hatte und zur Tür hinausgegangen war.

»Was ist dann …« Er blickte zu Coopers Büro. »Oh.«

Die Wunde war zu frisch, um darüber zu reden, selbst mit meinem Freund. »Lass uns gehen.«

Er ergriff meine Hand und schritt auf die Treppe zu. »Die Aufzüge sind voll.«

Meine Absätze waren nicht für die Betontreppen gemacht, und er ließ es langsam angehen, hielt meine eiskalte Hand und ließ mich in meinem eigenen Tempo die vier Stockwerke zum zweiten Stock, wo sich der Vortragssaal befand, hinter ihm herklappern. Wir hielten vor der Metalltür an.

Schritte polterten über uns, und einer der Entwickler, Grant, kam um die Treppenbiegung. »Hey, Tyler, kommst du?«

Er blickte mir tief in die Augen. »Nur eine Minute.«

»Soll ich Ihnen einen Platz freihalten? Oder sitzen Sie bei ihr?«, hörte ich das Grinsen in seiner Stimme.

»Ich bin bei Marlee. Wir sehen uns später.«

Grant ging um uns herum und öffnete die Tür. Die Beats von Westons unverkennbarem Song, DJ Khaleds »All I Do Is Win«, erfüllten den Konferenzraum auf der anderen Seite. Die Tür schwang hinter ihm zu und dämpfte die Musik.

Selbst im schwach beleuchteten Treppenhaus leuchteten die Goldflecken in Tylers Augen. »Willst du reingehen?«

Ich schenkte ihm das beste Lächeln, das ich aufbringen konnte. Er hatte seinen Freund meinetwegen abgewiesen. »Ich schätze schon.«

Er hob eine Hand zu meinem Gesicht und steckte eine verirrte Strähne hinter mein Ohr. Ich konnte nicht anders; ich lehnte mich in seine Berührung, warm und sicher. Tyler würde mich nie verletzen. Er würde zu mir halten, egal was passierte.

Tyler fuhr mit den Händen meine Arme hinunter. »Du zitterst. Ist dir kalt?«

Das war mir, wie einem Exoplaneten, zu weit von der Sonne entfernt. »Es tut mir leid, ich … du bist zu nett. Und ich weiß, du hasst es, wenn man dich so nennt, aber es ist wahr.«

Er schlang seine Arme um mich, und ich vergrub mein Gesicht in der Wärme seiner Brust. Ich wollte für immer dort bleiben, aber die Musik endete, und Westons Stimme drang leise durch die Tür.

»Wir verpassen die Versammlung. Und ich verschmiere dein ganzes Hemd mit Make-up.«

»Mach dir keine Gedanken.« Er rieb mit seinen Händen Kreise auf meinem Rücken. »Lass alles raus.«

Seltsamerweise hatte ich keine Tränen. Aber ich sog seine Wärme auf wie die Tagseite des Mondes das Licht, während er mir beruhigenden Unsinn ins Haar flüsterte.

Wir schafften es nicht zur Bürgerversammlung. Vielleicht erzählte Weston den Mitarbeitern, dass wir alle entlassen werden würden.

Es war mir egal.

Mir war nur wichtig, dass mein Freund ein riesiger Teddybär war, der dafür sorgte, dass ich mich ein winziges bisschen besser fühlte, der mich davon überzeugte, dass ich nicht völlig unliebenswert war, dass sich jemand um mich sorgte. Während er mich im Treppenhaus hielt, schaltete er all meine Probleme stumm – meinen Dad, Cooper, sogar den bösen Tigger – und ließ mich ich selbst sein, mit all meinen chaotischen Gefühlen.

Als ich mich endlich wieder fast wie ein Mensch fühlte, drückte ich ihn noch einmal und hob meinen Kopf. Alle Farben meines Gesichts – rosa Lippenstift und Rouge, pfirsichfarbene Grundierung, schwarze Wimperntusche – waren auf seinem weißen Hemd geblieben, direkt über dem Gesicht von Ms. Pac-Man. Ich rieb eine Sekunde lang an den Flecken, bevor ich aufgab.

»Danke, dass du so ein guter Freund bist.«

Er legte einen Fingerknöchel unter mein Kinn und hob es an, damit ich ihm in die Augen sah. An diesem Tag waren sie braun, wie sonnengewärmte Erde. »Ich bin immer für dich da, Marlee.«

Ich schenkte ihm ein wackeliges Lächeln. »Bleibt es bei *Hamilton* am Freitag? Meine Nachbarin hat gesagt, dass sie rüberkommen und bei meinem Dad bleiben kann.«

»Das würde ich mir um nichts in der Welt entgehen lassen.«

»Es tut mir leid wegen deines Hemdes.« Ich versuchte erneut, den Fleck mit meinem Daumen abzuwischen. »Und ich sehe furchtbar aus mit meinem verschmierten Make-up.«

»Mit oder ohne dein Make-up, du bist die schönste Frau in diesem Büro.«

Ich musste mich an Tyler festhalten. Ich würde nie wieder einen so guten Freund wie ihn finden.

———

ALS TYLER am späten Freitagnachmittag an meinem Schreibtisch auftauchte, hegte ich ein paar ernsthaft unfreundliche Gefühle ihm gegenüber. Wie zum Teufel schaffte er es nach einem langen Arbeitstag, so verdammt heiß auszusehen?

Vielleicht lag es am Jackett. Statt seines üblichen T-Shirts und Jeans trug er eine schmal geschnittene Khakihose und ein Hemd in einer Farbe irgendwo zwischen Blau und Grün, das die kühlen Töne in seinen haselnussbraunen Augen hervorhob. Darüber trug er einen dunklen Blazer, vielleicht denselben, den er auf Alicias Hochzeit getragen hatte. Unter meinem Schreibtisch kniff ich in die Haut zwischen Daumen und Zeigefinger und nutzte den

Schmerz, um mich daran zu erinnern, dass wir nur Freunde waren, egal wie heiß er an diesem Abend aussah.

»Bereit?«, fragte er, und verdammt, diese Grübchen brachten mich tatsächlich ins Stolpern, als ich aufstand.

»Ja.« Warum war meine Stimme so gehaucht? Das war nur Tyler, mein Freund, und wir gingen zusammen zu *Hamilton*. Es war kein Date. Es waren zwei Freunde, die einen freundschaftlichen Ausflug ins Theater machten. Ein Geschenk von Cooper. Der mir das Herz gebrochen hatte. Das musste der Grund sein, warum ich mich in Tylers Nähe so seltsam fühlte. Mein Herz – und der Teil meines Gehirns, der es regulierte – war so defekt wie der Schiaparelli-Lander und so ausgebrannt wie der Krater, den er auf dem Mars hinterlassen hatte. Ich räusperte mich.

»Hast du die Karten?«

»Mhm.« Ich klopfte auf meine Handtasche.

»Alles in Ordnung? Deinem Dad geht's gut?«

Die untergehende Sonne entschied sich in diesem Moment, tief genug zu sinken, dass ihre Strahlen zwischen den benachbarten Gebäuden in Jacksons Büro schienen, und ein lachsrosa Speer leuchtete durch die Glaswand direkt auf Tyler. Er vergoldete seine Haarspitzen und ließ die Nachmittagsbartstoppeln auf seinem Kiefer funkeln.

»Marlee?«

»Ja, mir geht's gut.« Ich blinzelte kräftig und ging auf die Aufzüge zu.

»Und deinem Dad?«

»Es geht ihm gut.« Ich hatte ihn angerufen, und er und Alma waren mitten in einer Partie Gin Rummy. Er klang so wie früher – stark, gefasst, klug. Gute Tage wie heute gaben mir die Hoffnung, dass die schlechten Tage wie letzten Freitag wie Quantenteilchen waren, die in einem anomalen Zustand beobachtet wurden und sich mit der Zeit wieder zu einem normaleren Verhalten glätten würden. Vielleicht würde ich Dad an einem seiner guten Tage fragen, was er von meiner Theorie hielt.

Als wir in den Aufzug traten, nahm ich Tylers Kölnisch Wasser wahr – Zeder und Zitrus – und war wieder draußen vor dem Gasthaus, trug sein Jackett, war von seinen Armen umschlungen, seine Lippen –

Ich hielt den Atem an. Wenn ich nur aufhören könnte zu atmen, bis sich die Türen öffneten. Das war die einzige Möglichkeit, den Abend zu überstehen, ohne etwas völlig Unangemessenes mit meinem Freund anzustellen. Diese verdammte Durststrecke stellte mein Gehirn auf den Kopf.

Sechs Stockwerke waren ein weiter Weg, und der Synergy-Aufzug war gemächlich. Mein Brustkorb zog sich zusammen, und Flecken tanzten vor meinen Augen. Aber ich würde nicht zulassen, dass Tylers berauschender Duft mich dazu brachte, in diesem Aufzug etwas Dummes zu tun.

Tyler muss gedacht haben, ich hätte eine Art psychische Krise, als ich in die Lobby stürzte, bevor sich die Türen vollständig geöffnet hatten, und nach Luft schnappte, die nach Kiefern-Industriereiniger roch. Der Reinigungsmann dachte das sicher auch, als ich beinahe über seine Bohnermaschine stolperte.

Tyler packte meinen Ellbogen, um mich davor zu bewahren, mit dem Gesicht voran auf den glatten Boden zu knallen. »Bist du sicher, dass es dir gut geht?«

»Das ist komisch, oder?«, schrie ich über den Motor der Bohnermaschine.

»Was ist komisch?«

Ich führte ihn, immer noch meinen Ellbogen umklammernd, zu den Vordertüren, wo ich nicht schreien musste. Und sollte – der Nachtwächter, Howard, musste das nicht hören. »Du und ich. Auf ein D... ins Theater gehen. Zusammen, meine ich. Wir beide.« Ich presste die Lippen zusammen, um den Wortfluss zu stoppen.

»Nein.« Er runzelte die Stirn. Wenigstens waren die Grübchen jetzt weg. »Wir machen doch ständig was zusammen. Bist du sicher, dass es dir gut geht?«

Ah. Es lag also nur an mir. »Ja. Mir geht's gut.«

Er hielt mir die Tür auf, und wir traten hinaus in das goldene

Licht des Sonnenuntergangs, die Luft überraschend warm für Mitte Oktober. Ich folgte ihm zum Parkhaus.

Unterwegs entdeckte ich meinen liebsten Tamale-Wagen. Ich lächelte Diego an, als er die Markise zukurbelte. Der anhaltende würzige Duft lockte mich an und ließ mir das Wasser im Mund zusammenlaufen. Es war eine Weile her, seit ich Tamales gegessen hatte. All die steifen Mittagessen mit Cooper, und ich hatte null Fortschritte gemacht. Jetzt schien es die verpassten Besuche bei Diegos Wagen kaum wert zu sein. Ich würde morgen zum Mittagessen vorbeikommen.

Tyler blieb direkt vor dem Wagen stehen. »Das sind deine liebsten, oder?«, fragte er mich.

»Sind sie das nicht für jeden? Ich bin sicher, es sind keine mehr da.«

Aber Diego zog einen dampfgeweichten Beutel aus den warmen Tiefen des Wagens. »Bitte sehr. Habt einen schönen Abend.« Er zwinkerte Tyler zu. »Hasta luego, Marlee.«

»Bis dann, Diego.« Tyler klemmte den Beutel unter seinen Arm und ging weiter in Richtung Parkhaus. »Ich dachte, wir machen ein Picknick, wenn das in Ordnung ist.«

Er hasste es, das zu hören, also sagte ich es nicht. Aber es war süß von Tyler, sich daran zu erinnern, dass ich Diegos Tamales liebte. Mein Magen knurrte bei dem Aroma, das aus dem Beutel mit den Tamales strömte. »Klingt großartig.«

Im Auto überdeckte der Duft der Tamales Tylers Kölnisch Wasser, und ich konnte wieder denken. Offensichtlich funktionierte mein alter Vibrator nicht mehr. Es war Zeit, aufzurüsten und den schicken zu bestellen, der versprach, mich mit schreienden Orgasmen um den Verstand zu bringen. Und ein paar Ohrstöpsel für Dad zu kaufen.

»Also erzähl mir von …«

Ich unterbrach ihn. »Fährst du über die Feiertage nach Hause?« Ich war nicht bereit, darüber zu reden, wie die Operation Märchenprinz am Dienstag in Flammen aufgegangen war.

Er runzelte die Stirn. »Meinst du Thanksgiving?«

»Es ist noch etwas mehr als ein Monat hin. Du musst ein Ticket kaufen, wenn du fährst.«

»Ich hatte nicht vor zu fahren. Du hast ja Raleigh kennengelernt. Der Rest von ihnen ist genauso. Alicia hat gesagt, ich kann mit ihnen abhängen, wenn ich hierbleibe.«

Obwohl es nur mein Dad und ich waren, waren Feiertage – besonders Thanksgiving – für die Familie da. »Du solltest nach Hause fahren. Sag ihnen die Meinung, so wie du diesem Idioten Raleigh die Meinung gesagt hast.«

Er lachte. »Du hast Raleigh die Meinung gesagt. Ich müsste dich mitnehmen.«

Stille senkte sich wie eine Decke über uns. Und nicht die bequeme, freundliche, weiche Art von Decke.

»Ich meine, hypothetisch«, sagte er. »In der verkehrten Welt, in der ich nach Hause fahren würde. Was ich nicht tun werde.«

»Natürlich. Und ich würde meinen Phaser mitbringen – natürlich auf Betäubung gestellt – und mich an jedem deiner Geschwister austoben, der versucht, dich herunterzumachen. Piu! Piu!« Ich tat so, als würde ich auf die anderen Autos schießen.

»Phaser machen nicht Piu-Piu. Das ist ein *Star Wars*-Blaster. Bei *Star Trek* klingen die eher wie ein Wah-Wah-Wah-Wah-Geräusch. Oder, in den neueren Serien, ein Si-ott.«

»Ein Si-ott.« Und wir waren wieder in sicheren Gefilden.

Als wir am Civic Center parkten, holte Tyler eine ausgefranste Decke aus dem Kofferraum des Mustangs, bevor wir zu der Rasenfläche vor dem Rathaus hinaufstiegen. Er breitete die Decke aus, und ich schob den ausgestellten Rock meines Kleides, ein weiteres rosa Blumenmuster, unter mich. Das weiß gesäulte Gebäude mit seiner Kuppel erhob sich hinter ihm, vom Sonnenuntergang korallenrot bestäubt.

Er reichte mir eine Flasche Wasser und öffnete eine Mountain Dew.

»Im Park ist kein Wein erlaubt, aber ich dachte, die Atmosphäre ist es wert«, sagte Tyler. »Besser als irgendein spießiges Restaurant.«

Ich lehnte mich auf meine Hände zurück. Tyler war das Gegenteil von spießig. Was man sah, bekam man auch: offen, ehrlich, echt. Dasselbe konnte ich nicht über Cooper sagen, dessen rätselhafte, undurchsichtige Natur mir in den drei Jahren, die ich ihn kannte, ein Rätsel gewesen war. Ich hatte gehofft, dass ich es eines Tages knacken würde und die Geheimnisse seines Universums enthüllt würden. Nicht mehr. Meine Brust zog sich pflichtschuldig zusammen.

Tyler reichte mir eine Gabel und ein paar Tamales auf einem Pappteller. »Buen provecho.«

Ich nahm einen Bissen. »Großer Galileo, die sind gut. Iss welche, bevor sie kalt werden.«

Er wickelte ein paar Tamales aus und legte sie auf seinen Teller. »Warum ist das komisch?«

Oh. Ich hatte gedacht, er hätte beschlossen, meinen peinlichen Wortschwall in der Lobby zu ignorieren. Und im Auto. Das wäre wahrscheinlich besser gewesen. Wenn wir nicht darüber redeten, war es nicht real.

Warum war es komisch? Auf einer Decke im Park zu sitzen und mit ihm Tamales zu essen, fühlte sich nicht komisch an. Obwohl wir schick angezogen waren, waren wir immer noch zwei Freunde, die eine Mahlzeit teilten. Draußen. In der Öffentlichkeit. Anders als im Aufzug wollte ich mich nicht in ihn einwickeln, diese weichen Lippen küssen. Und er wollte mich nicht küssen. Er saß mir gegenüber, stocherte in seinen Tamales und sah mich nicht einmal an. Ein Mann schlenderte an uns vorbei und schob einen klappernden Einkaufswagen. Nein, hier draußen waren wir sicher.

»Ich schätze, es ist nicht komisch.« Vielleicht war ich die Einzige, die den Verstand verlor, wenn wir uns zu nahe kamen.

»Gut, denn so fühle ich mich nicht in deiner Nähe. Ich fühle mich … als wären alle Farben hochgedreht. Als wäre es immer Sonnenauf- oder Sonnenuntergang um dich herum.« Er hob seine Hand und drehte sie, um das Orange zu betrachten, wo die untergehende Sonne sie traf, und die dämmrigen blauen Schatten auf der anderen Seite.

»Tyler, wir …« Mein Herz hämmerte, als wollte es aus meiner Brust direkt in seine springen. Nein. Ich durfte mich nicht von Poesie einlullen lassen. Wir waren Freunde, die zusammen abhingen. Bald würde die Sonne untergehen, die goldene Magie mitnehmen und uns im kühlen Blau und Grau der Dämmerung zurücklassen. Was würde das mit Tylers Augen machen? Würden sie dunkel werden oder würden die goldenen Flecken wie die einer Katze leuchten?

Ich musste ihn wieder unter die Leuchtstoffröhren bringen, die seine lebhaften Farben auswuschen und ihn wieder in meinen alltäglichen Arbeitsfreund verwandelten.

Ich stellte meinen Teller ab. »Wir sind Freunde. Und ich will nichts, was das kaputtmacht.« Cooper hatte recht gehabt, als wir auf der Hochzeit tanzten. Solange ich einen sicheren Abstand hielt, wie ein Satellit in der Umlaufbahn, würde alles gut gehen. Aber wenn ich mich Tyler näherte, würde unsere Freundschaft wie ein feuriger Meteor in der Atmosphäre verglühen und nur ein kaltes Stück Metall zurücklassen. Ich konnte unsere Freundschaft nicht so zerstören. Das würde ich nicht tun.

Er holte Luft, um etwas zu sagen, aber dann pustete er sie wieder aus. Stattdessen hob er die grüne Flasche an seine Lippen und trank. »Ich will unsere Freundschaft auch nicht ruinieren. Sie ist etwas Besonderes für mich. Du bist etwas Besonderes für mich.«

Ich lächelte. »Unsere Freundschaft ist wichtig. Besonders mit …« Ich konnte es nicht einmal aussprechen. Wenn ich die Worte nicht aussprach, würde Alicias Heirat unsere Freundschaft nicht verändern. Sie, Tyler und ich würden uns nicht verändern. Wir wären immer noch die drei Außenseiter, die sich gegenseitig das Gefühl gaben, Insider zu sein, wenn wir zusammen waren.

»Ich verstehe.« Er legte seine Hand kurz auf mein Knie, über mein Kleid, bevor er einen Bissen Tamale aufspießte und ihn in den Mund steckte. Er verdrehte die Augen nach oben, während er kaute. »Du hast recht. Die sind die besten.«

»Ich weiß, oder?« Ich nahm meinen Teller und stürzte mich auf meinen zweiten Tamale. Wir waren wieder in der sicheren Zone. »Bleib bei mir. Ich kann dir noch viel mehr zeigen.«

Er schnaubte. »Da bin ich mir sicher.«

MEIN HERZ BRACH. Schon wieder.

Es war eine Sache, den Soundtrack über meine Kopfhörer zu hören. Es war etwas völlig anderes, es auf der Bühne gespielt zu sehen, besonders aus der dritten Reihe, wo ich Elizas gequälten Gesichtsausdruck deutlich sehen konnte, als sie ihren Sohn in den Armen wiegte. Und als sie aufschrie, entfuhr mir ein Schluchzer.

Ich erinnerte mich erst daran, dass ich noch in einem Theater voller Fremder war, als ich aus dem Augenwinkel ein Aufblitzen wahrnahm. Die Dame neben mir drehte sich um, ihre Diamantohrringe fingen das Bühnenlicht ein, und schenkte mir ein tröstendes Lächeln.

Von meiner anderen Seite streifte ein Taschentuch meine Hand. Ich lächelte Tyler dankbar an, dessen Augen ebenfalls glasig waren. Aber bei mir liefen tatsächlich Tränen über die Wangen, und wahrscheinlich auch Wimperntusche, also versuchte ich nicht, es ihm zurückzugeben. Wenigstens waren meine Tränendrüsen wieder funktionstüchtig. Und das waren gute Tränen. Traurig, aber für jemand anderen. Nicht für mich.

Ich tupfte meine Augen trocken und richtete meine Aufmerksamkeit wieder auf die Bühne, wo das Drama seinem unvermeidlichen Ende entgegenschritt.

Ich kannte das Ende. Jeder kennt es. Trotzdem war ich froh, Tylers Taschentuch zu haben.

Cooper hätte die Show geliebt. Obwohl er sie wahrscheinlich schon am Broadway gesehen hatte. Sicher, er war ein Workaholic, aber er war auch ein Musical-Junkie. Wenn er bei mir gewesen wäre, anstatt in Boston, hätten wir über die Musik, die Kostüme, die Darbietungen schwärmen können. Hätte er mir vor der Bühne, wo viel Platz für seine langen Beine war, ein Taschentuch gereicht? Meine Hand gehalten? Einen Arm über meine Stuhllehne gelegt?

Vielleicht.

Oder vielleicht auch nicht. Er war eher der Typ für ein seidenes Einstecktuch als für ein Baumwolltaschentuch. Und er war nie ein Fan von öffentlichen Zuneigungsbekundungen, selbst wenn es nur darum ging, einen Freund zu trösten.

Die Dame neben mir nahm ihren Mantel, bevor sie sich zu mir umdrehte. »Geht es Cooper gut? Er verpasst nie die Vorstellungen.«

Natürlich. Das waren seine Dauerkarten. Sie hatten wahrscheinlich jahrelang nebeneinander gesessen. »Er musste verreisen. Beruflich.«

»Sagen Sie ihm, wir haben ihn vermisst. Und Jamila auch.«

Jamila. Ich zog meine steifen Wangen zu einem Lächeln und sagte: »Das werde ich natürlich tun.«

»Aber ich bin froh, dass Sie kommen konnten. Ich sehe, dass es Ihnen gefallen hat. Fahren Sie vorsichtig.«

»Sie auch.«

Sie nickte und folgte ihrer Begleitung den Gang hinunter.

Ich drehte mich um und sah Tyler so nah vor mir stehen, dass ich mit meiner Nase sein Kinn hätte anstoßen können. »Bereit?«, fragte er.

»Ja.« Es war ein zauberhafter Abend gewesen, aber es war Zeit für Aschenputtel, nach Hause zurückzukehren, wo sie hingehörte. Ich ging den jetzt leeren Gang hinunter und umklammerte mein Programmheft, um nicht Trost in Tylers Hand zu suchen.

Draußen war die Sonne verschwunden und hatte den Himmel in ein dunstiges Anthrazit getaucht. Die Lichter, die von der Fassade des Theaters reflektiert wurden, erhellten die kurze Strecke zur U-Bahn-Treppe. Ich blieb unter dem gelben Schein einer Straßenlaterne stehen. »Danke, dass du mitgekommen bist. Ich hatte eine tolle Zeit.«

»Willst du was trinken gehen? Es ist nicht spät. Hier in der Nähe gibt es ein Lokal …«

»Nein.« Ich legte eine Hand auf seinen Ärmel. »Ich muss zurück. Alma ist wahrscheinlich bereit, nach Hause zu gehen.«

Er trommelte mit den Fingern auf der Seite seines Beins. »Ich fahre dich.«

Ich schüttelte den Kopf. »Der Bahnhof ist direkt hier, und Oakland liegt völlig auf dem falschen Weg für dich. Du würdest über eine Stunde brauchen, um zu mir und wieder nach Hause zu kommen.«

Seine Grübchen verschwanden, und er schien zu schrumpfen. »Bist du sicher? Es ist spät für den Zug.«

Ich lächelte. »Du hast gerade gesagt, es ist nicht spät. Du kannst nicht beides haben.« Ich stellte mich auf die Zehenspitzen und küsste seine Wange, genau dort, wo das Grübchen gewesen war. Tyler erstarrte, als hätte ich ihn mit meinem imaginären Phaser erwischt. Aber ich bewegte mich weiter und achtete darauf, ihn nicht einzuatmen. Ein schneller Kuss und ein noch schnellerer Abgang.

»Wir sehen uns am Montag bei der Arbeit«, sagte ich und ging bereits an ihm vorbei, um zur U-Bahn-Treppe zu gelangen.

Kurz bevor ich den ersten Schritt nach unten machte, blickte ich zurück dorthin, wo ich Tyler zurückgelassen hatte. Er stand immer noch da, wo ich ihn verlassen hatte, und hob seine langfingrige Hand zum Winken.

Ich winkte zurück und stieg dann die Treppe hinab.

Wir konnten Freunde bleiben. Ich wollte nichts mehr. Brauchte nichts mehr. Nicht von ihm. Wir mussten in der Friendzone bleiben. Er hatte gesagt, das sei ihm auch wichtig.

Trotzdem bestellte ich auf der Heimfahrt im Zug endlich diesen neuen Vibrator. Wenn ich mit Tyler befreundet bleiben und über Cooper Fallon hinwegkommen wollte, würde ich ihn brauchen.

18

DER MONTAG WAR RUHIG, also verbrachte ich den Vormittag damit, Jacksons Büro aufzuräumen. An Coopers Büro traute ich mich nicht heran. Nicht, dass in seinem Heiligtum jemals etwas nicht an seinem Platz gewesen wäre.

Als Tyler mich fragte, ob ich mit ihm zu Mittag essen wollte, bestand ich darauf, dass wir in die Personalkantine gingen. Keine gefährliche Zeit mehr zu zweit. Wir würden uns an öffentlichen Orten treffen, bis Alicia zurückkam und wir wieder eine Anstandsdame hatten. Im lauten Trubel der Kantine waren wir einfach zwei Kollegen, die zusammen aßen. Diese Grübchen, die kurz vor seinem Lachen erschienen, hätten für jeden sein können; es war nicht an mir, sie eifersüchtig zu sammeln und zu katalogisieren.

Die unzeitgemäße Wärme der letzten Woche war verschwunden und an diesem Abend umfing mich der kühle Oktobernebel, sobald ich in Oakland aus der BART-Station trat. Ich knöpfte meinen Mantel gegen die winzigen Feuchtigkeitstropfen zu, die auf der Wolle perlten und mein Haar durchfeuchteten. Ich konnte es kaum erwarten, nach Hause zu kommen, meinen gemütlichen Schlafanzug anzuziehen und mich in einem

Roman zu verlieren. Ich hoffte, Dad hatte nicht schon wieder aus Versehen die Heizung abgedreht.

Doch sobald ich durch die Haustür trat, wusste ich, dass etwas nicht stimmte. Tigger schmiegte sich maunzend um meine Knöchel. Der Fernseher war aus, das Haus war dunkel und der Fernsehsessel war leer.

»Dad?«, rief ich. Stille. Ich zog meine feuchten Stiefel aus und tapste in die Küche, wo ich das Licht anknipste. Tiggers Miauen wurde verzweifelter, also hielt ich inne, um seinen Napf zu füllen, und verlor bei seinem gefräßigen, scharfzahnigen Zubeißen beinahe einen Finger.

Dann sah ich das Telefon – Dads Telefon – auf der Küchentheke liegen.

»Dad?«, rief ich erneut. Ich ging zu seinem Schlafzimmer, aber es war ebenfalls leer. Das Badezimmer auch. Ich wusste, dass er nicht oben sein würde – nicht sein konnte –, aber ich rannte trotzdem hoch. Als ich mein unberührtes Schlafzimmer sah, bildete sich ein Kloß in meinem Hals. Ich schaute durch das Fenster in den Garten. Er war auch nicht dort. Nicht auf der Bank unter dem japanischen Ahorn, nicht auf den Treppenstufen.

Ich zog mein Handy aus der Tasche und rief Alma an. »Hast du meinen Dad gesehen?«, fragte ich, sobald sie abnahm.

Sie verstand, was ich nicht sagte – nicht sagen konnte. »Nein, mija. Ich bin schon auf dem Weg.«

Meine Hände zitterten so sehr, dass ich den Knopf zum Auflegen nicht drücken konnte. Ich war wie erstarrt, unfähig zu denken, was ich tun sollte. Wohin konnte er gegangen sein? Wie konnte ich ihn finden? Ich war dankbar, dass wir den Truck letztes Jahr verkauft hatten. Zu Fuß konnte er nicht weit gekommen sein.

Ich wusste nicht, wie lange ich dastand, aber Almas Stimme von unten riss mich aus meiner Trance. Ich rannte hinunter und umarmte sie. Nach einem Moment löste sie sich aus meiner Umarmung, hielt aber meine Arme fest und beruhigte mich mit ihrer Berührung.

Ihre dunkelbraunen Augen musterten meine. »Ich bleibe hier

und warte, bis Will zurückkommt. Während ich warte, werde ich ein paar Anrufe tätigen. Weißt du, wohin er gegangen sein könnte?«

Ich schüttelte den Kopf. Panik benebelte mein Gehirn und zerstreute meine Gedanken.

»Er ist doch früher immer ins YMCA gegangen, oder?«, fragte sie.

Ich nickte. Nachmittags war er dort immer zur Therapie für sein Knie schwimmen gegangen.

»Sieh dort nach, aber frag auf dem Weg dorthin in der Bar die Straße runter und in den Restaurants im nächsten Block. Vielleicht hat er Hunger bekommen.«

Meine aufsteigende Panik hinderte mich am Denken, aber ich konnte ihren Anweisungen folgen. Ein schrecklicher Gedanke durchfuhr mich. »Du rufst das …«, ich brachte das Wort *Kranken-haus* nicht über die Lippen, aber ihr verständnisvoller Blick sagte mir, dass sie verstand.

»Ja. Aber die Polizei rufe ich nicht an – noch nicht.«

Ein eiskalter Schauer lief mir über den Rücken. Eine offizielle Meldung könnte ihn mir wegnehmen. Ich wandte mich zur Tür.

»Warte«, sagte sie. »Du solltest nicht allein rausgehen. Hast du einen Freund, den du anrufen kannst?«

Ich ging meine geistige Liste durch. Alicia und Jackson waren bis Freitag auf Fidschi. Cooper war immer noch in Boston. Alle meine Freunde vom College waren weggezogen oder hatten ihr Leben weitergelebt. Ich wollte gerade den Kopf schütteln, doch dann dachte ich an Tyler. Er war mein Freund. Er würde mir helfen.

Ich fand seinen Namen in meinem Telefon und drückte darauf, bevor ich es mir anders überlegen konnte.

Nach sechsmaligem Klingeln hatte ich das Handy schon vom Ohr genommen, um aufzulegen, als er sprach.

»Hey, Marlee.« Er klang außer Atem, als wäre er hingerannt, um abzuheben.

»Tyler«, quiekte ich. Ich hielt inne, um mich zu räuspern.

»Was ist los?«

»Mein Dad ...« Ich räusperte mich wieder. »Mein Dad ist verschwunden. Ich – Könntest du ...?« Die Worte wollten nicht herauskommen.

Aber er wartete nicht, bis ich ihn bat. »Wo bist du?«

»Ich bin zu Hause. Aber ich gehe jetzt los, um ihn zu suchen.«

»Ich rufe dich an, wenn ich in Oakland bin, dann treffen wir uns. Sei vorsichtig, okay?«

»Okay.«

Er muss das Zittern in meiner Stimme gehört haben, denn er sagte: »Das wird schon. Du findest ihn wahrscheinlich, bevor ich da bin.«

Unfähig, an der Hysterie vorbei, die meine Kehle zuschnürte, ein Wort herauszubringen, legte ich auf. Ein paar Sekunden später meldete sich mein Handy. Tyler hatte eine App benutzt, um mir seinen Standort zu schicken, und sie bat mich, meinen Standort mit ihm zu teilen. Ich klickte auf *Ja*, hoffnungsvoll, dass die Technik mir helfen könnte, Dad zu finden.

Zwanzig Minuten später kam ich allein aus einem Restaurant ein paar Blocks vom Haus entfernt. Das Grollen von Tylers altem Mustang, der vor mir hielt, vibrierte durch meine Brust. Mein rasendes Herz verlangsamte sich ein klein wenig, als er auf den Bürgersteig sprang und vor mir stand. Seine Arme zuckten, als wollte er nach mir greifen, aber er ließ sie an seiner Seite. Sorgenfalten umrahmten seinen Mund und sein Blick zuckte zwischen meinen Augen hin und her.

Ich konnte nicht dieselbe Zurückhaltung zeigen. Ich trat an ihn heran, schlang meine Arme um seinen soliden Rücken und schmiegte meinen Kopf unter sein Kinn. Ich atmete seinen vertrauten, beruhigenden Duft ein. »Danke. Vielen Dank, dass du gekommen bist.«

Seine Arme schlossen sich um mich. Nach einem kurzen Drücken ließ er mich los und trat einen Schritt zurück. Er sah sich um. »Was ist der Plan?«

Ich zitterte nicht mehr, und meine Stimme überraschte mich

mit ihrer Festigkeit. »Ich habe die Restaurants hier abgesucht. Ich war auf dem Weg zum YMCA. Mein Dad ist dort früher immer hingegangen.«

»Okay. Ich fahre.« Er öffnete die Tür des Mustangs und schloss sie hinter mir. Als er einstieg, griff er über die Mittelkonsole nach meiner Hand, hielt sie und bewahrte mich davor, den Halt zu verlieren.

Ich wartete nicht auf ihn, als wir vor dem YMCA hielten. Ich sprang hinaus und rannte in die Lobby, wo ich mich an den Anfang der Schlange drängelte und die Frau am Mitglieder-schalter bestürmte. »Haben Sie meinen Dad gesehen? Will Rice. Er ist dreiundfünfzig, geht mit einem Stock oder hinkt, hat kurzes, weißes Haar, ist ein bisschen dünn?«

Sie musterte mich misstrauisch, vorsichtig vor der wild blickenden Frau, die in ihren friedlichen Abend geplatzt war. Sie schüttelte den Kopf. Ich zückte mein Handy und zeigte ihr das Foto, das ich auch an den anderen Orten gezeigt hatte, an denen ich gesucht hatte.

»Sind Sie sicher?«

»Nein, Miss.«

Ich drehte mich weg und suchte selbst die Lobby ab, als ob er dort lauern würde, irgendwie unbemerkt von der Empfangs-dame, aber ich sah sein kurz geschnittenes weißes Haar nirgends. Ich biss mir auf die Lippe.

Tyler eilte an meine Seite und legte seinen Arm um mich. »Hey, wir finden ihn. Wohin sollen wir als Nächstes?«

Meine Panik kehrte mit voller Wucht zurück. Ich hatte keine Ahnung. Ich öffnete den Mund, um ihm das zu sagen, aber mein Handy vibrierte. Als ich sah, dass es Alma war, flatterte Hoffnung in meiner Brust.

»Hola, mija. Señor Oliveras vom Lebensmittelladen hat ange-rufen. Er sagte, jemand hat deinen Dad am Bahnhof gesehen.«

»Wann?«

»Vor ungefähr zehn Minuten. Beeil dich.«

Ich packte Tylers Hand und zog ihn zum Ausgang. »Er ist an der BART-Station. Los.«

Im Auto hielt er wieder meine Hand, während ich ihm den Weg wies. »Du glaubst doch nicht …«

»Ich glaube nicht, dass er irgendwo hinkommt. Ich bezweifle, dass er Geld dabeihat. Andererseits dachte ich auch nicht, dass er weglaufen würde …« Ich starrte aus dem Fenster, unfähig, weiterzusprechen. Er drückte meine Hand.

Tyler ließ den Mustang mit eingeschaltetem Warnblinker auf der Straße stehen, während wir in den Bahnhof rannten. Ich brach fast zusammen, als ich die vertraute Gestalt vor dem Fahrkartenautomaten entdeckte.

»Dad!«, rief ich ihm zu. Als ich ihn erreichte, warf ich meine Arme um ihn und umarmte ihn fest. »Du hast mir einen Schrecken eingejagt. Warum hast du das Haus verlassen?«

»Ich wollte Maggie besuchen«, sagte er, als wäre es das Natürlichste auf der Welt, mit dem Zug zu meiner toten Mutter zu fahren.

Ich ließ ihn los und schob meine Hand in seine, so wie ich es als kleines Mädchen so oft getan hatte. Aber dieses Mal sprach ich wie die Erwachsene. »Dad, du kannst nicht einfach weglaufen. Wir haben dich überall gesucht.«

Er lächelte zu mir herunter und legte den Kopf schief. »Ich war doch genau hier.«

Wie lange war er schon hier? Ich war vor etwas mehr als einer Stunde durch den Bahnhof gekommen. Sicherlich wäre ich an ihm vorbeigegangen, wenn er direkt von zu Hause hierhergekommen wäre. Wenn ich nur nicht so in meinem eigenen Kopf gefangen gewesen wäre, so auf mich selbst konzentriert …

Ich musterte ihn von Kopf bis Fuß. Sein Haar war nass an seinen Kopf geklatscht und seine Hosenbeine waren bis zu den Knöcheln nass, als wäre er eine Weile im Nieselregen umhergelaufen. In dem verwirrten Zustand, in dem er war, würde ich nie genau erfahren, wo er gewesen war.

Ich hatte fast vergessen, dass Tyler da war, bis er eine Hand auf meinen Rücken legte und seine rechte Hand meinem Vater entgegenstreckte. »Mr. Rice, ich bin Tyler Young, ein Freund von Marlee.«

Dad schüttelte seine Hand und richtete sich zu seiner vollen Größe auf, sodass er fast auf Augenhöhe mit Tyler war. »Will Rice.« Er klang so normal. Aber dann sagte er: »Ich wollte Maggie besuchen.«

Tyler zog bei mir die Augenbrauen hoch. Ich schüttelte den Kopf. »Komm, Dad«, sagte ich. »Lass uns nach Hause gehen.« Ich ging neben ihm, hielt seinen freien Arm, während er sich auf seinen Stock stützte und hinter Tyler herschlurfte.

Ich zwängte mich auf den winzigen Rücksitz und staunte, wie leicht Tyler Dad in ein Gespräch verwickelte, während er uns nach Hause fuhr. Sie sprachen über Baseball und selbst ich konnte hören, dass Dad zwischen den diesjährigen Playoffs und einer Serie von vor zehn oder zwanzig Jahren hin und her sprang, aber Tyler folgte seinen Sprüngen ohne Kommentar. Trotzdem war ich froh, als die Fahrt vorbei war und wir unser Haus erreichten.

Während ich Alma umarmte und ihr erzählte, was passiert war, ging Dad ins Bett. Die Falten um seine Augen und seinen Mund sagten mir, dass er erschöpft war, auch wenn er es nicht zugeben würde.

Ich spürte es auch. Meine Knie zitterten und meine Glieder waren schwer. Mein Kopf war mit Schlamm gefüllt, die Gedanken kämpften sich mühsam hindurch. Der Stress, der meinen Rücken versteift und mich in den letzten neunzig Minuten – waren es nur so wenige gewesen? – auf Trab gehalten hatte, verließ mich auf einmal, und ich sackte kraftlos auf dem Sofa zusammen.

Tyler stand mit aufgestützten Händen in der Mitte des Wohnzimmers und ließ den Raum noch kleiner aussehen, als er ohnehin schon war. »Macht es dir was aus, wenn ich uns was zu essen mache? Ich habe noch nicht zu Abend gegessen, und ich schätze, du auch nicht.«

Das Letzte, was ich tun wollte, war, mich in die Küche zu schleppen, aber es war das Mindeste, was ich für Tyler tun konnte, der während meiner Tortur so stark gewesen war. »Gib mir eine Minute, und ich …«

»Nein«, unterbrach er mich. »Bleib da. Ich finde schon was für uns. Das heißt, wenn es für dich in Ordnung ist?«

Ich versuchte, die Energie aufzubringen, die gastfreundliche Freundin zu sein, die ich hätte sein sollen. Ich konnte einfach nicht. »In Ordnung.« Ich streckte mich auf dem Sofa aus. Ich würde mich ein paar Minuten ausruhen. Dann würde ich in die Küche gehen und Tyler helfen, etwas zum Kochen zu finden.

Eine Hand auf meiner Schulter weckte mich sanft. Ich stöhnte, als ich mich aufsetzte. Ich hatte nicht einschlafen wollen, aber diese traumlosen, sorgenfreien Minuten hatten meine strapazierten Nerven beruhigt. Tyler ließ sich am anderen Ende des Sofas nieder – er ließ ein ganzes Kissen zwischen uns – mit einem Teller. Er neigte sein Kinn zu einem anderen Teller vor mir auf dem Couchtisch.

»Ich habe uns Sandwiches gemacht. Ich hoffe, das ist okay.«

»Danke.« Ich zog den Teller auf meinen Schoß. Tigger sprang hoch, streckte sich auf Tylers Oberschenkel aus und starrte mich blinzelnd an. Wir aßen schweigend. Bis …

»Wer ist Maggie?«

Ich kaute fertig und schluckte mühsam. Mein Mund war trocken geworden. »Meine Mutter, Margaret.«

»Du hast mir erzählt, dass sie gestorben ist. Wollte dein Dad sie auf dem Friedhof besuchen?«

»Nein. Sie wurde eingeäschert. Sie ist da drüben.« Ich winkte mit der Hand zu dem kleinen runden Tisch in der Ecke des Zimmers mit der geblümten Keramikurne darauf. Dann nahm ich einen großen Bissen von meinem Sandwich, damit ich nichts weiter sagen musste.

Tyler schwieg eine Minute lang, fuhr aber dann fort: »Hat er solche Anfälle … oft?«

Ich legte meinen Teller ab und trank aus dem Glas Wasser, das Tyler vor mir auf den Tisch gestellt hatte. Ich wünschte, es wäre etwas Alkoholisches. »Nicht so schlimm.« Ich trank erneut und stellte das Glas ab. »Aber letzte Woche war es Dad, der die Katze rausgelassen hat. Er hat vergessen, dass Tigger hier wohnt.«

Ich warf einen verstohlenen Blick auf Tyler. Er legte sein Sandwich ab, und sein Mund wurde schmal. Er drehte sich zu mir, ein Knie zur Sofalehne gespreizt.

»Mein Opa hatte Alzheimer.«

Ich erstarrte. Alzheimer? Ich hatte ein paarmal darüber nachgedacht, aber das war doch nur etwas für alte Leute.

Er schüttelte schnell den Kopf und streckte mir seine Handflächen in einer »Immer mit der Ruhe«-Geste entgegen. »Ich sage nicht, dass dein Dad es hat. Obwohl Menschen es auch in ihren Vierzigern und Fünfzigern entwickeln können.«

Seine Finger tippten auf sein Knie. »Es fing klein an, Termine vergessen oder immer wieder dieselbe Geschichte erzählen. Wir haben uns manchmal über ihn lustig gemacht, und er hat darüber gelacht.« Tyler zupfte an einem ausgefransten Faden am Sofa. »Aber irgendwann wurde es so schlimm, dass wir ihn nicht mehr allein lassen konnten. Er vergaß, den Herd auszuschalten. Einmal ließ er die Badewanne laufen, und sie lief über. Hat die Decke des Zimmers darunter ruiniert. Und ein paarmal ist er weggelaufen. Wie dein Dad. Konnte nicht erklären, warum er es getan hatte.« Er strich den Faden glatt und sah mich an. »Nachdem wir ihn mitten auf einer belebten Straße stehend gefunden hatten, mussten wir ihn in die Demenzstation eines Pflegeheims geben.«

Ich verschränkte die Arme, mir wurde plötzlich kalt. »Das könnte ich nicht.« Ich ließ meinen Blick zu Moms Urne schweifen, umgeben von Kerzen und den Blumen, die ich im Supermarkt geholt hatte. Ich konnte ihn nicht auch noch verlieren. »Ich werde … ich werde jemanden einstellen. Um sich um ihn zu kümmern, während ich bei der Arbeit bin.«

»Sicher, das ist gut.« Tylers Stimme beruhigte mich wie Honig in heißem Tee. »Du kümmerst dich gut um ihn.«

Tränen stiegen mir in die Augen, und ich griff nach den Tellern auf dem Couchtisch.

»Ich mach das schon. Du hattest eine harte Nacht. Mach dir keine Sorgen.« Die Decke von der Sofalehne legte sich über meine Schultern und das Kissen gab nach, als Tyler aufstand. Während er mit dem Geschirr klapperte, rasten meine Gedanken.

Warum war Dad weggelaufen?

Was passierte mit ihm?

Früher hatte Dad sich um uns beide gekümmert. Er war so scharfsinnig, so fähig gewesen. Jetzt konnte ich ihm nicht mehr zutrauen, allein zu Hause zu bleiben.

Mit Hilfe konnte ich mich doch um ihn kümmern, oder?

Ich war mir sicher gewesen, dass ich es konnte ... bis Tyler mir auf diese halbherzige Weise zugestimmt hatte.

Ich zitterte, selbst unter der Decke. Ich würde einen Weg finden, mich um Dad zu kümmern. Ich war stark und unabhängig, und ich hatte den Taser, um das zu beweisen.

Tyler kam vom Abwasch zurück und ging auf Dads Fernsehsessel zu, wohin er seinen Mantel geworfen hatte, als er hereingekommen war. Er stand ein paar Sekunden da, bevor er seinen Mantel aufhob. »Wenn bei dir alles in Ordnung ist, gehe ich jetzt.«

Stark. Unabhängig. »Mir geht es gut. Nochmals vielen Dank, dass du rübergekommen bist. Ich weiß nicht, was ich getan hätte ...« Ich versuchte, den Kloß in meinem Hals hinunterzuschlucken.

Er trat an das Sofa, wo ich unter meiner Decke kauerte. »Wann immer du Hilfe brauchst, ruf mich an, okay? Ich werde immer für dich da sein.«

Ich blinzelte die plötzliche Nässe in meinen Augen weg, und mein Kinn zitterte so sehr, dass ich kein weiteres Danke herausbrachte.

Er beugte sich hinunter und küsste mich auf den Scheitel, verweilte einen Moment. Vielleicht konnte ich das durchstehen. Besonders, wenn ich auf meine Freunde zählen konnte.

»Ruf mich morgen an, okay? Sag mir, wie es ihm geht.«

»Okay. Gute Nacht.«

Ich stand auf und verriegelte die Tür hinter ihm. Die Treppe zu meinem Zimmer war zu weit weg. Außerdem konnte ich Dad nicht an mir vorbeischleichen lassen. Ich legte mich auf das weiche Sofa, rollte mich unter der Decke zusammen und schloss die Augen, um den Schlaf willkommen zu heißen.

19

ICH WACHTE IM DUNKELN AUF, mein Herz raste. *Dad. Ist er noch da?*

Ich galoppierte den Flur entlang, hielt inne, um wieder zu Atem zu kommen, und schlich dann auf Zehenspitzen in sein Zimmer. Das Mondlicht schien durch die offenen Vorhänge auf seine schlafende Gestalt. Tigger, der sich in seine Kniekehlen gekuschelt hatte, blinzelte mich mit seinen gelben Augen an, fauchte aber ausnahmsweise nicht.

Ich schloss leise die Tür und ging in die Küche, um Kaffee zu kochen. So früh es hier auch war, an der Ostküste war es drei Stunden später. Cooper wäre schon wach. Wahrscheinlich hätte er bereits im Fitnessstudio des Hotels trainiert, geduscht und eines seiner perfekten Business-Casual-Outfits aus Stoffhose und Sakko angezogen. Ich konnte sein Aftershave fast riechen.

Ich schrieb ihm eine Nachricht.

> Ich komme heute nicht ins Büro. Muss mit Dad zum Arzt. Schreib mir, wenn du etwas brauchst.

Mein Handy plingte, als der erste Schwall Kaffee auf den fleckigen Boden der Kanne traf.

COOPER

Geht es ihm gut?

So rücksichtsvoll von ihm, das zu fragen, besonders nachdem ich mich ihm in seinem Büro an den Hals geworfen hatte.

Er hatte gestern einen Anfall. Ich muss ihn durchchecken lassen.

Vielleicht würde die Untersuchung ohne Befund sein. Vielleicht würde der Arzt mir sagen, dass dies ein normales Verhalten sei und ich überreagiert hätte. Oder er würde seine Medikamente wieder anpassen.

Brauchen *Sie* etwas?

Mein Herz machte einen kleinen Hüpfer. Er war zu gütig.

Schicken Sie Schokolade. 

Wird gemacht. Die Meetings hier laufen gut. Ich werde Sie nicht brauchen. Nehmen Sie sich den Rest des Tages frei.

Wie gesagt, rücksichtsvoll. Fürsorglich. Aber nicht meiner. Nicht in der Lage, diese Last mit mir zu teilen.

Danke. Wir sehen uns am Montag.

In der nächsten Stunde schaute ich alle fünf Minuten auf mein Handy und danach alle halbe Stunde, aber er antwortete nicht. Er war beschäftigt. Das wusste ich. Außerdem hatte ich ihm gesagt, dass alles in Ordnung sei. Obwohl es das nicht war.

———

DER SCHIEDSRICHTER HATTE GERADE »Play ball!« gerufen, als es an unserer Haustür klingelte.

»Was zum Teufel?«, grummelte Dad. »Wer kommt während der World World Series vorbei?«

Ich streckte die Hand aus und tätschelte sein Knie. »Mach dir keine Sorgen, Dad. Ich kümmere mich darum.« Wahrscheinlich war es UPS, die mein Paket mit dem Nötigsten lieferten. Ich hatte Dad nicht einmal allein im Haus lassen wollen, um in den Laden für Tampons zu laufen. Oder – ich biss mir auf die Lippe und warf einen Blick auf Dad – das diskrete Päckchen, das ich erwartete.

Doch als ich die Tür öffnete, stand Tyler mit einem Pizzakarton auf meiner Veranda. Er musterte mein Gesicht, und dann wanderte sein Blick zu meinem verwaschenen College-Sweatshirt und meiner Yogahose, bis ganz hinunter zu meinen Flipflops. Ich krallte meine Zehen ein, um meinen abgesplitterten Nagellack zu verbergen.

»Tyler! Was machst du denn hier? Ich meine, ich freue mich, dass du gekommen bist.« Ein Lächeln breitete sich auf meinem Gesicht aus. Ich liebte meinen Dad, aber es war toll, eine andere Person zu sehen.

»Hey. Ich weiß, du hast gesagt, bei dir ist alles in Ordnung, aber ich – ich hab Pizza mitgebracht.« Er hielt mir den Karton entgegen. »Bist du sicher, dass es ihm gut geht? Und dir auch?« Seine Augen forschten in meinen.

Ich trat auf die Veranda und zog die Tür hinter mir zu. Obwohl ich wusste, dass Dad mich bei dem lauten Fernseher nicht hören konnte, hielt ich meine Stimme leise. »Ich habe ihn gestern zum Arzt gebracht. Ohne teure Tests durchzuführen, sagte er uns, es sei wahrscheinlich früh einsetzender Alzheimer. Also habe ich gestern – ich habe jemanden angeheuert, der auf ihn aufpasst, während ich auf der Arbeit bin. Sie fängt am Montag an.«

»Oh. Das ist gut, oder?« Er zog hoffnungsvoll die Augenbrauen hoch.

Nein, verdammt, das war es nicht gut. Mein dreiundfünfzigjähriger Vater sollte keine Krankenschwester brauchen. Oder einen Babysitter. Er sollte seinen frühen Ruhestand genießen, sich mit Freunden treffen, in der Eckkneipe ein Bier trinken gehen. Er sollte nicht drinnen festsitzen und von jemandem beobachtet werden, der in Erster Hilfe ausgebildet und kräftig genug war, um ihn am Verlassen des Hauses zu hindern. Und ich hätte diese Entscheidung nicht treffen sollen. Ich zuckte mit den Schultern und sah auf Tylers Vans hinunter.

»Hey.« Er legte einen Fingerknöchel unter mein Kinn, bis ich ihm in die Augen sah. »Das wird schon wieder. Du besorgst ihm die Pflege, die er braucht. Du bist eine gute Tochter.«

Ich schniefte. »Hör auf, so nett zu sein.«

Er stellte den Pizzakarton auf das breite Verandageländer und zog mich an sich. »Tut mir leid, geht nicht. Du bist meine Freundin.« Er hielt mich fest, und es musste der Druck gewesen sein, der mir die Tränen aus den Augen presste. Ich rieb sie am weichen Baumwollstoff seines Galaga-Shirts ab. Es roch nach Zitrus und Sonnenschein, und ich wollte mich darin einwickeln wie in eine Decke. Aber zu schnell trat er zurück.

»Soll ich das hier lassen und gehen?« Er deutete auf den Karton.

Gehen? Und Dad und mich wieder allein lassen? »Sei nicht albern. Komm und iss mit uns.«

»Sicher?«

Dad rief aus dem Haus: »Marlee! Bist du immer noch da draußen?«

»Ja! Eine Sekunde.« Ich grinste zu Tyler hoch. »Kommst du? Wir haben Bier.«

Er hob den Karton auf. »Gekauft.«

Ich öffnete die Tür. »Dad, du erinnerst dich doch an Tyler von neulich Abend, oder?«

Dad blickte schnell auf, konzentrierte sich dann aber wieder auf das Spiel. »Tyler vom Bahnhof. Tyler mit dem Muscle-Car. Setz dich auf deinen Arsch und halt die Klappe.«

Tyler erstarrte. Ich legte eine Hand auf seinen Unterarm. »Beim Baseball ist er immer so«, flüsterte ich. Er hatte nie viel geflucht, aber heutzutage brachte der Sport im Fernsehen das in ihm zum Vorschein.

»Aber Oakland ist doch gar nicht –«

»Pst. Egal. Es ist die Series.«

»Ah.« Er klappte den Mund zu. Er stellte die Pizza auf den Couchtisch und setzte sich auf das Ende des Sofas, das Dad am nächsten war.

Bin gleich zurück, formte ich mit den Lippen und ging in die Küche, um Teller, Servietten und drei Flaschen Bier zu holen. Positiv war, dass ich heute Morgen das Haus aufgeräumt hatte. Schade nur, dass ich lieber zu meinem Roman gegriffen hatte, anstatt zu duschen, meine Haare zu bürsten oder mich zu schminken. Normalerweise ließ ich mich von Leuten aus dem Büro nicht sehen, wenn ich nicht top gestylt war. Aber Tyler hatte mich neulich Abend im Theater mit Wimperntuschespuren von Tränen gesehen. Echter ging es wohl kaum. Ich fuhr mir mit den Fingern durchs Haar und band es wieder zu einem Pferdeschwanz zusammen.

Als ich zurückkam, lief eine Werbung, stummgeschaltet. Die Männer sahen voneinander weg, Tyler auf den Boden, seine Wangen rosa, und Dad zu mir, mit einem zu strahlenden Lächeln.

»Danke, Sonnenschein. Nichts ist besser als Bier, Pizza und Baseball. Den hier mag ich.« Er zeigte mit dem Daumen auf Tyler, und ich hätte nicht gedacht, dass es möglich wäre, aber Tylers Wangen wurden noch fleckiger rot.

Ich reichte Dad ein Bier und dann ein Stück Pizza, Supreme, meine Lieblingssorte. *Aber Supreme ist jedermanns Lieblingssorte.*

Ich reichte Tyler ein weiteres Stück und nahm meinen Teller mit ans andere Ende des Sofas. Das Spiel ging weiter und Dad drehte die Lautstärke auf.

»Welches ist dein Team, Tyler?«, fragte Dad bei der nächsten Werbung. Niemand musste ihn fragen, welches *sein* Team war. Er hatte sie lautstark angefeuert.

»In dieser Series? Ist mir eigentlich egal. Ich bin Astros-Fan.«

»Ein Haufen Betrüger.«

Tyler blinzelte.

»Dad! Sei nett!« Ich rutschte näher an Tyler heran, um zu flüstern: »Er wird beim Sport immer sehr emotional.«

»Hat Marlee mir nicht erzählt, dass du aus Dallas kommst?«

An seinen guten Tagen war er blitzgescheit.

»Das stimmt.«

»Warum bist du dann kein Rangers-Fan?«

Tylers Lippe kräuselte sich. »Meine Brüder sind alle große Rangers-Fans. Ich schätze, ich wollte einfach anders sein.«

»Gut so«, sagte Dad. »Wann haben die Rangers das letzte Mal die Series gewonnen?«

»Eben.« Tyler stieß mit seiner Bierflasche gegen die von Dad.

In der nächsten Werbepause fragte Tyler Dad nach dem Haus, und bald redeten sie über Elektrowerkzeuge. Dad vertiefte sich sogar so sehr in eine Hommage an seine geliebte, selige Fliesensäge – ich hatte sie auf eBay verkauft, um eine Krankenhausrechnung zu bezahlen, bevor wir unsere Selbstbeteiligung erreicht hatten –, dass er einen Schlagchance verpasste. Wir aßen die Pizza auf und tranken eine weitere Runde Bier, und als das Spiel zu Ende war, benutzte ich Tylers Schulter als Kissen, und Dad gähnte.

Er hievte sich aus den Tiefen des Sessels hoch. »Ich gehe früh ins Bett. Viel Spaß, ihr beiden.« Er zwinkerte. »Aber nicht zu viel Spaß.«

»*Dad.*« Ich setzte mich auf. »Tyler und ich sind *Freunde.*«

»Ach, richtig«, sagte er und grinste spöttisch.

Tyler stand auf, um ihm die Hand zu schütteln. »Gute Nacht, Mr. Rice. Danke, dass ich das Spiel mit Ihnen sehen durfte.«

»Jederzeit. Es ist erfrischend, es mit einem wahren Fan zu sehen.«

Ich verdrehte die Augen bei seinem vielsagenden Blick in meine Richtung.

Während Dad ins Bett schlurfte, blieb Tyler stehen. »Wolltest du, dass ich –« Er neigte den Kopf zur Tür.

An einem Freitagabend um acht Uhr wären die meisten Fünfundzwanzigjährigen gerade auf dem Weg zum Abendessen oder würden von der Happy Hour nach Hause torkeln, um sich ein paar Stunden auszuruhen, bevor sie in einen Club gingen. Die lange, einsame Nacht erstreckte sich vor mir.

»Nein, bleib. Bitte? Es sei denn, du hattest … andere Pläne.« Vielleicht hatte er ein Date. *Bitte lass ihn kein Date haben.* Ich sehnte mich nach Gesellschaft.

Tyler verzog die Lippen. »Nö. Ich hab meine Spielkonsole mitgebracht. Soll ich sie holen?«

»Klar. Ich räume nur kurz auf.«

Während er zu seinem Auto ging, wusch ich die Teller ab und warf die leeren Flaschen in den Recyclingbehälter. Als ich ins Wohnzimmer zurückkehrte, trug ich ein Tablett mit Bier, einer Schüssel Brezeln und Schokolade. Der weißen Schokolade, die Cooper geschickt hatte. Das war nett von ihm, aber wenn jemand sagt, sie braucht Schokolade, meint sie *niemals* weiße Schokolade. Das ist nicht einmal wirklich Schokolade. Sie würde wohl okay zu den Brezeln schmecken, nahm ich an.

Als ich das Tablett abstellte, murmelte Tyler an der Rückseite unseres altertümlichen Fernsehers herum.

»Probleme?«, fragte ich.

»Nein, nein, ich hab's.« Er schien ein ganzes Fach in seiner Tasche für Kabel zu haben. »Aha!« Er zog eines vom Boden der Tasche, steckte eine Art Adapter ein, schloss ein weiteres Kabel an und schaltete die Spielkonsole ein. Auf dem Fernseher blitzte ein animiertes Video auf.

Er warf die überflüssigen Kabel in seine Tasche und ließ sich dann aufs Sofa fallen. Ich reichte ihm ein Bier und setzte mich ans andere Ende, ein Knie auf dem Kissen zu ihm gedreht.

»Also, erzähl mal. Was hat mein Dad dich gefragt, das so peinlich war? Als ich die Teller geholt habe.«

Das Batteriefach eines der Controller schien für einige

Sekunden seine volle Aufmerksamkeit zu erfordern. »Er hat mich gefragt, was meine Absichten wären. Dir gegenüber.«

Das ließ meine Wangen heiß werden. »Du hast ihm gesagt, dass wir Freunde sind, oder?« Ohne auf seine Antwort zu warten, sagte ich: »Er hatte einen guten Abend. Heute scheint er er selbst zu sein. Abgesehen vom Fluchen.«

Seine Mundwinkel zogen sich nach unten. »Er hat einen Bohrer einen ›elektrischen Lochstanzer‹ genannt. Er mag vielleicht nicht die ganze Zeit Symptome zeigen, aber es gibt keine Heilung. Die Neuronen, die er verloren hat, werden sich nicht regenerieren.« Sein Blick wurde nachdenklich, als ob er an seinen Großvater dachte. Dann blinzelte er. »Du tust das Richtige, indem du Hilfe für ihn holst.«

Ich knibbelte am Etikett meiner Bierflasche. »Ich weiß. Ich wünschte –«

Er streckte die Hand aus und streichelte meine Schulter mit seiner großen Hand. »Ich weiß.«

Ich schniefte und blinzelte die Tränen zurück. »Spielen wir jetzt oder was?«

Er drückte meine Schulter und zog dann seine Hand zurück. Eine Kälte kroch von der Stelle, an der seine warme Hand geruht hatte, und überzog mein Herz mit Reif. Ich griff hinter mich und zog die Decke über meine Schultern. Immer noch nicht so gut wie seine Hand.

»Ich glaube, das hier wird dir gefallen. Wir müssen bei den Missionen zusammenarbeiten. Und wir werden eine Menge Zeug in die Luft jagen. Es ist mein Lieblingsspiel zum Stressabbau.« Er reichte mir einen Controller. »Hast du dieses System schon mal benutzt? Muss ich dir was erklären?«

Es war schon ein paar Jahre her, dass ich gespielt hatte, aber das Gerät fühlte sich vertraut in meiner Hand an. »Nein, ich komm klar.«

»Großartig.« Er grinste mich an und wandte seine Aufmerksamkeit dann wieder dem Bildschirm zu. »Auf geht's.«

Er hatte recht. Zuzusehen, wie unsere Feinde vor uns explodierten, war seltsam befriedigend. In der Zusammenarbeit mit Tyler hatte ich die Kontrolle, war Teil eines Teams. Er kritisierte mich nicht, wenn ich ungeschickt oder zu aggressiv war; er ließ mich es erneut versuchen, bis ich es beherrschte. Ich konnte nicht aufhören zu lächeln, und Stunden später schmerzten meine Gesichts- und Bauchmuskeln vom Lachen.

»Pass auf!« Meine Warnung kam zu spät. Tylers Charakter brach unter Beschuss zusammen. »Wie konntest du diesen riesigen Panzer übersehen?«

Ich warf einen Blick zu ihm hinüber. *Oh.* Er beobachtete mich, sein eigener Controller lag vergessen in seinen schlaffen Händen. Ich ignorierte die unverkennbaren Geräusche des Ablebens meines eigenen Charakters. Jetzt bereute ich es, mich ans andere Ende des Sofas von Tyler gesetzt zu haben. Es wäre so schön, meinen Kopf an seine Schulter zu lehnen, seine Arme um mich zu spüren und mich einfach in seine Umarmung zu entspannen. Freunde taten das … oder?

»Du hast mir nie erzählt, was mit Operation Märchenprinz passiert ist.«

Es fühlte sich an, als hätte er mir kaltes Bier über den Kopf geschüttet. Ich zog die Decke enger um mich. »Es … es lief nicht so gut. Cooper hat Bedenken, eine Beziehung mit jemandem zu haben, der für Synergy arbeitet.« Okay, gut, das war meine Interpretation dessen, was er gesagt hatte. »Also wird es nicht klappen.« Ich zuckte mit den Schultern.

Freund hin oder her, ich wollte nicht mit Tyler darüber reden. Mir gefiel nicht, wie sich sein Mund verzog, wann immer ich Coopers Namen sagte. Ich ließ den Controller auf meinen Schoß fallen und pustete auf meine schwitzigen Hände. »Erinnere mich daran, das nächste Mal ein paar Aufwärmübungen für die Finger zu machen.«

»*Bedenken* hört sich nicht so schlimm an. Wirst du warten? Es weiter versuchen?«

Ich knetete meinen Handballen mit dem anderen Daumen. »Ich glaube nicht.«

»Ich habe dich nie bei irgendetwas aufgeben sehen.« Er neigte den Kopf, um meinen Blick aufzufangen.

Ich starrte auf den Fernseher. »Es gibt einen Unterschied zwischen in jemanden verknallt zu sein und eine Stalkerin zu sein. Ich versuche, es loszulassen.« Obwohl Cooper Fallon so lange einen Platz in meinem Herzen eingenommen hatte, fühlte sich der Raum, den er hinterlassen hatte, leer an.

»Marlee.« Er rutschte zu mir, bis sich unsere Knie berührten. »Erinnerst du dich an das erste Mal, als wir uns getroffen haben? So richtig getroffen?«

Ich wusste, was er meinte. Jackson hatte uns an Tylers erstem Tag vorgestellt, als er ihm das Büro zeigte. Aber wir hatten uns erst Wochen später kennengelernt. »Du hast mich vor diesem bösen Zapfhahn gerettet.«

»Du hattest Bier in den Augen und im Haar.«

»Und überall auf meinem Shirt. Du hast mir deinen Pullover gegeben, um mich zu bedecken.«

Er kicherte. »Ich habe ihn dir geliehen. Und du hast ihn nie zurückgegeben.«

»Was? Habe ich nicht?« Ich hatte ihn letzten Frühling jedes Wochenende getragen. Er war zu weich und gemütlich, um ihn zurückzugeben. Selbst nachdem ich das Bier ausgewaschen hatte, roch er unglaublich, wie nichts anderes in meinen Schubladen.

»Nein. Aber das macht mir nichts aus.« Seine Stimme war ganz tief geworden. »Selbst mit Bier bedeckt warst du die schönste Frau, die ich je getroffen hatte.«

»Oh, danke. Du bist süß.« Aber im flackernden Licht des Fernsehers hatten seine Pupillen seine Iris verschluckt und nur einen goldenen Schimmer zurückgelassen. Er sah nicht süß aus. Er sah gefährlich aus.

»Ich habe das nicht gesagt, um süß zu sein. Ich habe es gesagt, weil es wahr ist. Und jetzt, da du und Cooper nicht zusammenkommt, denke ich, wir –« Er räusperte sich. »Ich denke, wir sollten darüber nachdenken, mehr als nur Freunde zu sein.«

Ich zog die Decke enger um mich. »Ich kann nicht einfach von – davon, in Cooper verknallt zu sein, zu einer Beziehung mit jemand anderem übergehen. Mein Herz funktioniert so nicht.« Ich hatte gedacht, Cooper sei meine einzig wahre Liebe, so wie meine Mutter es für Dad gewesen war. Wenn das stimmte, würde ich noch lange schmachten. Jahre. Jahrzehnte.

»Aber ich –«

»Wir sind Freunde. Ich kann nicht so über dich denken.« Was, wenn Coopers Warnungen wahr würden? Was, wenn eine Beziehung sich als zu seltsam herausstellte und ich meinen Freund verlor? Das konnte ich nicht zulassen.

Er sah aus, als hätte ich ihm eine Ohrfeige gegeben. »Okay.« Er faltete die Hände zwischen den Knien und starrte sie an, als hielten sie den Schlüssel, nach dem wir im Videospiel gesucht hatten. »Okay.« Er stand auf. »Dann hau ich mal ab.«

»Nein, Tyler, ich –« *Scheiße.* Warum zum *Teufel* hatte er alles ruiniert, indem er das gesagt hatte? »Ich will, dass wir Freunde bleiben.«

»Natürlich.« Er sah aus, als wäre er auf einen rostigen Nagel getreten und versuchte, den Schmerz wegzulächeln. »Freunde. Wir sehen uns am Montag.«

»Okay.« Aber waren wir das?

Ich sah ihm nach, wie er mit steifem Rücken hinausging. Der Motor seines Mustangs brüllte auf. Erst als das Grollen in der Straße verklungen war, konzentrierte ich mich wieder auf unser Wohnzimmer und bemerkte, dass er seine Spielkonsole an unseren Fernseher angeschlossen gelassen hatte.

Ich stieß einen zittrigen Atemzug aus. Es bedeutete, dass er Freunde bleiben wollte. Dass er zurückkommen und wir wieder spielen würden. Dass er, ungeachtet dessen, was er zuvor gesagt hatte, unsere kostbare Freundschaft zusammenhalten und nicht riskieren wollte, indem er versuchte, mehr daraus zu machen.

Denn was ich am meisten brauchte, nachdem ich meine Schwärmerei erstickt hatte, während Dad mehr Pflege brauchte, als ich ihm geben konnte, war ein Freund.

Während ich auf die Spielkonsole starrte, hoffte ich, dass Tyler dieser Freund für mich sein würde.

20

BEN SPANNTE SICH ERST AN, als ich ihn am Montagmorgen in der Lobby umarmte, doch dann entspannte er sich und klopfte mir auf den Rücken.

Ich ließ ihn los und sagte: »Tut mir leid. Normalerweise respektiere ich bei der Arbeit die Grenzen besser, aber ich freue mich so, dich zu sehen.«

Er legte den Kopf schief. »Hast du gedacht, ich würde nicht auftauchen?«

»Vielleicht.« Ich nahm den Besucherausweis von José am Sicherheitsschalter und reichte ihn Ben. »Du wärst nicht der Erste gewesen.« Er klemmte sich den Ausweis an die Gürtelschlaufe und strich den karamellfarbenen Pullover glatt, der zu seinen Augen passte.

Ich führte ihn zum Aufzug. »Nachdem du in der Personalabteilung fertig bist, bringe ich dich auf den neuesten Stand und arbeite dich ein. Cooper ist den ganzen Vormittag in Besprechungen, aber er geht mit dir zum Mittagessen, und dann könnt ihr euch kennenlernen. Jackson kommt heute von einer Reise zurück, also muss ich etwas Zeit mit ihm verbringen. Aber ansonsten bin ich bis vier Uhr für dich da.« Mir graute vor dem Gespräch, das ich später mit Jackson über meine neuen Arbeitszeiten führen musste.

Nachdem ich Ben in der Personalabteilung abgesetzt hatte, ging ich die Treppe in den sechsten Stock hoch. Ich hatte ungefähr eine Stunde Zeit, um mich auf Bens Einarbeitung vorzubereiten und mit Jackson alles nachzuholen. Obwohl ich an den beiden Tagen, an denen ich nicht da gewesen war, von zu Hause aus gearbeitet hatte, war ich für Jacksons ersten Tag nicht so weit, wie ich es mir gewünscht hatte.

Ich trat aus dem Treppenhaus und warf einen Blick auf Coopers Tür, froh, dass sie noch geschlossen war. Während seiner Besprechungen sollte er nichts brauchen. Ich zuckte zusammen, als ich mich an das letzte Mal erinnerte, als ich in seinem Büro gewesen war, als ich mich ihm an den Hals geworfen hatte und wir uns gestritten hatten. Jetzt war ich froh, dass er mehr Zurückhaltung gezeigt hatte als ich. Ihn heute zu sehen, würde schon peinlich genug sein.

Die Tür meines Chefs stand offen und das Licht war an. Ich steckte den Kopf hinein und lächelte ihn an. »Na, Fremder.«

»Marlee, meine Retterin!« Seine gebräunte Haut verriet mir, dass er Zeit am Strand verbracht hatte. Er hatte seine Bartstoppeln wachsen lassen, bis es fast wieder der Vollbart war, den er letztes Jahr gehabt hatte. Alicia musste ihm endlich gesagt haben, dass sie ihn vermisste.

Er klickte seinen Laptop in die Dockingstation und trat hinter seinem Schreibtisch hervor, die Arme weit ausgebreitet. Ein Schuldgefühl wegen dem, was ich ihm sagen musste, durchzuckte mich, aber das konnte warten, bis ich ihn richtig begrüßt hatte. Er schloss mich in seine Arme, und ich umarmte ihn ebenfalls.

»Gute Reise gehabt?«, fragte ich.

Er lächelte auf mich herab. »Die beste. Fidschi ist unglaublich. Wir waren in einem Bungalow direkt am Strand.« Er ließ mich los und deutete auf die Clubsessel am Fenster. Er setzte sich und schlug ein Bein über das andere. »Du würdest nicht glauben, wie viele Sterne wir nachts sehen konnten. Wir haben an dich gedacht, als wir versucht haben, die Sternbilder zu erkennen. Ich weiß, du kennst sie alle, aber ich habe vielleicht versucht, Alicia davon zu überzeugen, dass eines davon SpongeBob Schwammkopf ist.«

Ich lächelte über Jacksons beiläufige Verwendung von *wir haben gedacht,* als würden er und Alicia sich jetzt sogar ein Gehirn teilen. Hatten meine Eltern so gesprochen? Würde ich jemals so über jemanden sprechen?

»Ich habe die Sternbilder der südlichen Hemisphäre noch nie persönlich gesehen«, sagte ich. »Du hättest eine Sternenkarte mitbringen sollen. Oder eine App auf deinem Handy benutzen.«

Er lehnte sich im Sessel zurück und verschränkte die Hände hinter dem Kopf, die Ellbogen weit gespreizt. »War nicht nötig. Ich wurde *bestens* unterhalten.«

Ich hielt ihm meine Handfläche hin. »Nein. Ich will nichts über den geschäftlichen Teil eurer Flitterwochen hören.«

»Was?« Seine Augen wurden unschuldig groß. »Alicia wird es dir sowieso alles erzählen. Ich habe euch beide schon kichern gehört.«

»Über *mein* Liebesleben, nicht über ihres. Du bist mein Chef. Ich habe Grenzen.« Das war eine Lüge. Ich wusste alles über Alicias und Jacksons fantastisches Sexleben – und beneidete es. Aber ich wollte die Details nicht von ihm hören. Das ging zu weit.

»Na schön.« Er zog eine Augenbraue hoch. »Ich bin sicher, du hast die *Grenzen* mit Cooper gewahrt, während ich weg war.«

Das Blut wich mir aus dem Gesicht. »Hat er was gesagt?«

Jackson stand auf und ging zum anderen Fenster. »Nein. Ich habe ihn noch nicht gesehen. *Ist denn* etwas passiert?«

»Nein.« Ich versuchte, beim Sprechen nicht zu seufzen.

»Ahaaa.« Jackson kannte mich zu lange, um nicht misstrauisch zu werden. »Gibt es irgendwas, worüber du reden willst?«

Mein Magen zog sich zusammen. »Tatsächlich ja. Aber nicht über Cooper. Über meinen Dad.«

Jacksons Stirn legte sich in Falten. »Ist er okay?«

Ich schenkte ihm ein gequältes Lächeln. »Nicht wirklich.« Ich erzählte ihm so detailarm wie möglich von unserem Abenteuer an der BART-Station. »Der Arzt hat empfohlen, dass ich eine Pflegekraft für tagsüber einstelle, während ich bei der Arbeit bin. Und deshalb …« Ich stockte. »Ich muss meine Stundenzahl reduzieren, damit ich zu Hause sein kann, bevor sie geht. Ich verstehe, wenn das mit einer Gehaltskürzung verbunden ist.«

Jackson schnaubte. »Du erwartest, dass ich dein Gehalt kürze, gerade wenn deine Ausgaben steigen?« Er schüttelte den Kopf. »Dafür hast du mich zu lange und zu gut unterstützt. Tu, was du tun musst, um dich um deinen Dad zu kümmern. Wir kriegen das schon hin.«

Ich stieß einen zittrigen Atemzug aus. »Danke. Ich werde dich nicht im Stich lassen. Wenn du mich nach Feierabend brauchst, arbeite ich gerne von zu Hause aus noch was nach.«

Er ergriff meine Hand. »Das ist großartig, Marlee. Und lass mich – lass *uns* – wissen, ob wir irgendetwas tun können, um zu helfen.«

Ich blinzelte die Feuchtigkeit in meinen Augen weg. »Du bist der Beste. Danke.«

Mit einem letzten Druck meiner Hand stand er auf und ging zu seinem Schreibtisch zurück. Mit dem Rücken zu mir sagte er schroff: »Und jetzt, solltest du mir nicht sagen, wo ich heute Morgen sein und was ich tun muss?«

Ich lächelte. Jackson war noch nie gut mit Dankbarkeit gewesen. Oder Tränen.

Ich rief seinen Kalender auf meinem Handy auf und begann, ihn einzuweihen. Vielleicht würde das hier doch nicht so schlimm werden, wie ich befürchtet hatte.

ICH HATTE GERADE Bens Schreibtisch aufgeräumt, als er mit seiner brandneuen Laptoptasche über der Schulter aus dem Treppenhaus kam. Noch ein Schrittgeräusch, das ich mir einprägen musste. Bens Schritte waren steif, aber leise, die Gummisohlen seiner Stiefel im Urban-Combat-Stil dämpften seine zielstrebigen Schritte. Ich winkte ihn zu mir herüber.

»Bist du bereit, anzufangen?«

Er verdrehte die Augen. »Ich muss eine Menge Online-Compliance-Schulungen machen. Aber kann ich bitte zuerst echte Arbeit machen?«

Ich kicherte. »Cooper ist ein Fanatiker, was unser respektvolles, belästigungsfreies Arbeitsumfeld angeht.« Na ja, außer wenn er mit den inkompetenten Aushilfen konfrontiert war, die ich eingestellt hatte. Aber die hätten in fast jedem das Schlechteste zum Vorschein gebracht. »Außerdem gibt es da noch den ganzen rechtlichen Kram. Es macht nicht viel Spaß, aber Cooper und die Anwälte nehmen das sehr genau.«

Er presste die Lippen zusammen und sah zur geschlossenen Tür seines neuen Chefs. Zweifel flackerten in seinen verengten Augen auf. Mist, wir durften ihn nicht so früh verlieren. Er war genau das, was Cooper brauchte. »Aber er ist ein toller Kerl«, beeilte ich mich zu sagen. »Du wirst ihn lieben.«

Er legte den Kopf schief und beobachtete mich, blickte dann aber auf den Schreibtisch hinunter. »Das ist also meiner?«

Erleichtert schenkte ich ihm ein kurzes Lächeln. »Ja. Lass uns deinen Laptop hochfahren, dann richte ich dir Coopers Kalender und E-Mail-Zugang ein.«

Zwei Stunden später beherrschte Ben den Kalender seines neuen Chefs, und ich hatte ihn über Coopers Arbeitsgewohnheiten und Vorlieben aufgeklärt. Als das Licht an Coopers Telefonleitung endlich erlosch und seine Bürotür aufschwang, standen wir auf, um den Mann persönlich zu begrüßen. Er trat heraus und sah in einem schmal geschnittenen, anthrazitfarbenen Anzug mit einem frisch gebügelten, kornblumenblauen Hemd, das zu seinen Augen passte, formeller aus als sonst. Keine Krawatte. Wie immer konnte ich bei seinem umwerfenden Anblick ein kleines Seufzen nicht unterdrücken. Bens Blick schnellte zu mir und dann zu Cooper. Ich fragte mich, was seine allzu scharfen Augen sahen.

Cooper schritt auf uns zu und streckte seine Hand aus. Ben schüttelte sie und beugte sich ein wenig vor.

»Sie müssen Ben sein. Ich bin Cooper Fallon.«

»Es freut mich sehr, Sie kennenzulernen, Mr. Fallon.«

»Bitte, nennen Sie mich Cooper.«

Bens Pupillen weiteten sich und seine Nasenflügel blähten sich. Ich unterdrückte ein selbstgefälliges Lächeln. Cooper hatte diese Wirkung auf alle, nicht nur auf mich. Ihre Hände trennten sich.

»Gott, sind Sie groß«, platzte Ben heraus. »Größer, als Sie auf den Fotos aussehen.« Er errötete. »Nicht, dass ich Sie online gestalkt hätte oder so.« Er presste die Lippen zusammen.

»Er steht immer neben Jackson, und man denkt, sie wären beide normal groß, aber das sind sie nicht«, sagte ich, um seine Verlegenheit zu mildern. Jamila war auch eine Amazone, besonders in Absätzen, aber ich wollte sie jetzt nicht ins Spiel bringen.

Cooper hatte Ben angestarrt und dabei seine rechte Hand an seiner Seite angespannt. Er hob sie vor seine Brust und rieb sie einen Moment lang mit der linken Hand.

Irgendetwas Seltsames ging hier vor sich. »Cooper, kann ich kurz mit dir reden?«

Ich hätte nicht gedacht, dass es möglich wäre, aber Coopers Kiefer wurde noch angespannter. Süßer Darwin auf der *H.M.S. Beagle*, ich würde doch *jetzt* nicht versuchen, über ihn herzufallen.

»Nur – nur eine Minute«, sagte ich.

Er folgte mir zu meinem Schreibtisch und blieb mit den Händen in den Hosentaschen stehen.

Ich flüsterte: »Hör zu, Ben ist sehr qualifiziert und ein toller Kerl. Vermassel. Das. Nicht. Gib ihm eine Chance.«

Seine Stirn legte sich in Falten. »Werde ich. Natürlich werde ich das.«

Ich sah ihn mit verengten Augen an. »Gut. Benimm dich beim Mittagessen.«

Ich führte ihn zurück zu Bens Schreibtisch und fragte: »Wohin geht ihr?«

Cooper nannte ein trendiges Restaurant in der Nähe. Er fragte Ben: »Kennen Sie das?«

»Ja.« Aus irgendeinem Grund wurde Ben rot. Er war ein fleckiger Erröter wie Tyler. Entzückend.

»Ist das in Ordnung?«, fragte Cooper.

»Ja.«

»Gehen wir.« Cooper drehte sich um und ging zu den Aufzugtüren.

Ich schüttelte den Kopf. Ich hoffte, sie würden ihre seltsame Anspannung überwinden. Cooper war in meiner Nähe oft genug unbeholfen, aber so ungeschickt hatte ich ihn noch nie erlebt. Ben war perfekt, und ich wollte – brauchte – dass er blieb. Mit meinen neuen Pflichten zu Hause konnte ich nicht mehr zusätzliche Arbeit von Cooper übernehmen.

Zurück an meinem Schreibtisch, überprüfte ich mein Handy. Keine SMS oder Sprachnachrichten von Sylvia. Ich hatte sie an diesem Morgen bereits angerufen, um nach Dad zu sehen, und sie hatte mir versichert, dass alles gut werden würde. Ich hatte Angst, sie zu verärgern, wenn ich noch einmal anrief. Ich musste den Tag überstehen, ohne das zerbrechliche Gleichgewicht meiner neuen Realität zu stören. Also schrieb ich Alicia eine SMS.

Zeit für Mittagessen?

ALICIA

Sorry, gehe mit Jackson essen. Kann ich heute Abend bei dir vorbeikommen, um meinen süßen Jungen abzuholen?

Ja! Komm zum Abendessen.

Süßer Junge, von wegen. Der kleine Dämon hatte mich wieder angefaucht, als ich gegangen war. Sylvia schien ihm gleichgültig zu sein, aber bis zum Nachmittag wären sie wahrscheinlich beste Freunde. Ich war die Einzige, die er hasste.

Mein Magen machte ein Tigger-artiges Geräusch. Aber der

Gedanke, meine traurige Brotdose mit in die leere Küche zu nehmen, reichte aus, um mir den Appetit zu verderben.

Ich hätte in die Cafeteria gehen können. Tyler wäre wahrscheinlich dort mit seinem Tisch voller Programmierer. Würden wir freundlich oder verlegen sein? Wir waren weniger als ein Jahr befreundet; trotzdem konnte ich mir mein Leben ohne Tyler nicht mehr vorstellen. Seine Grübchen und die süße Strähne seines Haares. Das Quietschen seiner Turnschuhe auf dem alten Holzboden. Die Art und Weise, wie er alles stehen und liegen ließ, um mir zu helfen, wenn ich ihn brauchte.

Vielleicht musste ich den ersten Schritt machen, ihm zeigen, dass die Dinge zwischen uns nicht komisch sein mussten.

Als ich gerade meine Brotdose aus der Schublade zog, wurde die Tür zum Treppenhaus aufgerissen und Tyler stürmte herein, gerötet und außer Atem. Er sah mich und erstarrte, seine Hand noch auf der Stoßstange. »Marlee! Ich habe die Zeit vergessen – aber ich habe nicht – möchtest du –« Sein Gesicht fiel. »Gehst du aus?«

Ich schenkte ihm ein gequältes Lächeln. Der arme Kerl hatte den ganzen Morgen programmiert und die Fähigkeit verloren, zusammenhängend zu sprechen. »Ich wollte gerade runter in den Pausenraum gehen. Willst du mitkommen? Oder brauchtest du etwas von ihm?« Ich neigte den Kopf zu Jacksons geschlossener Tür. *Bitte sag, dass du wegen mir hier hochgekommen bist. Dass wir immer noch Freunde sind.*

Er ließ die Treppenhaustür zuschwingen. »Nein. Ja! Eigentlich wollte ich fragen, ob du mit mir Mittagessen gehen willst?« Seine Stimme stieg bei der Frage an, und sein Gesicht verzog sich zu einem entzückend hoffnungsvollen Ausdruck.

Meine Haut kribbelte, wie wenn ich zu lange die Beine übereinandergeschlagen hatte und das Blut endlich wieder zu fließen begann. Es würde nicht komisch werden.

Ich hielt meine Brotdose hoch. »Aber ich habe mir was eingepackt.«

»Ich lade dich ein«, sagte er. »Heb es dir für morgen auf.«

Ich konnte mein Grinsen nicht unterdrücken. Bei uns würde alles gut werden. »Okay.«

21

ALS WIR DRAUSSEN AUF der Straße den strahlenden Sonnenschein erreichten, fragte Tyler: »Wollen wir im Park essen? Ich habe einen Foodtruck gesehen.«

In der zweiten Oktoberhälfte war das Wetter herbstlich geworden, doch der Tag war sonnig, eine letzte Erinnerung an den Sommer. Und an unser Picknick vor dem Theaterbesuch. »Klar.«

Er bot mir seinen Arm an, und ich hakte mich unter. Nur zwei Freunde auf dem Weg in den Park, um sich ein Sandwich zu holen. Freunde, genau wie wir es vor der Operation Märchenprinz gewesen waren. Freunde, die nichts weiter brauchten oder wollten.

Auf dem kurzen Weg zum Park kamen wir an anderen Büroangestellten in legerer Kleidung vorbei, an Touristen, die Sweatshirts von San Francisco trugen, die sie sich gegen die morgendliche Kühle gekauft hatten, und an Bauarbeitern mit Schutzhelmen, die eine Pause von den allgegenwärtigen Sanierungsarbeiten in der Stadt machten. Wir kamen an dem nach Knoblauch duftenden italienischen Restaurant vorbei, dem Curry-Aroma eines indischen Lokals und dem schweren Geruch von gebratenem Fisch. Bald öffneten sich die hoch aufragenden Gebäude zum Parkplatz mit seinen stacheligen grünen Hecken.

Tyler fragte mich nach Dad, und ich erzählte ihm, dass es ihm gut ging. Dass es mich beruhigte, Sylvia zu Hause zu haben, die sich um ihn kümmerte, während ich bei der Arbeit war. Alles in allem lief es in meiner Welt ziemlich gut. Jackson und Alicia waren zurück, und ich würde den Abend mit meiner besten Freundin verbringen. Wir würden ihre teuflische Katze loswerden, die mir viel mehr Stress bereitet hatte, als ich gebraucht hatte. Außerdem hatten wir einen fantastischen Assistenten für Cooper eingestellt, der mich bei der Arbeit entlasten würde.

Während wir am Foodtruck in der Schlange warteten, schloss ich die Augen und ließ die Sonne mein Gesicht wärmen. Mein Leben hatte sich in der letzten Woche sehr verändert, aber ich hatte immer noch Dad, meine beste Freundin, einen tollen Chef und meinen Kumpel Tyler.

Als ich die Augen öffnete, lächelte er mich an. Dasselbe zärtliche Lächeln, das er mir geschenkt hatte, als wir neulich Abend Videospiele gespielt hatten. Als wir im Mondlicht vom Probeessen zum Gasthaus gestolpert waren. Als wir auf der Hochzeit miteinander getanzt hatten. Einfach nur mein guter Kumpel Tyler, dem es egal war, dass ich einen Job machte, für den ich überqualifiziert war, der es nicht seltsam fand, dass ich mit fünfundzwanzig noch zu Hause wohnte, und der wusste, wie wichtig mir meine Familie war. Der die wahre Marlee sah und sie mochte.

Doch trotz alledem und des Kusses wie eine Supernova, den wir auf der Hochzeit geteilt hatten, hatte ich zu wenige Freunde, um diese Freundschaft zu gefährden.

»Danke«, sagte ich. »Das war eine tolle Idee.« Letzte Woche hätte ich ihm die Arme um den Hals geschlungen und ihn umarmt, doch heute hielt ich mich zurück.

Er grinste, aber nicht so breit wie sonst. Vielleicht vermisste er diese ausbleibende Umarmung auch. »Ich habe viele tolle Ideen.«

»Ich habe eine tolle Idee. Wie wäre es, wenn du dich auf die Managerposition bewirbst? Sie haben noch niemanden gefunden, der ihnen gefällt.«

Er starrte auf seine Turnschuhe. »Glaubst du nicht, dass ich unterqualifiziert bin? Ich arbeite erst seit ein paar Jahren für die Firma. Und in meinem jetzigen Job bin ich seit weniger als einem Jahr.«

»Natürlich nicht. Und du wirst es nie wissen, wenn du es nicht versuchst.« Ich hatte meinen eigenen Rat bei Cooper befolgt und katastrophale Ergebnisse erzielt. Aber hätte ich es nicht getan, würde ich immer noch nach ihm schmachten. Wäre immer noch besessen von ihm. Und zwischen Jacksons Rückkehr und der Pflege von Dad musste ich mich konzentrieren. Weiterzumachen war die kluge Entscheidung.

Als wir unsere Sandwiches bekamen, verließen wir die überfüllte Wiese, auf der die anderen Büroangestellten die Sonne genossen, und gingen zu einer Bank in einem schattigen Wäldchen. Die Gegend war ruhig, bis auf die Vögel und Eichhörnchen, die sich gegenseitig anzwitscherten und ankeiften – oder vielleicht uns, weil wir ihre Mittagsruhe störten.

Ich wickelte mein Sandwich aus und biss in den warmen, zerlaufenen Käse, der zwischen den knusprigen Sauerteigbrotscheiben hervorquoll. »Mmm«, stöhnte ich. »*So* viel besser als Erdnussbutter und Marmelade.«

»Bessere Kulisse als die Kantine auch.« Tyler warf mir einen verschmitzten Blick zu und biss kräftig in sein eigenes Sandwich.

Ich verdrehte die Augen. »Hast du schon mit Jackson gesprochen?« Ich wusste, dass er das nicht hatte, aber ich musste das Gespräch in sichere Bahnen lenken.

»Noch nicht. Ich treffe mich erst morgen mit ihm.«

»Er meinte, sie hatten eine tolle Zeit auf Fidschi.«

Er schnaubte. »Wer hätte das nicht?«

»Ich ganz bestimmt. Ein warmer Sandstrand klingt heute perfekt.« Als ich mein Sandwich aufaß, fröstelte es mich. Im Schatten der Bäume erinnerte mich eine kühle Brise daran, dass es Oktober war. Ich wünschte, ich hätte heißen Kaffee statt Wasser bestellt.

»Ist dir kalt?«

»Ein bisschen.«

Die Worte waren kaum aus meinem Mund, da zog er auch schon seinen grauen Pullover aus und streifte ihn mir, warm von seinem Körper, über den Kopf. Ich dachte daran zu protestieren, aber sobald ich seinen Pullover anhatte, war es zu gemütlich, um ihn wieder auszuziehen. Vielleicht könnte ich diesen auch stehlen. Er rieb seine Hände über meine Oberarme.

»Besser?«, fragte er.

Sein dünnes, fast durchsichtiges graues Burger-Time-T-Shirt spannte sich über seiner Brust. Wenn ich ihn anblinzelte und das alte T-Shirt und die Jeans gegen ein aufgeknöpftes Hemd und eine Anzughose austauschte, sah er aus wie der Augenschmaus aus meinem aktuellen Liebesroman. Ich ließ meinen Blick zu seinem Gesicht wandern und wollte das Grübchen nachzeichnen, das sein Lächeln umrahmte, mit den Fingern durch sein Haar fahren, sein Gesicht zu meinem ziehen und – woah. Das war Tyler. Fest in der Friendzone. Ich musste einen Zaun um ihn herum bauen, mit »Betreten verboten«-Schildern und Stacheldraht. Möglicherweise mit einem von Haien wimmelnden Burggraben. Denn wenn ich so nah bei ihm war, so eingehüllt in seinen Duft, mit seinen warmen Händen auf mir, konnte ich mich nicht an meinen eigenen Namen erinnern, geschweige denn daran, warum Tyler nicht mehr als mein Freund sein durfte.

Warum war das noch mal so?

»Ja, mir geht es jetzt gut. Danke.« Ich kramte in meiner Handtasche nach meinem Puderdöschen und Lippenstift und verteilte dann das cremige Rosa auf meinen Lippen. *Kein Küssen.*

Tyler starrte auf meine Lippen. Rosige Flecken blühten auf seinen Wangen. »Ich wollte nicht –«

»Ich weiß.« Ich klemmte meine Tasche zwischen uns auf die Bank.

Nach ein paar Sekunden nahm er seinen Arm von der Rückenlehne der Bank und griff in seine Gesäßtasche. Er zog einen Stapel Hochglanzpapier hervor und reichte ihn mir.

»Was ist das?« Ich las das Wort *Care* (Pflege).

»Ich habe mir am Wochenende ein paar Einrichtungen angesehen. Ich dachte mir, du wärst zu beschäftigt, um das zu tun, und, na ja, es ist teuer, aber es kostet ungefähr dasselbe wie die häusliche Pflege. Und es ist einfacher für dich.«

Sein Pullover reichte nicht aus, um mich vor dem Frost zu schützen, der mich durchfuhr. Er hielt Broschüren von Pflegeheimen für Demenzkranke aus der Gegend von Oakland in der Hand. Dad war dafür noch nicht bereit. Noch nicht. Ich auch nicht.

Ich schob meine Hände zwischen meine Knie. Wenn ich die Papiere nicht anfasste, würde es nicht real sein. Ich starrte auf den Baum auf der anderen Seite des Weges. »Das brauchen wir nicht.«

Nach einer Minute sagte er: »Vielleicht nicht heute, aber er wird es brauchen.«

»Nein. Ich kann ihn zu Hause behalten. Er liebt unser Haus.« Ich berührte meinen Anhänger. »Er und meine Mutter haben es zusammen gekauft. Und er will nicht weg.«

»Aber –« Ich hörte, wie er einatmete und dann die Luft wieder ausstieß. Er berührte meine Schulter, eine leichte Liebkosung. »Jemand in deinem Alter sollte sich nicht mit all dem herumschlagen müssen. Dein Dad will nicht, dass du wegen ihm deine Jugend verpasst.«

Ich schüttelte seine Hand ab. »Er war nur ein wenig älter als ich jetzt, als meine Mutter starb und ihn mit meiner Obhut allein ließ. Was hätte ich getan, wenn er entschieden hätte, dass er damit nicht fertigwird?«

Er zuckte zurück. »Du würdest dich immer noch um ihn kümmern. Und du könntest ihn die ganze Zeit besuchen.«

»*Besuchen?* « Meine Nüstern bebten. »Er braucht keine Besuche von mir. Er braucht mich die ganze Zeit bei sich.«

»Marlee, ich – ich glaube, du romantisierst den Zustand deines Vaters vielleicht. Er wird eine Vollzeitpflege brauchen. Und egal, wie viel Liebe du ihm gibst, es wird ihn nicht gesund machen. Er wird an den Punkt kommen, an dem er dich nicht einmal mehr erkennt.«

Ich konnte keine Minute länger dort sitzen. Ich hatte mich geirrt. Er war genau wie all meine College-Freunde. Ehemalige Freunde. Er verstand mich überhaupt nicht. Ich sprang von der Bank auf und verstreute dabei die Prospekte. »Mein Dad und ich gehören zusammen, weil wir eine Familie sind. Deine Beziehung zu deiner Familie mag im Argen liegen, aber meine nicht. Ich liebe meinen Dad. Und er liebt mich. Er könnte mich niemals vergessen.«

Es war mir sogar egal, dass sein Gesicht blass wurde und ihm die Kinnlade herunterfiel. Jeder, der mich von Dad trennen wollte, hatte nicht das Zeug zum Freund. Ich war nur froh, dass ich es herausgefunden hatte, bevor – bevor … *nichts!* Hier gab es kein *bevor*. Vielleicht nicht einmal ein danach.

Ich griff nach meiner Handtasche, wirbelte herum und stapfte den Weg entlang. Ich umklammerte die scharfen Kanten meines Anhängers, bis ein Abdruck auf meinen kalten Fingern zurückblieb. Dad war der wichtigste Mensch in meinem Leben. Tyler, was auch immer ich vorher von ihm gedacht hatte, war es nicht.

Ich hatte fast das Büro erreicht, als ich das stakkatoartige Klatschen von Turnschuhen auf dem Bürgersteig und meinen Namen hörte. Tyler. Ich verlangsamte meine Schritte und blieb vor der Drehtür stehen.

Er legte eine Hand auf meinen Arm. Ich sah auf seine Finger, lang und kräftig. Immer noch magisch? Es spielte keine Rolle. Ich wollte nichts von ihnen wissen.

»Ich – es tut mir leid. Ich wollte dich nicht aufregen.«

Ich blickte in seine Augen, die nicht mehr in kaleidoskopischen Farben funkelten, sondern zu einem schlammigen Braun aufgewühlt waren. »Nun, das hast du aber. Ich glaube nicht, dass ich – ich muss –«

Links von uns räusperte sich jemand. Ohne hinzusehen, trat ich von der Tür zur Seite. Tyler hielt immer noch meinen Arm, und als ich zog, kam er mit mir. Er stolperte, packte mich an den Ellbogen, um sich abzufangen, und wir landeten in einer halben Umarmung. Ich wich zurück, aber er verstärkte seinen Griff um meine Arme, seine Augen flehten mich an, nicht fortzufahren, was ich gesagt hatte. Es mir noch einmal zu überlegen.

Über seine Schulter hinweg erblickte ich Ben und Cooper, die nebeneinander auf dem Bürgersteig standen und starrten. Was dachten sie von uns, wie Tyler mich hielt und meine Wangen zornesrot waren? Ich trat einen weiteren Schritt zurück und streifte Tylers Hände von meinen Armen, und da wurde mir klar, dass ich immer noch seinen Pullover trug. Seinen übergroßen, tristen grauen Pullover, der meine Hände bedeckte und unmöglich für meinen gehalten werden konnte.

Bens große Augen machten alle Hoffnungen zunichte, die ich gehabt hatte, cool und selbstbewusst zu wirken. So viel zum Thema, an seinem ersten Tag einen guten Eindruck zu machen. Cooper legte den Kopf schief.

»Hey, Ben. Hallo, Cooper. Hatten Sie ein schönes Mittagessen?« Ich wartete ihre Antwort nicht ab, bevor ich durch die Drehtür stieß. Die drei Männer folgten mir. Ich hatte Tylers Pullover bereits abgestreift, als sie in der Wärme der Lobby auftauchten. Ich weigerte mich, ihm ins Gesicht zu sehen, schob ihm den Pullover mit einer Hand hin und strich mir mit der anderen durch die Haare. »Danke.«

Er nahm ihn mir ab. Während wir vor den Aufzügen warteten, streckte er Ben seine rechte Hand entgegen. »Ich bin Tyler Young. Ich bin Entwickler im Automotive-Analytics-Team.«

»Ben Levy-Walters. Coopers neuer Assistent. Heute ist mein erster Tag.«

»Willkommen bei Synergy. Ich bin sicher, Marlee hat Ihnen alles gesagt, was Sie wissen müssen, aber wenn Sie jemals etwas vom Programmierteam brauchen, suchen Sie mich einfach auf.«

Ben warf mir einen Blick zu, als sich die Aufzugtür öffnete. »Das werde ich ganz sicher tun.« Er biss sich auf die Lippe, und als ich an ihm vorbeiging, flüsterte er: »Lecker«, und schnalzte unüberhörbar mit den Lippen.

Ich hob das Kinn und stieg in den Aufzug. Nachdem ich meine Bluse gerichtet hatte, beschäftigte ich mich mit meinem

Handy – Jackson hatte getextet –, bis Tyler ein beiläufiges »Bis dann« sagte und im vierten Stock ausstieg.

Ich weigerte mich, aufzublicken. Ich war nicht hier für ihre Vermutungen oder Urteile über Tyler und mich. Verdammt, ich wusste an diesem Punkt selbst nicht, was ich von Tyler halten sollte. Konnten wir nach dem, was er gesagt hatte, noch Freunde sein?

Als sich die Aufzugtüren im sechsten Stock öffneten, strich ich meinen Rock glatt und schwebte hinaus. Ich schnappte mir meinen Laptop vom Schreibtisch, aber bevor ich es in Jacksons Büro schaffen konnte, schlenderte mein Chef in den Flur hinaus.

»Coop! Tut mir leid, dass wir uns gestern nicht getroffen haben. Alicia und ich hatten Jetlag und sind auf der Couch eingeschlafen.« Was mit einem Händedruck begann, wurde zu einer Umarmung und einem Klaps auf den Rücken.

Als sie sich lösten, ruhte Coopers Hand nur einen Augenblick auf Jacksons Arm, bevor er seine Hände in die Hosentaschen schob und auf den Fersen wippte. Sein Lächeln wirkte jetzt gezwungen. Vielleicht waren die letzten drei Wochen stressiger für ihn gewesen, als er hatte zugeben wollen.

»Ich – ich möchte Ihnen meinen neuen Assistenten vorstellen, Ben Levy-Walters.«

»Du hast einen neuen Assistenten?« Jackson richtete sich auf und streckte Ben eine Hand entgegen. »Willkommen an Bord. Alles in Ordnung bisher? Dieser Kerl« – er deutete mit dem Daumen auf Cooper – »hat dich doch nicht zu hart rangenommen, oder?«

»Nein, überhaupt nicht«, sagte Ben mit seiner tiefen, sanften Stimme. »Cooper hat mich zum Mittagessen eingeladen. Und alle waren heute großartig, besonders Marlee.«

Normalerweise hätte ich mich über das Lob gefreut, aber als sich ihre Blicke alle auf mich richteten, wollte ich meine zerknitterte Bluse und mein vom Wind zerzaustes Haar verdecken. Ich schenkte Jackson ein wackeliges Lächeln und sagte: »Bereit, deine E-Mails in Angriff zu nehmen?«

Jackson holte tief Luft und stieß sie schnaufend aus. »Marlee, du bist so eine Antreiberin.« Er lächelte Ben an. »Schön, dich kennenzulernen, Ben. Lass es mich wissen, wenn ich dir irgendwie helfen kann.« Er wandte sich an Cooper. »Komm heute Abend zum Essen vorbei. Ich grille ein paar Steaks, und dann können wir uns unterhalten.« Dann deutete er auf die offene Tür seines Büros. »Nach dir, Marlee.«

Ich drückte meinen Laptop an meine Brust und ging in die Sicherheit von Jacksons Büro. Jackson ließ die Tür zuschnappen.

»Also, Marlee«, sagte er verschmitzt grinsend, »was habe ich verpasst?«

22

KAUM HATTE ich meine Schlafzimmertür geschlossen, fragte Alicia: »Was ist mit deinem Dad los?«

Ihr war nicht entgangen, dass er mich während des Abendessens zweimal Maggie genannt hatte. Oder wie er vor der Kaffeemaschine gestanden hatte wie der Ochs vorm Berg. Die Kaffeemaschine, die er seit mindestens fünf Jahren zweimal am Tag benutzt hatte. Schließlich hatte ich ihn gebeten, sich hinzusetzen, und ihm seinen Kaffee selbst gemacht.

Ich setzte mich auf das Bett und bedeutete ihr, es mir gleichzutun. Tigger sprang hoch und rollte sich an ihrer Seite zusammen, als gehöre er dorthin. »Er ist in letzter Zeit nicht er selbst.« Ich ließ Tiggers großes Abenteuer aus der Nacht, in der Dad ihn hatte entwischen lassen, und erzählte ihr von Dads Ausflug zur BART-Station, seiner Diagnose und der neuen Pflegekraft.

Alicias Augen funkelten voller Mitgefühl. »Das tut mir so leid. Können wir irgendetwas tun, um zu helfen?«

Ich streckte die Hand aus und strich ihr eine Haarsträhne über die Schulter. Knurrend starrte Tigger mich mit seinen gelben Augen an. »Jackson lässt mich jeden Tag früher gehen, damit ich Sylvia, seine Pflegerin, ablösen kann. Wir kommen schon klar.«

Alicia musterte mein Gesicht. »Wirklich?«

Ich war versucht, so versucht, meiner Freundin mein Herz auszuschütten, ihr zu sagen, dass ich Todesängste ausstand, weil ich im Begriff war, die einzige Familie zu verlieren, die ich hatte. Aber dann klingelte mein Handy, und ich warf einen Blick auf das Display. Schmetterlinge mit rasiermesserscharfen Flügeln zerfetzten meinen Magen. »Es ist Tyler.«

Sie verdrehte die Augen. »Gehst du nicht ran?«

Ich biss mir auf die Lippe. »Nein. Ich … ich bin noch nicht bereit, mit ihm zu reden. Wir haben uns gestritten. Wegen Dad, um genau zu sein. Er hat mir ein paar Broschüren über Pflegeeinrichtungen für Demenzkranke mitgebracht.«

»Wollte er nicht nur helfen?«

»Ich schätze schon.« Meine Hand wanderte zu dem Anhänger um meinen Hals und ich schob ihn an der Kette entlang. »Aber dadurch ist mir klar geworden, dass wir nicht dasselbe wollen. Dass mir Familie wichtig ist und ihm nicht. Tyler ist quer durchs Land gezogen, um von seiner Familie wegzukommen. Ich wollte nie aus diesem Haus ausziehen. Wir sind so verschieden, ich bin mir nicht sicher, ob wir überhaupt noch Freunde sein können. Ich meine, ich kann es nicht vermeiden, ihn bei der Arbeit zu sehen, aber das war's dann auch.« Das Klingeln hörte auf.

»Freunde können verschieden sein. Es ist ja nicht so, als ob ihr beide …« Ihre Augen weiteten sich. »*Habt* ihr?«

»Nein. Nein! Obwohl er … er hat gesagt, wir sollten mehr als nur Freunde sein. Ich habe Nein gesagt, und zwischen uns war alles okay, aber jetzt ist es das nicht mehr.«

»Das ist wirklich schade. Er ist ein guter Kerl. Ein guter Freund.«

Ein guter Freund. Davon hatte ich nicht genug. Was, wenn er nicht mehr an meinen Schreibtisch kam und mit mir zu Mittag aß? Ich würde diese Grübchen vermissen. Und seine Umarmungen. Trotzdem stachen jedes Mal Eiszapfen in mein Herz, wenn ich an diese Broschüren dachte.

»Was ist das?« Alicia griff dorthin, wo ihr Stiefel den Boden berührte, und zog die Schachtel unter meinem Bett hervor.

»Warte!« Ich sprang vom Bett und versuchte, sie aufzuhalten. Aber mit ihren unglaublich langen Armen riss sie die Schachtel außer meine Reichweite.

»Oh!« Sie legte den Deckel wieder auf die Schachtel. Dann öffnete sie sie wieder. »Ohhhh.«

»Das ist nicht …« Mein Gesicht hatte die Temperatur der Sonnenoberfläche erreicht.

»Dieser hier gefällt mir.« Sie zeigte auf den Tyler.

Ich ließ mich aufs Bett fallen und verbarg mein Gesicht. »Du kannst ihn rausnehmen. Er ist sauber.«

Aus seinem seidenen Nest zog sie den neuen, langen, violetten, lebensechten Dildo mit seinem unanständig knolligen Kopf. Dann fand sie natürlich den Cooper, der daruntergesteckt war. Sie holte ihn ebenfalls heraus. Er war kleiner, gebogen und ohne besondere Merkmale, aus glitzerndem Silikon, ein schnörkelloser Vibrator, um zum Ziel zu kommen. Bis er das eben nicht mehr war.

Sie hielt einen in jeder Hand und zog die Augenbrauen hoch.

»Was? Darf ein Mädchen keine Auswahl für verschiedene … Erlebnisse haben?«

Sie schaltete den Cooper ein. Ich hatte ihn auf der höchsten Stufe gelassen, und er jaulte angestrengt. Sie zuckte zusammen und schaltete ihn aus. Dann schaltete sie den Tyler ein, und er begann mit einem tiefen Pulsieren, das mich selbst aus einem Meter Entfernung zappeln ließ.

»Verschiedene Erlebnisse.« Das Problem mit einer besten Freundin ist, dass sie manchmal besser über deine Angelegenheiten Bescheid weiß als du selbst.

»Der Coo …« Ich erstarrte. »Der da hat meine Bedürfnisse nicht mehr befriedigt.«

»Du hast deinen Dildo nach Cooper benannt?«

Ich verzog das Gesicht. »Nein?«

»Und wie hast du diesen hier genannt?« Sie legte den Cooper zurück in die Schachtel und fuhr mit einem manikürten Finger über die Adern und Rillen des anderen.

»Der Tyler«, murmelte ich.

»Du hast ein Sexspielzeug nach deinem platonischen Freund benannt, der vielleicht nicht einmal mehr dein Freund ist.«

Ich zog die Knie an meine Brust. »Es ist kompliziert.«

»Hmm.« Endlich hatte sie Mitleid mit mir und wechselte das Thema. »Jackson will nächstes Wochenende eine Party schmeißen.«

Ich sah sie an. »Eine Party eine Woche nach euren Flitterwochen?«

»Das habe ich auch gesagt! Er will eine Willkommen-zurück-slash-Halloween-Party bei uns schmeißen. Wir, ähm« – ich konnte sehen, wie sie darum kämpfte, das Lächeln zu unterdrücken, das sich auf ihrem Gesicht ausbreiten wollte – »wir verbinden besondere Erinnerungen mit Halloween.«

Sie hatte mir von Jacksons Party letztes Jahr in Austin erzählt, als er sie zum ersten Mal geküsst hatte. Ihr Happy End hatte vor etwas mehr als einem Jahr begonnen, und jetzt war sie mit ihrer wahren Liebe verheiratet. Ich seufzte.

»Du kommst doch, oder?«, fragte sie.

»Natürlich. Das würde ich mir nicht entgehen lassen. Wird … wird Cooper auch da sein?«

Ihre Mundwinkel zuckten. »Ja, er wird da sein.« Sie hielt inne. »Jamila auch. Und Tyler.« Sie presste die Lippen zusammen. Ich merkte, dass sie etwas zurückhielt.

»Marlee?«, kam Dads Stimme von unten.

Ich runzelte die Stirn. Er war schon ins Bett gegangen – er schlief in letzter Zeit viel – und ich war überrascht, dass er noch wach war. »Ich bin gleich wieder da«, sagte ich.

Es dauerte ein paar Minuten, Dad wieder ins Bett zu bringen. Er wollte ein Glas Wasser und konnte seinen Gehstock nicht finden, der unter sein Bett gerollt war. Als ich zurückkam, überflog Alicia gerade die Titel in meinem Bücherregal.

»Du hast alle meine Lieblingsbücher aus meiner Kindheit.« Sie fuhr mit einem Finger über die geknickten Buchrücken. »*Anne auf Green Gables, Plötzlich Prinzessin, Der Babysitter-Club.*«

»Ich konnte sie nicht weggeben. Dad hat gesagt, er hat mir früher immer Geschichten erzählt – Märchen –, als meine Mutter mit mir schwanger war. Und als ich klein war. Dann bin ich zu denen übergegangen. Ich schätze, daher kommt das alles.« Ich wedelte mit der Hand durch mein rüschenbesetztes, rosa-weißes Zimmer. Ich zeigte auf das jetzt dunkle Gaubenfenster mit seinem gepolsterten Sitz. »Als Kind saß ich dort und las und spielte dann die Geschichten mit meinen Puppen nach. Ich liebe es immer noch, mich dort mit einem Liebesroman unter eine Decke zu kuscheln.«

Alicia strich über ihren Pullover, der sich über ihren Babybauch spannte. »Vielleicht bauen wir eine Fensternische und ein paar Bücherregale. Du kannst uns bei der Lektüre beraten.«

»Es wird ein Mädchen?«, quietschte ich.

»Wir haben es heute Morgen erst erfahren.«

Ich umarmte meine Freundin. »Ich kann es kaum erwarten, ihr ein rosa Kleid zu kaufen. Mit Rüschen! Und ich werde ihr *Der geheime Garten* vorlesen.« Visionen von Prinzessinnen-Teepartys mit Alicias Tochter tanzten mir durch den Kopf. Ich würde die beste Tante aller Zeiten sein.

Das Klingeln der Haustür riss mich aus meinen Visionen von Prinzessinnen-Mani-Pedis.

Ich ging zur Treppe. »Das ist wahrscheinlich unsere Nachbarin Alma, die nach uns sieht. Ich bin gleich wieder da.«

Ich rannte die Treppe hinunter, entriegelte die Tür und öffnete sie. Aber es war nicht Alma. Tyler füllte den Türrahmen aus.

»Was machst du hier?«, platzte es aus mir heraus.

Er senkte den Kopf, und ich zuckte zusammen. »Entschuldigung«, sagte ich. »Ich hab das nicht so gemeint, wie es geklungen hat.«

Seine Mundwinkel hoben sich ein ganz kleines bisschen. »Du bist nicht an dein Handy gegangen, und ich war in der Gegend.« Er sah auf seine Turnschuhe und scharrte mit ihnen auf der Verandastufe.

Niemand von Synergy war jemals »in der Gegend« von Oakland. Ich verschränkte die Arme.

Er blickte auf, und das Licht von drinnen glitzerte auf seiner Brille. »Hör zu, es tut mir leid wegen ... wegen unseres Streits vorhin. Ich bin zu weit gegangen. Und es tut mir leid.«

Mit steifem Rücken sagte ich: »Schon gut.«

»Können wir wieder Freunde sein?«

»Ich ... okay.« Freunde war eine vernünftige Bitte. Aber nichts weiter. Und ich würde ihm nichts mehr über Dad anvertrauen.

»Du solltest aber deine Spielkonsole mitnehmen.« Als ich von der Arbeit nach Hause gekommen war, hatte ich sie abgesteckt und in eine Einkaufstüte gestopft, mit der Absicht, sie morgen an seinem Schreibtisch abzugeben. So blieb es mir erspart, sie in den Zug zu schleppen.

»Oh.« Seine Mundwinkel sanken, und die goldenen Funken verschwanden aus seinen Augen. »Bist du sicher?«

»Ganz sicher. Es wäre am besten, wenn du nicht ... wenn wir unsere Freundschaft auf das Büro beschränken.«

Ein Miauen ertönte hinter mir. Ich wirbelte herum, um Tigger am Entkommen zu hindern, aber er saß auf dem Teppich und miaute Tyler erneut an. Tyler ging in die Hocke und streckte eine Hand aus. Tigger erhob sich, stolzierte an mir vorbei und rieb schnurrend sein verräterisches kleines Gesicht an Tylers Hand.

Tyler säuselte: »Braver Kater.«

Ich hörte Schritte auf der Treppe und seufzte. *Erwischt.*

»Oh, hi, Tyler«, sagte Alicia in einem anzüglichen Singsang.

»Hey, Alicia.« Seine Wangen wurden nicht rot wie meine es getan hatten. Er sah aus, als wäre es keine große Sache, von der Frau unseres Chefs auf meiner Veranda erwischt zu werden.

»Danke, dass du vorbeigekommen bist. Wir sehen uns morgen, Tyler.« Ich konnte ihm nicht in die Augen sehen, als ich es sagte.

Der verletzte Ton in seiner Stimme entging mir nicht. »Ähm, okay. Bis morgen.« Er schnappte sich die Tüte mit seiner Spielkonsole, machte auf dem Absatz kehrt und ging zu seinem blauen

Mustang zurück. Tigger miaute ihm ein letztes, wehmütiges Mal nach.

Als ich ihren Blick traf, war Alicias Miene besorgt. »Bist du sicher, dass du nicht …«

»Ich bin sicher.« Ich konnte ihm nicht geben, was er wollte. Und ich konnte nicht wollen, was er mir geben würde.

———

AM DONNERSTAGMORGEN schlich ich die Treppe hinunter, meine Stiefel in der Hand, um Dad nicht zu wecken, aber er saß mit einer Tasse Kaffee am Küchentisch.

»Morgen, Sonnenschein.«

»Morgen, Dad. Fühlst du dich heute gut?« Ich goss Kaffee in meinen Thermobecher.

»Großartig. Ich glaube, ich werde heute Morgen den Kürbis schnitzen. Wenn es dir nichts ausmacht, natürlich. Ich weiß, wie sehr du Halloween früher geliebt hast, aber du bist in letzter Zeit so beschäftigt …«

»Du benutzt aber das Set mit den kleinen Sägen, oder? Nicht die großen Küchenmesser. Und Sylvia wird dir helfen.«

»Ist das die richtige Art, mit deinem Vater zu reden? Ich benutze Messer *und Elektrowerkzeuge*, seit bevor du geboren wurdest.«

Ich erstarrte mitten im Zuschrauben des Deckels auf meinem Thermobecher. »Du wirst doch keine Elektrowerkzeuge für den Kürbis benutzen, oder?« Das konnte er nicht. Ich hatte sie im Schuppen eingeschlossen und den Schlüssel versteckt.

»Ich wollte ja nur sagen …« Er stieß einen Seufzer aus. »Natürlich nicht. Ich werde die winzigen Sägen benutzen.«

Ich fand die Plastiktüte mit dem Set und legte sie auf die Arbeitsplatte. »Danke, Dad.«

Ich hörte ein Klopfen an der Haustür, und dann ging sie auf. »Guten Morgen«, rief Sylvia.

»Hey, Sylvia«, sagte ich. »Schau mal, wer schon wach ist.«

Sie lächelte Dad an. »Hey, Will. Du musst dich heute gut fühlen.«

»Habe ich«, brummte er in seinen Kaffee.

»Er hat gesagt, er will heute den Kürbis schnitzen. Er steht auf der hinteren Veranda. Hier ist das Schnitzset.« Ich zeigte darauf auf der Arbeitsplatte.

»Das klingt nach Spaß.« Sie nickte mir zu, ein Versprechen, dass sie nicht zulassen würde, dass er sich irgendwelche Finger abschnitt. »Oh, Marlee. Meine Cousine sagt, sie kann am Samstagabend bei ihm bleiben, damit du zu deiner Party gehen kannst.«

Ich konnte nicht anders; ich machte einen kleinen Freudentanz, bevor ich die Hand ausstreckte und sie umarmte. »Danke. Das ist großartig.« Ich wollte Alicia und Jacksons Party nicht verpassen, aber Dad wurde langsam zu viel für Alma. Sylvias Cousine war Krankenschwester.

Ich beugte mich hinunter, um Dad auf die Wange zu küssen. »Viel Spaß heute. Sei brav.«

Er sagte nichts, sondern starrte in seinen Kaffee. Ich schüttelte seine Launenhaftigkeit ab und machte mich auf den Weg zur Arbeit.

23

ICH RÜCKTE meine Perücke zurecht und klingelte an Alicia und Jacksons Tür.

Noah öffnete die Tür. Der Elfjährige trug die untere Hälfte eines Dinosaurierkostüms, komplett mit ausgestopftem, stacheligem Schwanz, dazu ein gestreiftes Hemd, Wolverine-Krallen und eine altmodische Hockeymaske, die er sich auf den Kopf geschoben hatte. Er schnappte mit den Zähnen nach mir.

»Okay, ich gebe auf. Als was bist du verkleidet?«

»Ich bin der Jabberwocky. Wir haben das Gedicht im Unterricht gelesen. Lewis Carroll beschreibt ihn nie, außer die ›scharfen Kiefer, die beißen‹« – er schnappte erneut mit den Zähnen – »und ›die Krallen, die fangen‹, also habe ich mir den Rest ausgedacht. Und du bist Prinzessin Leia.«

Er klang enttäuscht über mein Allerweltskostüm. Ehrlich gesagt war ich auch ein wenig enttäuscht, wenn ich bedachte, wie viele Gedanken sich Noah über seines gemacht hatte.

»Genau. Ich habe sogar einen Blaster.« Ich zeigte ihn ihm.

»In der Schule sind keine Spielzeugwaffen erlaubt.«

»Oh.« Ich versteckte ihn in einer Falte meines weißen Gewandes. Offensichtlich sank ich in seiner Gunst. Vielleicht hatte Tigger auf ihn abgefärbt.

»Bleibst du für die Party auf?«, fragte ich.

»Nur die erste Stunde. Dann muss ich ins Bett. Ich habe morgen früh Tae-Kwon-Do.« Er trat zur Seite, um mich hereinzulassen. »Hey, hast du schon Sam kennengelernt? Sie ist meine Tante oder so was.« Er verzog das Gesicht, als wolle er ein Grinsen hinter einem finsteren Blick verbergen. »Sie ist ziemlich cool.«

»Sam, Jacksons Schwester? Ja, ich kenne sie.« Hatte Sam mich in Noahs Gunst abgelöst? Ein kleiner Stich durchfuhr mein Herz. Ich sollte doch nicht auf den Schwarm eines Elfjährigen eifersüchtig sein, oder? Ich seufzte. Ich hatte aus Liebe schon Dümmeres getan. So wie heute Abend. Ich schob meinen Blaster in sein Holster an der Hüfte.

»Lass uns sie suchen gehen. Sie ist in der Küche.« Er huschte vor mir durch das offene Wohnzimmer in die Küche, wo Alicia, Jackson und Sam ein paar uniformierten Caterern im Weg standen.

Ich ging hinter die Mücheninsel, um Alicia zu umarmen. Sie war als Alice im Wunderland verkleidet, ihr blondes Haar mit einem schwarzen Haarband nach hinten gebunden. Sie trug ein blaues Kleid, weiße Strumpfhosen und schwarze Mary Janes. »Alles in Ordnung?«

»Ja, ich denke schon.« Sie warf einen Blick auf den Caterer, der ein Blech mit in Speck gewickelten Jakobsmuscheln aus dem Ofen zog.

»Hey, Sam.« Sam trug eine schwarze Cargohose, ein übergroßes, verwaschenes schwarzes Bon-Jovi-T-Shirt mit einem von einem Schwert durchbohrten Herzen darauf und eine Krone aus Spielkarten, alles Herz-Karten. »Du bist die Herzkönigin?«

»Ja! Gefällt dir mein Kostüm? Noah und ich haben es gebastelt. Normalerweise komme ich nicht zu Jacksons Partys und ich wusste nicht, dass es eine Kostümparty ist.«

»Sam.« Jackson, das Weiße Kaninchen in weißem T-Shirt, Jeans und Schlappohren, wuschelte ihr durch die Haare in der offenen

Mitte der Krone. »Ich habe dir mindestens dreimal von den Kostümen erzählt.«

»Schon gut. Ich wollte mich nicht verkleiden. Kostüme kratzen. Aber das hier ist nicht so schlimm.« Sie zupfte an dem T-Shirt, das ich als seins erkannte.

»Hoppla.« Coopers tiefe Stimme ertönte hinter mir. Ich wirbelte herum und sah, wie einer der Kellner mit einem Tablett kämpfte. Es sah so aus, als hätte Cooper ihn beinahe angerempelt. Seltsam. Cooper war normalerweise so vorsichtig, fast schon anmutig. Ich hatte ihn noch nie stolpern, stürzen oder jemanden anstoßen sehen. Nicht wie in der Situation, in der er Tyler und mich letzte Woche nach unserem Streit beim Mittagessen vorgefunden hatte. Oder als ich vor ihm beim Yoga hingefallen war.

»Entschuldigung. Ist bei Ihnen alles in Ordnung?«, fragte er sie.

»Ja. Entschuldigung.« Sie stellte das Tablett ab.

Automatisch schaute ich hinter Cooper. Keine Jamila. Aber das löste nicht mehr die Freude aus, die es noch vor einem Monat getan hätte.

Die Küche wurde langsam voll. »Die haben das hier unter Kontrolle. Lasst uns aus dem Weg gehen.« Ich scheuchte die Gastgeber und Gäste aus der Küche. Ich zog Alicia an der Hand, führte sie ins Wohnzimmer und setzte mich neben sie auf das Sofa. Sam und Noah gingen ins Esszimmer, wo ich das Geräusch von Würfeln hörte, die in einem Becher geschüttelt wurden.

Jackson trug ein Tablett mit Gläsern voll orangefarbenem Punsch herüber. Er reichte Alicia eines mit einer Maraschino-Kirsche obendrauf. Dann gab er mir eines mit einer Orangenzeste. »Du bekommst unseren speziellen Halloween-Punsch.« Er zwinkerte.

»Was ist das?« Ich schnupperte daran und Bläschen prickelten in meiner Nase.

Cooper ließ sich neben mir auf das Sofa nieder. Sein Lichtschwertgriff stieß mir in den Oberschenkel und ich rutschte ein paar Zentimeter zur Seite. »Nur ein Rezept, das Jay und ich im College erfunden haben. Probier mal.«

Enttäuschenderweise knisterte es nur in meinem Glas, selbst als Coopers Knie meines berührte.

»Prost«, sagte ich und stieß mit seinem Glas an.

»Prost.«

Ich nippte an dem Getränk und schauderte, als es mir in der Kehle brannte. »Das ist stark«, würgte ich zwischen Hustenanfällen hervor.

Er nahm einen vorsichtigen Schluck. »Wow«, keuchte er. »Du übertreibst nicht. Ich schätze, das College ist schon eine Weile her.«

»Hey, Leute.« Tyler sah in einem königsblauen, bestickten Satinmantel, einer Weste und Kniebundhosen unglaublich groß aus. Auf seinem Kopf trug er eine zottelige Perücke mit Hörnern, die sich daraus kringelten. Aber er war kein Biest. Sein vertrautes Grinsen schwankte, als er Coopers und mein Partnerkostüm sah.

»Tyler!« Ich wollte aufspringen und ihn umarmen, aber ich saß zwischen Cooper und Alicia fest, mit einem Getränk, das ich nicht wollte, in der Hand und ohne Möglichkeit, mich aus der Sofaschlucht zu hieven. Ich wusste, ich sollte wütend auf ihn sein, aber es war nicht Wut – oder der Alkohol –, die mich von innen wärmte.

»Hey.« Seine Geste umfasste uns drei, die wir auf dem Sofa eingekeilt waren, und ich fiel ein wenig in mich zusammen, als er sich an Jackson wandte, um ihm eine brüderliche Umarmung mit Schulterklopfern zu geben. Verdammtes, menschenfressendes Sofa.

Cooper stieß mich in die Schulter. »Trink. Du passt heute zu mir, Ms. Rice.«

In mehr als nur einer Hinsicht. Ich nahm einen winzigen Schluck und dann noch einen. Jetzt, da ich mich an den hohen Alkoholgehalt gewöhnt hatte, konnte ich den süßen Orangengeschmack schmecken. »Nach dem ersten Schluck ist es gar nicht so übel.«

Cooper trank wieder. »Du hast recht.« Er stellte sein Glas auf seinem Knie ab. »Schönes Kostüm übrigens.«

»Große Geister denken gleich.« Ich grinste und tätschelte den geflochtenen Zopf über meinem Ohr. Verdammt, die Perücke war heiß. Ich hatte mein Kostüm – aus Gewohnheit und mangelnder Inspiration – nur passend zu Coopers Han-Solo-Kostüm gewählt. Jetzt war ich einfach nur … ernüchtert. Und überhitzt. Im Nachhinein schien es albern, Ben gelöchert zu haben, um herauszufinden, was Cooper tragen würde.

Ich drehte mich um, um nach Alicia zu sehen, aber ihr Blick war über meinen Kopf gerichtet. »Jamila. Schön, Sie zu sehen.« Sie stellte ihr Glas ab und stemmte die Hände ins Polster, um aufzustehen.

»Bleiben Sie nur sitzen.« Der Duft von Jasmin umwehte mich, als Jamila sich bückte, um Alicia zu umarmen. Sie richtete sich auf. »Hey, Marlee. Schön, dich zu sehen.«

Indem ich mich gegen Alicias und Coopers Knie drückte, hievte ich mich hoch, damit ich nicht auf den kurzen Saum ihres blauen Wonder-Woman-Rocks starren musste. Jetzt war ich auf Bustier-Höhe. Großartig. Ich riss meinen Blick von ihren wunderschönen Brüsten zu ihrem ebenso wunderschönen Gesicht. »Schön, dich zu sehen, Jamila.«

Sie zog die Frau nach vorne, die hinter ihr gezögert hatte. »Das ist Jenny.« Als sie die Vorstellungsrunde beendet hatte, warf ich einen Blick auf Cooper, der auf die verschlungenen Hände der Frauen starrte. *Oh-oh.*

Ich stieß sein Knie an. »Trink.«

Das tat er.

<hr>

ZWEI STUNDEN später hatte der Raum – oder ich – angefangen, sich zu neigen, und alles brachte mich zum Lachen. Ich stand neben der Bar mit Jackson und Cooper. Jackson hatte einen Arm um Coopers Schultern und einen um meine geschlungen. Ich hatte den Überblick verloren, wie oft er mein Glas mit dem giftigen Orangenpunsch nachgefüllt hatte.

»Ihr seid meine beiden besten Freunde«, lallte Jackson. Seine Hasennase und die aufgemalten Schnurrhaare waren nach zwei Stunden, in denen er seine Gäste umarmt und getrunken hatte, nur noch ein rosa-grauer Schmierfleck.

»Was ist mit Alicia?«, fragte ich. Die betrunkene Marlee fand es plötzlich wichtig, dass wir meine Freundin nicht vergaßen, die auf der anderen Seite des Raumes saß und sich mit Sam unterhielt.

»Richtig, sie ist meine beste Freundin. Und Noah. Und das Baby. Dann kommt ihr.« Das letzte Wort war ein langgezogenes, summendes Zischen.

Cooper runzelte die Stirn. »Das *Baby* steht über mir? Ich kenne dich seit vierzehn verdammten Jahren und dein Baby ist noch nicht einmal geboren.« Seine Stimme wurde lauter. »Wie kann ein *Fötus* ein besserer Freund sein als ich?«

Oh-oh. Dieses Fallon-Temperament würde Alicias Party ruinieren. Ich brachte ihn zum Schweigen und griff um Jackson herum, um eine beruhigende Hand auf seinen Unterarm zu legen. »Natürlich wird Jackson sein *Baby* am meisten lieben. Das Baby ist Familie, du Dummkopf. Du nicht.« Jackson nickte langsam.

Dieser Orangenpunsch war der *Teufel* und wenn ich ihn jemals wieder sehe, zünde ich ihn an. Denn Cooper, der mindestens einen, wenn nicht zwei zu viel hatte, sackte auf Jacksons Schulter zusammen, und ich sah, wie sich sein Rücken zu einem Schluckauf – oder einem Schluchzer – hob. Er murmelte etwas, das ich nicht verstehen konnte.

Jackson tätschelte den Rücken seines Freundes. »Is' gut, Coop.«

Auf der anderen Seite des Raumes verzog Alicia den Mund.

Auf keinen Fall würde ich zulassen, dass Cooper sie auf ihrer eigenen Party aufregte.

»Ich kümmere mich darum, Jackson. Warum schaust du nicht nach Alicia?« Ich half ihm, sich von Cooper zu lösen, der immer noch murmelte, und legte ihn mir über die Schultern. Ich rieb ihm den Rücken, während Jackson die Flucht ergriff.

»Hey, na. Wie wär's, wenn wir dir etwas Wasser holen?« Die Leute um uns herum fingen an zu starren, also führte ich ihn in Richtung Küche.

»Nie wieder dasselbe«, murmelte er.

»Oh, Süßer, morgen geht es dir wieder gut. Ich sorge dafür, dass du Wasser und Ipo-Ibo-Ibuprofen bekommst. Ibuprofen, meine ich.«

Ich hatte gedacht, die Küche sei leer, aber das war sie nicht. In der Ecke, wo sie für niemanden im angrenzenden Wohnzimmer sichtbar waren, drückte Jamila Jenny gegen die Arbeitsplatte. Als sie sich über die kleinere Frau beugte, rutschte ihr Fetzen von einem Wonder-Woman-Rock hoch und ich erhaschte einen Blick auf ihren perfekt geformten Hintern, der kaum von ihrem roten Slip bedeckt war – und auf eine von Jennys Händen. Jennys roter Captain-Marvel-Stiefel hakte sich um Jamilas Wade. Ihre Lippen verschmolzen miteinander.

Dieser widerliche Orangenpunsch versuchte mich dazu zu bringen, eine schnippische Bemerkung über ein DC-Marvel-Crossover zu machen, aber ich biss gerade noch rechtzeitig die Zähne zusammen. Es war nicht nötig, die Aufmerksamkeit auf die Szene in der Küche zu lenken. Wenn wir uns einfach an ihnen vorbeischleichen könnten, würde Cooper sie vielleicht nicht sehen. Jamila hatte so nett gewirkt. Wie konnte sie ihm das antun?

Ich zerrte Cooper in Richtung Waschküche. Aber seine Füße blieben stehen und er starrte die Frauen an. Mist. Waren sie nur betrunken und alberten herum? Oder betrog Jamila ihn? Das würde böse enden. Schnell.

»Hey, Mila. Jenny.« Sein Ton war beiläufig, freundlich. Meine Augen weiteten sich, während mein angetrunkenes Gehirn versuchte, die Situation zu verstehen.

Jamila drehte den Kopf, ihre Schläfe immer noch an Jennys Stirn gedrückt, ihre Lippen geschwollen. »Hey, Coop.« Jenny wedelte mit ihren behandschuhten Fingern in seine Richtung.

Endlich ließ er sich von mir in die Waschküche schieben. Unter den Leuchtstoffröhren sah er grünlich aus. »Geht es dir gut?«, fragte ich.

Als er mit den Schultern zuckte, verlor er das Gleichgewicht und schwankte. Ich packte ihn am Bizeps. »Cooper?«

»Ja, mir geht's gut.« Aber er sah mich nicht an. Seine blauen Augen starrten auf etwas, vielleicht auf nichts, hinter mir.

»Es tut mir so leid, dass du das gesehen hast. Vielleicht ist Jamila nicht die Richtige für dich, aber du wirst jemanden finden.« Warum hatte ich ihn nicht einfach im Wohnzimmer gelassen, während ich das Wasser holte? Ich verstärkte meinen Griff um seine Arme, um ihm zu beweisen, wie ernst es mir war – oder um sicherzustellen, dass wir beide aufrecht blieben. »Du bist hinreißend, klug, erfolgreich. Ich weiß, dass die richtige Frau für dich da draußen ist.«

Seine Augen waren rot umrandet und blutunterlaufen, und er roch nach Orangenlimonade und Tequila. Trotzdem war er der schönste Mann, den ich je getroffen hatte. Selbst der junge Harrison Ford hätte sich nur wünschen können, in einem Han-Solo-Kostüm so gut auszusehen.

Er sah mich an, sein blauer Blick heiß wie eine Gasflamme. »Vielleicht war sie die ganze Zeit schon hier.« Und er beugte sich vor und küsste mich.

Ich hatte von diesem Moment geträumt. Ich hatte ihn mir ausgemalt, ihn in meiner Fantasie ausgeschmückt, sodass ich das Kribbeln erwartete, das auf die warme Berührung seiner Lippen auf meinen folgen würde. Ich bereitete mich darauf vor, von dem heißen Blutstrom von meinem Gehirn zu meinen bald pulsierenden weiblichen Körperteilen in Ohnmacht zu fallen. Ich umklammerte seine Arme und bereitete mich darauf vor, dass meine Knie weich wurden.

Aber es war nur ein Kuss. Nach Orangenpunsch duftend. Mit

geschlossenem Mund. Ein Druck der Lippen. Nichts Hartes drückte gegen meine Hüfte, außer seinem Plastiklichtschwert. Keine Engel sangen. Kein Kribbeln. Kein Zusammenziehen in meiner Körpermitte. Kein Pulsschlag in meinen Ohren. Null Funken.

Zum ersten Mal seit drei Jahren pochte mein Herz bei Coopers Nähe nicht. Meine Fingerspitzen wurden nicht taub und mein Atem beschleunigte sich nicht.

Ich wünschte ihm wirklich, dass er eine besondere Person finden würde. Jemanden, der sein Herz in Flammen setzen würde, jemanden, der ihn sich nach ihr sehnen lassen würde, so wie ich mich drei Jahre lang nach ihm gesehnt hatte. Und selbst in meinem alkoholisierten Zustand wusste ich, dass diese Person nicht ich war.

Und ich verdiente jemanden, der mich wollte, der mich zurückliebte, der mich verdammt noch mal zum Kribbeln brachte. Der, wenn wir zusammen wären, die Welt auf uns zwei reduzieren würde und die Welt um uns herum verschwimmen ließe.

Wenn das passiert wäre, als Cooper mich küsste, hätte ich das Geräusch nicht gehört.

Ein Quietschen auf Parkett. Ein Quietschen, das ich kannte.

Ich löste mich von Cooper und blickte gerade rechtzeitig zur Tür, um den Blitz einer prinzlichen Stiefelsohle zu erhaschen. *Großer Gott.*

Meine Hände ruhten immer noch auf Coopers Armen und ich schüttelte ihn. Sanft. Orangenpunsch-Kotze wäre schwer aus meinem weißen Gewand zu bekommen.

»Hey. Geht es dir gut?« Ich musste mit Tyler reden, ihm erklären, was er gesehen hatte. Das war kein unbedeutendes Quietschen gewesen. Wenn ein Stiefelquietschen wütend sein konnte, dann war es dieses gewesen.

»Nein«, stöhnte er und sackte gegen die Waschmaschine zurück, seine normalerweise gebräunte Haut fahl.

»Wasser«, sagte ich. »Nicht bewegen.«

In der Küche winkte ich den immer noch knutschenden

Frauen zu. »Stört euch nicht an mir.« Ich schnappte mir ein Glas, füllte es am Hahn und eilte zurück in die Waschküche.

Ich drückte ihm das Glas in die Hände. »Trink.«

Während er das Wasser hinunterstürzte, rief ich ihm ein Taxi. Seine Gesichtsfarbe war besser, als er mir das Glas zurückgab, aber seine glasigen Augen und ungeschickten Bewegungen sagten mir, dass er entweder betrunken oder untröstlich war – wahrscheinlich beides. Ihn an Jamila vorbeizuführen wäre grausam, also brachte ich ihn durch die Garage nach draußen.

Die kühle Luft schlug mir ins Gesicht, und ebenso meine gute Freundin, die Reue. Warum hatte ich so nah gestanden und Cooper mich küssen lassen? Warum hatte ich es dort getan, wo jeder es sehen konnte? Und warum hatte das Schicksal, diese grausame Schlampe, Tyler genau in diesem Moment vorbeikommen lassen? Ich blickte zurück zum Haus. Ich musste ihn finden, mit ihm reden. Und was sagen?

Ich blickte zum Himmel. Mehr zu mir selbst als zu Cooper sagte ich: »Schade, dass es zu neblig ist, um heute Nacht die Sterne zu sehen.« Ein dunstiger Schein erhellte den Himmel, wo der Mond hätte sein sollen. Keine Sterne, nicht einmal ein Planet, waren sichtbar. Ich hätte die Gesellschaft der Sternbilder gut gebrauchen können.

»Wassas?« Er wanderte mit dem Blick von der Straße zu meinem Gesicht.

»Keine Sterne heute Nacht. Es ist neblig.«

Er sah nicht einmal auf. »Kann hier nie Sterne sehen. Zu viel Lichtverschmu- ...-schmutzung.« Er rülpste leise.

Ich schloss für einen Moment die Augen. Als ich sie wieder öffnete, strichen Scheinwerfer über den Bordstein. *Kopernikus sei Dank.* Ich führte Cooper auf den Rücksitz des Wagens und sah ihm nach, wie er davonfuhr.

Als ich mich wieder dem Haus zuwandte, saß Tyler auf der Vordertreppe, die Arme um die Knie geschlungen. Sein langer Mantel floss um ihn herum auf die Stufe. Mein Herz machte einen Hüpfer in meiner Brust. Wenigstens würden wir das ohne ein

Publikum von Partygästen klären. Ich schuldete ihm keine Entschuldigung, aber ich schuldete ihm eine Erklärung, nachdem ich ihm gesagt hatte, dass ich Cooper nicht mehr nachjagen würde.

Ich schleppte mich die Treppe hoch und setzte mich neben ihn auf die kalte Holzveranda. Die Brise ließ meinen langen weißen Rock um meine Knöchel flattern.

Ich starrte auf die Straße und sagte: »Schau, ich –«

Gleichzeitig sagte er: »Glückwunsch.«

Ich blinzelte angesichts der Bitterkeit in seiner Stimme. Wo war der süße, sonnige Tyler hin und wer war dieser knurrende Doppelgänger? »Was?«

»Operation Märchenprinz. Sieht so aus, als hätte sie funktioniert. Gern geschehen.«

Ich hatte ihn noch nie so wütend gesehen. Hatte ihn etwas auf der Party aufgeregt? Oder schon vorher? »Nein. So ist das nicht.«

Er stand auf und seine rechten Finger trommelten einen wütenden Rhythmus gegen den Satin seiner Kniebundhose. »Wir waren Freunde, Marlee. Und du hast mich benutzt, um zu bekommen, was du wolltest. Und das Schlimmste ist, dass ich es zugelassen habe. Ich kann nicht glauben, dass ich dich verdammt noch mal gelassen habe.«

Es war Ende Oktober und das Wetter war kühl geworden. Aber das erklärte nicht die Kälte, die mich umklammerte, als wäre ich auf dem Eisplaneten Hoth statt auf einer Straße in San Francisco. Ich musste ihm sagen, dass es falsch von mir war, ihn zu benutzen, dass ich Cooper nicht einmal mehr wollte. Aber wenn ich auf Hoth war, war er auf Tatooine. Sein Gesicht war im Licht der Veranda ganz fleckig rot geworden. Hitze strahlte von ihm aus.

»Ich bin fertig. Niemand kann mit Cooper Fallon mithalten.« Seine Arme fielen an seine Seiten und er blickte den Bürgersteig hinunter zu Coopers verlassenem silbernen Porsche. Mit leiser Stimme sagte er: »Ich kann es nicht.«

Als er von mir wegging, befand ich mich in der Müllpresse des

Todessterns und konnte kaum durch das Gewicht atmen, das meine Brust zusammendrückte. Und ich wollte nicht darüber nachdenken, warum.

R2-D2 konnte mich nicht retten. Diese Prinzessin hatte sich und ihren Freund selbst in diesen Müllhaufen gebracht. Und jetzt musste ich einen Ausweg finden.

24

DER MONTAG WAR UNGEFÄHR SO, wie man es erwarten würde: eine 7,5 auf der Debakel-Skala.

Cooper kam nur wenige Minuten nach mir herein – für seine Verhältnisse spät – und stellte eine Tasse Kaffee auf meinen Schreibtisch. An dem köstlichen Aroma erkannte ich, dass es ein Caramel Macchiato war, dem der Schuss Kürbisgewürzsirup fehlte, den ich im Herbst immer hinzufügte, aber ich konnte nicht von ihm erwarten, dass er sich daran erinnerte.

Er rieb sich unter dem Kragen seines Regenmantels den Nacken. »Marlee, ich … ich weiß gar nicht, was ich sagen soll. Ich war aufgebracht und betrunken und … was ich getan habe, ist unentschuldbar. Es tut mir leid. Kannst du mir verzeihen?«

Ich blinzelte ihn an und hob die Tasse an meine Nase. Himmlisch. »Es war nur ein Kuss. Keine große Sache.«

»Aber es war dir … dir egal?«

»Nein.« Ich grinste, dankbar, dass es mir tatsächlich egal war. Vor einem Monat wäre ich am Boden zerstört gewesen, dass es für ihn nicht der Kuss der wahren Liebe war. Aber als ich endlich das bekommen hatte, worauf ich drei Jahre gewartet hatte, hatte ich es nicht gewollt.

Ironie ist das Schlimmste.

»Willst du mit der Personalabteilung reden?«, fragte er. »Ich würde eine Aussage machen.«

Ich gab mir größte Mühe, nicht mit den Augen zu rollen, aber am Ende ist es mir wahrscheinlich nicht gelungen. Er wäre gerechtfertigt gewesen, mich bei der Personalabteilung zu melden, allein schon wegen der Blicke, mit denen ich ihn in den ersten drei Jahren meiner Anstellung bei Synergy ausgezogen hatte.

»Nicht nötig. Aber wenn du mir noch mehr Kaffee bringen willst, bin ich dabei. Oder Blumen. Blumen sind was Schönes.«

Seine Mundwinkel zuckten nach oben, als hätte er schon so lange nicht mehr gelächelt, dass er vergessen hatte, wie es geht. »Danke, Marlee. Für dein Verständnis. Dafür, dass du eine gute Freundin bist.«

Ich erwiderte ein schiefes Lächeln. »Jederzeit, Cooper.«

Als er wegging, rief ich ihm nach: »Rosa Pfingstrosen. Das sind meine Lieblingsblumen.«

Ohne sich umzudrehen, hob er den Daumen.

Das war Cooper. Abgesehen von diesem unpassenden, betrunkenen Kuss am Samstagabend war er ein anständiger Kerl. Ihm war das Herz gebrochen worden, und er machte sich Sorgen, *mich* zu verletzen. Wenn ich Jamila das nächste Mal sah, würde ich ihr aber die Meinung geigen.

Jackson schleppte sich gegen zehn mit blassem Gesicht ins Büro. Er murmelte etwas, das »Tequila«, »dreißig« und »scheiße« enthielt, und schloss seine Bürotür. Sanft.

Bisher war ich ungeschoren aus meiner Samstagnacht voller Ausschweifungen davongekommen. Aber dann wurde es ernst.

Richtig ernst.

Ben kam nach seiner morgendlichen Getränkerunde mit einer Miene wie sieben Tage Regenwetter nach oben. Und ohne Kaffee für mich. »Marlee, können wir im Konferenzraum reden?«

Ich stand auf, und der Kaffee, den Cooper mir vorhin gebracht hatte, wurde mir schlecht im Magen. Er wollte doch nicht etwa kündigen? Denn das könnte ich nicht verkraften. Mit den

Problemen meines Vaters hatte ich weder die emotionale noch die physische Energie, einen Ersatz zu finden und all die zusätzliche Arbeit zu leisten, die ein assistentenloser Cooper erfordern würde. Außerdem war Ben nicht nur hilfsbereit und effizient, sondern nach nur einer Woche war er auch zu einem Freund geworden. In Gedanken schüttelte ich die Faust in Richtung Karma. Dass ich Coopers Suche nach einem Assistenten sabotiert hatte, rächte sich nun endlich.

Ich trottete hinter ihm in den Konferenzraum und schloss die Tür. Er stand mit dem Rücken zum Fenster und biss sich einen Moment lang auf die Innenseite seiner Lippe, bevor er sprach.

»Die anderen Assistenten erzählen, dass du Jacksons Party mit Cooper verlassen hast.«

Ein kaltes Kribbeln überzog mein Gesicht. »Was?«

»Dass ihr beide zusammen seid.« Er verschränkte die Arme. »Ich weiß, wir kennen uns noch nicht so gut, und normalerweise würde ich meine Nase nicht in deine Angelegenheiten stecken, aber das ist eine schlechte Idee, Marlee.«

Wie hatte er den Klatsch vor mir gehört? Er war erst seit einer Woche bei Synergy. Ich war schon seit drei verdammten Jahren hier. Diese intriganten Assistenten hätten zuerst zu mir kommen sollen. Ich starrte ihn schweigend und schockiert an.

Er ließ die Arme sinken, griff nach meiner Hand und rieb meine Finger. Seine Worte hatten ihnen die Wärme entzogen. »Cooper ist … kompliziert. Du bist ein wunderschönes Mädchen, und du wirst irgendeinen Kerl, der es verdient, sehr glücklich machen. Verschwende dich nicht an Cooper Fallon.«

Wäre er doch nur vor drei Jahren da gewesen, um mir das zu sagen. Nicht, dass ich darauf gehört hätte. Der Gedanke an all die Zeit, die ich mit Wünschen und Plänen verbracht hatte, machte meinen Körper schwer, als würde ich versuchen, auf dem Jupiter zu laufen.

Er beobachtete mich mitfühlend mit seinen hellbraunen Augen.

Endlich fand ich meine Worte wieder. »Nein, das stimmt nicht.

I-ich habe ihn in die Küche gebracht, um ihm etwas Wasser zu holen, aber, ähm, da war jemand anderes. Also sind wir für ein paar Minuten in die Waschküche gegangen. Um zu reden.« Meine Wangen brannten. »Er hat mich geküsst, aber es war nur freundschaftlich, ich schwöre es. Und dann habe ich ein Taxi für ihn gerufen und ihn nach Hause geschickt. Allein. Wir hatten beide zu viel getrunken« – *verdammter Teufels-Punsch* – »aber das ist alles.«

Sein Griff um meine Hand verstärkte sich. »Bist du sicher, dass das alles ist? Freundschaftlich? Er hat dir heute Morgen Kaffee gebracht.« Ben entging nie etwas.

»Entschuldigungskaffee.« Ich verzog meine Lippen zu dem besten Lächeln, das ich zustande brachte. »Wir sind quitt. Aber danke. Danke, dass du dich genug sorgst, um mit mir zu reden.«

Er hob die Augenbrauen, hob seinen anderen Arm, und ich trat in seine Umarmung. »Jederzeit, Süße.« Er drückte mich einmal und ließ mich dann los. »Und mach dir keine Sorgen wegen des Geredes. Ich werde versuchen, das aus der Welt zu schaffen.«

Ich holte tief Luft. »Wir sollten besser wieder rausgehen. Ich muss mich um einen verkaterten Vorgesetzten kümmern.«

»Ich habe auch eine Menge zu tun. Cooper ist wieder auf dem Weg ins Ausland.«

Ich öffnete die Tür und ging voran. »Diesmal Europa, richtig?«

»Ja. Eine Woche. Er hat mich gebeten, während der europäischen Geschäftszeiten auf Abruf zu sein.«

»Ugh. Besser als Asien, schätze ich.«

Nach dem Mittagessen kehrte ich an meinen Schreibtisch zurück und fand ihn mit einem gigantischen Arrangement aus leuchtend rosa Pfingstrosen bedeckt. Ernsthaft, das Ding war einen Meter hoch.

Ben schlenderte herüber, lehnte sich an die Ecke meines Schreibtisches und schnippte gegen eine der Blüten.

»Entschuldigungsblumen«, sagte ich mit zusammengebissenen Zähnen. Wie viele der klatschenden Assistentinnen hatten zugesehen, wie der übertriebene Strauß aus dem Erdgeschoss nach oben kam? Ich starrte alle drei Dutzend Pfingstrosen finster an.

»Das ist mal eine Entschuldigung. Das ist ja ein ganzer Pfingstrosenbusch. Bist du sicher, dass du nicht mehr getan hast, als dich zu küssen?«

Ich funkelte ihn an.

Sein Mund klappte auf. »Mr. Weston.«

Ich wirbelte herum, und tatsächlich, unser CEO hatte sich lautlos genähert und strich über ein zartrosa Blütenblatt. »Das ist ein ziemliches Arrangement, Ms. Rice.«

»Es ist ... es ist wunderschön, nicht wahr?«

Seine scharfen grünen Augen bohrten sich in mich. »Ich nehme an, es ist von Mr. Fallon. Ich höre, Sie beide haben am Samstagabend gemeinsam eine Party besucht.«

»Nicht ... nicht gemeinsam.« Mein Herz raste in meiner Brust. Warum fühlte ich mich in seiner Nähe immer wie eine Beute?

»Und doch hat er Ihnen Blumen geschickt. Interessant.« Sein Blick verweilte eine Sekunde lang auf mir und musterte mich bis auf die Knochen. Dann drehte er sich auf seinen leisen Sohlen um und schritt auf Coopers Büro zu.

»Mr. Weston, er ist bei einem ...« Bens Mund klappte zu, als Weston, ohne zurückzublicken, eine Hand hob, als würde er eine Fliege verscheuchen, und ohne anzuklopfen direkt in Coopers Büro ging.

Ben war blass im Gesicht. »Heilige Scheiße. Der Mann ist furchteinflößend.«

Ich schauderte. »Wem sagst du das.«

Die Tür zum Treppenhaus schloss sich hinter mir, und ich hörte das charakteristische Quietschen von Vans. Ich wirbelte herum und versuchte, die Blumen mit meinem Körper zu verdecken, aber es war unmöglich, das kolossale Arrangement zu verbergen.

»Tyler, hey«, sagte Ben, seine Stimme immer noch zittrig.

Heute gab es kein Grübchen. Nicht einmal der Anflug eines

Lächelns. Sein Haar lag oben flach, als hätte er Kopfhörer getragen, und vorne war es zerzaust, als hätte er daran gezupft. Seine krumme Haltung verbarg die Muskeln, über die ich – wörtlich und im übertragenen Sinne – sabberte, in der Nacht, in der ich in seinem Bett geschlafen hatte.

Trotzdem war er herzzerreißend schön.

Und in meiner Brust spürte ich einen Stich, wie einen Haarriss in meinem Herzen. Ich wollte nicht, dass er mich finster anstarrte. Ich wollte, dass er lächelte, dass dieses Grübchen zum Vorschein kam. Dass er auf mich zukam und an der Stelle stand, die die Sonne vor meinen Augen abschirmte. Dass er sich auf meinen Schreibtisch lehnte, während wir die Anzahl der Schmerzmittel verglichen, die wir genommen hatten, um die Nachwirkungen dieses Teufels-Punsches zu lindern. Um mir von dem eleganten Stück Code zu erzählen, das er an diesem Morgen bezwungen hatte. Damit ich diesen Funken, dieses Kribbeln spüren konnte, das immer entstand, wenn er mich berührte.

Es traf mich wie ein lodernder Meteor. Es hatte keinen Funken gegeben, als Cooper mich geküsst hatte, weil alle meine Funken für Tyler bestimmt waren. Mein Freund Tyler, der irgendwie, während ich von Gedanken an Cooper abgelenkt war, mehr als mein Freund geworden war. Er war die Person geworden, auf die ich mich verlassen konnte, wenn etwas schiefging. Derjenige, mit dem ich gute Nachrichten teilen wollte. Die Person, die mir bei jedem Besuch das Gefühl gab, umsorgt und geschätzt zu werden. Gestern hatte ich gedacht, ich hätte einen Kater. In Wirklichkeit war ich melancholisch gewesen, wie eine liebeskranke Heldin eines historischen Liebesromans, die sich nach ihrem Helden sehnt. Alles, was mir gefehlt hatte, war ein voluminöses Seidenkleid und ein Korb mit Flickzeug, über dem ich seufzen konnte.

Bei Carl Sagans buschigen Augenbrauen, ich liebte Tyler Young.

»Hey.« Meine Stimme war tief und hauchdünn. Mein Atem stockte in meiner Brust.

Aber Tyler sah mich nicht an. Er starrte auf diese grellen rosa Pfingstrosen.

Er ballte seine Faust so fest, dass ich ein leises Knacken hörte und etwas Winziges auf den Holzboden klirrte.

»Schon gut.« Seine Vans quietschten, als er auf dem Absatz kehrtmachte, die Tür zum Treppenhaus aufriss und die Treppe hinunterpolterte.

»Wow«, sagte Ben und fächelte sich Luft zu. »Der wütende Tyler Young ist ein ganz schöner Leckerbissen. Es würde sich lohnen, ihn zu verärgern, nur für den Versöhnungs-…«

»Halt die Klappe, Ben.«

Ich ging zur Treppenhaustür und hob das Stück schwarzes Plastik auf, das aus Tylers Hand gefallen war. Es war eine winzige Pistole oder vielleicht ein Blaster, wie der, den ich neulich zu meinem Prinzessin-Leia-Kostüm getragen hatte. Wenn ich mich so weit gesammelt hatte, dass ich wie ein vernünftiger Mensch mit ihm reden konnte und nicht wie eine melancholische Jungfer, die Stickereien zu erledigen hat, würde ich es ihm nach unten bringen.

Ich hoffte, er brauchte es nicht sofort.

———

»SCHAU MAL, der Punsch tut mir leid.« Alicia runzelte die Stirn, als sie ihren schwangeren Bauch gegen den Cafétisch drückte. »Das ist neu«, murmelte sie.

Ich zog den Tisch zu mir heran, um ihr etwas Luft zum Atmen zu geben. »Der Punsch?«

»Auf der Party am Samstag. Hast du mich nicht zum Kaffee eingeladen, um mich deswegen anzuschreien? Alle anderen haben es schon getan. Anscheinend war der Sonntag ziemlich elend. Der arme Jackson hat sich am Montag immer noch erholt.«

»Armer Jackson?«, schnaubte ich. »Er hat das üble Zeug gemacht.« Ich hatte mehr als die empfohlene Dosis Ibuprofen eingeworfen. Zum Teufel mit den Warnungen auf der Flasche vor

Herzinfarkten. Mein Herz konnte mich mal. Es hatte mich die letzten drei Jahre in die Irre geführt.

»Er hat vergessen, dass er nicht mehr zweiundzwanzig ist.« Sie lächelte, ihre Augen wurden weich und liebevoll.

Tyler sah mich früher auch so an. Bevor ich ihn gebrochen und unsere Freundschaft ruiniert hatte. Er war am Dienstag und gestern nicht nach oben gekommen. Und ich hatte nicht den Mut gehabt, ihn unten zu besuchen. Dafür brauchte ich Alicias Hilfe.

Der Kellner stellte Alicias Kräutertee und meinen Caramel Latte mit einem Herz im Schaum ab. Ugh. Ich rührte mit meinem Löffel darin herum, bis es wie der Jupiter mit seinen gestreiften Wolkenformationen aussah.

»Ich habe dich nicht hierher eingeladen, um mich über den Punsch zu beschweren. Obwohl Jackson eine formelle Entschuldigung aussprechen sollte, weil er versucht hat, uns alle zu vergiften. Ich muss mit dir über … über Tyler sprechen.«

»Tyler? Geht es ihm gut? Ich habe nicht gesehen, dass er den Punsch getrunken hat.«

Ich ergriff Alicias Hand, gerade als sie ihre Tasse anheben wollte. »Vergiss den Punsch. I-ich glaube, ich liebe ihn.«

Gott sei Dank hatte ich sie vom Trinken abgehalten. Nach dem schockierten Ausdruck auf ihrem Gesicht zu urteilen, hätte sie ihn mit Sicherheit wieder ausgespuckt. »Aber du bist in Cooper verknallt.«

»Pst.« Das Café war zwar nicht das nächstgelegene zum Büro, aber Cooper Fallons Ruhm reichte weit über das Büro von Synergy hinaus. »Ich dachte, ich wäre es, aber ich bin es nicht.« Ich beugte mich näher zu ihr und flüsterte: »Er hat mich auf deiner Party geküsst, und ich habe nichts gefühlt. Es war, als würde ich Jackson küssen – nicht, dass ich das jemals getan hätte – oder, oder Ben. Nicht, dass ich das getan hätte. Aber es gab keinerlei Magie.«

»Du meinst, nicht so wie damals, als du Tyler geküsst hast?«

Ich bedeckte mein Gesicht mit meinen Händen und nickte.

»Und was denkt Tyler darüber?«

Ich spähte zwischen meinen Fingern hindurch. »Vor der Party hat er gesagt, dass er mehr als nur Freunde sein möchte. Und ich habe ihn abblitzen lassen. Dann hat er Cooper und mich gesehen. Und die Entschuldigungs-Pfingstrosen.«

»Entschuldigungs-…«

»Er hat es nicht gut aufgenommen. Ich glaube, ich habe einen wunden Punkt getroffen.« Seine Worte klangen mir seit Samstagabend in den Ohren: *Du hast mich benutzt, um zu bekommen, was du wolltest. Und das Schlimmste ist, dass ich es zugelassen habe.* Ich hatte ihm genau das angetan, was seine Ex, Bella, getan hatte. »Ich habe noch nicht genug Mumm zusammengenommen, um mit ihm darüber zu reden.«

Sie zog eine blonde Augenbraue hoch. »Aber genau das musst du tun. Du warst doch diejenige, die Jackson dazu gebracht hat, nach Austin zu kommen, um zu Kreuze zu kriechen.«

»Ich weiß nicht, ob das, was ich getan habe, so schlimm war wie …«

»Du musst mit ihm reden. Wie soll er sonst wissen, wie du fühlst?«

Sie paraphrasierte mein Lieblingslied aus *Verwünscht*. Sowohl Alicia als auch Giselle hatten recht. Ich würde Tyler sagen, dass ich ihn liebte, und er würde mich in seine Arme nehmen und mich wieder küssen, so wie er mich auf Alicias Hochzeit geküsst hatte. Meine Zehen würden sich kräuseln, die Sonne würde aus dem Nebel brechen, und Waldtiere würden singen. Tyler und ich würden auf einem weißen Pferd – oder vielleicht nur in seinem blauen Mustang – in den Sonnenuntergang reiten.

Ich beugte mich über den Tisch, um Alicia zu umarmen. »Du hast recht. Du hast recht. Ich werde morgen mit ihm reden.«

Sie drückte mich zurück. »Ihr beide werdet ein tolles Paar abgeben. Ihr solltet nächste Woche mal zum Abendessen vorbeikommen.«

Das wäre perfekt. Abendessen mit Tyler, meiner besten Freundin und dem Chef, den ich wie einen Bruder liebte. Ich würde doch noch mein Happy End bekommen.

25

FREITAGABEND SCHLEPPTE ich mich die Stufen unserer Veranda hoch und steckte den Schlüssel ins Schloss. Ihn umzudrehen kostete mich fast mehr Kraft, als ich aufbringen konnte.

Ich war ein Feigling gewesen. Ich hatte fast den ganzen Tag gewartet und gehofft, Tyler würde sein Schweigen brechen und nach oben kommen, um nach mir zu sehen. Aber um vier Uhr war ich die Treppe hinunter und ins Großraumbüro der Programmierer marschiert, nur um Tylers Platz verlassen vorzufinden. Sam sagte mir, ich hätte ihn um nur zwanzig Minuten verpasst.

Ich hatte darüber nachgedacht, ihm eine Nachricht zu schreiben, aber konnte man jemandem wirklich zum ersten Mal per SMS sagen, dass man ihn liebte? Davon hatte ich in keinem meiner Liebesromane gelesen. Ich würde ihn am Montag im Büro suchen. Nach dem langen, einsamen Wochenende.

Alles, was ich wollte, war, mich auf mein Bett fallen zu lassen und mir am Stück ein paar romantische Komödien anzusehen. Ich stieß die Tür auf.

Sylvia begrüßte mich in der Küche mit den Worten, die ich nie wieder hören wollte: »Wir sollten uns unterhalten.« Sorgenfalten umrahmten ihre Augen, und ihr Mund war zu einem schmalen Strich zusammengepresst.

»Geht es ihm gut?«, fragte ich und schlüpfte aus meinen Stöckelschuhen. Dad war nicht in der Küche und auch nicht in seinem Fernsehsessel.

»Er hatte einen schweren Tag. Ich habe ihm ein Beruhigungsmittel gegeben.«

»Ein Beruhigungsmittel?«, fragte ich und funkelte sie an. »Darüber haben wir nicht gesprochen.«

»Er war aufgewühlt und wollte mit Maggie sprechen. Nennt er Sie so?« Ihr Gesichtsausdruck verriet mir, dass sie wusste, dass das nicht der Fall war.

»Nein. Das war der Name meiner Mutter.«

Die Augen der älteren Frau wurden weicher und sie lockerte ihren Kiefer. »Ich nehme an, sie ist … von uns gegangen?«

»Ja.« Ich war nicht im Begriff, mit ihr ins Detail zu gehen, nicht nach der Woche, die ich hinter mir hatte.

Sie straffte ihre kräftige Gestalt. »Er hat gesagt, er müsse sie sehen. Er hat mich weggestoßen, um nach draußen zu gelangen.« Sie zog ihren Ärmel hoch, um mir einen langen blauen Fleck an ihrem Oberarm zu zeigen.

Ich blinzelte. Mein freundlicher, sanfter Vater hatte eine Frau geschubst? Das musste doch ein Versehen gewesen sein. »Das klingt nicht nach Dad.«

Ihre dunklen Augen füllten sich mit Mitleid. »Diese Krankheit nimmt weg, was Ihren Vater ausgemacht hat. Er wird viele Dinge tun, die nicht dem Mann entsprechen, den Sie kannten.«

Ihre Worte waren wie ein Messer in meinem Bauch. Dad hatte mein ganzes Leben lang für mich gesorgt, die meiste Zeit davon allein. Er hatte meine aufgeschürften Knie geküsst, meine Haare geflochten, mir in seinem alten Ford-Pickup das Fahren beigebracht. Er hatte mich angefeuert, als ich meinen Highschool- und College-Abschluss gemacht hatte, und er hatte mich nach Trennungen getröstet. Ich konnte ihn nicht verlieren. Und ich brauchte Sylvia, um ihn zu behalten.

»Geht es Ihnen gut? Er hat Sie doch nicht verletzt, oder?«

»Nein, Süße. Er ist nicht der erste Patient, der ein wenig

ausfällig wird. Aber vielleicht ist das hier nicht mehr der richtige Ort für ihn.«

»Hier, bei mir, ist der beste Ort für ihn. Ich bin alles, was er hat.« Und Dad war alles, was *ich* hatte. Ich würde ihn nicht verlieren.

Sie stemmte eine Hand in die Hüfte. »Wollen Sie, dass ich Ihnen beibringe, wie man die Beruhigungsspritze gibt?«

Der Kloß in meinem Hals blockierte meine Worte. Ich konnte niemandem eine Spritze geben, schon gar nicht Dad. Und er würde mich niemals verletzen. Ich wusste nicht, was heute mit Sylvia vorgefallen war, aber ich würde die Medikamente nicht brauchen.

Ich schüttelte den Kopf.

»Na gut.« Sie nahm ihre Jacke vom Haken an der Hintertür. »Wir sehen uns am Montag.«

»Danke, Sylvia. Ein schönes Wochenende.«

Nachdem sie gegangen war, sackte ich an der Tür zusammen. Nicht einmal eine romantische Komödie konnte den Schlag lindern, den sie mir versetzt hatte. Ich griff nach der Wodkaflasche aus dem Schrank über dem Ofen.

———

AM SONNTAGNACHMITTAG SCHALTETE ich die Werbung während des Raiders-Spiels stumm. »Willst du Popcorn?«

»Klar.« Dad lächelte mich von seinem Fernsehsessel aus an.

Ich lächelte zurück, legte mein Taschenbuch zur Seite – in diesem war der Held ein Footballspieler, es war also so, als würden wir uns wirklich über das Spiel austauschen – und reichte ihm die Fernbedienung. Dad hatte ein gutes Wochenende.

Ich schlurfte in die Küche, um eine Tüte Popcorn für eine Runde in die Mikrowelle zu schieben. Während ich wartete, öffnete ich ein paar Biere. Die Kopfschmerzen, die ich gestern Morgen vom Wodka gehabt hatte, waren verschwunden. Dad hatte mich ausgelacht, als ich die Treppe heruntergeschlichen kam. Als er gefragt hatte, konnte ich ihm nicht den wahren Grund sagen, warum ich den ganzen Wodka getrunken hatte. Oder von meinem Streit mit Tyler. Stattdessen hatte ich ihm erzählt, dass ich eine harte Woche bei der Arbeit gehabt hatte. Was ja auch stimmte. Er hatte mir ein nachsichtiges Lächeln geschenkt und gesagt, ich würde zu hart arbeiten. Ich hatte seine stoppelige Wange geküsst.

An diesem Morgen hatte ich das Haus von oben bis unten geputzt, während Dad die Fugen um die Türen und Fenster abgedichtet hatte. Dann verkündete er, er würde nach draußen gehen, um die Dachrinnen zu reinigen – obwohl er sie Regenauffänger genannt hatte. Ich lenkte ihn ab, indem ich das Footballspiel einschaltete.

Ich wagte es, ein wenig Optimismus in mein Herz zu lassen. Er hatte am Freitag nur einen schlechten Tag gehabt. Die Woche mit einer Fremden zu verbringen, war schwierig für ihn gewesen. Ich hatte im Kindergarten auch meinen Teil an Wutanfällen gehabt, als er nach dem Tod meiner Mutter wieder arbeiten ging. Zeit mit mir baute ihn wieder auf. Sie baute uns beide wieder auf. Vielleicht würde Jackson mich einen Tag pro Woche von zu Hause aus arbeiten lassen. Sylvia hatte unrecht. Tyler auch. Dad war immer noch er selbst, und wir konnten das schaffen.

Die Mikrowelle piepste, und ich trug unsere Bierflaschen und die Schüssel mit Popcorn ins Wohnzimmer. Dad jubelte, als die Raiders einen First Down schafften. Ich stieß ihn mit der Bierflasche an seiner Hand an und er nahm sie mir ab, die Augen immer noch auf den Fernseher gerichtet. »Danke, Maggie.«

Ich seufzte, machte mir aber nicht die Mühe, ihn zu korrigieren. Er und meine Mutter mussten zusammen Football geschaut haben, und sie hatte ihm einst Bier geholt. Als sie jung und verliebt waren, bevor sie ihm zu früh genommen wurde.

Könnte ich jemals diese Art von Liebe finden, die Art, die sogar über den Tod hinaus andauert? Dad hatte meine Mutter von ihrer ersten Berührung an geliebt. Ich hatte versucht, so etwas mit Cooper zu erzwingen. Jetzt sah ich es. Ich hatte davon geträumt, dass der perfekte Märchenprinz mich auf seinem Streitross mitnehmen und entführen würde, und Cooper Fallon passte perfekt in diese Rolle.

Aber selbst als ich in ihn verknallt war, wusste ich irgendwo tief in meinem Herzen, dass er nur eine Fantasie war. Wie meine Liebesromane war er etwas, das mich von Dad, meinem Job, über den sich andere Leute mit nicht mehr Qualifikationen als ich lustig machten, und meinem Mangel an echten Freunden ablenkte.

Und als jemand in mein Leben trat, dem ich wirklich etwas bedeutete, steckte ich so tief in der bequemen Routine meiner Schwärmerei, dass ich es nicht sehen konnte. Ich konnte ihn nicht sehen. Ich hatte all die Signale ignoriert, die Tyler mir gegeben hatte, weil ich unsere Freundschaft nicht riskieren wollte. Aber mit den Gefühlen zwischen uns wackelte unsere Freundschaft bereits auf ihrer Achse. Jetzt könnte es zu spät sein, und wir würden in die Leere des Weltraums auseinanderdriften.

»Ich vermisse dich, Maggie.« Dads Stimme klang jünger, als ich sie seit Langem gehört hatte, von seiner üblichen rauen Art war nichts mehr zu spüren.

Mein Magen zog sich zu einem kalten, harten Knoten zusammen. Ich legte meinen Roman weg und sah zu ihm hinüber. Er sah mich an, aber seine Augen waren von Erinnerungen getrübt, er sah nicht *mich*, sondern jemand anderen. Meine Mutter.

Ich griff über den Tisch und ergriff seine Hand. »Dad, ich bin's. Marlee. Mama – Maggie – ist schon lange fort. Du weißt das.«

»Tot.« Eine Träne glitzerte in seinem Augenwinkel und rollte dann eine Furche auf seiner Wange hinab.

»Das stimmt, Dad. Sie ist vor langer Zeit gestorben.«

»Vor Wochen.«

Ich seufzte. »Vor *Jahren*, Dad. Ich bin jetzt ganz erwachsen.«

Er blinzelte den Nebel aus seinen Augen. »Ja, das bist du, Sonnenschein. Du siehst deiner Mutter so ähnlich.«

Ich lächelte ihn an. Ich hatte sie immer für wunderschön

gehalten. »Wie wäre es, wenn wir uns mit ihrem Hackbratenrezept zum Abendessen an sie erinnern?« Laut Dad war meine Mutter keine besonders gute Köchin gewesen, aber ihr Hackbraten war sein Lieblingsgericht gewesen.

»Das klingt gut.«

Ich suchte im Gefrierschrank nach Hackfleisch, aber das Rezept meiner Mutter verlangte nach einer Mischung aus Schweine- und Rindfleisch, die wir nicht hatten. Nachdem ich gestern und heute den ganzen Tag drinnen war, würde mir ein Einkaufsbummel an der frischen Luft guttun. Ich küsste Dad auf seinen weißen Haarschopf. »Ich gehe dann zum Laden. Ich bin in ein paar Minuten zurück.«

Er grunzte, seine Aufmerksamkeit war bereits wieder auf das Spiel gerichtet.

Der Sonnenschein und die klare Herbstluft draußen ermutigten mich, meine Besorgungen in die Länge zu ziehen. Ich unterhielt mich ein paar Minuten mit Mr. Oliveras; er hatte Dad mit Sylvia gesehen und nach seiner Gesundheit gefragt. Ich erzählte ihm nur, dass Dad unsicherer auf den Beinen geworden war, was der Wahrheit entsprach. Ich nahm einen fruchtigen Zinfandel passend zum Hackbraten und eine Flasche Wodka, um die zu ersetzen, die ich getrunken hatte. Dazu noch ein paar fröhliche gelbe Chrysanthemen für Dad, um sie in die kleine Vase neben Mamas Urne zu stellen.

Als ich die Haustür aufschloss, tat es mir leid, dass ich so lange weg gewesen war. Nicht einmal Wodka würde das hier wieder in Ordnung bringen.

»Dad!«, schrie ich in das leere Wohnzimmer.

Das Zimmer war ein einziges Chaos. Bier aus unseren umgestoßenen Flaschen hing in schweren Tropfen am Rand des Beistelltischs und platschte in eine Lache auf den Holzboden darunter. Popcorn war im ganzen Zimmer verstreut, von der Rückseite des Sofas bis zum braunen Hochflorteppich davor. Die Fußstütze des leeren Fernsehsessels war hochgeklappt. Die Kissen waren vom Sofa gezogen worden und lagen wahllos auf einem

Haufen daneben. Mein Herz hämmerte. Wo war er? War er angegriffen worden? War bei uns eingebrochen worden?

Ich fand die Fernbedienung auf dem Couchtisch und schaltete den Fernseher stumm. »Dad!«, schrie ich erneut in die Stille.

Ich schritt in die Küche. Ich würde den Einbrecher mit meiner schweren Alkoholfllasche niederschlagen. Und ihm dann mit dem Taser einen Schock verpassen, während er am Boden lag. Ich überflog den Raum, der auf den ersten Blick leer schien. Aber dann hörte ich ein Schniefen unter dem Tisch.

Ich ging in die Hocke und fand ihn unter dem Küchentisch, die Knie an die Brust geklammert. »Dad, was machst du da unten?«, flüsterte ich, für den Fall, dass der Einbrecher noch im Haus war.

Seine Augen trafen meine, und sie waren klar, aber rot umrandet. »Sie ist weg.«

»Wer ist weg?« Eine weibliche Diebin?

»Maggie ist weg.«

Die Anspannung wich aus meinen Schultern, und ich ließ mich aus der Hocke auf das Linoleum fallen. Die Einkaufstüte krachte auf den Boden. »Ja, Dad. Sie ist weg. Kannst du unter dem Tisch hervorkommen?« Wie war er da mit seinem kaputten Knie überhaupt druntergekommen?

Er schob sich mit seinen Händen und seinem guten Bein hervor. Ich stand zuerst auf, zog ihn dann auf die Beine und half ihm, sich auf einen der Küchenstühle zu setzen. »Was ist passiert?«

»Ich konnte sie nicht finden. Ich konnte Maggie nicht finden.«

Ich blickte zu der Wand hinter ihrem Platz am Tisch, um ihr Foto zu finden. Aber das gerahmte Bild war weg. Hm. Vielleicht meinte er das. Ich würde später danach suchen.

Dad rieb sich das Knie. Das Krabbeln unter dem Tisch hatte ihm nicht gutgetan. »Tut dein Bein weh? Willst du eine Schmerztablette?«

»Bitte.« Das hoffnungslose Zittern in seiner Stimme jagte mir einen Schauer über die Haut.

Ich holte ihm ein Glas Wasser und seine verschreibungspflichtige Tablette und sah ihm beim Schlucken zu. Als ich die tiefen Falten um seine Augen und seinen Mund sah, fragte ich: »Willst du dich hinlegen, während ich das Abendessen mache?«

Sein Lächeln war gequält. »Das wäre gut.«

Ich half ihm in sein Zimmer und steckte die Decke um ihn. Ich küsste seine Stirn, die sich unter meinen Lippen glättete. »Ich schaue gleich nach dir.«

»In Ordnung.« Seine Augenlider flatterten bereits zu.

Ich räumte das Wohnzimmer zum zweiten Mal an diesem Tag auf und machte dann den Hackbraten meiner Mutter. Während er im Ofen war, recherchierte ich auf meinem Laptop nach Alzheimer im Frühstadium und Selbsthilfegruppen für Demenzkranke.

An diesem Abend aß ich allein zu Abend und schmeckte nichts.

AM MONTAGMORGEN TRUG ich die Last des Wochenendes mit ins Büro. Ich hatte in der Nacht auf Sonntag nicht geschlafen, mein Gehirn drehte sich erschöpft im Kreis und meine Brust war eng vor Sorge. Tat ich das Richtige, indem ich Dad bei mir zu Hause behielt? Zuzusehen, wie er zu jemandem wurde, den ich nicht kannte, brach mir das Herz. Wie lange konnte ich das noch durchhalten, bevor ich mich von meiner eigenen geistigen Gesundheit verabschieden würde?

Aber nur eine undankbare Tochter würde ihren kranken Vater im Stich lassen wollen. Mein alleinerziehender Vater, der mich allein großgezogen hatte, seit ich zwei Jahre alt war. Der alles für mich geopfert hatte – eine zweite Liebe, ein soziales Leben, größere Träume. Selbst als ich durch die Drehtür bei Synergy ging, wollte ich mich am liebsten umdrehen und den Zug zurück nach Hause nehmen, nur um seine Hand zu halten.

Aber das konnte ich nicht. Ich musste nicht nur arbeiten und mein Gehalt verdienen, sondern die Dinge mit Tyler auch wieder in Ordnung bringen. Ich hatte ihn am Wochenende so oft anrufen wollen, entweder um über Dad zu reden oder um mich von ihm abzulenken; ich war mir nicht sicher, was von beidem. Aber ich hatte mich zurückgehalten, während meine Finger über dem Bildschirm schwebten. Ich hatte ihm immer meine Probleme vor die Füße gelegt. Wann hatte ich ihn das letzte Mal nach seinem Leben, seinen Problemen gefragt? War ich eine schreckliche Freundin?

Was, wenn er weder die Freundschaft noch das *Mehr* wollte, das ich bereit war, mit ihm zu entdecken? Der Gedanke an die wütenden Worte, die er mir vor Alicias Haus entgegengeschleudert hatte, ließ meinen Magen so verkrampfen, wie an dem Morgen, nachdem ich den ganzen Wodka getrunken hatte.

Ich hatte meine Tasche gerade auf meinem Schreibtisch abgestellt, als Jackson aus dem Aufzug schritt. Er blieb an meinem Schreibtisch stehen. »Marlee, ich habe ein Problem.«

»Dir auch einen guten Morgen.« Trotz des Krampfs in meinem Bauch konnte ich mir ein Lächeln nicht verkneifen. Ich liebte es, Jacksons Probleme zu lösen.

»Ich habe vielleicht vergessen, dir zu sagen, dass Alicia um zwei einen Termin bei ihrer Frauenärztin hat, und ich habe ihr versprochen, dass wir danach Babymöbel kaufen gehen. Wir müssen also alle meine Nachmittagstermine verschieben.«

Ich tippte auf seinen Kalender, um ihn zu öffnen. »Ich kümmere mich darum. Vergiss nicht, dass Cooper heute Abend nach Europa fliegt. Ich werde versuchen, fünfzehn Minuten in deinem Terminkalender für ihn zu finden; andernfalls stelle ich dir eine Erinnerung ein, damit du ihn anrufst, bevor er ins Flugzeug steigt.«

»Du bist meine Rettung, Marlee.« Er grinste.

»Ich bezweifle, dass du das um halb zwei noch sagen wirst, wenn du den ganzen Vormittag einen Termin nach dem anderen hattest und ich dich zur Tür hinausschiebe. Außerdem hältst du diese Woche für Cooper die Stellung, während er in Europa ist.«

Sein Gesichtsausdruck verfinsterte sich. »Erinnerst du mich noch mal daran, warum ich ihn mich wieder zum Vizepräsidenten machen ließ?«

»Weil du das Programmieren, diese Firma und die Menschen, die hier arbeiten, liebst. Du tust es für dich selbst, für Cooper und sogar für mich. Und jetzt geh meditieren, während ich deinen Terminkalender entwirre.«

Er salutierte. »Ja, Ma'am.«

Genau wie ich es vorausgesagt hatte, war er müde und schlecht gelaunt, als ich ihm einen Müsliriegel und eine Tasse Kaffee in die Hand drückte und ihn in den Aufzug setzte, damit er Alicia treffen konnte.

Als ich an meinen Schreibtisch zurückkehrte, war in Jacksons Kalender für den nächsten Tag ein neuer Termin aufgetaucht, und die Betreffzeile fiel mir ins Auge. *Vorstellungsgespräch Tyler Young als Entwicklungsleiter.*

Ich biss mir auf die Lippe, um einen Quietscher zu unterdrücken, und schrieb ihm eine SMS.

> Juhu! Ich freue mich so, dass du dich auf die Manager-Position beworben hast! Willst du hochkommen und darüber reden?

TYLER

> Klar.

Das war fast zu einfach gewesen. Ein vorgefertigter Vorwand, um mit ihm zu reden. Aber warum hatte er mir nicht gesagt, dass er sich entschieden hatte, sich zu bewerben? War er immer noch so wütend auf mich? Ich wünschte, ich hätte nicht so viel Zeit verstreichen lassen. Ich wünschte, ich hätte letzte Woche den Mut gehabt, mit ihm zu reden.

Normalerweise stellte ich mich Herausforderungen direkt. Beruflichen Herausforderungen. Aber wenn ein paar Emotionen mit ins Spiel kamen, geriet ich völlig durcheinander. So hatte ich zum Beispiel drei Jahre gebraucht, um die Operation Prince Charming einzuleiten. Und ich wusste immer noch nicht, was ich wegen Dad tun sollte, dessen Zustand sich, wenn ich ehrlich war, seit seinem Unfall stetig verschlechtert hatte. Aber ich würde keine drei Jahre oder auch nur eine weitere Woche vergehen lassen, ohne Tyler zu sagen, was ich für ihn empfand. Er verdiente es zu wissen, dass ich bereit für mehr war, wenn er es noch wollte.

Ich hatte Zeit, mich an meinem Schreibtisch zurechtzusetzen, die Knöchel übereinandergeschlagen, den Rock geglättet, bevor die Tür zum Treppenhaus aufging und Tylers vertrautes Quietschen seiner Turnschuhe zu hören war. Er hatte seine Haare kurz geschnitten, fast ein Bürstenschnitt. Ich vermisste die wuscheligen Wellen, sehnte mich aber danach, mit den Fingern über das kurze, plüschig aussehende Haar über seinen Ohren zu streichen.

Er trottete zu meinem Schreibtisch. »Hey.« Misstrauisch. Wir entschieden uns also für misstrauisch. »Du wolltest also reden?«

Ich nickte. Wie redete ich mit dieser Version von Tyler, dessen sonst immer lächelnder Mund zu einem finsteren Strich verzogen war und der ein paar Schritte weiter von meinem Schreibtisch entfernt stand als sonst?

»Lass uns in Jacksons Büro gehen. Er ist für den Rest des Tages weg.« Ich ging voran und schloss die Tür. Ich betätigte den Schalter, der die Jalousien herunterließ. »Ich freue mich so, dass du dich auf die Stelle beworben hast.« Mist, das hatte ich schon gesagt.

Er verschränkte die Arme vor der Brust und zuckte mit den Schultern. »Ich dachte mir, es ist einen Versuch wert.«

»Und siehst du? Sie haben dich zum Gespräch eingeladen.«

»Ja.«

Wow, okay. An den wortkargen Tyler war ich nicht gewöhnt. Vielleicht wollte er einfach, dass ich auf den Punkt kam. »Setzt du dich?«, fragte ich und deutete auf das Sofa in Jacksons Sitzecke.

Ohne ein Wort ging er am Sofa vorbei und setzte sich in einen der Ohrensessel. Ich ließ mich auf dem Sofa direkt neben seinem Sessel nieder und zog meinen Rock über die Knie. »Es tut mir leid, dass du gesehen hast, was du auf der Party von Jackson und Alicia gesehen hast. Ich—«

»Du meinst, wie du Cooper geküsst hast? Ist es nicht das, was du wolltest? Dass ich es sehe, damit ich die Botschaft verstehe und aufgebe?«

Ich sog die Luft ein. Meine Haut begann zu kribbeln, und nicht auf eine gute Art. »Nein! Ich würde dich niemals so verletzen wollen. Wir sind Freunde, und—«

»Sind wir das? Freunde? Du hast dich in letzter Zeit nämlich nicht besonders wie eine Freundin verhalten.«

»Ich weiß, und das tut mir leid. Ich hatte Angst.«

Seine Augenbrauen zogen sich zusammen. »Angst vor mir?«

»Angst davor, was ich fühle und wie das unsere Beziehung verändern könnte.« Ich fuhr mit dem Finger eine Blume auf meinem Rock nach. »Siehst du, ich ... ich mag dich.« Mist, das war nicht richtig. Das war untertrieben.

»Ich meine« – ich sah auf – »ich glaube, ich bin dabei, mich in dich zu verlieben.« Warum war das so schwer? Ich hatte die Worte tausendmal in meinen Liebesromanen gelesen. Sie rollten den Heldinnen nur so von der Zunge. Meine Zunge klebte an meinem Gaumen.

Er sagte nichts und sein Gesichtsausdruck blieb leer.

»Sag was. Bitte.« Ich verschränkte die Hände in meinem Schoß.

»Ich – ich weiß nicht, was ich sagen soll. Ist das Operation Prince Charming Teil zwei? Noch mehr Schauspielerei, damit Cooper endlich seinen Kopf aus dem Arsch zieht und dir einen Antrag macht? Welche Rolle soll ich jetzt spielen?«

Ich legte meine Hand auf sein Knie. »Keine Rolle. Keine Schauspielerei. Ich habe Gefühle für dich, Tyler. Mehr-als-nur-Freundschaft-Gefühle.«

»Aber bei dir zu Hause hast du gesagt, dass du das nicht willst. Dass du das nicht kannst. Und vor zwei Wochenenden hast du ihn geküsst. Wie kann ich glauben, dass—«

Ich sprang vom Sofa auf, beugte mich über ihn in seinem Sessel und bedeckte seinen Mund mit meinem. Ich versuchte, all die Sehnsucht, all das Bedauern und all die Liebe, die ich für ihn empfand, in den Kuss zu legen. Er war nicht sanft, nicht wie der Kuss, den er mir auf der Tanzfläche gegeben hatte, oder sexy, wie der, den wir vor dem Gasthaus nach seiner erotischen Fußmassage geteilt hatten. Er war hart und voller Bedeutung und Versprechen. Eine Verpflichtung.

Zuerst war er steif, seine Lippen wie gefroren. Aber ich ließ nicht locker, knabberte an seiner weichen Unterlippe, streichelte seine Schultern und Brustmuskeln über seinem T-Shirt. Ich war mir sicher, dass ich lächerlich aussah, in der Taille nach vorn gebeugt, mein Hintern in der Luft, aber das war mir egal. Ich musste Tyler zeigen, was ich für ihn empfand. Dass ich mehr als Freundschaft wollte. Dass ich ihm geben konnte, was er sich nach eigenen Worten wünschte.

Nach und nach wurde er weicher. Ich ließ meine Zunge zwischen seine Lippen gleiten und schmeckte ihn. Süßes und Zitrus prickelten auf meiner Zunge. Seine zitronige Note war wie nach Hause zu kommen. Ich summte. Seine Hände landeten auf meinem Rücken, und ich schmolz auf seine Knie, in seinen Schoß. Er seufzte gegen meine Lippen. »Mar—«

»Marlee!« Coopers gedämpfte Stimme drang durch die Tür. »Bist du da drin?«

Ich erstarrte. Warum, zum Teufel, musste er mich ausgerechnet jetzt suchen?

»Tu es nicht. Wenn wir leise sind, denkt er, du bist weggegangen«, flüsterte Tyler. Er streifte mit seinen Lippen meine.

»Ich muss nachsehen, was er braucht.« Ich erhob mich von seinem Schoß und wischte mir verirrten Lippenstift vom Kinn. Ich schritt zur Tür und öffnete sie. »Ja, Cooper?«

»Wir finden die Präsentation nicht, an der du und ich vor meiner Reise an die Ostküste gearbeitet haben. Hast du eine Kopie?«

Ich seufzte. Sie war auf dem Server, aber Ben war noch nicht vollständig mit unseren Ablagekonventionen vertraut. »Ich suche sie für dich. Gib mir eine Minute, um fertig zu werden—«

Aber er hatte über meinen Kopf hinweggesehen. Verflucht sei er dafür, dass er so groß war. »Hey, Tyler.« Er sah zu mir herunter und grinste. »Ich glaube, er trägt deinen Lippenstift.«

Ich fiel darauf rein. Ich rieb an meiner Oberlippe. »Ich brauche eine Minute.« Ich musste sicherstellen, dass Tyler und ich okay waren. Dass er nicht wieder vor mir fliehen würde. »Und dann suche ich deine Datei.« Ich begann, die Tür zu schließen, aber Tyler war hinter mich getreten.

»Ich gehe jetzt. Ich bin sicher, du und Cooper habt wichtige Arbeit zusammen zu erledigen.«

»Tyler, warte—«

»Nein, Marlee. Wir sind fertig.«

Sein letztes Wort sog alles Licht und alle Luft aus dem Raum wie ein schwarzes Loch. »Fertig?«

»Du kannst mir nicht geben, was ich brauche. Was ich verdiene. Oder auch nur deine ungeteilte Aufmerksamkeit.«

»Ich – ich komme runter, wenn ich mich um Cooper gekümmert habe.«

»Das wird nicht nötig sein. Ich will nichts mehr.« Er drängte sich an mir vorbei, an Cooper vorbei und ging in Richtung Treppe.

Cooper lehnte sich an den Türrahmen. »Also, sieht so aus, als ob ihr zwei—«

»Nicht hilfreich, Cooper. Ich hole dir die Datei jetzt.« Mit erstarrtem Gesicht schritt ich an ihm vorbei zu meinem Schreibtisch.

Ben schwebte in der Nähe meines Schreibtisches. »Sorry«, flüsterte er. »Ich habe versucht, zu—«

»Schon gut.« Ich entsperrte meinen Laptop und navigierte zu der Datei auf dem Server.

Es war nicht gut. Ich hatte Tyler wieder das Gefühl gegeben, nur die zweite Geige zu spielen. Als ob ich ihn wieder nur benutzen würde. Es war nicht Bens Schuld, und so nervig er auch gewesen war, es war auch nicht Coopers Schuld. Es war meine. Ich hatte von Anfang unserer Freundschaft an klargemacht, dass ich Cooper wollte. Und es würde Arbeit erfordern, Tyler vom Gegenteil zu überzeugen.

Glücklicherweise war Arbeit etwas, worin ich gut war. Und

ich würde weiterarbeiten, bis Tyler glaubte, dass ich ihn liebte und sonst niemanden.

27

ALS ICH AN DIESEM Abend zur Tür hereinkam, saßen Sylvia und Dad am Küchentisch vor einem Kinderpuzzle – einem meiner alten –, dessen Teile fast so groß wie meine Handfläche waren. Sylvia hatte mir gesagt, dass Puzzeln Dads Gedächtnis auf die Sprünge helfen würde. Und trotzdem hatte ich nicht daran gedacht, ihm welche zu kaufen.

Sylvia blickte vom Puzzle auf und lächelte. »Du bist früh zu Hause.«

»Mhm.« Ich schlüpfte aus meinen Stöckelschuhen. Ich wollte eine Dusche. Und eine Jogginghose. Und Eiscreme. In dieser Reihenfolge. Aber ich beugte mich hinunter, um Dad auf die Schläfe zu küssen. »Hey, Dad. Wo hast du denn das alte Ding gefunden?« Es versetzte meinem Herzen einen Stich, als ich das Bild auf der Vorderseite sah: Die Schöne und das Biest, allein im Ballsaal tanzend.

»Sylvia hat es gefunden, als sie nach Maggie gesucht hat.«

Ich sah sie alarmiert an.

Sie schüttelte den Kopf. »Das Bild deiner Mama.« Dann deutete sie auf die Wand hinter mir. »Habe sie auch gefunden.«

Ich blickte hinter mich, und tatsächlich war meine Mutter wieder an ihren Platz an der Wand zurückgekehrt. »Wo?«

Sie schob Dad ein Puzzleteil hin. »Unter seinem Kopfkissen.«

Ein winziges Stück meines Herzens brach ab. Selbst nach mehr als zwanzig Jahren vermisste er sie so sehr.

»Fertig!« Dad setzte das letzte Teil an seinen Platz.

»Das ist großartig. Ich besorge dir noch eins. Versprochen.« Ich würde in meiner Mittagspause losgehen und eines in einem der teuren Touristenläden kaufen, wenn es sein musste.

»Ach, das hier ist schon okay«, sagte er. »Wahrscheinlich habe ich es bis morgen sowieso wieder vergessen.«

Ein weiteres Stück meines Herzens brach dabei ab. Jetzt brauchte ich das Eis wirklich. Mit Schokoladensoße.

Sylvia hatte schon eine ganze Reihe von Demenzpatienten gepflegt, aber auch ihre Miene verfinsterte sich.

»Wollen Sie früher nach Hause gehen?«, fragte ich. »Ich komme jetzt klar, wo ich zu Hause bin.«

»Wenn du dir sicher bist?« Sie erhob sich von ihrem Stuhl.

»Ich übernehme ab hier. Einen schönen Abend noch.«

Sie sammelte ihre Sachen zusammen und ging. Ich schloss die Tür ab und lehnte mich dagegen.

»Was ist los, Sonnenschein?«

»Los? Nichts.«

Er winkte mich zu sich, und ich setzte mich neben ihn, wie ich es mein ganzes Leben lang getan hatte.

»Ich mag vielleicht nicht mehr alle Tassen im Schrank haben, aber ich merke, wenn mein Sonnenschein seinen Glanz verliert. Etwas bedrückt dich. Ist es dieser Junge mit dem Auto? Tanner?«

»Tyler.« Ich sackte auf meinem Stuhl zusammen. Jetzt war ich wieder vierzehn und erzählte ihm von meinem ersten Schwarm. Bei Jungs-Mädchen-Kram war er nie eine große Hilfe gewesen. Seine Beziehung zu meiner Mutter war makellos gewesen, und er wusste nichts über Herzschmerz.

Aber ich erzählte es ihm. Ich erzählte ihm von meiner Schwärmerei für Cooper, von meinem Versuch, ihn mit meinem Freund eifersüchtig zu machen, und dann von den sich entwickelnden Gefühlen meines Freundes für mich, die ich nicht bereit gewesen war zu erwidern, bis es zu spät war. Wie Tyler mir gesagt hatte, er verdiene mehr.

»Warum habe ich das so vermasselt?«

Seine Augen waren klar, als er sagte: »Ich glaube, ich habe dir eine unrealistische Vorstellung von Beziehungen vermittelt.«

»Nein, Dad. Du hast mir gezeigt, wie eine Beziehung sein sollte.« Ich begann, das Puzzle auseinanderzunehmen, angefangen beim fließenden Saum von Belles goldenem Ballkleid.

Er legte eine Hand auf meine und hielt meine geschäftigen Finger an.

»Als ich deine Mutter kennenlernte, war ich noch ein junger Mann. Jünger als du es jetzt bist. Ich hatte einen Job, Geld zum Ausgeben, Freunde. Wir tranken nach der Arbeit ein Bier. Haben vielleicht ein bisschen –« Er machte eine rauchende Geste mit Daumen und Zeigefinger.

»Dad!« Das wollte ich *nicht* hören.

Er kicherte. »Das Letzte, woran ich dachte, war, mit einem Mädchen etwas Ernstes anzufangen. Und dann lernte ich Maggie kennen. Sie war wunderschön und klug und witzig.«

Ich seufzte. »Und du hast dich verliebt.«

»Nein.« Er zog den Kopf ein. »Ich habe sie geschwängert.«

»Oh mein Gott! Dad!«

»Aber ich habe das Richtige getan, und wir haben geheiratet.«

»Und dann habt ihr euch verliebt.«

Er summte. »Wir waren Partner, die auf ein gemeinsames Ziel hinarbeiteten. Dich großzuziehen. Und wir waren so glücklich, als du geboren wurdest.« Er umfasste wieder meine Hand. »Wir haben dich beide sehr geliebt.«

Ich rieb an meinem Anhänger. »Habt ihr euch nicht geliebt?«

»Doch, auf eine Art. Aber nicht so, wie in den Märchenbüchern davon erzählt wird.« Er brach ein Puzzleteil aus der anderen Ecke ab, die fellige Tatze des Biests. »Ich wollte dir zeigen, vielleicht sogar Maggie und mir selbst, dass es möglich war. Wahre Liebe. Also habe ich dir Liebesgeschichten vorgelesen.«

»Was ist mit dieser magischen Berührung? Als du ihr das Handtuch am Pool gereicht hast?«

»Ich wünschte, es wäre so passiert. Ich habe mir immer gewünscht, wir hätten uns so verliebt.«

Ein weiteres Stück meines Herzens brach ab.

»Bereust du es? Bereust du ... mich?«

Er sah auf, seine blauen Augen waren für einen Moment klar. »Nein, niemals. Ich wünschte nur, du hättest mehr Zeit mit ihr gehabt.«

Das wünsche ich mir auch. Ich nahm den Rest des Puzzles auseinander und schüttete die Teile in die Schachtel. Als ich wieder aufblickte, waren Dads Augen trüb.

»Worauf wollte ich mit der Geschichte hinaus?«

»Ist nicht wichtig, Dad.« Ich wusste, worauf er hinauswollte. Sam, der sich nicht einmal für Liebe interessierte, hatte den besten Beziehungsrat gegeben. So sehr ich es auch liebte, über die sofortige Lust zu lesen, Liebe, die auf Freundschaft basierte, war die beste Art von Liebe.

Ich stand auf und stellte die Puzzleschachtel auf die rosafarbenen Regale an der Hintertür, damit er und Sylvia sie morgen wieder zusammensetzen konnten. Der Teleskopkoffer fiel mir ins Auge.

»Willst du später heute Abend ein paar Sterne beobachten? Der Himmel ist klar.« Die Sterne anzusehen, würde unser beider Stimmung heben.

»Was immer du möchtest, Maggie.«

Ich seufzte und sah auf die Uhr. Zu früh, um mit dem Abendessen anzufangen. Mein Bleistiftrock schnitt mir in den Bauch, und meine Schultern schmerzten unter den BH-Trägern. Meine Jogginghose rief nach mir von oben.

»Wie wäre es mit etwas SportsCenter? Ich wette, sie haben eine Vorschau auf das Footballspiel.«

»Okay.«

Ich führte ihn zu seinem Sessel und schaltete den Fernseher

ein. Er lehnte sich zurück und seine Augen wurden glasig. Vielleicht würde er einschlafen.

Ich schnappte mir meine Schuhe, joggte nach oben und ließ mir Zeit, mich in bequeme Kleidung umzuziehen, während ich mich an den verzweifelten Kuss mit Tyler und dann an seine unnachgiebige Haltung danach erinnerte. Man sollte meinen, nach all den Liebesromanen, die ich gelesen hatte, nach all den romantischen Komödien, die ich verschlungen hatte, wüsste ich, wie man Abbitte leistet. Aber ich hatte es vermasselt. Hatte ich unsere Freundschaft und die Möglichkeit für mehr endgültig ruiniert?

Sogar meine Yogahose und mein abgetragenes Sweatshirt kratzten und reizten meine Haut. Ich verdiente das Unbehagen nach dem, was ich Tyler angetan hatte. Vielleicht, wenn ich ihm eine SMS schickte, würde er vorbeikommen und mir eine zweite Chance zum Abbitte-Leisten geben?

Gerade als ich mich umdrehte, um nach unten zu gehen und mit dem Abendessen anzufangen, ertönte ein Klirren von draußen vor dem Fenster. Hatte Tyler meine Gedanken gelesen und war mit seiner Videospielkonsole hergekommen? Mein Herz hämmerte, als ich zum Fenster lief, um mich auf die Fensterbank zu knien.

Mein Herz blieb stehen.

Dad lag ausgestreckt auf den Verandastufen unter mir. Der Teleskopkoffer lag am Fuß der Treppe. Ein Bein war in einem unnatürlichen Winkel ausgestreckt. Sein Kopf ruhte auf der obersten Stufe. Der Sonnenuntergang warf einen rosigen Schimmer auf sein Gesicht, aber seine Augen waren geschlossen. Sein Körper war still.

28

DIE NÄCHSTEN PAAR Stunden verschwammen zu einem Schleier
aus Bildern und Geräuschen.

Rote und blaue Lichtreflexe auf den neugierigen Gesichtern
unserer Nachbarn. Das Dröhnen der Sirene, während wir uns
quälend langsam durch den Berufsverkehr schoben. Der Geruch
von Desinfektionsmittel und Schock in der Notaufnahme und
dann Desinfektionsmittel und Angst auf der Chirurgie-Station.
Das Flackern von grellen Neonröhren auf vierundachtzig weißen
Vinylfliesen. Der harte Plastikstuhl, dessen Sitzfläche von der
Unruhe anderer besorgter, wartender und zu Tode verängstigter
Menschen ganz glatt gesessen war. Ich blickte bei jeder Bewegung
auf, in der Hoffnung, nicht aufgerufen zu werden und zu erfahren, dass meine Welt gerade unterging.

Später hielt mich das *Piep, Piep, Piep* des Herzmonitors davon
ab, meine schweren Lider zu schließen. Vom relativen Komfort
des steifen Vinylstuhls in Dads Krankenzimmer aus beobachtete
ich mit halb geschlossenen Augen, wie sich sein Brustkorb hob
und senkte. Einmal pro Minute sah ich auf sein schlaffes, graues
Gesicht, vermied es aber, die rasierte Stelle in seinem weißen Haar
und den Verband anzusehen, der die zwölf Stiche auf seiner Kopf-
haut bedeckte. Ich machte mir nicht so viele Sorgen um sein Bein

– das hatten wir schon einmal durchgemacht –, aber ich flehte sein Herz an, weiterzuschlagen, und den Monitor, weiterzupiepen, und Dad, bei mir zu bleiben und mich nicht zu verlassen, weil ich egoistisch und unvorsichtig gewesen war.

Ich kauerte mich auf dem gnadenlosen Stuhl zusammen, schloss meine Finger um seine schlaffe Hand und wartete.

———

SONNENLICHT, das rot durch meine geschlossenen Lider schien, weckte mich. Ich setzte mich auf und blinzelte. Das gleichmäßige Piepen der Monitore rief mir wieder ins Gedächtnis, wo ich war und was am Abend zuvor passiert war. Dads Brustkorb hob und senkte sich und seine Augenlider hatten einen bläulichen Schimmer. Ich streichelte seine regungslose Hand und fand Trost in ihrer Wärme.

Ich stand auf, streckte mich und ging zum Fenster. Draußen vor dem Krankenhaus vergoldeten die frühen Morgenstrahlen die Dächer in einem sanften Rosa. Autos krochen mit eingeschalteten Scheinwerfern über die Autobahn. Ein weißer BART-Bus tuckerte auf der Fahrgemeinschaftsspur entlang und erinnerte mich daran, wo ich eigentlich sein sollte.

Ich drehte dem Fenster den Rücken zu und schickte ein paar SMS an Jackson, um ihn wissen zu lassen, was los war. Ich schickte eine weitere Nachricht an Ben und bat ihn, eine Aushilfe zu finden, die für den Rest der Woche für mich einspringen konnte. Der Chirurg von letzter Nacht hatte mir gesagt, dass sie Dad für ein paar Tage zur Beobachtung dabehalten wollten. Ich beäugte den Gips an seinem Bein. Er hatte sich dasselbe gebrochen, was, so nehme ich an, ein Glücksfall war. Sein gesundes Bein würde ihn während der Reha stützen.

Mein Blick wanderte zu seinem Gesicht hinauf. Im Schlaf sah er jünger aus. Abgesehen von seinem weißen Haar und der Blässe seiner Haut sah er aus wie der Dad, der mich großgezogen hatte, der bei all meinen Impfungen meine Hand gehalten hatte, der mir

Hühnersuppe – aus der Dose natürlich – gemacht hatte, wenn ich krank war, der meine aufgeschürften Knie verbunden hatte, wenn ich mit dem Fahrrad gestürzt war. Wir waren ein seltsames Paar, allein und gebrochen, wie wir waren.

Ich würde sein gesundes Bein sein, solange er mich brauchte.

DAS PIEPEN der Monitore brachte mich dazu, mir die juckende Haut vom Leib reißen zu wollen.

Das, oder der Koffeinentzug.

Jedes Mal, wenn eine der Krankenschwestern vorschlug, ich solle eine Pause machen, einen Spaziergang machen, mir einen Kaffee holen, hatte ich abgelehnt. Meine Schlampigkeit, meine mangelnde Sorgfalt, hatte dazu geführt, dass dies geschah. Warum hatte ich oben getrödelt? Warum hatte ich Sylvia gesagt, sie solle früher gehen?

Warum ließ ich immer alle im Stich?

Ich schaute an diesem Tag zum hundertsten Mal auf mein Handy. Ich hatte Tylers Kontaktinformationen bereits aufgerufen. Mein Finger schwebte über dem SMS-Symbol. *Ich sollte ihm sagen, dass es mir leidtut.*

Aber was dann? Angenommen, er würde antworten, was würde ich sagen?

Dass ich es versuchen wollte? Wie könnte ich das, da Dad mehr Pflege brauchte?

Er verdiente mehr. Mehr, als ich ihm im Moment geben konnte.

Dass ich es also nicht versuchen wollte und er frei sein könnte.

Das Symbol auf meinem Handy verschwamm. Verdammte Tränen. Ich blinzelte sie weg und wischte mir die eine weg, die sich auf den Weg zu meiner Wange machte.

Ich musste stark sein. Für Dad. Keine Ablenkungen.

Ich warf mein Handy in meine Handtasche auf der Fensterbank. Draußen erstreckte sich der blaue Schatten des Krankenhausgebäudes über die Autobahn unter mir. Dad hatte den ganzen Tag geschlafen.

Die Tür flog auf und Jacksons Stimme hallte in den Raum und übertönte endlich das Piepen.

»Marlee, bist du hier drin?« Der zweitgrößte Blumenstrauß, den ich je gesehen hatte – Coopers Pfingstrosen hielten immer noch diesen Rekord –, kam in den Raum gelaufen. Ich konnte gerade noch Jacksons Augen und sein zerzaustes dunkles Haar über den bunten Gerbera-Gänseblümchen erspähen. Alicia, die hinter ihm hereinkam, zischte ihn an.

Jackson stellte die Blumen auf den kleinen Tisch zwischen Dads Bett und dem unbesetzten. Eine Sorgenfalte durchzog seine Augenbrauen. »Geht es dir gut?«

In der Hoffnung, dass ich meine Wimperntusche nicht verschmiert hatte, umarmte ich ihn und atmete seinen vertrauten Duft nach Seife und Ledersitzen ein. »Mir geht's gut. Und der Arzt sagt, er wird wieder. Obwohl er noch nicht aufgewacht ist.« Das war meine Sorge. Das letzte Mal, nachdem er von der Leiter gefallen war, war Dad direkt nach der Operation aufgewacht.

Ich würde jeden Liebesroman, den ich besaß, dafür geben, nur um zu sehen, wie seine Augen aufblinzeln.

Alicia trat hinzu und ich umarmte meine Freundin. Die Novemberkälte hing noch an ihrem Mantel, zusammen mit dem Duft von Earl Grey Tee. Ihre schlanken Hände drückten sich in meinen Rücken und ich lehnte mich an sie.

»Warte.« Ich trat zurück und funkelte Jackson an. »Du kannst nicht hier sein! Du hast den ganzen Tag Meetings!«

Sein Gesicht verzog sich zu einem unbekümmerten Lächeln. »Das ist das Tolle daran, der unzuverlässige Gründer zu sein. Ich kann diese Meetings sausen lassen und alles Cooper aufhalsen. Er ist lange aufgeblieben, um die Anrufe aus Amsterdam entgegenzunehmen.«

Sogar Cooper half mir. Wärme durchströmte mich bei der Erinnerung daran, dass ich nicht allein war.

Ich lächelte Jackson an. »Ich hätte nie gedacht, dass ich das mal sagen würde, aber ich bin froh, dass du dich vor deiner Verantwortung drückst.«

Er massierte meine Schulter und ein wenig mehr von meiner Anspannung löste sich. »Obwohl ich mir Sorgen mache um–«

Alicia unterbrach ihn. »Das Team kommt auch ein paar Stunden ohne dich klar. Selbst mit einem Mann weniger. Oder zwei. *Du* hingegen« – sie drückte meine andere Schulter – »brauchst unsere Hilfe.«

Ich tat so, als würde ich die Augen verdrehen, um die Tränen zu verbergen, die aufstiegen. Ich drehte mich zum Fenster, um sie wegzublinzeln. »Danke.«

Jackson sagte: »Was auch immer du brauchst. Du warst immer für mich da und jetzt bin ich an der Reihe, dir zu helfen.«

Das brachte die Tränen nur noch schneller zum Fließen. Ich schniefte und sagte: »In dem Fall, würdest du mir einen Kaffee holen?«

Alicia sagte: »Und etwas Obst und Joghurt. Ich wette, du hast schon eine Weile nichts mehr gegessen.«

Seit dem Mittagessen gestern. Ich hatte mir verboten, etwas so Egoistisches wie Hunger zu fühlen.

Jackson tätschelte meine Schulter. »Ich bin gleich wieder da.« Die Tür schloss sich ein paar Sekunden später.

Alicia ging zu Dads Bett. »Seine Gesichtsfarbe ist gut«, sagte sie. »Vielleicht wacht er bald auf.«

»Das hoffe ich. Ich – ich mache mir Sorgen.«

Sie drehte sich zu mir um. »Natürlich tust du das. Es ist schwer, einen geliebten Menschen …«

»Oh!« Schuld stach in mir auf. Sie hatte ihre Schwester vor einigen Jahren an Krebs verloren. Sie musste Krankenhäuser hassen. »Du musst nicht bei mir bleiben–«

»Natürlich muss ich das, Marlee.« Sie strich mir über den Arm. »Das tun Freunde.«

»Du bringst mich schon wieder zum Weinen.«

»Weinen ist in Ordnung. Zu versuchen, es zurückzuhalten, zu versuchen, alles allein zu schaffen, das ist nicht in Ordnung.

Setzen wir uns.« Sie trat zur Seite, damit ich den Stuhl am Bett nehmen konnte, ließ sich in den anderen Stuhl sinken und legte eine Hand auf ihren runden Bauch.

Ich ließ mich auf das gnadenlose Vinyl gleiten und beobachtete sie. »Weißt du, kurz bevor er – er gestürzt ist, hat Dad mir erzählt, dass er und meine Mutter nicht ineinander verliebt waren, als sie geheiratet haben. Sie waren schwanger.«

»Oh.« Alicias Stirn legte sich in Falten. »Wie fühlst du dich damit?«

»Nicht gerade wunderbar. Überrascht. Ich dachte immer, sie hätten diese perfekte Ehe gehabt, weißt du?« Ich berührte meinen Anhänger.

»Menschen können sich trotzdem lieben und nicht perfekt sein«, sagte sie. »Jackson und ich lieben uns sehr und wir streiten trotzdem.«

»Wie hast du – wie wusstest du, dass Jackson der Richtige für dich ist?«

»Nun, wie du weißt, ist er nicht perfekt. Und es gab viele Gründe, warum wir nicht zusammen sein sollten: Wir haben zusammengearbeitet, wir haben in verschiedenen Städten gelebt, unsere Persönlichkeiten und Lebensstile waren völlig gegensätzlich. Aber« – ein Lächeln schwebte auf ihr Gesicht – »ich habe gemerkt, dass ich unglücklich war, wenn wir getrennt waren. Und glücklich, wenn wir zusammen waren. Ich war ein besserer Mensch mit ihm. Ihm ging es genauso.«

Ich war jetzt wirklich unglücklich. Und das lag nicht nur daran, dass Dad verletzt war und im Krankenhaus lag.

Als ich auf Alicias Hochzeit mit Tyler getanzt hatte, war ich so glücklich gewesen, dass ich meinen albernen Schwarm für Cooper vergessen hatte.

Als wir auf dem Rasen vor dem Civic Center saßen und die besten Tamales in San Francisco aßen, vergoldete die untergehende Sonne unsere Haut und färbte uns roségold. Wir hatten an diesem Tag beide gelacht. Und er hatte mir sein Taschentuch gegeben, als ich bei *Hamilton* Tränen in den Augen hatte.

»Maggie?« Das heisere Flüstern kam von hinter mir. Ich wirbelte herum, um Dad anzusehen. Sein Augenlid zuckte. Ich blinzelte kräftig, um sicherzugehen, dass es nicht mein eigenes Auge gewesen war, das gezuckt hatte. Als ich meine Augen öffnete, blickten mich seine blaugrauen an. Sein Gesicht war immer noch blass, aber ihn wach zu sehen, lockerte das Band, das meine Lungen einschnürte.

Ich schob meine Handfläche unter seine, um die Schläuche zu meiden, die am Handrücken befestigt waren. »Ich bin so froh, dass du wach bist.«

»Maggie.« Seine Augen waren nicht fokussiert.

Von mir aus konnte er mich Minnie Maus nennen. »Ich bin's, Marlee, Dad.« Ich wischte mir eine Träne von der Wange.

Seine Finger zuckten in meiner Handfläche und ich umklammerte sie. »Ich bin froh, dass ich dich gefunden habe, Maggie. Ich habe dich vermisst.«

»Ich habe dich auch vermisst.«

Seine Augenlider schlossen sich. Aber er war wach gewesen. Ich schniefte.

Ein schwerer Arm legte sich um meine Schultern und für einen wilden Moment dachte ich, es wäre Tyler. Aber es war Jackson. Er drückte mir einen warmen Becher in die Hand und ich umklammerte ihn.

»Er ist aufgewacht. Das ist großartig. Von jetzt an wird alles glattlaufen«, sagte er.

Jackson war vielleicht ein Genie, was das Programmieren anging, aber leider wusste er so gut wie nichts über die Alzheimer-Krankheit. Er hätte nicht falscher liegen können.

29

»SYNERGY ANALYTICS. Ben Levy-Walters am Apparat.«

Okay, ich hatte es also nicht geschafft, zwei ganze Tage lang nicht im Büro anzurufen. Dad machte ein Nickerchen, so wie er es den größten Teil des Vormittags zwischen den Kontrollen des Pflegepersonals getan hatte. Ich dachte mir, ein Gespräch mit Ben würde mich von meinen düsteren Gedanken ablenken, die sich darum drehten, wann Dad wieder so weit fit sein würde, dass wir beide nach Hause könnten.

Ich drehte mich zum Fenster, damit ich Dad nicht weckte. »Hallo, Ben. Hier ist Marlee.«

»Jesus, Marlee.« Er stieß einen Atemzug aus, der in meinem Handy knisterte. »Wie hast du das gemacht?«

»Was gemacht? Ist alles in Ordnung?«

»N-warte. Warum rufst du mich an? Wie geht es deinem Dad? Geht es dir gut?«

»Es geht ihm besser. Er ist gestern aufgewacht. Er war nicht gerade bei klarem Verstand, aber das wird schon.« Wenn ich es nur oft genug sagte, würde es auch wahr werden. Das redete ich mir zumindest ein. »Ich wollte nur mal nach dem Rechten sehen, wie die Dinge so laufen.«

»Mach dir keine Sorgen um das Büro. Uns geht es gut.« Aber der angespannte Unterton in seiner Stimme entlarvte ihn als Lügner.

»Erzähl mir davon. Vielleicht kann ich helfen.«

Noch ein Seufzer. »Die Zeitarbeitsfirma hat uns jemanden wirklich Schreckliches geschickt. Ich musste sie gestern früher nach Hause schicken und dann heute Morgen mit der Firma reden. Die hatten überhaupt keine Ahnung, was wir brauchen oder was wir überhaupt tun. Wie hast du je mit denen zusammenarbeiten können?«

Meine ohnehin schon enge Brust schnürte sich noch fester zusammen. *Meine Schuld.* »Habt ihr es klären können?«

»Die Neue, Angelique, ist absolut akzeptabel. Aber sie ist nicht du.«

Das Engegefühl in meiner Brust ließ für einen Moment nach. Bis er das Nächste sagte.

»Du hättest es wahrscheinlich regeln können, als der Entwicklungsleiter hier aufgetaucht ist und Jackson gesucht hat.«

Oje. »Warum brauchte er Jackson?«

»Im heutigen Build ist irgendwas kaputtgegangen, und alle suchen nach jemandem, dem sie die Schuld geben können. Keiner weiß, wie man es repariert. Und jetzt ist die Hälfte der Entwickler auf Fehlersuche und die andere Hälfte sitzt rum und wartet darauf, dass es behoben wird. Der Leiter ist *stinksauer.* Genau wie Weston«, flüsterte er.

War der Fehler etwas, das ich bei meiner morgendlichen Code-Überprüfung entdeckt hätte? »Wo ist Jackson?« Ich konnte mich nicht erinnern, dass er heute irgendwelche außerhäuslichen Verpflichtungen hatte.

»Nicht hier. Und er geht nicht an sein Handy.«

Ein kurzer Anflug von Angst durchzuckte mich, bevor ich mich daran erinnerte, dass es lange her war, seit er wegen eines Katers, eines Formel-1-Rennens oder dieser Sache, die er in meiner zweiten Woche im Job abgezogen hatte, bei der Arbeit gefehlt hatte. Das war der alte Jackson. Der neue Jackson, der für Alicia ein besserer Mann war, verschwand nicht einfach.

Ach du meine Güte. Er war auf dem Weg zu Dad und mir.

»Schick mir eine E-Mail mit einer Beschreibung des Problems. Ich schaue es mir an, mal sehen, was ich tun kann.«

»Marlee, das kannst du nicht.«

»Natürlich kann ich das.« Verletzter Stolz ließ meine Stimme zu scharf klingen. »Ich habe einen Abschluss in Informatik. Ich bin genauso qualifiziert wie jeder unserer Juniorprogrammierer, um zu versuchen, es zu beheben. Tatsächlich …«

»Nein«, unterbrach Ben meine Tirade. »Das habe ich nicht gemeint. Ich meine nur, du kannst dir im Moment keine Sorgen um das Büro machen. Dein Dad hat Priorität. Er braucht deine hundertprozentige Aufmerksamkeit, solange er verletzt ist.«

»Aber er ist …« Ich blickte über meine Schulter. Dads Augen waren geschlossen. »Er ruht sich aus.«

»Dann solltest du das auch tun. Er wird für eine Weile deine ganze Energie beanspruchen. Jeder hier versteht das.«

Meine Schultern zogen sich zusammen. Er hatte recht. Ich konnte nicht alles schaffen. Jedenfalls nicht gut. Ich konnte meinen Job nicht machen, während Dad hier war und mich brauchte, um Entscheidungen für ihn zu treffen, meine Unterstützung brauchte. Alle bei der Arbeit – einschließlich Jackson – waren gesunde Erwachsene. Sie konnten auf sich selbst aufpassen. Dad konnte es nicht. Zumindest im Moment nicht.

»Ruf unten an bei … bei Tyler Young. Er wird es beheben.« Es war das erste Mal, dass ich seinen Namen aussprach, seit Dad gestürzt war. Ich schuldete ihm immer noch eine Entschuldigung.

»Das würde er, wenn er … vergiss es. Wir vermissen dich. Aber wir kommen klar.«

»Versprochen? Denn ich komme zurück. Besser als je zuvor.« Genau wie Dad. »Fahr den Laden ohne mich nicht gegen die Wand.«

»Ich weiß nicht …« Seine Stimme hatte einen humorvollen

Unterton. »Wenn ich mich noch einmal mit diesem Entwicklungsleiter herumschlagen muss, brenne ich den Laden vielleicht einfach nieder.«

»Bestell ein paar Kekse für das Team. Aber nichts mit Nüssen. Und wenn ich Jackson sehe, werde ich ihn bitten, einen Preis für die Person auszusetzen, die den Fehler findet. Das sollte Ergebnisse bringen.«

»Du bist die Beste, Marlee. Nimm dir all die Zeit, die du brauchst, okay?«

»Werde ich.«

Sie brauchten mich. Aber im Moment brauchte Dad mich mehr. Und ich konnte niemandem helfen, wenn ich mich völlig verausgabte.

Es klopfte an der Tür, kurz bevor Jackson mit zwei Bechern Kaffee in der Hand hereinkam.

»Morgen«, sagte er fröhlich. »Wie geht es Will?«

Ich nahm den Becher, den er mir anbot. »Es geht ihm gut.« Das würde ich so lange sagen, bis es stimmte. »Aber deiner Abteilung nicht. Ich brauche dich, damit du sofort umkehrst und das Chaos bei Synergy aufräumst.«

»Welches Chaos?«

Ich warf einen Blick auf Dad – der immer noch schlief –, dann nahm ich Jackson am Ellbogen, um ihn zum Aufzug zu begleiten. Als sich die Türen öffneten, sagte ich: »Dein Handy ist schon wieder aus. Und so sehr ich dich auch liebe, du kannst deine Zeit nicht zwischen dem Büro und mir aufteilen. Du kannst nicht alles schaffen.«

Etwas, das wir beide lernen mussten.

Etwas, das Tyler mir mit seinen Geschichten über seinen Großvater und seinen Prospekten für Pflegeheime hatte sagen wollen. Er hatte sich in Bezug auf das Pflegeheim geirrt – oder etwa nicht? – aber er verstand, was ich durchmachte. Und er war durch ganz Oakland gefahren, um Pflegeeinrichtungen für Demenzkranke zu besichtigen. Für mich.

Als ich zu Dads Zimmer zurückging, zog ich mein Handy aus der Tasche und rief Tylers Kontaktkarte auf. Er grinste mich in dem Sakko und der Krawatte an, die er zu Alicias Hochzeit getragen hatte. Ich hatte es früh am Abend aufgenommen, bevor wir getanzt hatten, bevor er mich geküsst hatte. Ich hatte gedacht, er sähe perfekt aus, aber jetzt sah das Bild irgendwie seltsam aus.

Ich suchte in meinen Fotos nach einem anderen Bild von ihm. Dieses hier stimmte. Er trug ein T-Shirt, sein Lieblingsshirt mit Galaga-Motiv. Nach dem Datum des Fotos zu urteilen, hatte ich es letzten Frühling auf irgendeiner Synergy-Party geknipst. Sein Grinsen war offen, strahlend.

Warte.

Ich scrollte nach unten zu dem von der Hochzeit. Verglichen mit dem früheren sah sein Lächeln gezwungen aus. lag es nur daran, dass er einen Anzug trug, oder war da mehr? Lag es an der Operation Prince Charming?

Es war seine Idee gewesen. Ich wäre damit zufrieden gewesen, als Freunde hinzugehen. Tyler war derjenige, der die ganze Fake-Date-Sache vorgeschlagen hatte. Weil er wusste, dass ich Cooper wollte und er … er war mir wichtig genug, um mir zu helfen, das zu bekommen, was ich wollte.

Er war mir wichtig. Schon damals muss er mehr gewollt haben, aber weil er ein besserer Mensch war als ich, hatte er getan, was er dachte, dass ich es wollte. Für mich. Bis er aufgewacht war und erkannt hatte, dass er mehr verdiente. Mehr als mich.

In Jacksons Büro hatte er gesagt, er brauche meine ungeteilte Aufmerksamkeit. Konnte ich ihm die zwischen meinen Pflichten bei der Arbeit und meinem Dad geben?

Ich lehnte mich neben Dads Tür an die Wand und vergrub mein Gesicht in den Händen. *Nicht jetzt.*

Tyler verdiente mehr. Also musste ich einen Schritt zurücktreten. Mich zurückziehen. Zu dem zurückkehren, was sicher war, was ich bewältigen konnte: Freundschaft.

Ich tippte eine Nachricht.

> Es tut mir leid. Unsere Freundschaft ist mir wichtig. Was kann ich tun, um die Dinge zwischen uns wieder in Ordnung zu bringen?

Unsere Freundschaft. Konnten wir sie retten, nach dem, was ich getan hatte, wie ich ihn behandelt hatte?

Ich schickte die Nachricht ab und wartete, bis *Zugestellt* angezeigt wurde. Dann noch ein paar Minuten, bis dort *Gelesen* stand. Und dann fünf Minuten … zehn. Als der Pfleger vorbeikam, folgte ich ihm in Dads Zimmer.

Den Rest des Tages, immer wenn Dad schlief, überprüfte ich mein Handy. Aber die Nachricht blieb dort, gelesen, ohne Antwort.

———

»HALLO, Leute.« Jackson schlenderte am Freitagnachmittag ins Krankenzimmer. Für Dad war es ein besserer Tag. Er und ich spielten Karten, und ich war am Verlieren. Ich war mir nicht sicher, ob es meine Nervosität wegen meines bevorstehenden Treffens mit der Sozialarbeiterin oder Dads wirres Regelbiegen war, das meinen Stapel M&Ms in seinen Pappbecher befördert hatte. Ich begrüßte die Pause, aber –

»Warum bist du nicht bei der Arbeit?« Ich legte meine Karten nieder und ging hinüber, um Jackson, der an der Tür herumlungerte, zu umarmen.

»Schön, dich auch zu sehen«, sagte er grinsend. »Da Cooper weg war, war ich praktisch der Letzte im sechsten Stock. Aber wenn du das nicht willst« – er hielt einen vertrauten roten Kaffeebecher hoch – »trinke ich ihn einfach auf meinem Weg zurück zu …«

»Nein. Gib her.« Ich schnappte ihm den Becher aus den Händen und atmete das nussige Karamellaroma ein. »Danke. Und danke, dass du uns besuchst. Das bedeutet mir sehr viel.« Ich versuchte, meinem Blick all die aufrichtige Zuneigung und Anerkennung zu verleihen, die ich empfand.

»Ist im Büro alles in Ordnung?«, fragte ich. »Habt ihr den Fehler behoben?« Ben hatte sich geweigert, mir irgendwelche Neuigkeiten zu erzählen und war bei seiner Linie geblieben, ich solle mich auf das Wichtige konzentrieren. Und das hatte ich getan. Aber ich wollte trotzdem wissen, was mit meinen Freunden passierte. Besonders Tyler.

»Ja. Erstaunlich, wie motiviert Leute wegen einer Flasche Whiskey und dem Recht zum Angeben werden können. Sam hat ihn gefunden.«

Sam? Ich hätte mein Geld auf Tyler gesetzt. Und ich hatte halb gehofft, Jackson würde seinen Namen sagen, damit ich etwas über ihn hören würde. Die Stille begann, mich zu zermürben. Ich konnte die Feindseligkeit, die von diesem *Gelesen*-Symbol ausstrahlte, praktisch spüren.

Mit leiser Stimme sagte Jackson: »Mach einen Spaziergang. Hol dir ein frühes Abendessen. Oder etwas mit Schokolade. Ich passe auf deinen Dad auf.«

Er kannte mich gut. Ich flüsterte: »Eigentlich habe ich einen Termin bei der Sozialarbeiterin. Ich sollte in einer halben Stunde zurück sein?«

Er nickte und schlenderte zu Dad hinüber. »Hallo, Will.« Er schüttelte seine Hand. »Jackson Jones. Ich bin Marlees …«

Dad unterbrach ihn. »Ich kenne Sie. Sie sind ihr Boss. Sie fahren einen Rennwagen, und Marlee muss immer Ihr Schlamassel aufräumen.«

Jackson zog den Kopf ein. »Das bin ich wohl. Kann ich für sie übernehmen?« Er setzte sich auf den Stuhl, den ich freigemacht hatte, und nahm meine Karten auf.

Danke, formte ich mit den Lippen.

Als ich ging, sagte Dad zu Jackson: »Marlee und ich haben um Süßigkeiten gespielt, aber Sie spielen um Geld, nicht wahr, John?«

Oh, Mann.

Im Büro der Sozialarbeiterin wünschte ich mir, ich wäre in

Dads Zimmer geblieben. Beim Kartenspielen eine Abreibung zu bekommen war viel besser, als bei einem Streit, den ich verzweifelt gewinnen wollte, den Kürzeren zu ziehen.

»Warum sollte ich nicht in der Lage sein, mich zu Hause um ihn zu kümmern? Ich habe mich seit seiner Verletzung um meinen Dad gekümmert.« Sie hatten damals auch gesagt, ich könnte es nicht. Aber ich hatte ihn dazu gebracht, all die Übungen zu machen, die der Physiotherapeut empfohlen hatte. Ich hatte ihn in den Truck gehievt, um ihn zu Arztterminen zu bringen. Und ich hatte dafür gesorgt, dass er seine Medikamente nahm.

Ihre Augen wurden weicher, mit etwas, das für meinen Geschmack zu sehr nach Mitleid aussah. »Der geistige Gesundheitszustand Ihres Vaters hat sich seit seinem vorherigen Unfall erheblich verschlechtert. Das Pflegepersonal hat berichtet, dass er unkooperativ war.«

»Bei *ihnen*.« Ich versuchte, den verteidigenden Tonfall aus meiner Stimme herauszuhalten. »Mein Dad würde sich bei mir nie so verhalten.«

Sie starrte mich herausfordernd an. »Das würde er nicht?« Unglaube machte ihren Tonfall flach. »Er war noch nie schwierig bei Ihnen?«

»Natürlich nicht.« Ich schob mein Kinn vor.

Sie blickte mir direkt in die Augen. »Was hat er in der Nacht gemacht, in der er gestürzt ist?«

Ich blickte auf meine Hände hinunter, die den Saum meiner rosa Strickjacke zu einem Seil verdrehten. *Gütiger Himmel.* »Er hat das Teleskop nach draußen getragen.«

»Und wenn er mit Ihnen nach Hause geht, wie wollen Sie ihn davon abhalten, es wieder zu tun? Werden Sie von innen abschließbare Schlösser an Ihren Türen anbringen? Ihn jede Minute beobachten? Was ist, wenn Sie zur Arbeit gehen?«

»Wir haben eine Pflegekraft für tagsüber engagiert.«

Ihre Augen waren ein warmes Braun, und obwohl sie nicht viel älter war als ich, verriet mir ihr Ausdruck, dass ich nicht die erste sture Tochter war, der sie begegnet war. »Was ist, wenn Sie länger arbeiten müssen oder zum Einkaufen gehen? Oder fünf Minuten für sich brauchen?«

Jede Frage war ein Stich in mein Herz. Ich hatte bei Dad versagt, als ich genau diese Dinge getan hatte. Sie würden ihn mir wegnehmen. Ich blinzelte heftig.

»Wir können Ihnen mehrere wohnliche Einrichtungen empfehlen, in denen er sich wohlfühlen wird und Sie ihn besuchen können, wann immer Sie möchten. Jeden Tag, wenn Sie wollen.« Sie hielt inne, bis ich meinen Blick von meinem Schoß zu ihrem Gesicht hob. »Dort gibt es spezialisierte Abteilungen für Gedächtnispflege. Sie wissen, wie man sich um Ihren Vater kümmert. Sie haben Förderprogramme, um seinen Körper und Geist aktiv zu halten.«

Besser als dieses abgenutzte alte *Die Schöne und das Biest*-Puzzle. Ich erinnerte mich an die Prospekte, die Tyler mir gebracht hatte. Er hatte versucht, mich vom Gleichen zu überzeugen. »Er wird nicht den ganzen Tag im Bett liegen? Er wird nicht« – ich schluckte – »fixiert?«

»Nein. Es wird sichere Bereiche für ihn geben, in denen er herumlaufen kann. Gärten. Kunstkurse. Musik.«

»Das klingt teuer.« Ich biss mir auf die Lippe.

»Es ist nicht billig. Aber es gibt Programme, die bei der Finanzierung helfen.«

»Und es ist das Beste für meinen Dad?«

»Das ist es.« Ihre braunen Augen mochten weich sein, aber ihr fester Kiefer verriet mir, dass sie in dieser Sache nicht nachgeben würde.

»Denken Sie darüber nach«, sagte sie. »Besuchen Sie einige Einrichtungen. Ich habe eine Liste gemacht.« Sie reichte mir einen Ausdruck, und ich nahm ihn. Ich faltete ihn zweimal und steckte ihn in meine Gesäßtasche.

Tränen stiegen mir in die Augen, und ich blinzelte sie weg. Ich brauchte Hilfe. Das wusste ich. Aber Dad und ich hatten seit dem Tod meiner Mutter füreinander gesorgt. Wie konnte ich ihn jetzt loslassen, wo er mich am meisten brauchte?

Vor Dads Zimmer holte ich tief Luft und rieb meine verschwitzten Handflächen an meinen Jeans ab. Ich stieß die Tür auf und ging hinein.

»Du bist zurück«, sagte Jackson zu fröhlich, als er vom Stuhl aufsprang.

Dad ließ seine Hand in die Tasche seines Schlafanzughemdes gleiten und grinste mich an. »Sonnenschein! Hattest du einen schönen Spaziergang?«

»Ja, Dad.« Ich erwiderte sein Lächeln. »Ich bringe nur Jackson zu den Aufzügen. Bin gleich zurück.«

Ich nahm Jacksons Arm und kehrte auf den Flur zurück. Während wir Arm in Arm zur Aufzuggabelung schlenderten, sagte ich: »Die Sozialarbeiterin sagt, er muss in ein – in ein Pflegeheim.«

»Ah, Marlee. Das tut mir leid.« Aber er schien nicht überrascht zu sein.

»Ich brauche noch ein paar Tage frei, um die Dinge zu regeln. Ich werde unser Haus verkaufen müssen.«

»So viel Zeit, wie du brauchst. Ben hat uns eine tolle Aushilfe gefunden. Ich frage mich, warum du immer so vom Pech mit den furchtbaren verfolgt warst?«

»Einfach Pech, schätze ich.« Wir blieben vor den Aufzügen stehen. »Danke für dein Verständnis. Ich komme so schnell ich kann wieder zur Arbeit. Nicht länger als eine Woche.«

»Darf ich dir einen Rat geben?«

Ich blickte in seine schokoladenbraunen Augen. »Schieß los.«

»In den unsterblichen Worten von Ferris Bueller: ›Das Leben bewegt sich ziemlich schnell. Wenn du nicht ab und zu anhältst und dich umsiehst, könntest du es verpassen.‹ Dich um deinen Dad zu kümmern, ist bewundernswert. Aber du darfst nicht vergessen, dein eigenes Leben zu leben.«

»Danke.« Tyler hatte versucht, mir dasselbe zu sagen. Sie hatten recht. Ich hatte einen guten Job, und bald würde ich eine Wohnung finden und die nächste Phase meines Lebens beginnen. Auch wenn einige meiner anderen Beziehungen ein riesiger

Trümmerhaufen waren, hatte ich gute Freunde. Und ich konnte Dad immer noch jeden Tag besuchen und wusste, dass er gut versorgt war.

Als der Aufzugknopf aufleuchtete, sagte er: »Übrigens, ich muss dir etwas über deinen Dad erzählen.«

Mein Herz raste, und meine Handflächen wurden klamm. »Was denn?«

»Er schummelt beim Kartenspielen.«

30

IN DEN SOMMERN, in denen er nicht unterrichtete, arbeitete Dad auf dem Bau, und manchmal hatte er mich zu seinen Baustellen mitgenommen. Zu klein, um zu helfen, saß ich auf der Werkzeugkiste auf der Ladefläche seines Pick-ups, las Bücher und sah ihm zu. Er wuchtete Stapel von Kanthölzern auf seine Schulter und trug sie über die Baustelle, als wögen sie nichts. Selbst mit einem Werkzeuggürtel beladen und eine Nagelpistole schleppend, kletterte er auf Gerüste, wendig wie ein Akrobat. Seine Muskeln spannten sich an, als er gusseiserne Badewannen an ihren Platz hievte. Und sechs Tage nach seinem Sturz, gebrochenes Bein hin oder her, brauchte es zwei bullige Pfleger, um ihn für die Physiotherapie in einen Rollstuhl zu bugsieren. Er hieß nicht umsonst Will.

Als er zurückkam, wartete ich, kampfbereit. Die späte Nachmittagssonne warf goldene Strahlen über sein Krankenhausbett. An diesem Tag waren seine Augen klarer, und er hatte mich nur ein paar Mal Maggie genannt.

»Ich habe gute Nachrichten für dich.« Die Schläuche waren weg, ersetzt durch gelbgrüne Blutergüsse und einen Verband, und ich hielt seine Hand. »Sie entlassen dich morgen.«

Sein Gesicht hellte sich auf. »Wir fahren nach Hause! Ich kann endlich wieder anständiges Essen bekommen. Machst du den Hackbraten deiner Mutter?«

Ich biss mir auf die Lippe, um ihr Zittern zu unterdrücken, und räusperte mich. »Du fährst nicht nach Hause, Dad. Du kommst an einen neuen Ort. Nach Bayside Gardens. Sie werden dir dort helfen, dein Bein zu rehabilitieren.«

Seine Miene verfinsterte sich, aber dann nickte er. »Ich komme nach Hause, wenn mein Bein wieder besser ist. Der Arzt hat gesagt, in sechs oder acht Wochen.«

Ich atmete tief durch. »Ich verkaufe das Haus. Ich ziehe in eine Wohnung, und du wirst in Bayside bleiben. Für immer.« Ich drückte seine Hand und hoffte inständig, dass er es verstehen und mich nicht hassen würde. »Sie werden sich dort besser um dich kümmern, als ich es kann. Es gibt dort Kunstprogramme und Konzerte. Bayside hat sogar eine Bibliothek und ein Teleskop, das du benutzen kannst.«

»Du steckst mich in ein *Heim?* Ich bin erst dreiundfünfzig!« Sein Gesicht wurde knallrot. Ich war froh, dass sie die Herzmonitore entfernt hatten; er hätte sicher einen Alarm ausgelöst.

»Dad …« Ich legte meine Hand auf seine, aber er riss sie weg und verschränkte die Arme. »Dad, du hast Alzheimer. Ich kann dir zu Hause nicht die Pflege geben, die du brauchst.«

»Mir geht es gut«, sagte er. »Jeder vergisst mal was.«

Meine Brust zog sich zusammen. Vielleicht brauchte *ich* den Herzmonitor. »Heute geht es dir gut, aber du hattest in letzter Zeit einige ziemlich schlechte Tage. Du hattest einen schlechten Tag, als du gestürzt bist, und ich konnte mich nicht um dich kümmern. Ich fürchte, dein Zustand wird sich verschlechtern, und ich muss dafür sorgen, dass du in Sicherheit bist.«

Er blickte zum Fenster. »Das will ich nicht. Ich will in meinem Haus wohnen und in meinem Ruhesessel sitzen.«

Das wollte ich auch. Mehr als alles andere. Aber ich hatte es satt, mich selbst zu belügen, und ich würde Dad ganz sicher nicht anlügen.

»Es tut mir leid. Ich wünschte, du könntest das. Aber das ist das Richtige für dich. Für uns beide.«

Er schwieg eine Minute lang. Dann, immer noch von mir abgewandt, sagte er: »Ich bin müde. Ich werde jetzt schlafen.«

Ein Schauer lief mir über die Haut. Ich stand auf und zwang mich, noch eine Minute lang die Fassung zu wahren. »Okay. Wir sehen uns morgen.«

Er sagte nichts, aber eine Träne glitzerte golden auf seiner Wange.

———

AM NÄCHSTEN NACHMITTAG BEGANN ICH, unser Leben in Kisten zu packen.

Dad und ich hatten beide geweint an diesem Morgen, als sie ihn in den Krankenwagen schoben, um ihn nach Bayside Gardens zu bringen. Obwohl er ständig fragte, wohin sie ihn brachten, erinnerte er sich daran, dass er wegen *irgendetwas* wütend war und es meine Schuld war.

Seine Tränen waren frustrierte Wut. Meine waren flüssige Schuld.

Die Krankenschwestern rieten mir, ein paar Tage mit einem Besuch zu warten, damit er sich an eine Routine gewöhnen konnte. Da ich zu durcheinander war, um zur Arbeit zu gehen, schwor ich mir, zu Hause produktiv zu sein.

Die Immobilienmaklerin, mit der ich gesprochen hatte, hatte praktisch angefangen zu sabbern, als es darum ging, unser Haus anzubieten. Das Nachbarviertel war zunehmend gentrifiziert worden, und sie war überzeugt, dass unser Viertel als Nächstes dran war. Bei dem Preis, den sie in den Raum geworfen hatte, waren meine Augen groß geworden. Richtig angelegt, würde er den Teil von Dads Pflegekosten decken, den die Hilfsprogramme und seine Ersparnisse nicht abdeckten.

Also packte ich unser Zuhause ein. Die Küche hatte ich bereits fertig; das meiste davon würde mit mir in meine neue Wohnung in der Nähe des Büros ziehen. Ich hatte den Schuppen ausgemistet, einschließlich der Weihnachtsbeleuchtung, die er nie hatte aufhängen können.

Dann machte ich mich an Dads Zimmer. Seine Kleidung und seine Lieblingsfotos hatte ich bereits nach Bayside Gardens gebracht. Aber es waren noch Unmengen von Fotos von ihm und meiner Mutter übrig, und jedes einzelne stach mir ins Herz. Ich wickelte sie in Zeitungspapier und bettete sie zusammen mit den Fotoalben in einen Karton. Eines Tages wäre ich vielleicht wieder bereit, sie anzusehen.

Noch schlimmer war das geheime Versteck mit den Sachen meiner Mutter, das ich in der Ecke seines Kleiderschranks fand. Die fünfundzwanzig Jahre alten Kleider und Schuhe kamen in eine Tüte für einen Secondhandladen. Ihre Haarbürste, in der noch ein paar goldbraune Fäden hingen, landete im Müll. Wir waren beide zu lange von meiner Mutter besessen gewesen; ich konnte nicht zulassen, dass diese Erinnerungen mich in meiner neuen Zukunft belasteten.

Eine örtliche Wohltätigkeitsorganisation würde Dads Schlafzimmermöbel abholen, zusammen mit seinem fadenscheinigen Ruhesessel. Wahrscheinlich musste ich den Jungs fünfzig Dollar zustecken, um ihn wegzuschaffen. Ich konnte mir nicht vorstellen, dass selbst die Armen von Oakland ihn haben wollten.

Ich hatte gehofft, mein Zimmer würde mir weniger zu schaffen machen als seins.

Meine Bücher waren alle in einen Karton für eine Spende an eine lokale Alphabetisierungsgruppe gewandert. Ich schwor mir, dass ich von diesem Tag an realistischere Geschichten lesen würde. Ich würde Alicias Buchclub beitreten, der nur schreckliche Domestic-Thrillers und deprimierende Familiendramen las. Das war das wirkliche Leben, nicht die romantische, rosarote Welt meiner ehemaligen Lieblingsbücher.

Meine alten Puppen gingen ebenfalls an die Wohltätigkeitsorganisation. Ich hoffte, ein kleines Mädchen würde sie so lieben, wie ich es getan hatte. Ich schickte einen Wunsch mit ihnen in den

Karton, dass ihre neue Besitzerin so tun würde, als wären die Puppen Malala Yousafzai oder sogar Beyoncé und würden für sich selbst leben, und nicht nach einem Prinzen Ausschau halten, den sie heiraten könnten.

Als ich zu meiner Schmuckschatulle kam, griff ich, bevor ich sie in die Umzugskiste stellte, in meinen Nacken und öffnete den Verschluss meiner Halskette. Der Anhänger lag auf meiner Handfläche, die Diamantsplitter funkelten im Lampenlicht.

Ich würde nicht ihr Leben leben. Sie war in einer Ehe gefangen gewesen, die sie nicht gewollt hatte.

Ich würde auch nicht Dads Leben leben. Er hatte einer verlorenen Liebe nachgetrauert, die es nie gegeben hatte.

Ich musste mein eigenes Leben leben.

Ich war fertig mit Märchen. Kein Träumen mehr von einem Prinzen auf einem weißen Pferd. Ich brauchte keine Rettung. Ich brauchte einen Liebhaber, der auch ein Freund war. Der mir den Kopf zurechtrücken würde, wann immer ich in romantische Fantasien abdriftete. Der mich unterstützte. Jemand, der auch meine Unterstützung brauchte.

Hätte ich nur gesehen, was direkt vor mir lag, anstatt dessen, was ich mir eingebildet hatte, säße ich jetzt nicht allein hier und würde die Überbleibsel meiner eigenen törichten Entscheidungen und verpassten Gelegenheiten durchwühlen.

Ich öffnete meine Schmuckschatulle und ließ den Anhänger hineinfallen. Ich hatte alles ruiniert, und für mich würde es kein Happy End geben.

31

ZWEI TAGE SPÄTER, als ich im sechsten Stock aus dem Aufzug trat, konnte ich mir beinahe einreden, dass meine Welt wieder in Ordnung war. Ich hatte mein in Kisten verpacktes Zuhause zurückgelassen, um wieder in den Alltag bei Synergy einzutauchen.

Ich runzelte die Stirn beim Anblick meines Schreibtisches. Die Aushilfe hatte meine Sachen umgestellt. Ich nahm mir eine Minute Zeit, um meinen Stiftebecher an seinen Platz in der Ecke zu schieben und den Aktenständer so auszurichten, dass ich ihn erreichen konnte, ohne hinzusehen. Ich warf eine Klatschzeitschrift in den Papierkorb unter meinem Schreibtisch. Als der Platz wieder so aussah, wie er sollte, packte ich meinen Laptop aus und fuhr ihn hoch.

Cooper war wieder in seinem Büro. Seine leise Stimme war das einzige Geräusch in der frühmorgendlichen Stille des sechsten Stocks. Vor einem Monat hatte ich ihm in diesem Büro Avancen gemacht, und er hatte mich abblitzen lassen. Es fühlte sich an, als hätte das vor Jahren eine andere Frau getan.

Ich richtete mich auf, ging zu seiner Tür und klopfte an den Rahmen.

»Marlee! Schön, dass Sie wieder da sind. Wie geht es Ihrem

Vater?«, fragte er und legte sein Handy mit dem Display nach unten auf den Schreibtisch. »Jackson meinte, es ginge ihm nicht gut.«

Ich fasste mich kurz, aber sein Gesicht legte sich trotzdem in besorgte Falten.

»Das tut mir leid. Ich wusste, dass er hin und wieder Aussetzer hatte, aber mir war nicht klar, dass es so schlimm war.«

»Er ist jetzt in Sicherheit. Das ist das Wichtigste.« Ich musterte ihn von seinem goldenen Haar bis zu seinem frisch gebügelten, lavendelfarbenen Hemd. »Wie geht es Ihnen? Wie war Europa?«

»Gut. Wie immer.« Er machte eine wegwerfende Handbewegung.

Nur Cooper Fallon konnte von zwei Wochen in London und Paris zurückkehren und sagen, es wäre gut gewesen. »Okay. Na ja, ich bin sicher, da wartet ein Berg Arbeit auf mich. Bis später.« Mit einem unbeholfenen Winken drehte ich mich um, um zu gehen.

»Es ist gut, Sie wieder hierzuhaben.«

Ich lächelte, froh darüber, dass wir wieder unser normales Maß an Befangenheit erreicht hatten.

Zehn Minuten später kam Ben hereingestürmt und schüttelte seinen regennassen Mantel aus. Sein Mund war zu einem gehetzten Stirnrunzeln zusammengezogen, aber er blieb an meinem Schreibtisch stehen.

»Hey, Marlee, du bist zurück!« Er warf einen kurzen Blick zu Coopers Tür, dann entspannte sich sein Gesicht zu einem breiten Lächeln. »Geht es deinem Dad jetzt gut?«

Wie allen außer Jackson und Alicia hatte ich auch йому nur die grundlegenden Informationen über Dads Unfall gegeben. »Er hat sich das Bein gebrochen. Er erholt sich in einer Pflegeeinrichtung. Ich – er – er wird wahrscheinlich dauerhaft dort bleiben. Er hat Alzheimer.« Ich musste mich jetzt zu Dads Zustand und der neuen Realität bekennen, in die er mich zwang.

Seine whiskybraunen Augen waren gütig, und sie wurden von Sorgenfalten umrahmt. »Das tut mir so leid. Bist du okay?«

Meine Lippe zitterte, aber ich zwang mich zu einem: »Ich werde es sein.«

Er streckte die Hand aus und rieb mir über den Arm. »Lass mich wissen, wie ich helfen kann. Wenn du so weit bist, gehen wir was trinken und reden. Okay?« Er hielt meinen Blick, bis ich nickte.

Ich hatte jetzt mehr Zeit für Freunde. Ich würde sein Angebot auf jeden Fall annehmen.

Zwanzig Minuten später stürmte Jackson auf die Etage. Ohne ein Wort zu sagen, kam er hinter meinen Schreibtisch und zog mich in eine Umarmung. Seine kräftigen Arme um mich herum versicherten mir, dass mit der Zeit alles gut werden würde.

Wir lösten uns voneinander, aber er hielt meine Hände weiterhin fest. »Wie geht es dir?«

»Ich bin okay, Boss. Bereit zu arbeiten.«

Er schüttelte den Kopf. »Nein, ernsthaft, Marlee. Kein Scheiß. Wie geht es dir?« Sein Blick hielt meinen fest.

»Es war … hart, Dad dorthin zu bringen. Ich habe ihn noch nicht gesehen. Die Krankenschwestern meinten, ich sollte ein paar Tage warten.«

»Soll ich mitkommen? Wir können heute Abend hingehen.«

»Ich habe vor, nach der Arbeit hinzugehen, und ich weiß dein Angebot zu schätzen, aber das muss ich allein tun.« Ich drückte seine Hand. »Du verstehst das, oder?«

Er drückte zurück. »Ja. Aber sag mir, was ich tun kann, um zu helfen.«

»Ich würde mich liebend gern in die Arbeit stürzen, um mich von allem abzulenken.«

»Dann habe ich genau das Richtige für dich. Wir sind zwei Wochen von unserer Weihnachtsfeier entfernt, und ich *habe* die Sache vielleicht ein bisschen schleifen lassen.«

Ich verdrehte die Augen. Jackson bot immer an, bei der jährlichen Weihnachtsfeier am ersten Wochenende im Dezember zu helfen, aber seine Aufgaben blieben normalerweise an mir hängen. Die Scherben der Firmenfeier aufzusammeln und dafür zu sorgen, dass die Veranstaltung reibungslos über die Bühne ging, würde mich von meinem ersten Thanksgiving außerhalb meines Elternhauses ablenken. »Natürlich helfe ich.«

»Großartig! Wir haben beim Mittagessen ein Meeting mit dem Planungskomitee.«

»Aber das steht nicht in deinem Kalender«, protestierte ich. »Du hast ein Meeting mit –«

»Das verschiebst du doch, oder? Oh, und wir bräuchten Essen.«

»Ich kümmere mich drum. Aber, Jackson, jetzt, da ich – jetzt, da –« Ich atmete tief und beruhigend ein. »Da ich nicht mehr nach Hause zu Dad hetzen muss, würde ich gerne etwas Programmierarbeit übernehmen. Offiziell.« Sein Lächeln erstarrte und ich beeilte mich, fortzufahren. »Ich möchte dich weiterhin unterstützen, aber ich möchte auch an einigen anderen Projekten arbeiten.«

Sein Lächeln entspannte sich, aber nicht vollständig, als würde er etwas zurückhalten. »Ich habe da vielleicht etwas für dich. Gib mir ein paar Tage, um es auszuarbeiten.« Er presste die Lippen aufeinander. »Ich sollte –«

Das Klingeln des Telefons auf meinem Schreibtisch – seine Leitung – unterbrach ihn. »Das ist dein Neun-Uhr-Anruf«, sagte ich. »Geh besser mal rein.«

»Danke, Marlee, du bist die Beste«, rief Jackson mir über die Schulter zu, während er in sein Büro joggte.

Für einen Moment glaubte ich ihm.

———

MEIN FUSS WIPPTE während des gesamten Meetings des Planungskomitees. Dummer Fuß. Er wollte keine Zeit mehr damit verschwenden, eine Party zu planen, die mir egal war, und stattdessen in den vierten Stock rennen.

Tyler und ich hatten seit über einer Woche nicht mehr gesprochen oder geschrieben, und es war Zeit für uns, zu reden. Okay, es war Zeit für mich, zu Kreuze zu kriechen. Noch einmal. Weil mein erster Versuch, zu Kreuze zu kriechen, total danebengegangen war. Dieses Mal würde ich sicherstellen, dass ich es dort tat, wo Cooper mich nicht finden konnte.

Sobald das Meeting vorbei war und Jackson sicher in seiner nächsten Telefonkonferenz saß, sagte ich zu Ben: »Bin gleich zurück.« Ich öffnete meine Schreibtischschublade und steckte die winzige schwarze Plastikpistole ein. Ich brauchte den Vorwand nicht, um mit ihm zu reden; wir waren Freunde, und es hätte völlig normal sein sollen, ihn an seinem Schreibtisch zu besuchen.

Es *hätte* so sein sollen. Aber er war immer zu mir hochgekommen.

Ich war eine schreckliche Freundin und eine noch schlechtere Mehr-als-nur-eine-Freundin.

Mit dem Vorwand in der Tasche trabte ich die Treppe hinunter. Als ich den Treppenabsatz im vierten Stock erreichte, zupfte ich meine weiße Bluse dort gerade, wo sie in meinen schwarzen Bleistiftrock gesteckt war, und strich mir die Haare glatt.

Ich stieß die Tür auf und trat in das Meer von Cubicles. Sie hatten niedrige Trennwände, um die Zusammenarbeit zu fördern, und die Entwickler hatten sie so dekoriert, dass sie ihre Persönlichkeiten widerspiegelten. Ein riesiges Paar knöchelhoher Turnschuhe hing an einer Schnur über dem nächstgelegenen. Ein paar Reihen weiter präsentierte ein Regal eine glitzernde Reihe von Fußballtrophäen. Ich blickte zu den Fenstern, wo die Senior-Entwickler, einschließlich Tyler, saßen, und ging in diese Richtung.

Aber Tylers Cubicle stimmte ganz und gar nicht. Er war leer geräumt worden, und es sah aus, als wäre es in Eile geschehen. Während die Schreibtischoberfläche frei war, zeigten sich Staubstreifen, wo Stapel von Büchern oder Papieren bewegt worden sein könnten, und ein paar Reißzwecken lagen verstreut darauf. Die Dockingstation war leer, und die großen Monitore waren ausgeschaltet.

Das oberste Regal war bis auf Staub und eine Prinzessin-Leia-

Figur, deren Hand ausgestreckt war, leer. Im Staub um sie herum waren freie Stellen.

Hatte er den Cubicle gewechselt?

Ich drehte mich um und entdeckte Jacksons Schwester, Sam, in einem kleinen Cubicle in der Nähe. Sie starrte auf ihren Bildschirm, ein Paar geräuschunterdrückende Kopfhörer ließ ihre zierlichen Gesichtszüge winzig erscheinen.

»Sam.« Als sie nicht antwortete, ging ich zu ihrem Cubicle und berührte sanft ihre Schulter. Sie zuckte zusammen.

Als sie sah, dass ich es war, grinste sie, das schiefe Grinsen, das mich an Jacksons erinnerte. Sie nahm ihre Kopfhörer ab. »Marlee! Was machst du denn hier unten? Bist du jetzt Programmiererin? Ich wette, du kannst Tylers Cubicle haben.«

»Ich bin runtergekommen, um ihn zu suchen. Weißt du, wo er ist?«

»Tyler?«

Ich biss mir auf die Lippe, um nichts zu sagen, das meine Angst verriet. »Ja, Tyler.«

»Zuhause. Irgendwo in Texas. Austin, vielleicht? Oder Dallas? Er hat gesagt, er wollte etwas Zeit mit seiner Familie verbringen.«

Seine Familie? Die waren Idioten zu ihm, besonders Raleigh. Ich hatte ihn ermutigt, über die Feiertage nach Hause zu fahren, aber er war eine Woche zu früh dran.

»Er hat die letzte Woche von zu Hause aus gearbeitet. Er hat gesagt, er würde wahrscheinlich bis Thanksgiving bleiben. Aber wenn er nur für ein paar Wochen nach Hause gefahren wäre, warum hat er dann sein ganzes Zeug mitgenommen? Ich habe mich schon gefragt, ob er« – sie senkte ihre Stimme – »nach einem anderen Job sucht. Er hatte letzte Woche an einem Tag ein Sakko dabei. An dem Tag, an dem er früher gegangen ist. Ich wollte Jackson aber nichts sagen. Es war nicht wirklich meine Angelegenheit.«

»Oh.«

»Bist du okay? Du siehst blass aus.«

»Mir geht es gut. Danke.« Ich starrte auf Prinzessin Leia. Was wollte sie mir sagen?

»Es war komisch, dass er all sein Spielzeug mitgenommen hat.«

»Sein Spielzeug?« Die paar Mal, die ich hier unten gewesen war, hatte ich nicht darauf geachtet. Ich hatte ganz sicher nicht den Inhalt seines Cubicles katalogisiert.

»Er hat eine ganze Sammlung – Yoda, Obi-Wan, Darth Vader, Chewbacca, Lando Calrissian, Boba Fett, Jabba the Hutt. Er hat nur Leia hiergelassen. Vielleicht, weil sie kaputt ist. Er wollte Han Solo schon wegwerfen, aber Grant hat ihn haben wollen.« Sie zeigte auf einen anderen Cubicle, und ich entdeckte die Actionfigur, die an eine Topf-Sukkulente gelehnt war.

Ich überquerte den Gang, zog das winzige Stück Plastik aus meiner Tasche und steckte den Blaster in Leias Hand. Sie trug dasselbe weiße Gewand und die geflochtenen Haare wie ich an Halloween. Aber selbst die winzige Leia sah stärker, selbstsicherer und klarer aus. Sie wusste, was sie wollte, und sie tat alles dafür. Und sie war klug genug, die richtigen Dinge zu wollen.

»Hey, du hast sie repariert. Ich werde йому eine E-Mail schreiben und es ihm sagen. Oder vielleicht solltest du ihm eine E-Mail schreiben. Vielleicht will er sie jetzt zurückhaben.«

Mein Bauch brannte, als hätte er einen Blasterschuss abbekommen. Nein, er wollte sie nicht zurück. So viel war klar. Wenn er sie gewollt hätte, hätte ich nicht von Sam erfahren müssen, dass er weg war. Ich schniefte.

»Hey, ist alles in Ordnung mit dir?«

»Mir geht es gut. Der Staub lässt meine Augen tränen.« Ich hielt Sam den Rücken zugewandt, aber meine Stimme war hoch und angespannt.

»Oh. Okay. Ich habe keine Taschentücher, aber im Bad gibt es welche.«

»Danke.«

Ich hob Prinzessin Leia auf. Sie hatte sowohl Luke Skywalker als auch Han Solo geküsst. Zum Glück hatte sie herausgefunden, dass sie und Luke besser als Freunde waren, bevor sie ein Liebespaar geworden waren. Lässt man den Igitt-Faktor, dass er eigentlich ihr Bruder ist, beiseite, hatte ich immer gedacht, sie hätte einen Fehler gemacht. Han Solo liebte sie nicht wirklich zurück; nicht so, wie sie es brauchte. Luke war derjenige, der immer für sie da war, ehrlich und treu.

Genau wie Tyler.

Bis ich alles vermasselt hatte.

Und jetzt war er weg. Für wie lange?

Meine Knie wurden weich, und ich griff nach der Lehne seines Stuhls. *Atmen.* Marlee Rice, Assistentin der Geschäftsführung des Mitbegründers, konnte nicht mitten im Großraumbüro ausrasten.

Selbst wenn mein Herz gerade in meiner Brust zu Staub zerfallen war.

———

AUF MEINEM WEG nach unten in die Lobby schrieb ich Alicia eine SMS. *Kannst du reden?*

Mein Handy klingelte, sobald ich aus dem Aufzug trat. »Hey.«

»Hey«, sagte Alicia. »Ich habe zwar erwartet, dass du reden willst, aber ich dachte nicht, dass du es so schnell herausfinden würdest.«

»Nicht dachtest, dass ich was herausfinden würde?« Ich stieß die Tür zum Innenhof auf, der kalt, feucht und verlassen war. Ich fröstelte.

»Oh. Nichts.«

»Nein. Dafür sind wir zu lange befreundet. Was weißt du?«

Sie war einen Moment lang still. »Du darfst es niemandem erzählen. Es weiß noch niemand.«

»Niemand weiß *was*, Alicia? Geht es Tyler gut?« Ein winziger Wassertropfen landete auf meiner Wange. Es war nicht wirklich Regen; eher so, als hätte der Nebel begonnen, flüssig zu werden.

»Es geht ihm gut. Es geht ihm gut, wie ich höre. Jamila hat ihn gesehen. Sie haben sich in Austin getroffen. Ich wüsste es nicht, außer dass sie mich um eine Referenz gebeten hat. Sie hat ihm einen Job angeboten, und er hat angenommen.«

»Er hat angenommen? Du meinst, er wird in Jamilas Büro in San Francisco arbeiten?« Das wäre nicht so schlimm. Er würde nicht jeden Tag an meinen Schreibtisch kommen, aber wir könnten uns ein paar Tage die Woche zum Mittagessen treffen.

»Nein. Der Job ist in Austin. Sie eröffnet dort ein zweites Büro.«

»Austin?« Das ergab keinen Sinn. Er war erst vor weniger als einem Jahr aus Austin hierher gezogen. Er hatte gesagt, es sei sein Traum, für Jackson in San Francisco zu arbeiten.

»Es tut mir leid, Schatz. Ich bin sicher, er wird anrufen, um es dir zu erzählen. Ich höre, es ist ein toller Job. Auf Direktorenebene, und er ist noch не einmal dreißig. Jackson arbeitet an einem Gegenangebot, aber ich weiß nicht, ob Tyler es annehmen wird. Er muss einen Grund gehabt haben, Jamila um einen Job zu bitten.«

Mein Gesicht war nass, und ich konnte nicht sagen, ob es Regen, Tränen oder beides war.

»Marlee, geht es dir gut?«

»Bestens.«

»Du klingst nicht so, als ginge es dir bestens. Musst du deinen Kopf zwischen die Knie stecken?«

»Nein.« Aber Stehen funktionierte nicht für mich. Ich kauerte mich genau dort im Innenhof auf den Boden, in meinen High Heels und meinem Rock und ohne Mantel. Ich hoffte, niemand sah zu, wie ich die Beherrschung verlor.

»Rede mit mir. Oder ich komme rüber und bringe dich zum Reden.«

Ich umklammerte mein Handy, als könnte es mich vor dem Ertrinken retten. »Bevor mein Dad gestürzt ist, haben Tyler und ich – ich habe ihm gesagt, was ich fühle. Aber er hat mir nicht geglaubt.«

»Du hast ihm was gesagt?«

»Ich liebe ihn, okay? Also, nicht die freundschaftliche Liebe, wie ich dich liebe. Liebe-Liebe, so wie du Jackson liebst.«

Sie sog scharf die Luft ein. »Du liebst ihn.«

»Aber er – aber ich – Cooper war da, und es war furchtbar. Und dann kam mein Dad ins Krankenhaus, und jetzt das.«

»Oh.« Sie war ein paar Sekunden lang still. »Du weißt, was du tun musst, oder?«

»Ich muss ihn anrufen. Ich hätte es früher tun sollen, aber ich –«

»Ich weiß. Du hattest viel um die Ohren. Er wird das verstehen.«

———

ER VERSTAND ES NICHT.

Zumindest war das die Schlussfolgerung, die ich ziehen musste. Siebzehn Textnachrichten und sechs Mailboxnachrichten – einschließlich einer, die ich nach ein paar Gläsern Wein zu viel hinterlassen hatte, in der ich *vielleicht* »Endlich sehe ich das Licht« aus *Rapunzel – Neu verfönt* gesungen hatte – ohne eine Antwort waren eine ziemlich klare Botschaft.

Aber die klarste war seine Zwei-Wort-Antwort am Ende meiner einseitigen Textkonversation.

TYLER

Ich kann nicht.

AN DER SPITZE des Partykomitees zu stehen, bedeutete, dass ich zu beschäftigt war, um nachzudenken – jedenfalls meistens – und zu beschäftigt für Selbstmitleid. Größtenteils.

Mich zu bitten, die Party zu retten, war eine von Jacksons brillanteren Ideen gewesen. Nicht, dass ich es ihm gegenüber zugeben würde.

Mit all den Anrufen, die ich getätigt hatte, dem Essen, das ich probiert hatte, den Veranstaltungsorten, die ich besichtigt hatte, und den Probeaufnahmen, die ich mir angehört hatte, hatte ich keine Zeit gehabt, Trübsal wegen meines ersten Feiertags allein in meiner neuen Wohnung ohne Dad zu blasen.

Aber ich verbrachte Thanksgiving nicht allein. Bayside Gardens hatte die Familien der Bewohner zu einem Essen eingeladen. Und obwohl Dad immer noch nicht mit mir sprach, weil ich das Haus verkauft, seinen geliebten Sessel weggeworfen und ihn ins Pflegeheim gesteckt hatte, war er mehrmals verwirrt genug gewesen, um freundlich zu sein. Er hatte mich Maggie genannt und mir gesagt, wie nett von mir es sei, für all seine neuen Freunde zu kochen. Er sah gesund und gut ernährt aus, und dafür war ich dankbar.

Nach dem Essen holten Alicia und Jackson mich ab und

nahmen mich für das lange Wochenende mit zu sich, wo ich mit Sam und Noah Videospiele spielte. Es war fast so gut, als hätte ich eine eigene Familie.

Und in der Woche zwischen dem Feiertag und der Party war ich definitiv zu beschäftigt, um an Tyler zu denken. Ich hatte ihn seit fünfundzwanzig Tagen nicht gesehen – nicht, dass ich mitgezählt hätte –, seit er aus Jacksons Büro gestürmt war. Ich hatte mich nicht jedes Mal, wenn ich mich einsam oder traurig gefühlt hatte, in Tylers Pullover gekuschelt, der nicht einmal mehr richtig nach ihm roch. Das wäre pathetisch gewesen.

Was ich absolut war.

Also hatte ich beschlossen, etwas dagegen zu unternehmen. Mein Kriechgang war wirkungslos geblieben, und ich hatte herausgefunden, warum: In Liebesromanen ging dem Kriechen immer eine große Geste voraus, ausgeführt von der Person, die der anderen am meisten Unrecht getan hatte. Das war eindeutig ich. Ich musste Tyler beweisen, dass es mir leidtut, bevor er mein Kriechen akzeptieren würde. Man sollte meinen, jemand, der so viele Romane gelesen und so viele Liebeskomödien gesehen hatte wie ich, wäre darauf gekommen. Aber ich hatte eine Menge im Kopf gehabt.

Ich hatte Jackson bereits um Urlaub gebeten und plante, nach Weihnachten nach Texas zu fliegen. Wie in *Harry und Sally* würde ich alles auf den Tisch legen und ihm sagen, dass ich für den Rest unseres Lebens mehr als nur sein Freund sein wollte. Falls – und ich wusste, dass es ein großes *Falls* war, nachdem ich ihn so behandelt hatte – er mir verzieh und mich immer noch wollte, würden wir uns an Silvester küssen, und das würde uns für immer zusammenschweißen.

Ja, ich wusste, dass Texas ein großer Staat war und ich ihn erst finden musste, aber ich war mir nicht zu schade, Alicia für die Aufklärung einzusetzen. Jackson wäre keine Hilfe; er war immer noch sauer auf Tyler, weil dieser am Tag vor der Weihnachtsfeier seine offizielle zweiwöchige Kündigung eingereicht hatte.

Am Abend der Party glättete ich die Falten aus dem ausgestellten Rock meines schwarzen Cocktailkleides. *Überhaupt nicht nervös.* Wahrscheinlich würde er nicht einmal auftauchen. Höchstwahrscheinlich war er noch in Texas. Aber eine winzige Hoffnung brannte unter dem drapierten Ausschnitt meines Kleides.

Um mich abzulenken, überblickte ich die Tische im Hauptraum des Partybootes, das wir für die Weihnachtsfeier der Firma gemietet hatten. Sobald alle an Bord waren, würden wir für ein paar Stunden durch die Bucht kreuzen, während die Mitarbeiter und ihre Gäste zu Abend aßen und tanzten. Irgendwie hatten das Komitee und ich es so aussehen lassen, als hätten wir nicht alles in nur zwei Wochen zusammengeschustert.

Weiße Leinenservietten schmückten die Tische in dem großen Veranstaltungsraum. Die abgedunkelten Fenster spiegelten hundert Tischkerzen wider. Vasen mit weißen Rosen und Zweigen blutroter Beeren zierten jede Oberfläche. Büffettische erstreckten sich über die Mitte des Raumes und würden bald mit warmen Speisen beladen sein. Die Kellner, die Tabletts mit Vorspeisen und Weingläsern hielten, zirkulierten unter den früh eintreffenden Gästen. Ich hatte zu viel Zeit mit der Planung der Party verbracht, um Hunger auf die Salatboote, Krabben-Beignets und winzigen Avocado-Toasts zu haben, die ich so sorgfältig ausgewählt hatte. Es lag nicht daran, dass ich zu nervös zum Essen war.

Nachdem ich die Gedecke abgenommen und den Zeitplan der Aktivitäten überprüft hatte, trat ich auf das offene Deck hinaus. Mein Magen rebellierte wie die Wellen unter mir. Vielleicht lag es an der Bewegung des Bootes oder an der Nervosität, Tyler vielleicht wiederzusehen. Da wir noch am Dock lagen, vermutete ich Letzteres.

Alicia betrat die Gangway, umwerfend in ihrem weißen Abendkleid. Der perlenbesetzte Überwurf auf dem Mieder lenkte den Blick von ihrem gewölbten Bauch ab, der in fließenden Stoff gehüllt war. Sie packte Jacksons Ärmel – wie üblich sah er in einem Smoking köstlich aus – und zog ihn zu mir. Jacksons Schwester Sam folgte ihnen. Sie trug einen schwarzen Pullover über einer schwarzen Hose. Im Dunkeln wäre sie bis auf ihre blasse Haut unsichtbar gewesen.

»Marlee, alles sieht wunderbar aus!«

Ich legte das Tablet mit meiner Checkliste ab und umarmte Alicia. »*Du* siehst wunderbar aus. Wie fühlst du dich heute Abend?«

Sie umarmte mich fest und flüsterte mir ins Ohr: »Ich hatte heute meine ersten Braxton-Hicks-Kontraktionen. Aber ich halte den Ball flach, damit Jackson nicht ausflippt. Er würde mich meine Krankenhaustasche packen und die Fahrt ins Krankenhaus üben lassen.«

Ich trat zurück und strahlte sie an. »Das ist großartig!« Als ich Jacksons besorgten Blick sah, fuhr ich fort: »Großartig, dass du dich so gut fühlst. Jackson, du siehst wie immer fantastisch aus. Aber lass mich mal –« Ich wühlte in meiner Tasche und holte eine Fusselrolle heraus. Ich hockte mich hin und rollte sie über die unteren Enden seiner Hosenbeine. »Ich schätze, du hast vor dem Weggehen noch etwas Liebe von Tigger bekommen.«

Er beugte sich hinunter, um mir die Rolle abzunehmen, und flüsterte: »Ich habe heute Abend eine Überraschung für dich.« Er zwinkerte.

Eine Überraschung? Könnte es Tyler sein? Ich sah zu, wie Jackson mit der Rolle über seine Knöchel fuhr, und hoffte, er würde mich aufklären.

Aber er richtete sich nur auf und sagte: »Tigger war wegen all der Veränderungen für das Baby ein wenig unruhig. Er und ich haben uns verbunden, während wir darauf gewartet haben, dass Alicia fertig wird.«

Sam trat in unseren Kreis. »Hey, Marlee, ich habe dich eine Weile nicht gesehen. Nur damit du es weißt, ich habe T eine E-Mail geschrieben –«

Jackson legte einen Arm um Sams Schultern und brachte sie so erschrocken zum Schweigen. »Denk daran, was wir auf der Fahrt hierher gesagt haben. Wir reden heute Abend nicht über diesen Deserteur.«

Ich lächelte Jackson schwach an. Tylers Namen auszusprechen würde mich nicht davon abhalten, an ihn zu denken. Obwohl ich die Mühe zu schätzen wusste.

»Aber ich dachte, sie würde –«

»Sehen wir nicht alle gut aus?«

Ich hatte nicht bemerkt, wie Cooper sich näherte. Er schüttelte Jacksons Hand und dann Alicias. Er streckte mir eine Hand entgegen, und ich ergriff sie. Zum ersten Mal seit drei Jahren versuchte ich nicht, daraus eine Umarmung zu machen oder seine Hand zu lange in meiner zu halten. Ich tat nicht so, als ob es Funken sprühte. All meine Funken waren für die eine Person, die heute Abend in unserer Gruppe fehlte.

Die Stimme des Schiffskapitäns knisterte in meinem Ohrhörer. »Ms. Rice, es ist Zeit abzulegen. Sind alle an Bord?«

»Geben Sie mir eine Minute, um das zu bestätigen«, murmelte ich. Ich wirbelte herum und schritt zur Gangway, wo die Partykoordinatorin mit einem ähnlichen Tablet wie meinem stand.

»Haben alle eingecheckt?«, fragte ich sie.

»Alle bis auf einen« – sie scrollte erneut durch die Liste – »Tyler Young.«

Er kam nicht. Ich strich über meine Halskette, einen schlichten Kristallanhänger. »Geben wir ihm noch fünf Minuten, und dann können Sie dem Kapitän sagen, er soll loslegen.«

Sie schenkte mir ein Lächeln. »Klingt gut. Gehen Sie und amüsieren Sie sich jetzt.«

Ich versuchte, ihr ein strahlendes Lächeln zu schenken, aber mein Gesicht war zu steif. Ich verstaute mein Tablet in meiner Tasche, nahm meinen Ohrhörer ab und reichte ihn ihr zusammen mit meiner Tasche. »Danke. Ich gehe mich unter die Leute mischen. Sagen Sie Bescheid, wenn Sie etwas brauchen.«

»Wird gemacht«, sagte sie mit munterer Effizienz.

Ich drehte mich um und ging zurück zu den hellen Lichtern der Party. Obwohl ich wochenlang alles geplant hatte, von der Dekoration über die Musik bis zum Essen, und fast jeden dort kannte, war etwas seltsam. Ich schlängelte mich durch die

Gruppen von Synergy-Mitarbeitern und ihren Begleitungen, wechselte hier ein paar Worte, schüttelte dort eine Hand, aber ich konnte mich in keine der Gespräche einfinden, die um mich herumschwirrten. Tyler war bei diesen Anlässen immer an meiner Seite geblieben, bereit, einen albernen Witz zu machen, ein verletzendes Wort zu glätten.

Als das Deck schwankte und ich auf meinen glitzernden Absätzen ins Wanken geriet, schwappte Enttäuschung in meinem Bauch. Er war nicht gekommen. Ich wünschte, ich wäre überall, nur nicht auf einem Boot gefangen, auf dem von mir erwartet wurde, Spaß zu haben und die nächsten vier Stunden zu allen nett zu sein. Ich brauchte einen Drink.

Ich bewegte mich auf den ersten Kellner zu, den ich sah, und nahm eine Champagnerflöte von seinem Tablett. Ich hatte sie gerade an meine Lippen gehoben, als ich einen vertrauten Bariton hörte.

Jacksons Stimme dröhnte aus den Lautsprechern. »Guten Abend, alle zusammen. Willkommen zur jährlichen Synergy-Weihnachtsfeier.« Ich erstarrte. *Das* war nicht nach Plan. Cooper sollte die Rede halten. Was machte Jackson da?

Cooper musste denselben Gedanken gehabt haben, denn er stand steif am Bühnenrand und beobachtete seinen Freund, seine dichten Augenbrauen in einem verwirrten Winkel.

Jackson fuhr fort und sprach in das Mikrofon, das er dem Sänger der Band abgenommen hatte. »Keine Sorge, wir heben uns die Reden für später am Abend auf, wenn ihr alle viel mehr getrunken habt.« Eine Gruppe von Programmierern jubelte.

»Aber ich möchte jemandem danken, jemandem, der in letzter Zeit viel um die Ohren hatte, sich aber trotzdem Zeit genommen hat, diese fantastische Party auf die Beine zu stellen. Marlee, komm hier hoch.«

Eine Rötung stieg vom tiefen Ausschnitt meines Kleides bis zu meinem Haaransatz. Ich wünschte, ich wäre näher an einem Ausgang, um verschwinden zu können, aber schon streckten sich Hände nach mir aus und zogen mich zur Bühne. Ich zwang meine

Füße in Richtung Jackson und betete, dass meine hohen Absätze mich nicht zu Fall bringen würden. Unterwegs kam ich an Alicia vorbei, die ebenso verwirrt wie ich die Schultern zuckte.

Jackson empfing mich mit einem Grinsen und einem weiteren Zwinkern auf der Bühne. »Vor drei Wochen hatten wir keinen Veranstaltungsort, keinen Caterer und keine Musik. Wieder einmal haben Marlee – und der Rest des Planungskomitees – die Party vor meiner Überverpflichtung und Unterlieferung gerettet.« Alle lachten, und die betrunkenen Entwickler johlten. Ich würde am Ende der Nacht ein paar Taxis rufen müssen.

Als der Applaus abebbte, sagte er: »Marlee, ich finde, du solltest uns beim ersten Tanz anführen.« Er packte Coopers Arm. »Mit unserem COO, Cooper Fallon.«

Jetzt wich mir das Blut aus dem Gesicht. Sechs Wochen zuvor wäre ich im Himmel gewesen. An diesem Abend hätte ich mir lieber meinen eigenen Arm abgenagt, als drei peinliche Minuten mit Cooper zu tanzen. Sein aufgesetztes Lächeln verriet, dass es ihm genauso ging.

»Geben wir ihnen etwas Ermutigung«, dröhnte Jackson durch das Mikrofon. Die Partygäste jubelten und klatschten, und die Band stimmte »Almost Like Being in Love« an.

Ich straffte die Schultern und griff nach Coopers Hand. »Bringen wir es hinter uns«, sagte ich mit einem übertrieben strahlenden Lächeln. Ich führte ihn die Stufe hinunter auf die Tanzfläche und legte eine Hand auf seine Schulter. Die andere, die ich immer noch mit seiner verschlungen hielt, hob ich in die Nähe meiner Schulter. Eine Person von Sams Größe hätte in das Luftpolster zwischen uns gepasst.

Cooper legte eine hölzerne Hand leicht auf meine Rippen und führte mich in einen steifen Quickstep. Die anderen Gäste machten Platz um uns herum. Mr. Weston stand in der Nähe der Bühne, sein Gesichtsausdruck zu leer, um ihn zu deuten. Unser Tanz würde nichts dazu beitragen, die bösen Gerüchte zu zerstreuen, die seit der Halloween-Party durch die Firma schlichen. Unwissend strahlte Jackson uns von der Bühne aus an wie ein stolzer Papa. Ugh.

»Nun, das ist peinlich –«, begann ich.

Gleichzeitig sagte Cooper: »Marlee, ich –«

Wir hörten beide auf zu sprechen und lachten dann. Seine steinharten Schultern entspannten sich unter meinen Fingern. »Fangen Sie an«, sagte er und wirbelte mich herum. Als ich zurück in seine Arme wirbelte, erinnerte ich mich an den Tanz auf der Hochzeit. Damals hatte ich mit Tyler getanzt, aber dies hier gewollt. Warum wollte ich immer, was ich nicht hatte?

Tylers Tanz war fließend gewesen, machte Spaß. Mit Cooper zu tanzen war wie mit einer Marionette zu tanzen. Es gab einfach keinen Vergleich.

»Jackson meint es gut. Ich bin sicher, ich werde ihm verzeihen. Eines Tages.« Ich verzog das Gesicht. »Ich – ich meinte, was ich Ihnen gesagt habe. Es tut mir leid, dass ich die Dinge zwischen uns unangenehm gemacht habe. Ich hoffe, wir können gute Freunde sein.«

Er lächelte auf mich herab. »Es gibt nichts zu verzeihen. Ich tanze mit einer schönen Frau, einer klugen Frau, die mir den zweitbesten Assistenten der Welt gefunden hat.«

»Wo ist Ben heute Abend?« Zwischen Partyvorbereitungen und der Suche nach Tyler hatte ich ihn noch nicht gesehen.

Coopers Mundwinkel zogen sich zusammen. »An der Bar. Er hat – ach, egal.«

Ich stand mit dem Rücken zur Bar, also konnte ich nicht sehen, wovon er sprach. Als er mich in die richtige Richtung drehte, hatten sich so viele Paare zu uns auf der Tanzfläche gesellt, dass ich Ben nicht finden konnte. Ich hoffte, er hatte eine schöne Zeit, mit wem auch immer er da war.

»Er hat es verdient, mal Dampf abzulassen, wissen Sie. Sie sind nicht der einfachste Kerl, für den man arbeiten kann.«

Coopers Haltung wurde starr. »Ich habe hohe Erwartungen an jeden –«

»Das weiß ich.« Ich streichelte seine Schulter. »Was ich in

letzter Zeit gelernt habe, ist, dass man niemanden auf ein Podest stellen kann. Nicht einmal sich selbst.«

Er wollte gerade etwas sagen, als das Lied endete. Er schloss den Mund, zog mich in eine Umarmung und flüsterte mir ins Ohr: »Danke«, bevor er mir einen Kuss auf die Wange gab.

Mein Vater hätte mir mit mehr Leidenschaft einen Kuss auf die Wange gegeben. Coopers Kuss war eine trockene Berührung von Lippen, die ich am liebsten weggewischt hätte. Trotzdem hatte er es gut gemeint. Ich umarmte ihn kurz zurück und atmete seinen minzigen Duft ein. »Jederzeit.«

Die Band stimmte ein neues Lied an, und als ich mich umdrehte, um die Tanzfläche zu verlassen, versperrte mir Sam den Weg. »Ich weiß, ich soll nicht über ihn reden, aber Jackson tanzt mit Alicia, und er kann uns nicht hören.« Sie trat näher, damit sie nicht über die Musik hinweg schreien musste. »Tyler ist hier. Aber als Cooper dich geküsst hat, ist er aus der Tür gerannt.« Sie zeigte auf die Doppeltüren, die zum Außendeck führten.

»Er ist hier?« Ich musste sie falsch verstanden haben.

»Ich habe vorhin versucht, es dir zu sagen. Er hat gesagt, er will Prinzessin Leia nicht zurück, aber er würde uns alle heute Abend sehen.«

Er wollte Prinzessin Leia nicht zurück. Nun, wenn mir das nicht sagte, wie er sich fühlte, wusste ich auch nicht weiter. Trotzdem war er hier. Und das bedeutete, ich hatte noch eine Chance, die Dinge zwischen uns in Ordnung zu bringen.

»Danke.« Ich schob mich durch die Menge zum Ausgang und schaute nach rechts, dann nach links. Das Mondlicht blitzte kurz auf dem hellbraunen Haar einer vertrauten Gestalt auf, bevor er um die Biegung des Hecks verschwand.

Trotz meiner Riemchen-High-Heels rannte ich, um ihn einzuholen, bevor ich ihn wieder verlor. Ich dankte Pythagoras und wer auch immer den Sextanten erfunden hatte, dass wir auf einem Schiff ohne Fluchtmöglichkeit waren.

Ich rundete die Kurve des Bootes und fand nichts als leere Liegestühle. Mit einem frustrierten Seufzer klapperte ich zur

Vorderseite des Bootes. Als ich die Mitte des Schiffes erreichte, lehnte eine einzelne Gestalt mit den Ellbogen an der Reling und blickte auf die vom Mondlicht gesprenkelten Wellen. Diesmal trug mein Seufzer all die Erleichterung in sich, ihn allein zu finden, auf mich wartend. So hoffte ich zumindest.

»Tyler!«, rief ich und trabte an seine Seite, wo ich auf dem seegischtbesprühten Holz ins Rutschen kam und anhielt. Er warf mir einen kurzen Blick zu, wandte seinen Blick aber wieder dem Wasser zu.

So sollte es also sein. Kriechen wäre erforderlich. Ich war bereit.

»Ich habe gehört, du bist nach Hause gefahren.«

»Aha.«

»Geht es deiner Familie gut?«

»Ja.«

»Ich hoffe, du hast Raleigh eine verpasst. Oder ihn zumindest zur Rede gestellt.«

Er zuckte die Achseln. »Es war gut, sie zu sehen. Es war schon eine Weile her.«

Ich versuchte zu lächeln, aber meine Lippen zitterten. »Dann bin ich froh, dass du gefahren bist. Hattest du ein schönes Thanksgiving?«

Immer noch auf das Meer blickend, sagte er: »Ja, hatte ich.«

»Ich war bei meinem Dad in seiner neuen Bleibe. Bayside Gardens. Du hast versucht, mir eine Broschüre dafür zu geben. Ich erinnere mich, dass sie oben auf dem Stapel lag, bevor ich –« Ich zitterte im eisigen Wind und umarmte mich, um die Wärme zu halten. »Ich wünschte, ich hätte damals auf dich gehört. Sie hatten ein schönes Essen für die Familien. Es gab Truthahn.«

Das brachte mir eine Reaktion ein. Er drehte sich zu mir um. »Du hast deinen Dad in ein Pflegeheim gesteckt?«

Ich zuckte bei dem anklagenden Tonfall seiner Stimme zusammen, zuckte dann aber mit einer Schulter. »Er – er ist gestürzt. Er hat sich das Bein gebrochen und brauchte Reha. Und –« ich hatte das noch niemandem erzählt, aber Tyler würde es verstehen.

»Und er hat sich den Kopf gestoßen, und das schien seinen Zustand … schlimmer zu machen.« Ich rieb mir die Arme und starrte auf die Wellen hinaus.

»Das tut mir leid«, sagte er. Fast widerwillig fragte er: »Geht es dir gut?«

Ich konnte ihn nicht ansehen. »Ich bin in eine Wohnung gezogen. Ich verkaufe das Haus. Dad ist sauer auf mich. Hauptsächlich, weil ich seinen Sessel weggegeben habe.« Ich lachte, aber es lag kein Humor darin.

Neben mir umklammerte er die Reling.

»Ich – ich habe dich vermisst, Tyler.« Ich streckte die Hand nach dem Ärmel seines Mantels aus, verlor aber den Mut und zog meine Hand zurück, ohne ihn zu berühren. »Ich hätte einen Freund gebrauchen können.«

Tyler wirbelte zu mir herum, seine Augen leuchteten in den Lichterketten. »Marlee, genau das machst du mit deinen Freunden: Du *benutzt* sie. Du hast mich benutzt, um näher an Cooper heranzukommen. Und nach dem, was ich da drin gesehen habe, hat es funktioniert. Da ich also meinen Zweck erfüllt habe, habe ich es satt, benutzt zu werden. Ich kann nicht mehr dein Freund sein.«

Der Schmerz in seinen Augen brachte mich um. »Nein, so ist es nicht. Wir haben nur getanzt.«

Er trommelte mit den Fingern auf seinen Oberschenkel, aber der Rest von ihm war regungslos.

»Jackson hat uns dazu gezwungen. Cooper bedeutet mir nichts. Ich will nur –«

Aber Tyler schritt von mir weg, zurück zur Musik und den Menschen. Ich stürzte mich auf ihn zu, schwankend in meinen Stilettos, bis ich seinen Ärmel ergreifen konnte. Ich krallte mich daran fest und stemmte meine Absätze in das Deck, um ihn zum Stehen zu bringen.

»Ich will ihn nicht. Ich will dich.« Da. Endlich hatte ich es gesagt. Aber er war ein Obelisk, ganz dunkler, kalter Stein, vor mir erstarrt.

»So wie du mich nach der Hochzeit wolltest? Als Trostpreis, wenn du deine erste Wahl nicht bekommen kannst? Ich verdiene mehr als das.«

Selbst im Mondlicht war sein Schmerz deutlich in den Falten um seine Augen zu sehen, in der angespannten Haltung seines Mundes. Was konnte ich tun, um diesen Schmerz zu lindern? Ich streckte eine Hand zu seiner Wange aus.

Er zog sich zurück und stürmte wieder auf die Party zu. Ich sprintete so schnell meine Absätze es zuließen – Tyler und seine verdammten langen Beine –, bis ich ihn einholte und mich vor ihn stellte.

»Da stimme ich dir zu. Du verdienst … du verdienst alles. Es gibt keine Frage, wer für mich an erster Stelle steht. Es gibt nur dich. Ich liebe *dich*, Tyler. Nur dich.«

Jetzt hatte ich es getan: Ich hatte alles auf den Tisch gelegt. Wenn dies eine romantische Komödie wäre, würde er mich in seine Arme nehmen und mir sagen, dass er mich auch liebt, kurz bevor er mich küsst.

»Du liebst mich?« Sein Gesicht war ausdruckslos, kein Grübchen in Sicht.

»Ja, das tue ich.« Ich schwankte auf ihn zu, bereit für unseren Kuss.

Tyler stand lange genug still, damit das, was ich gesagt hatte, sich zwischen uns setzen, aufs Deck schweben und ins Holz sickern konnte wie so viel verschüttetes Bier. Seine Brille spiegelte die Partylichter wider, undurchsichtig.

»Ich brauche eine Minute«, sagte er.

»Ei-eine Minute?« Um was zu tun?

Er hob eine Hand, aber anstatt mir eine Haarsträhne hinters Ohr zu stecken oder meine Wange zu streicheln, strich er meine Hand von seinem Jackenärmel und glättete den Stoff. Dann trat er um mich herum und marschierte durch die Tür ins Licht und den Lärm der Party.

AUF EINEM BOOT voller fröhlich Betrunkener war es schwer, einen Platz zum Alleinsein zu finden. Nachdem sich Tylers Minute auf zwei, dann drei, dann fünf ausgedehnt hatte, hatte ich mich davongeschlichen und mich auf einem verlassenen Oberdeck niedergelassen, das gerade genug Platz für ein paar Holzbänke bot, die dem Mond, den Sternen und dem Wind ausgesetzt waren.

Ich kauerte auf einer Bank, die Füße angezogen, die Arme um meine Schienbeine geschlungen und das Kinn auf die Knie gestützt. Mein Haar, aus seiner Hochsteckfrisur gelöst, flog um meinen Kopf, außer dort, wo es an der Nässe in meinem Gesicht klebte.

Kein Wunder, dass das Boot kurzfristig so einfach zu buchen gewesen war: Es war im Dezember auf dem Wasser knochenkalt. Und jetzt saß ich fest. Wir waren erst seit anderthalb, vielleicht zwei Stunden unterwegs – ohne mein Handy in meiner Tasche unten konnte ich es nicht genau sagen –, also war ich für mindestens zwei weitere Stunden auf dem Schiff gefangen. Zitternd in der winterlichen Kälte. Wenigstens würde eine Ohnmacht durch Unterkühlung meine private Selbstmitleid-Party beenden.

Nicht, dass ich eine Erlösung verdient hätte. Nein, nach

meinem Verhalten in den letzten drei Monaten – zum Teufel, in den letzten drei Jahren – hatte ich mir jede einzelne elende Minute verdient. Ich war nicht bereit gewesen, zu sehen, was real war, und nun hatte mich das Schicksal, Karma, was auch immer, zur Rede gestellt.

Ich umklammerte meine Beine und schauderte. Der schneidende Wind schlug mir ins Gesicht und ließ meine Augen tränen. Nein, ich machte mir nichts mehr vor: Es waren Tränen. Tränen der Einsamkeit und des Kummers. Tyler würde nach Austin ziehen, und ich würde in meiner einsamen Wohnung bleiben. *Vielleicht sollte ich mir eine Katze zulegen.* Nein, sie würde mich wahrscheinlich auch hassen, so wie Tigger es getan hatte. Selbst ein Wesen mit einem Gehirn von der Größe einer Walnuss wusste es besser, als mich zu lieben.

Wenigstens konnte ich auf dem Oberdeck die Sterne sehen. Ich richtete meinen Blick auf den Orion. Er hatte ein Mädchen gejagt, das ihn nicht liebte, und ihr wütender Vater hatte ihm die Augen ausgestochen. Meine einseitige Schwärmerei für Cooper hatte mich davon abgehalten, Tyler zu sehen, der sich vielleicht um mich gesorgt hätte. Einmal. Nicht mehr.

Ich wanderte mit meinem Blick über den Himmel von Orion zu Perseus und Andromeda. Die Liebenden zu sehen, gab mir normalerweise Trost, aber heute Abend versetzte ihr Glück mir einen Schlag in die Magengrube. Nicht jedes Mädchen, das an einen Felsen gekettet war, hatte einen gut aussehenden Helden, der sie vor einem Monsterangriff rettete. Nein, im wirklichen Leben holte sich das Monster das Mädchen, wenn es sich nicht selbst aus seinen Fesseln befreien konnte. Und selbst wenn es ihr gelang zu entkommen, gab es keine Garantie, dass sie die Beziehung mit dem gut aussehenden Helden, der ihr über den Weg lief, nicht vermasseln würde.

Etwas Schweres schlug gegen die Leiter hinter mir. Für eine Sekunde hoffte ich, es wäre nur ein fröhlich betrunkener Partygast, der dagegen getaumelt war. Aber nein, das Poltern setzte sich rhythmisch fort. Schritte. Jemand kam herauf und würde mich mit verlaufener Wimperntusche und Rotz im Gesicht vorfinden. Ich wischte mir unter der Nase.

Windzerzaustes Haar erschien über dem Rand des Decks. Eine weitere Sprosse, und das Mondlicht blitzte auf einer Brille auf.

Tyler.

Großartig. Er hatte sich also auch meinen Platz zum Verstecken ausgesucht. Ich nahm an, er war groß genug für zwei zum Schmollen.

Ich räusperte mich als Warnung. Sicher würde er umkehren, wenn er sähe, wer den Platz besetzt hielt. Aber das tat er nicht; seine Schultern tauchten über dem Rand auf. Er war stärker als ich, und damit meinte ich nicht körperlich. Er würde an mir vorbeigehen können, was er tun musste, um auf die andere Seite des Oberdecks zu gelangen, wahrscheinlich ohne mich auch nur anzusehen. Weitere heiße Tränen stiegen auf, bereit, mich als erbärmliche Idiotin zu verraten, die ihr eigenes Herz nicht gekannt und die Liebe dieses Mannes nicht verdient hatte. Ich drehte mich auf der Bank um, sodass ich von der Leiter abgewandt war, und wischte mir mit zittrigen Handflächen über die Wangen. Als ich zum Zenit aufblickte, fand ich das vertraute Muster der Fische.

Tylers fester Körper ließ sich neben mir nieder, nah genug, dass ich seinen zitronigen, herben Duft riechen und die Wärme spüren konnte, die von ihm ausstrahlte. Ich weigerte mich, ihn anzusehen; ich hatte noch genug Eitelkeit übrig, dass ich nicht wollte, dass er meine roten, von Wimperntusche verschmierten Augen sah. Meine Zähne klapperten.

»Ist dir kalt?«, fragte er.

Ich traute meiner Stimme nicht zu, zu sprechen, aber ich nickte.

Er verließ meine Seite für ein paar Sekunden, und dann legte sich etwas Schweres und Kratziges auf meine Schultern. Weit weniger wunderbar als die Jacke, die er mir bei der Hochzeit geliehen hatte, warm von seinem Körper und durchdrungen von seinem Duft. Aber sie hielt den Wind ab. Ich zog sie enger um mich. Mit immer noch nach oben gerichteten Augen räusperte ich mich und sagte: »Ist das irgendein Trick, den sie euch in Texas beibringen? Decken aus dem Nichts zu zaubern?«

»Nein«, sagte er und kicherte. »Die Bänke hier oben haben sie drinnen verstaut.«

Ich riskierte einen Blick, und tatsächlich, es gab ein Scharnier an der Sitzfläche, auf der ich hockte. Ich ließ meine Schultern kreisen und versuchte, die Anspannung zu lösen, die das Zittern in meinen Körper gebracht hatte.

»Was schauen wir uns an?«, fragte er.

Ich warf ihm einen Blick zu. Sein Blick war auf den sternübersäten Himmel gerichtet.

»Ich habe mir die Fische angesehen.« Ich befreite eine Hand unter der Decke, um darauf zu zeigen. »Dieses große Viereck ist Pegasus. Und darunter gibt es ein kleines Fünfeck. Das ist der Kopf eines Fisches. Es sind zwei, die an den Schwänzen verbunden sind. Du kannst dieser Sternenkette nach unten zu dem hellen folgen – Alpha Piscium, das ist ein Doppelstern – und dann wieder nach oben –«

Er unterbrach mich. »Ich kenne die Fische.«

Ich sah es mir wieder an, und das Muster fügte sich zusammen. »Dein Tattoo! Auf deiner Schulter.«

»Ja.« Er war eine Minute lang still. »Meine Highschool-Schwimmmannschaft hat sich zusammen Tattoos stechen lassen. Ich schätze, ich hatte nur Wasser im Kopf, also habe ich beschlossen, mir mein Sternzeichen stechen zu lassen.«

»Wirklich? Ich auch. Ich habe am einundzwanzigsten Februar Geburtstag.«

»Fünfzehnter März.«

»Wir sind also beide Träumer.«

»Romantiker«, sagte er.

Wir saßen eine Minute lang schweigend da. Unter der Decke zitterte ich.

Romantiker. Die alte Marlee hatte Liebesromane gelesen und überall Liebe gesehen. Die neue Marlee wusste, dass nicht jeder ein Happy End bekam. Einschließlich, anscheinend, die neue Marlee.

Ich rutschte herum, um mein Gesicht von ihm abzuwenden. Währenddessen rumorte mein Magen und meine Gedanken wirbelten durcheinander. Warum saß er neben mir? War das Freundschaft? Oder hatte er Mitleid mit mir, als er mich hier oben halb erfroren fand? Ich brauchte sein Mitleid nicht. Schließlich hatte ich trotz meines früheren Verhaltens noch etwas Stolz.

»Hör zu, ich –«, begann ich.

»Hast du –«, sagte er zur gleichen Zeit.

Ich lehnte meinen Kopf auf mein Knie und sah ihn wieder an, alles außer meinen Augen verborgen unter der Decke, die meine Schulter bedeckte. Das Mondlicht vergoldete die Spitzen seines Haares, und die Sterne spiegelten sich in seiner Brille. Sein weißes Hemd glänzte unter seinem dunklen Sakko und seiner Krawatte.

»Du zuerst«, sagte ich.

Er tippte mit dem Finger gegen sein Knie und sagte: »Hast du es ernst gemeint, als du gesagt hast, dass du mich liebst?«

Ich widerstand dem Drang, die Decke über mein Gesicht zu ziehen. Ich hatte es laut gesagt. Es gab kein Entrinnen. »Habe ich. Tue ich.«

Als er meinen Rücken zwischen den Schulterblättern berührte, zuckte ich zusammen. »Und nicht wie Freundschaftsliebe, wie du Alicia liebst?«

Es wäre so einfach gewesen, den Ausweg anzunehmen, den er mir anbot. Aber ich konnte meinen Freund nicht anlügen. »Nun, das gibt es auch. Aber ich meine romantische Liebe. Ich-will-über-dich-herfallen-Liebe.   Ich-will-mit-dir-glücklich-bis-ans-Ende-meiner-Tage-leben-Liebe. Ich habe sogar eine große Geste geplant, um es dir zu zeigen und dann um Vergebung zu betteln.«

»Eine große Geste?«

»Ich wollte Silvester nach Texas fahren. Dich finden, wo immer du sein würdest. Auf den Knien rutschen wie niemand zuvor. Und dich hemmungslos küssen, wenn du mich lassen würdest.«

»Marlee.« Er beugte sich vor, sodass sein Gesicht meine Sicht auf den Horizont verdeckte. »Hör mir zu. Ich will nichts wie aus einem Märchen oder einem Liebesroman. Keine weißen Pferde. Keine Ghettoblaster. Kein Durch-Flughäfen-Rennen. Keine Lieder. Keinen verdammten Märchenprinzen. Ich will, was echt ist. Ist das hier echt?«

Ich zitterte unter der Decke. »Bei Lord Kelvins gefrorenem linkem Hoden, glaubst du, ich würde hier oben schniefen«, – ich wischte mir die Tränen von der Wange – »und mir den Arsch abfrieren, wenn das, was ich fühle, nicht echt wäre? Es hat mir das Herz aus der Brust gerissen, als du gegangen bist. Und heute Abend wieder, unten, als du von mir weggegangen bist. Ich heule mein ganzes Make-up weg, weil ich dich liebe und w-weil du mich nicht liebst.«

Ich rieb mein Gesicht an meinen Knien, um mein verheultes Gesicht zu verbergen. Ich hasste es zu weinen, und zwischen meinem Dad und Tyler hatte ich in letzter Zeit viel zu viel davon getan.

»Hey. Hey.« Er rieb meine zitternden Schultern.

»Ich will dein Mitleid nicht. Du solltest n-nach unten zur Party gehen. Wo es warm ist. Sei bei Sam und den anderen Entwicklern. Sag L-L-Lebewohl.« Vielleicht würde mein Herz hier oben erfrieren, und es würde nicht so sehr wehtun, dass mein Freund ging.

»Ich will nicht bei ihnen sein. Ich will bei dir sein. Und ich bin warm genug für uns beide.« Er rutschte näher und legte seine Arme um mich.

»Was?« Als ich meinen Kopf hob, sah ich, dass ich einen blassen Make-up-Fleck auf meinem schwarzen Rock hinterlassen hatte. *Großartig.*

»Ich liebe dich, Marlee. Seit dem Tag auf der Party, als du mit Bier vollgespritzt warst.«

»Aber du –« Er liebte mich? »Du bist weggegangen. Warum hast du unten nichts gesagt?«

Er verzog seine Lippen zu einem ironischen Lächeln. »Ich war an dem Tag in Jacksons Büro so wütend. Aber ich habe all deine SMS gelesen und deine Sprachnachrichten abgehört, als ich in

Dallas war. Das Lied war übrigens eine nette Geste. Ich hatte gehofft, wir könnten heute Abend reden. Von Angesicht zu Angesicht. Aber dann sah ich, wie du es dir mit Cooper gemütlich gemacht hast, und ich – ich habe die Beherrschung verloren. Ich wollte nicht die zweite Wahl sein. Ich werde es nicht sein.« Das Sternenlicht beleuchtete seinen grimmig angespannten Kiefer.

Ich schüttelte den Kopf. »Das bist du nicht. Niemals.«

»Und als du dann gesagt hast, dass du mich liebst«, – die andere Seite seines Mundes kräuselte sich nun nach oben – »konnte ich nur daran denken, dass ich Jackson sagen musste, dass ich Synergy nicht verlasse. Dich nicht verlasse.«

»Du… verlässt es nicht?«

»Definitiv nicht.« Seine Augen funkelten im Sternenlicht. »Es hat länger gedauert, als ich erwartet hatte, weil sie mir die Beförderung geben. Und nicht als Manager. Als Direktor.«

Sein Lächeln war ansteckend, und die Ecken meines Mundes zogen sich nach oben.

Er beugte sich zu mir, sein Atem war warm auf meiner gekühlten Haut. »Darf ich dich jetzt küssen, Prinzessin?«

Ich wiegte mich ihm entgegen und presste meine Lippen auf seine. Er hatte recht. Er war warm und weich, alles, was ich als menschlicher Eiszapfen, der hier oben auf dem windigen Deck festsaß, nicht war. Aber als er meine Wange mit einer Hand umfasste und die andere unter die Decke gleiten ließ, um sie auf meinen Rücken zu legen, begann ich aufzutauen.

»Ich habe gehört, dass Haut-an-Haut-Kontakt der schnellste Weg ist, um eine andere Person aufzuwärmen.« Das könnte ich in dem einen oder anderen Liebesroman gelesen haben.

»Ich bin bereit, es auszuprobieren.« Er flüsterte es mir ins Ohr und ließ die Haare in meinem Nacken zu Berge stehen.

Mit zitternden Fingern lockerte ich seine Krawatte und knöpfte sein Hemd auf. Er sog geräuschvoll Luft ein, als ich meine kalten Finger auf seine warme Brust drückte. »Verdammt, du bist wirklich kalt.«

»Du musst wirklich anfangen zu glauben, was ich sage, wenn

das mit uns funktionieren soll.« Ich ließ meine eiskalten Hände zu seinem Rücken gleiten, was ihn erzittern ließ.

»Haut-an-Haut-Kontakt, was?« Sein Grinsen war meine einzige Warnung, bevor er mich von der Bank auf seinen Schoß hob. Meine Knie umrahmten seine Hüften, und er zog die Decke hoch, um uns beide zu bedecken.

Auf seinen Oberschenkeln sitzend, berührte ich seine Lippen mit meinen. Es hätte seltsam sein sollen, meinen Freund zu küssen, der mit mir gelacht hatte, der meine Tränen getrocknet hatte, der mich jeden Tag an meinem Schreibtisch besucht hatte, um über Nichtigkeiten zu reden. Oder vielleicht war es überhaupt nicht seltsam, in meinen Freund verliebt zu sein. All das zu haben, plus Küssen.

Der Reißverschluss an meinem Rücken surrte herunter, und Tylers flinke Finger folgten ihm. Mein Kleid rutschte mir von den Schultern, und Tyler küsste mich den Kiefer hinunter zu meinem Hals, bevor er seinen Kopf unter die Decke steckte. »Da ist er ja.« Sein heißer Atem strömte über meine Brüste. Ein Kribbeln schoss zwischen meine Beine.

»Was?«

»Dein pinker BH. Ich habe mir Sorgen gemacht, als ich dich in diesem schwarzen Kleid gesehen habe. Es schien nicht zu dir zu passen.«

Es wäre zu kitschig, ihm zu sagen, dass ich keine Lust hatte, leuchtende Farben zu tragen, wenn er nicht da war. »Es ist eine f-formelle Veranstaltung.« Worte wurden schwierig, als er am Rand der rosafarbenen Spitze knabberte.

»Du bist wunderschön, egal was du trägst. Aber ich kann es kaum erwarten, dir dieses Kleid auszuziehen.«

»Es ist jetzt schon fast aus.« Ich drückte meine Brust gegen sein Gesicht, rieb meinen schmerzenden Unterleib gegen seine Hose und spürte eine antwortende Erhärtung. Ich ließ meine Hände zu seinem Gürtel sinken und fummelte am Verschluss.

Er hielt inne und legte eine Hand auf meine. »Nicht hier, Prinzessin. Jemand könnte hochkommen.«

Ich beugte mich vor, um ihm ins Ohr zu flüstern: »Ich verspreche, ich werde leise sein.« Ich wand mich gegen die Beule in seiner Hose.

»Ich will nicht, dass du leise bist. Ich will, dass du meinen Namen schreist, wenn ich in dir bin.«

Als ich mich daran erinnerte, was ich am Morgen, nachdem ich neben ihm geschlafen hatte, unter dem Laken gesehen hatte, knabberte ich an seinem Ohrläppchen. »Ja, bitte.« Der Tyler in meiner Nachttischschublade konnte dem echten nicht das Wasser reichen.

Seine Stimme war angespannt, als er sagte: »Und genau deshalb können wir es hier nicht tun.«

»Nein?« Ich knabberte seinen Hals hinunter zu seinem Schlüsselbein, das ich bis zur Kehlkopfgrube hinunterleckte.

Er schluckte. »Nein.« Aber er hielt mich nicht davon ab, mich an ihm zu reiben. Ich hatte seit der Highschool nicht mehr versucht, angezogen zum Orgasmus zu kommen. Aber es schien zu funktionieren. Die Reibung zwischen seiner Hose und meinem Höschen ließ mich nach Luft schnappen.

Als ich seinen Namen in sein Ohr stöhnte, hob er seine Hüften und rieb sich ebenfalls an mir. Seine Finger gruben sich in meinen Hintern, während ich sein zu kurzes Haar umklammerte. Sein Atem war heiß in meinem Ohr. »Fast so weit?«

Ich stieß ein frustriertes Grunzen aus. Der Winkel war falsch. »Ich brauche –«

»Sag mir, was du brauchst, Prinzessin.«

»Deine Finger.«

Er atmete aus, als wäre er gerade eine Treppe hochgelaufen. »Auf deiner Klitoris oder drinnen?«

»Meiner Klitoris.«

Er verlagerte eine seiner Hände von meiner Hüfte entlang der Beinöffnung meines Höschens. Sein Daumen tauchte hinein und strich nach oben, genau dorthin, wo ich ihn brauchte. Ich keuchte. »Das ist es.«

Es brauchte nicht viel. Ein, zwei, drei vibrierende Striche mit seiner Daumenkuppe, und ich presste meinen offenen Mund auf seinen Hals, um meinen Schrei zu dämpfen. Sein Daumen hielt inne, als ich innerlich pulsierte, und er hob seine andere Hand von meiner Hüfte zu meinem Rücken und drückte mich an seine Brust. Er machte beruhigende Geräusche und rieb mir den Rücken, bis ich schaudernd gegen ihn sank.

»Warm genug?« Er küsste meine Schläfe.

»Ja.« Meine Muskeln waren locker und schlaff, als hätte ich gerade eine Massage bekommen. »Hast du…?«

»Oh, ähm, noch nicht.«

»Gib mir noch eine Minute, und ich werde –«

»Nein.« Er umfasste meine Hand, die angefangen hatte, nach Süden zu wandern. »So sehr ich auch deine Hände und deine wunderschönen pinken Lippen auf mir haben möchte, ich werde warten, bis wir allein sind. Ich möchte lieber nicht, dass meine erste Amtshandlung als Direktor darin besteht, mit deinen Händen in meiner Hose erwischt zu werden.«

Ich lehnte mich zurück. »Deine Hand war in meiner Hose.«

Er hob seine Hand zum Mund, steckte seinen Daumen hinein und saugte ihn sauber. »Absolut wert.«

Meine Augen weiteten sich, als mein Verstand zu Bildern raste, wie er mich sauber saugte. Ich beugte mich vor, um ihm ins Ohr zu flüstern: »Ich würde es das Risiko wert machen.«

Er schauderte, und ich bezweifelte, dass es am Wind lag, der die Flagge über uns peitschte. Aber seine Hände gingen zu meinem Rücken und zogen den Reißverschluss meines Kleides hoch, zogen es wieder über meine Schultern. Er lehnte sich gegen die Reling und drehte mich so, dass mein Rücken an seiner Brust ruhte. Die Decke bedeckte uns beide. »Lass uns für den Moment einfach die Fahrt genießen.«

»Wolltest du wieder nach unten gehen?« Er sah gut aus, wenn auch ein wenig verschwitzt und zerzaust. Ich hatte höchstwahrscheinlich mein ganzes Augen-Make-up abgeheult und meinen Lippenstift abgeküsst. Und ich wollte nicht einmal auf mein Kleid hinuntersehen, um die Falten zu sehen. Aber wenn er wieder zur

Party wollte, meine Hand halten und diesen dummen Tanz mit Cooper wiedergutmachen wollte, indem er den Rest des Abends mit mir tanzte, würde ich es tun.

»Nein. Ich habe alles, was ich brauche, genau hier.«

Und ich auch. Im Gegensatz zu Andromeda wartete diese Prinzessin nicht auf eine Rettung. Sie packte ihr Schicksal mit beiden Händen und ließ niemals los.

»BESTE WEIHNACHTSFEIER ALLER ZEITEN.« Tyler hielt meine Hand, als wir von der Gangway auf den Steg traten. Ich hatte darauf bestanden zu warten, bis wir angelegt hatten und alle außer dem Catering-Personal das Schiff verlassen hatten. Ich hatte nicht vor, mich meinen Kollegen zu zeigen, nachdem ich meine verschmolzene Wimperntusche mit einem feuchten Papiertuch auf der Toilette abgeschrubbt und mir mit den Fingern durch die Haare gekämmt hatte. Vergiss Strandwellen. Mein Haar war windgepeitscht und verheddert, als wäre ich in einer Turbine gewesen.

Wieder mit meinem Handy vereint, beantwortete ich Alicias *Wo-bist-du*-Nachrichten und ihre Angebote, mich mitzunehmen.

> Mir geht's gut, und Tyler fährt mich nach Hause 😊

Ich sah mit einem ironischen Lächeln auf. »Danke. Das habe ich alles selbst gemacht, während du es dir unten in Texas gut gehen lassen hast.«

Er schloss die Tür seines Mustangs auf und öffnete sie für mich. »Es tut mir leid. Ich –«

Ich legte einen Finger auf seine Lippen, um ihn aufzuhalten. »Es ist wichtig, dass du deine Familie siehst. Ich bin froh, dass du es getan hast, und«, – ich schluckte – »ich hoffe, es bedeutet, dass du den Rest der Feiertage hier mit mir verbringen kannst.«

Er legte seine Arme um mich und berührte meine Stirn mit seiner. »Ich will so viel Zeit wie möglich mit dir verbringen. Ab sofort.«

Ich küsste kurz seine Lippen – es war verdammt kalt, und nicht einmal Tylers Sakko hielt mich jetzt warm – und glitt in sein Auto. Er schloss die Tür hinter mir, stieg auf seiner Seite ein und ließ den Motor und die Heizung aufheulen. Ich zitterte, als kalte Luft aus den Lüftungsschlitzen blies.

»Willst du meine neue Wohnung sehen? Sie ist nicht weit von hier.«

Er ergriff meine eiskalte Hand und küsste meine Fingerknöchel. »Funktioniert die Heizung?«

»Ich denke, wir können eine ganze Menge unserer eigenen machen«, sagte ich mit meiner sinnlichsten Stimme.

Er hob die Augenbrauen.

»Zu kitschig?«

Er küsste meine eiskalte Nasenspitze. »Ich liebe es, wenn du kitschig bist.« Dann schnupperte er sich zu meinem Ohr vor und flüsterte mir mit versauten Worten, die ich von meinem Freund noch nie gehört hatte, genau, wie er mich aufwärmen wollte.

Ich hätte schwören können, dass er in diesem Mustang eine Sitzheizung hatte.

Eine kurze Fahrt später schloss ich meine Wohnungstür auf. Mit Tyler, der sich an meinen Rücken drückte, konnte ich mich nicht erinnern, ob ich das Geschirr gespült oder meinen Schlafanzug in den Wäschekorb geworfen hatte. Bisher hatte nur Alicia meine Wohnung gesehen. Würde sie ihm gefallen?

Ich trat ein und knipste das Licht an. »Also, das ist …«

Einen Augenblick später wurde ich gegen die Tür gedrückt. Er packte meine Hände, fixierte sie auf beiden Seiten meines Kopfes und küsste mich wieder, zuerst langsam und dann steigerte er sich zu einem Tanz aus Zungen und knabbernden Lippen. Als er meinen Mund freigab, um meinen Hals hinabzuküssen, war es um mich geschehen.

Nichts hatte sich je so gut angefühlt wie seine Finger in

meinem Haar, seine Lippen auf meiner Haut. Wer hätte gedacht, dass mein Nacken, genau an meinem Haaransatz, eine erogene Zone war? Zwei Leute: Tyler und die sexuell ausgehungerte Marlee, genau die. Er vergrub seine Finger dort und ich erschauerte.

Ich krallte mich an seiner Brust fest. Er hatte seine Krawatte abgenommen und sie zusammengerollt in die Tasche des Sakkos gesteckt, das ich noch trug. Ich ertastete die Knöpfe seines Hemdes und öffnete sie nach Gefühl, während seine Lippen meine wiederfanden, in einem weiteren Kuss mit offenem Mund, der nach Zitrus schmeckte und nach dem ich mich mehr sehnte als nach Luft zum Atmen. Sauerstoff wurde überbewertet. Alle wichtigen Nervenfunktionen fanden im Reptilienteil meines Gehirns statt.

Als es mir gelang, sein Hemd aufzustoßen, stöhnte ich in seinen Mund.

»Was?«

»Unterhemd«, knurrte ich.

»Es war kalt heute Abend. Ich habe mich entsprechend angezogen. Im Gegensatz zu dir in diesem aufreizenden Kleid.« Er ließ sein Hemd auf den Boden fallen und zog das T-Shirt über seinen Kopf. »Ich gebe zu, ich habe insgeheim gehofft, dass ich dir mein Sakko geben müsste.« Er griff danach und ließ es von meinen Schultern gleiten.

Ich ließ meine Hände über seine nackte Brust gleiten. All die nackte Haut, die ich an dem Morgen, als ich in seinem Bett aufgewacht war, nur erblickt hatte, gehörte nun mir. Zum Berühren. Zum Lecken. (Ich leckte.) Ich schmiegte meine Wange an die Mitte seiner Brust, wo sein Herz schlug, stark und gleichmäßig, wenn auch ein wenig schnell. »Ich hatte nur gehofft, dass du für die Party zurückkommen würdest. Ich hatte solche Angst ...« Meine Stimme brach. Ich hatte Angst gehabt, dass er mich nie wiedersehen wollen würde. Dass er nicht zu meiner Party kommen würde. Dass ich für meine große Geste den ganzen Weg nach

Texas reisen würde und er mir sagen würde, ich solle verschwinden.

»Marlee.« Er lehnte sich zurück und wartete, bis ich seinem Blick begegnete. »Ich hatte auch Angst. Angst, dass ich alles versaut hatte, indem ich zu viel verlangt habe.«

Ich schluckte. Es hatte ihn so viel Mut gekostet, nach dem zu fragen, was er wollte, und dabei etwas zu riskieren, das ihm heilig war: unsere Freundschaft. »Jetzt haben wir alles.«

»Wir haben alles.« Das Grübchen war wieder da und es gehörte mir, um es zu küssen. Also tat ich das.

»Das Schlafzimmer ist hier hinten.« Ich verschränkte meine Finger mit seinen und führte ihn zu meinem neuen Bett. Die rosa Tagesdecke und die Zierkissen waren verschwunden. Jetzt hatte ich eine einfache weiße Bettdecke. Ich hatte mich noch nicht für ein Farbschema für mein neues Schlafzimmer entschieden, also war es schlicht. Abgesehen von …

»Ist das mein Pullover?« Tyler griff um mich herum, um ihn von seinem Platz auf dem zweiten Kissen zu nehmen.

Ich zuckte mit den Schultern. Jetzt gab es kein Verstecken mehr. »Ich habe dich vermisst.«

Er legte den Pullover auf meine Kommode und drehte sich zu mir um. »Du wirst mich nie wieder vermissen müssen.«

Bei seinen Worten verlangsamte sich mein Herz und Wärme erfüllte mich, als hätte ich gerade eine Yogastunde beendet. Ich setzte mich auf das Bett und ohne den Blickkontakt zu unterbrechen, lehnte ich mich zurück, bis ich lag und meine Beine von der Seite hingen. »Zeig es mir.«

Sein heißer Blick wanderte von meinen Augen zu meinem Körper und musterte jeden Teil von mir. Ein Pochen begann zwischen meinen Beinen und ich presste meine Oberschenkel zusammen, um es zu lindern.

»Brauchst du etwas?« So knurren hatte ich ihn noch nie gehört.

Meine Augen weiteten sich und ich nickte. »Kondome sind in

der Schublade.« *Bitte, bitte, bitte, lass sie nicht abgelaufen sein.* Wie lange war es her, dass ich sie in einem Anflug von Hoffnung gekauft hatte, dass … nein. Ich würde ihn nicht mit ins Schlafzimmer kommen lassen. Heute Abend waren es nur Tyler und ich.

»Oh, es wird noch eine Weile dauern, bis wir eins davon brauchen.« Er kniete sich auf den Teppich und fuhr langsam mit den Fingern die Innenseiten meiner Oberschenkel hinauf, wobei er meinen Rock Zentimeter für Zentimeter nach oben schob. »Das heißt, wenn es für dich in Ordnung ist, dass ich hier unten bin?«

Ich wand mich, verzweifelt nach seiner Berührung. »Uh-huh.« Worte waren schwierig.

Er stand auf und ich stöhnte. »Ich dachte, du wolltest …«

Er kicherte. »Oh, das werde ich.« Er griff nach einem der Kissen und schob es mir unter den Kopf. Dann kniete er wieder zwischen meine Knie. »Schau zu.«

Oh. *Oh.*

Er zog mir mein Höschen die Beine hinunter und aus, bevor er meine Knie sanft weiter auseinanderdrückte. Er betrachtete meine Mitte und seine Zunge fuhr heraus, um seine Unterlippe zu befeuchten. »Wunderschön«, murmelte er.

»Was hast du gesagt?« Ja, ich hatte ihn beim ersten Mal gehört, aber ich wollte es noch einmal hören. Träumt nicht jede Frau davon, einen Mann zu finden, der ihren nackten Körper wunderschön findet?

Er grinste. »Deine Pussy ist wunderschön, Marlee. Rosa und geschwollen und tropfnass für mich.«

Bei der zehntausend Grad heißen Oberfläche der Sonne, ich stand total auf Tylers versaute Sprüche.

»Du hast so einen braven Jungen gewirkt.«

Seine haselnussbraunen Augen wurden dunkel. »Ich werde dir brav zeigen.« Ein Hauch heißer Luft, bevor sich sein Mund auf mich senkte, seine Zunge erkundete, seine Zähne rieben, seine Lippen beruhigten. Auf das Kissen gestützt, beobachtete ich, wie sein Gesicht zwischen meine Schenkel tauchte, mit einem konzentrierten Ausdruck, den ich nur die wenigen Male erblickt hatte, wenn ich ihm beim Programmieren zusah.

Und so gut er im Programmieren war, im Cunnilingus war er noch besser. Bald drückte er einen Finger in meinen Eingang und ich wölbte meinen Rücken.

»Immer noch gut?«

Sein warmer, flinker Finger und seine talentierte Zunge waren so viel besser als mein Vibrator – sogar als Der Tyler. »Hör auf und ich verpass dir eine.«

»Vielleicht später.« Sein Lächeln war boshaft.

Während er seinen Finger langsam hinein- und herausstieß, wanderte seine Zunge nach oben. Ich krallte meine Fäuste erwartungsvoll in die Laken.

»Gefällt dir das?«

Ich nickte hektisch.

Er umkreiste meine Klitoris mit der Spitze seiner Zunge. Als er endlich die empfindliche Perle berührte, überrollte mich die erste Welle der Lust und ich schrie auf.

»Das gefällt dir also.« Sein Bartschatten kratzte an der Innenseite meines Oberschenkels.

Als er zwischen Kreisen mit der Zungenspitze und Lecken mit der flachen Zunge wechselte und dabei seine Finger weiter hinein- und herauszog, kletterte ich immer höher und höher. Inzwischen hatte ich meine Finger in sein Haar gekrallt und drängte ihn, dort zu bleiben, wo ich ihn brauchte.

Meine heiseren Atemzüge wurden zu Stöhnen, als ich mich aufwärtsspiralte, um den Orgasmus zu fangen, der knapp außer Reichweite schwebte.

»Ich hab dich, Prinzessin.«

Seine Hand erstarrte, in mich gedrückt, und der Orgasmus packte mich und schüttelte mich mit seinen Zähnen. Er hielt mich währenddessen, flüsterte beruhigenden Unsinn auf meine Haut, während jeder Muskel in mir sich anspannte und wieder losließ und bunte Sterne hinter meinen Augenlidern tanzten. Als ich die Augen wieder aufschlug, hatte er sich auf die Seite neben mich gelegt, eine Silhouette vor der Lampe hinter ihm. Den Kopf auf die Hand gestützt, beobachtete er mich, während sich mein Atem verlangsamte. Er trug immer noch seine Brille und Hose. Er legte seinen anderen Arm über meine Taille.

Ich konnte das Lächeln in seiner Stimme hören, als er sagte: »Dieses Gesicht könnte ich den ganzen Tag ansehen.«

»Du meinst mein O-Gesicht?« Ich vergrub es im Kissen.

Seine Hand verließ meine Seite und zwei Finger stupsten mein Kinn nach oben, sodass ich ihm wieder ins Gesicht sah. Er strich mir eine Haarsträhne von der Stirn. »Einfach dein Gesicht. O oder sonst was.«

Seine Zärtlichkeit brachte mein Inneres zum Schmelzen. Warum hatte ich ihn weggestoßen? Ich hätte diesen Mann inzwischen immer und immer wieder haben können, den Mann mit den flinken Fingern, der gerade den Sternenhimmel um mich herum hatte kreisen lassen.

Meine inneren Muskeln zogen sich wieder zusammen, wollten mehr, mussten mit mehr als nur seinen Fingern gefüllt werden. Ich bewegte eine Hand zur Vorderseite seiner Hose und spürte, wie er sich mir entgegenstreckte. Ich fuhr mit einem Finger über seine Länge. »Willst du es noch mal sehen?«

»Gott, ja.«

Ich rollte mich, um über ihm zu schweben, und drückte ihm einen Kuss auf die Lippen, der nach mir schmeckte. Dann wanderte ich seinen Hals hinunter und hielt genau an der Vertiefung seines Schlüsselbeins inne, im Zentrum seines Duftes nach Zitrus und Zeder. Er summte und schloss die Augen.

Ermutigt leckte ich bis zu seiner Brustwarze hinunter, die bereits aufrecht stand und darauf wartete, von meinen Zähnen gestreift zu werden. Als ich daran knabberte, stöhnte er.

Ich lächelte in seine Haut und setzte meinen Weg nach unten fort, hockte mich hin, um über die Hügel seiner Bauchmuskeln zu streichen, einen nach dem anderen. Meine Finger gingen zu seiner Gürtelschnalle und schoben das Leder durch das Metall, während ich mit meiner Zunge einen Kreis um seinen Nabel zog.

Ich setzte mich auf, öffnete den Haken seiner Hose und zog den Reißverschluss herunter, vorsichtig, seine angespannte Erektion nicht in den Zähnen einzuklemmen. Das war es. Ich würde sehen, wie Der Tyler im Vergleich zu meinem Tyler abschnitt. Ich küsste den Haarstreifen direkt über seinem Hosenbund, bevor ich ihm Unterhose und Hose auszog. Mit einer Zurückhaltung, die selbst mich überraschte, zog ich ihm die Socken aus, bevor ich meinen Blick auf seinen Schwanz fallen ließ.

Heilige *Gray's Anatomy*. Der Tyler war monströs. Ganz zu schweigen von lila. Tyler selbst war, obwohl bescheidener, wunderschön: geädert, gerötet und oh-so-erigiert. Ich fuhr mit einem Finger von der Basis zur Spitze und über den Spalt, wobei ich die Feuchtigkeit, die dort perlte, verschmierte. Er war seidiger. Wärmer. Und er zuckte unter meiner Berührung.

Ich griff nach hinten zu meinem Reißverschluss, zog ihn herunter, bis das Kleid von meinen Schultern fiel und auf dem Boden eine Pfütze bildete. Mein BH gesellte sich einen Augenblick später dazu. Ich stand nackt vor meinem Freund und Liebhaber.

Sein Gesicht wurde schlaff. »Jesus, Marlee.«

»Was?« Hatte er sich vorgestellt – erwartet –, dass ich anders aussehen würde? Vielleicht hätte ich das Kleid anbehalten sollen.

»Noch besser als ich es mir vorgestellt habe«, sagte er atemlos.

Ich trat zum Nachttisch und zog eine Kondompackung aus der Schachtel neben der Tasche von Dem Tyler. Ich ließ sie auf das Bett fallen und kniete mich über seine Oberschenkel. »Du hast dir das vorgestellt?«

»Nur jede Nacht. Und an Wochenendnachmittagen. Und ein- oder zweimal im Büro. Immer wenn du diesen schwingenden Rock trägst. Den, bei dem ich nie sagen kann, ob er weiß oder rosa ist.«

Ein Mundwinkel hob sich. »Er ist austernrosa. Ich habe mir dich vielleicht auch vorgestellt.« Eines Tages würde ich ihm von Dem Tyler erzählen. Vielleicht könnten wir alle mal zusammen spielen. Nicht heute Abend. Heute Abend war nur für den sehr realen Tyler und mich.

Sein Schwanz streckte sich mir entgegen, begierig und herrlich. Ich umschloss ihn mit meinen Fingern und zog experimentell daran. Und dann selbstbewusster, als er stöhnte und sein Schaft in meiner Hand noch härter wurde. Ich blickte in sein Gesicht, um zu überprüfen, ob ich es so machte, wie er es mochte. Er blinzelte heftig.

»Baby, hör auf, oder ich komme in deiner Hand.«

Also machte ich es richtig. »Ich bin in deiner Hand gekommen. Und in deinem Mund.« Ich beugte mich vor und leckte ihn von der Wurzel bis zur Spitze. Aber bevor ich die Aktion wiederholen konnte, umfasste er mein Kinn mit seiner Handfläche.

»Ich will – ich will beim ersten Mal in dir kommen. Ist das in Ordnung?«

Ich küsste die Seite seines Schwanzes. »Damit bin ich einverstanden. Beim ersten Mal, beim zweiten Mal, beim dritten Mal. Wir haben die ganze Nacht, um kreativ zu werden.«

Sein Schwanz zuckte. Bevor ich ihn wieder küssen konnte, riss er die Packung auf und rollte das Kondom über seine Länge ab. »Du entscheidest, Prinzessin.«

Er meinte, es war eine Sache, dass er mich mit seinen Fingern und seiner Zunge zum Orgasmus gebracht hatte. Und dass wir nackt zusammen waren, sogar dass ich ihm diese paar intimen Lecker gegeben hatte. Aber das hier war anders. Unsere Körper zu vereinen war ein Schritt über Freundschaft hinaus, sogar über Freunde, die ein bisschen rumgemacht hatten.

Ich hatte ihm bereits mein Herz geschenkt. Ich würde ihm auch meinen Körper schenken.

Auf den Knien bewegte ich mich nach oben, um rittlings auf seinen Hüften zu sitzen. Ich hob mich an und führte die Spitze zu meinem Eingang. Er beobachtete mich, seine haselnussbraunen Augen dunkel und verhangen, als ich langsam auf ihn sank. Ich war bereit und feucht und hatte viel Übung mit Dem Tyler gehabt; trotzdem nahm ich mir Zeit, während ich mich über ihn senkte, bis meine Hüften auf seine trafen. Wir seufzten beide, vollkommen.

»Nur eine Sekunde.« Ich wollte diesen Moment festhalten, diese Erinnerung. Sie in mein Gehirn einätzen, damit ich sie herausholen und erneut genießen konnte. Ich spannte meine Muskeln um die Fülle und lächelte bei seinem scharfen Luftholen. Würde das mein letzter erster Sex sein? Ich hoffte es. Ich hatte nie gedacht, dass Tyler ein Märchenprinz sei, aber ich wusste jetzt, dass er perfekt für mich war. Besser als das Märchen.

Langsam begann ich, meine Hüften zu wiegen. Er blieb still und überließ mir die Führung. Er legte seine Hände auf die Rundung meines Hinterns und drückte ein wenig, entweder um mich zu stabilisieren oder um sich davon abzuhalten, mich mit seinen Händen zu zerfleischen. Ich ließ meine Finger über seine Brustmuskeln bis zu seinen Bauchmuskeln gleiten. »Ist das okay?«

»So gut.« Er kniff die Augen fest zu, aber sie flogen eine Sekunde später wieder auf, als wollte er nichts verpassen. »Konzentrier dich auf dich. Mir geht es großartig.«

Ich hörte auf, mich zu bewegen, und schlug meine Hände auf meine Oberschenkel. »Nein.«

»Nein?« Er blinzelte den Nebel aus seinen Augen.

»Das machen wir nicht. Du wirst dein eigenes Vergnügen, dein eigenes Glück, nicht mehr an die zweite Stelle setzen. Wir sind Partner. Wir tun, was für uns beide gut ist.«

Sein verspieltes Grübchen verschwand. »Marlee.« Seine Stimme brach bei meinem Namen. Er fuhr mit den Händen von meinen Hüften zu meinem Rücken und drängte mich auf seine Brust hinunter, mich in eine Umarmung hüllend. Er küsste meine Schläfe. »Niemand hat je …« Er stieß einen Seufzer aus.

»Ich weiß, Baby. Aber es ist an der Zeit, dass du erkennst, dass du mehr verdienst.«

Seine Arme, sein Körper, spannten sich um mich. Es war direkt unter meiner Wange, also küsste ich sein Tattoo.

Mit einem athletischen Anspannen seiner Muskeln rollte er

uns herum, sodass ich auf dem Rücken lag und er über mir schwebte, immer noch in mir. »Ich kann nicht – ich kann nicht sanft sein. Nicht jetzt.« Seine Augen hatten sich von dunkel zu wild gewandelt.

Der Nervenkitzel begann an der Stelle, an der wir verbunden waren, und schauerte bis in die Spitzen meiner auf dem Bett ausgebreiteten Haare. »Ich will nicht sanft. Ich will nur dich. Genau so, wie du bist.«

Er stützte sich ab, um mich zu küssen, gründlich und fordernd wie ein Herzog in einem meiner historischen Liebesromane. Aber wie die Heldin war ich temperamentvoll und küsste ihn genauso zurück, wobei ich meine eigenen Forderungen stellte.

Er richtete sich auf und beobachtete mein Gesicht, als er sich zurückzog und wieder hineinstieß. Beim zweiten Mal blitzte Lust in mir auf wie ein Pulsar, rhythmisch. Ein paar Stöße später wurde ich innerlich warm und umschloss ihn. »Hör nicht auf.«

»Niemals, Prinzessin.« Er beugte sich vor und knabberte mich genau an der Stelle, wo mein Hals auf meine Schulter traf. Dann rollte er seine Hüften und streifte meine geschwollene, empfindliche Klitoris.

Ich wurde zur vollen Supernova. Ich spannte jeden Muskel an, krallte mich in seinen angespannten Hintern und schrie seinen Namen. Er stieß noch einmal in mich hinein und erstarrte, ein Ausdruck der Glückseligkeit auf seinem Gesicht erstarrt. Aber anstatt auf mir zusammenzubrechen, drückte er einen Kuss auf meine Stirn, einen weiteren auf meine Nasenspitze, auf meine Lippen, mein Kinn. Er übersäte jeden Teil von mir, den er erreichen konnte, mit Küssen. »Ich liebe dich, Marlee.«

Ich kicherte, als er mich mit einem Kuss auf meine Rippen kitzelte. »Das sagst du nur wegen der ganzen Endorphine.«

Er hörte auf, mich zu küssen, und stützte sich wieder auf. »Nein. Ich liebe dich. Mit oder ohne die Endorphine.«

Ich lächelte. »Wir werden sehen.«

Er zog sich zurück und hielt das Kondom fest. »Bin gleich wieder da.«

Eine Minute später kam er zurück und roch nach meiner blumigen Handseife. Er hob die Decke an und glitt neben mir ins Bett. »Ich liebe dich immer noch, Marlee.«

»Hast du noch nie vom Nachglühen gehört? Endorphine können stundenlang anhalten.« Ich kuschelte mich an ihn und verschlang meine Beine mit seinen. »Die wahre Frage ist, wirst du mich immer noch lieben, wenn ich zickig bin?«

»Zum Beispiel, wenn du kurz vor deiner Periode stehst und alle anknurrst, einschließlich Jackson?«

»Was?« Ich nahm meine Füße zurück auf meine Seite des Bettes.

Sein glückseliger Ausdruck verblasste. »Oh, ich meine, das ist mir gar nicht aufgefallen. Aber wenn doch, würde ich dir Schokolade bringen und dich immer noch lieben.«

Ich rümpfte die Nase. Tyler brachte mir oft Schokolade, kurz bevor meine Periode begann. Heiliger Edwin Hubble.

Er zog mich näher an sich. »Erinnerst du dich an das eine Mal, als wir kurz vor der Deadline standen und der Strom im Gebäude ausfiel?«

»Dieses Bauteam die Straße runter hat aus Versehen den Strom gekappt. Und die Internetverbindung.«

»Der Rest von uns saß nur herum und starrte auf unsere Bildschirme, uns fragend, ob die Akkus leer sein würden, bevor der Strom wiederkam, und wissend, dass wir ohne das Netzwerk nicht kompilieren konnten. Aber nicht du. Du hast mit der Stromgesellschaft telefoniert, mit dem Internetanbieter. Du bist nach unten marschiert und hast uns gesagt, wir sollen weiterarbeiten. Sogar Jackson hatte an diesem Tag Angst vor dir. Du warst wie … Donner. Oder eine rachsüchtige Göttin.«

Ich vergrub mein Gesicht in seinem Hals. »Ich wusste, wie wichtig diese Deadline war. Es tut mir leid, dass ich eine Zicke war.«

»Nein, Süße.« Er schlang mein Bein über seins und drückte mich an sich. Er war schon wieder halb hart. »Du warst großartig.«

Ich rollte ihn auf den Rücken und setzte mich rittlings auf ihn. »Ich zeige dir großartig.«

Wir liebten uns wieder, diesmal sanfter. Danach verkrochen wir uns unter die Bettdecke, unsere Beine verschlungen und meine Wange auf seiner Brust ruhend, unser Atem synchron und langsam, meine Glieder locker, als wären wir zwei Fische im Ozean.

Tyler führte meine Hand an seine Lippen und küsste meinen Daumen. »Ich kann nicht glauben, dass das real ist«, flüsterte er, als würde er den Zauber brechen, wenn er lauter spräche.

Ich neigte meinen Kopf, um in seine Augen zu blicken, die im Dunkeln verschattet waren. »Es ist real. Ich liebe dich, Tyler. Ich will, dass du mein Plus-Eins bei Hochzeiten bist. Ich will, dass du an meinem Schreibtisch anhältst und mit mir flirtest, jedes Mal, wenn du hochkommst, um Jackson zu sehen. Ich will, dass du nur hochkommst, um mich zu sehen. Ich will deine Hand im Aufzug halten, wenn wir jeden Abend gehen. Zusammen.«

Sein Lächeln, das besondere, das er für mich aufhob, glänzte im Mondlicht, das durch das Fenster fiel, und sein Arm schlang sich um mich. »Freunde. Und Liebhaber.«

»Liebhaber. Und Freunde.«

Von beidem das Beste.

EPILOG
SECHS MONATE SPÄTER

TYLER

MARLEES GESICHT WAR BLASS, doch ihr kantiges Kinn reckte sich auf diese sture Art vor, die ich liebte – solange es nicht gegen mich gerichtet war. Wir saßen in meinem Wagen, der vor dem Pflegeheim ihres Vaters parkte. Sie hatte ihn besuchen wollen, bevor wir nach Dallas aufbrachen, aber ich wusste, dass es ihr schwerfiel. Seit wir zusammen waren – nun schon sechs Monate –, besuchte sie ihn ein paar Mal pro Woche, manchmal mit mir, manchmal allein.

Ich ergriff ihre Hand. »Bereit, Prinzessin?«

Sie war vom ersten Augenblick an, als ich sie erblickte, eine Prinzessin gewesen, in ihrer mädchenhaft pinken Arbeitskleidung, wie sie mit den Führungskräften umging, als wären sie ihre Angestellten. Als wir dann auf dem Partyboot endlich zusammengekommen waren, war es mir herausgerutscht. Es schien sie nicht gestört zu haben. Und jetzt war sie meine Prinzessin, und ich würde alles tun, was sie von mir verlangte: meinen Mantel über eine Schlammpfütze werfen, einen hohen Turm erklimmen, einen Drachen abwehren, alles für sie.

Sie drehte sich zu mir um. Wie immer ließ der Anblick ihrer

braunen Augen, die sanft und traurig waren, mein Herz beinahe stehen bleiben. Sie schenkte mir ein unsicheres Lächeln und drückte meine Hand. »Bereit.«

Wir stiegen aus meinem tiefergelegten Mustang und trafen uns auf dem Bürgersteig vor der Motorhaube. Hand in Hand gingen wir hinein. Marlee plauderte mit der Empfangsdame und trug uns ein, während ich die Lobby überflog. Wie üblich war sie sauber und hell, aber leer. Niemand saß auf dem Sofa oder den beiden Stühlen mit den geraden Lehnen. Leuchtend gelbe Sonnenblumen in einer blauen Vase erhellten den tristen Raum. So wie meine Marlee.

Die Empfangsdame schloss die Sicherheitstür auf und führte uns hindurch. Auf der anderen Seite empfing uns eine der Pflegedienstleiterinnen. Ihr Gesicht kam mir bekannt vor, aber ich konnte mich nicht an ihren Namen erinnern.

»Hallo, Liz.« Marlee erinnerte sich. Nachdem sie endlich zugegeben hatte, dass ihr Vater mehr Pflege brauchte, als sie ihm geben konnte, war sie auf einer Mission. Sie hatte recherchiert, den besten Ort für ihn ausgewählt und überwachte jeden Aspekt seiner Versorgung. Bei jedem Besuch plauderte sie mit den Pflegern.

»Er hat heute einen guten Tag«, sagte Liz und beantwortete damit die Frage, die Marlee, wie ich wusste, nicht zu stellen wagte.

Die Anspannung in ihren Schultern ließ nach.

Liz sagte: »Wir haben diese Woche eine neue Therapie mit ihm ausprobiert. Er ist gerade dabei. Möchtet ihr sie euch ansehen?«

»Dürfen wir?«, fragte Marlee.

»Natürlich. Kommt mit.«

Liz führte uns durch die Einrichtung und dann, zu meiner Überraschung, nach draußen durch eine weitere gesicherte Tür, einen überdachten Gang entlang, zu einem Wellblechgebäude, das nicht viel größer als ein Schuppen war. Sie öffnete die Tür mit einem Tastenfeld.

Das Innere sah aus wie die Werkstatt meines Vaters zu Hause, nur einfacher. An den Wänden hingen Handwerkzeuge an Haken, und drei hölzerne Werkbänke nahmen die Mitte des Raumes ein. Leuchtstoffröhren hingen von der Decke, um jeden Arbeitsplatz zu beleuchten. Der süße Geruch von Sägemehl lag in der Luft, und trotz der summenden Staubabsaugung tanzten Staubpartikel und winzige Holzspäne in den Lichtstrahlen, die durch die hoch angebrachten Fenster fielen.

Zwei Männer standen mit dem Rücken zu uns am anderen Ende des Raumes vor einer manuellen Drehbank. Der eine war der bullige Pflegehelfer, den wir oft bei Marlees Vater sahen; der andere, der ein Stuhlbein an der Drehbank drechselte, war der Mann höchstpersönlich.

Will Rices Zustand hatte sich in den letzten Monaten stabilisiert. Er hatte immer noch schlechte Tage wie den, an dem er davongelaufen war und wir ihn an der U-Bahn-Station gefunden hatten, aber er hatte auch gute Tage, an denen er Marlee erkannte. Ich stellte mich immer wieder vor, da ich nie davon ausging, dass er sich an jemanden erinnern würde, den er seit seiner Krankheit kennengelernt hatte; das hatte mich meine Erfahrung mit Opa gelehrt. Ich hoffte, Wills Zustand würde sich nicht so schnell verschlechtern wie der von Opa.

Liz tätschelte Marlees Arm und ließ uns allein. Ich massierte Marlees Schulter, wo sie in den Nacken überging und wo sich die Anspannung wieder aufgebaut hatte. Ich wollte sie jedoch nicht drängen. Sie musste das zu ihren eigenen Bedingungen tun.

Sie rollte mit den Schultern und trat zu Will, der an der Drehbank arbeitete. Er stand auf seinem gesunden Bein und benutzte das schwächere für das Fußpedal. Das Schaben der Klinge auf dem Holz überdeckte das Geräusch unserer Schritte.

»Dad?« Ihre Stimme war zu leise, um das Schleifen der Drehbank zu übertönen. Sie räusperte sich und versuchte es erneut, lauter. »Dad.«

Will hielt die Maschine an und sah Marlee an. Ein Lächeln teilte sein Gesicht, das ihrem so ähnlich war.

»Sonnenschein!«

Sie stand mit dem Rücken zu mir, sodass ich ihr Gesicht nicht sehen konnte, aber ihre Haltung entspannte sich. Sie streckte die Arme aus, um ihn zu umarmen, und seine sägemehlbedeckten Arme schlangen sich um sie. Als er sie losließ, zeichneten sich staubige Handabdrücke auf dem Rücken ihres rosa Shirts ab.

Ich trat näher und streckte meine Hand aus. »Mr. Rice, es ist schön, Sie zu sehen. Tyler Young.«

»Ich erinnere mich an Sie, Tyler. Ich sehe, Sie kümmern sich gut um mein Mädchen.«

Es war also ein guter Tag. »Ich gebe mein Bestes, Sir. Wir kümmern uns umeinander.« Tatsächlich zogen wir nächsten Monat zusammen, aber das würde ich Marlees Vater ganz sicher nicht erzählen. Trotz seines schlechten Beins war er stark.

»Lasst uns einen Spaziergang machen«, sagte er.

Der Assistent reichte ihm seinen Gehstock, und wir schlenderten alle hinaus in den Sonnenschein. Die Anlage lag auf einem Hügel, umgeben von sanft geschwungenen Rasenflächen. Ein paar Bewohner arbeiteten in einem nahegelegenen Gemüsebeet.

»Ich warte hier«, sagte ich und zeigte auf eine Bank. Ich wollte Marlee und ihrem Vater an seinem guten Tag etwas Zeit für sich geben.

Sie schenkte mir ein strahlendes Lächeln. »Wir brauchen nicht lange. Ich weiß, dass wir losmüssen.«

»Lass dir so viel Zeit, wie du brauchst. Ich sorge dafür, dass wir pünktlich zum Flughafen kommen.« Ich schenkte ihr ein spitzbübisches Lächeln. Was nützte ein Muscle-Car, wenn man nicht ab und zu die Muskeln spielen lassen konnte?

Mit einem letzten langen Blick wandte sie sich mit ihrem Vater ab. Sie schlenderten Arm in Arm dahin, während der Assistent in diskretem Abstand folgte.

Ich ließ mich auf die Bank sinken und neigte mein Gesicht zur Sonne. Hier drüben in Oakland gab es weniger Nebel, und ich genoss es immer, an klaren Tagen hier zu sein. Vielleicht könnten wir nächstes Jahr, wenn wir genug Geld gespart hatten, ein Haus auf dieser Seite der Bucht kaufen, oder vielleicht in einem der

Vororte, weit weg von den Lichtern der Stadt, wo wir nachts die Sternbilder sehen konnten. Ich liebte es, wenn Marlee mir die Geschichten der Sterne erzählte.

Mein Telefon meldete sich mit einer Nachricht.

RALEIGH

Kommst du heute Abend noch?

Sich Sorgen zu machen war ungewöhnlich für Raleigh, meinen überheblichen Arschloch-Bruder. Er war der Grund, warum Marlee und ich später an diesem Tag nach Dallas flogen. Ich hatte sie an ihr Versprechen erinnert, meine Begleitung zu seiner Hochzeit zu sein. Ich hatte seinen Junggesellenabschied verpasst – Marlees neues Programmierprojekt hatte uns die ganze Woche in San Francisco gehalten –, aber ich hatte von meinem nächstälteren Bruder, Lincoln, gehört, dass es eine krasse Party gewesen war. Wir würden morgen Abend zum Probeessen da sein.

Warte, das ist dieses Wochenende?

Nach all dem Mist, den Raleigh und meine anderen Brüder mir angetan hatten, verdiente er es, ein wenig aufgezogen zu werden.

Die Punkte erschienen, während er tippte, dann verschwanden sie und tauchten noch ein paar Mal wieder auf. Ich hatte ihn wirklich auf die Palme gebracht.

Nicht witzig

Im Ernst, alles okay?

Aus den Gruppennachrichten mit meinen Brüdern und meiner Schwester hatte ich das Gefühl bekommen, dass Raleigh kalte Füße bekam. Natürlich hatte er es auf Bella projiziert, um es so aussehen zu lassen, als wäre *sie* die Nervöse. Aber ich wusste, dass das nicht stimmen konnte. Wie all meine Brüder war Raleigh sowohl in der Highschool als auch im College der große Macker auf dem Campus gewesen. Die Mädchen konnten ihm nicht widerstehen. Ich konnte mir nicht vorstellen, dass Bella ihm einen Korb geben würde.

Komm einfach her, dann wird alles gut.

Ich lächelte. Ich musste ihm irgendeinen Streich spielen. Etwas Kleines, zum Beispiel in roten Socken auftauchen oder behaupten, mein Smoking sei verschwunden, nur um ihn noch etwas zu piesacken. Er machte es mir zu einfach.

Wir sind spät heute Abend da. Kann es kaum erwarten, dass alle Marlee kennenlernen.

Ich wusste, sie würden sie fast so sehr lieben wie ich. Ich steckte mein Handy ein, wandte mein Gesicht wieder der Sonne zu und schloss die Augen.

Wir waren letzte Nacht lange aufgeblieben, um zu packen. Ich hatte Marlee ein Handgepäckstück voller Liebesromane gekauft, um einige derer zu ersetzen, die sie weggeworfen hatte. Wie ich ihr auf der Weihnachtsfeier gesagt hatte, waren wir beide Romantiker. Und ich würde alles tun, um die Romantik in ihrem Leben zu erhalten.

Wir waren noch länger wach geblieben, um uns zu lieben. Erschöpft oder nicht, wir konnten die Finger nicht voneinander lassen. Ich hatte noch nie eine Freundschaft gehabt, die sich in Liebe verwandelt hatte. Aber die Intimität zur Freundschaft mit Marlee hinzuzufügen? Jede unserer Berührungen war reine Magie.

Ich musste eingenickt sein, denn das Nächste, was ich wusste, war, dass Marlee meine Schulter drückte. »Lass uns gehen, Großer. Ein Strafzettel für zu schnelles Fahren lässt uns nur noch später zu unserem Flug kommen.«

Ich öffnete die Augen und sah ihr Gesicht, das die Sonne verdeckte. Ihre Strahlen gingen von ihrem dunkel-honigfarbenen

Haar aus und ließen es funkeln. Kein Wunder, dass ihr Vater sie »Sonnenschein« nannte. Ich blickte hinter sie. Will und der Assistent waren verschwunden. Ich streckte meine Hand aus, als ob sie mich hochziehen sollte, doch stattdessen zog ich sie auf meinen Schoß. Ich umfasste ihre Wange und küsste ihre rosa Lippen. Sie strich mir durchs Haar, das dank meines Haarschnitts vor der Hochzeit jetzt kurz war, und ich drehte meine Finger in ihre langen, seidenen Strähnen. Ich hätte sie stundenlang dort auf der Bank im Sonnenschein küssen können.

Widerstrebend löste ich mich und lehnte meine Stirn an ihre, um zu Atem zu kommen. Das letzte Mal, als ich nach Dallas nach Hause gefahren war, hätten wir uns beinahe getrennt. Aber dieses Mal würde sie an meiner Seite sein, bei dem, was mit Sicherheit das reinste Chaos werden würde, wie alles, was meine Familie betraf, was einer der Gründe war, warum ich zweitausend Meilen entfernt lebte. Aber mit Marlee an meiner Seite würden wir es gemeinsam durchstehen.

Ich zupfte ein langes graues Haar von ihrem Shirt. »Subha war schon wieder in deiner Schublade.«

Sie streifte mit ihren Lippen meine. »Was soll ich sagen? Sie teilt meine Leidenschaft für günstige Designerkleidung.«

Ich dachte, Subha teilte *meine* Leidenschaft für Marlee, aber ich wollte nicht streiten. Das Einzige, was meine Katze – unsere Katze – mehr liebte, als sich in ihren Schubladen einzunisten, war, auf Marlee selbst zu sitzen. Der Morgen, an dem sie sich an ihren Mantel gekuschelt hatte, war der Beginn von Subhas Besessenheit von ihr gewesen.

Ich half Marlee auf die Beine, stand dann auf und verschränkte meine Hand mit ihrer. Wir gingen in Richtung Parkplatz. »Guter Besuch?«

Sie seufzte. »Ja. Ihn hierherzubringen war die beste Entscheidung.«

»Nicht die *beste* Entscheidung.« Ich drückte ihre Hand. »Das war, zuzustimmen, meine Begleitung zur Hochzeit von Jay und Alicia zu sein.«

Sie grinste zu mir auf und legte ihren Arm um meine Taille. »Du hast recht. Lass uns gehen, Hochzeitsbegleitung.«

Wir schlenderten den Weg entlang, auf dem Weg zu einer weiteren gemeinsamen Hochzeit. Und eines baldigen Tages würde ich sie fragen, ob sie meine Frau werden wollte, und *das* würde die beste Entscheidung unseres Lebens sein.

BONUS-EPILOG
OPERATION GLÜCKLICH BIS ANS ENDE

TYLER

DAS LAMPENLICHT VERGOLDETE Marlees Haarspitzen roségolden, passend zu ihrem Schlaf-Top, während sie das Taschenbuch umklammerte und sich in die Kissen schmiegte. Mit einem kurzen Blick zu mir, der neben ihr ausgestreckt lag, schlug sie die Seite um und las weiter. »›Am nächsten Morgen …‹«

Ich legte eine Hand auf ihre, die auf dem Buch ruhte. »Meinst du nicht, wir sollten hier aufhören?«

»Aber ich will wissen, ob sie jetzt, wo sie miteinander geschlafen haben, endlich aufhören, so zu tun als ob.« Ich konnte die Cartoon-Herzen in ihren Augen förmlich sehen.

»Aber«, sagte ich – und das war mein absolut liebster Teil unserer Romanzenlektüre vor dem Schlafengehen –, »du bist geil.« Ich ließ einen Finger über ihr sich hebendes Brustbein, über ihren Bauch bis zum Bund ihrer seidenen Schlafshorts gleiten. Ich hielt inne und wartete auf ihr Nicken, bevor ich meine Hand zwischen ihre Beine legte. Feucht, genau wie ich es erwartet hatte.

Langsam ließ ich einen Finger in die Beinöffnung gleiten und fuhr ihre Schamlippen nach. »Was hat dich an dieser Szene erregt?«

Sie ließ das Taschenbuch auf die Bettlaken fallen und rollte mit den Hüften. »Tyler, ich brauche dich. Ich will jetzt nicht reden.«

Ich küsste sie, ein langsames Gleiten meiner Lippen auf ihren. Sie krallte sich in meinen Hinterkopf und hielt mich fest, Verzweiflung in ihrem Kuss. Wow. Sie war wirklich angeturnt. Mehr noch als bei den leichten Fesselspielen, die wir nach einem ihrer BDSM-Bücher ausprobiert hatten, als meine Hände mit Seidenbändern an den Bettpfosten gefesselt waren. Das Spanking, das wir ausprobiert hatten, hatte ihr besonders gefallen, aber keiner von uns stand auf die Gerte, die wir besorgt hatten.

Ich hob den Kopf und sie stöhnte ihren Protest. »Du bist klatschnass. Was fandest du daran sexy? Waren es die zwei Schwänze? Die Kniebundhosen?« Wir hatten einen schwulen historischen Roman gelesen und der Autor hatte die sich langsam aufbauende Spannung unglaublich gut hinbekommen. Sogar ich hatte ungeduldig auf die heutige Sexszene gewartet.

»Ich glaube nicht. Ich denke, einer von dir reicht mir.«

Ich atmete aus. Ich glaube, darauf stand ich auch nicht. »War es, weil sie es im Billardzimmer treiben, während die Hausparty im Gange ist und jederzeit jemand reinkommen könnte?«

Ihre Augen weiteten sich. »Sie haben nicht einmal die Tür abgeschlossen. Ich hatte so eine Angst um sie. Und auch … war ich aufgeregt.« Sie biss sich auf die Lippe.

»Also« – ich ließ einen Finger in sie gleiten und sie stöhnte leise auf – »ist es der Sex in der Öffentlichkeit. Die Angst, entdeckt zu werden. Deshalb bist du auf dem Boot so heiß geworden.« In jener Nacht auf der Synergy-Weihnachtsfeier vor fast einem Jahr war sie mir nach weniger als fünf Minuten, in denen wir uns aneinander gerieben hatten, in die Hand gekommen. Es war das erste Mal, dass ich sie zum Kommen gebracht hatte, und ich wusste, dass es schnell ging. Jetzt war ich ein wenig enttäuscht, dass es nicht nur an meinen überlegenen Fingerfertigkeiten lag.

»Jeder hätte da hochkommen können.« Sie rieb sich an meiner Hand. »Jeder hätte mich hören können.«

Ich schob einen weiteren Finger in sie. »Wolltest du, dass jemand uns erwischt?«

Ihre Augenlider flogen auf und sie erstarrte. »Nein. Das wäre schrecklich. Und peinlich.«

»Okay.« Ich beugte mich vor und küsste sie, lang und sehnsuchtsvoll. »Also nur die Illusion der Möglichkeit, erwischt zu werden. Kein tatsächliches Erwischtwerden. Das ist es, was dich anmacht.«

»Du machst mich an, Tyler. Ende der Geschichte.«

Sie hatte recht. Wir lasen in dieser Nacht nicht mehr aus ihrem Buch.

EIN PAAR WOCHEN SPÄTER, an Silvester, fuhren wir in dem überfüllten Aufzug des schicken Hotels in der Innenstadt hinunter, in dem Coopers Stiftung eine Gala veranstaltete. Normalerweise wären wir nicht hingegangen. Wir verdienten beide gut, besonders nach unseren Beförderungen, aber wir verdienten kein Geld für eine Tausend-Dollar-pro-Teller-Gala. Synergy hatte ein paar Tische gesponsert und sie hatten uns eingeladen, zwei Plätze einzunehmen.

»Du hast diesen bestimmten Blick in deinen Augen«, flüsterte Marlee.

Ich beugte mich hinunter und streifte ihr Ohr mit meinen Lippen, damit der Mann, der sich unangenehm an meine andere Seite drückte, es nicht hören würde. »Welchen Blick?« Ich berührte den Beutel in meiner Tasche.

»Diesen nervös-aufgeregt-entschlossenen Blick, der bedeutet, dass wir Operation Buch-Bums durchziehen.«

»Oh.« Scheiße. Ich war so auf meinen anderen Plan konzentriert gewesen, dass ich das völlig vergessen hatte. Ich richtete mich auf, meine Gedanken überschlugen sich. Mit ein paar Anpassungen könnte ich es schaffen. Ich könnte beide Pläne durchziehen. Ich blickte zu ihr hinunter und zwinkerte. »Du hast mich erwischt.«

»Mir kannst du nichts vormachen. Ich kenne dich zu gut.« Sie grinste und ich wollte den Schwung ihrer Lippen lecken.

Wären wir nicht von einem Dutzend Leute im Aufzug eingequetscht worden, hätte ich den Nothaltknopf gedrückt, sie gegen die Wand gedrängt und Operation Glücklich bis ans Ende, Teil B, genau dort umgesetzt. Stattdessen warf ich ihr den feurigen Blick zu, der sie immer schaudern ließ.

Sie schauderte.

»Kalt?«, murmelte ich. »Vielleicht möchtest du meine Jacke leihen.«

»Auf keinen Fall.« Sie lehnte sich vor und schnupperte an mir. »Wenn ich das tue, schaffen wir es nie zur Party.«

»Die Party ist mir scheißegal«, knurrte ich. Ich fuhr mit einem Finger über den tiefen Rückenausschnitt ihres Kleides.

»Aber mir nicht.« Ein schelmisches Funkeln blitzte in ihren braunen Augen auf. »Ich will dich während des ganzen Abendessens reizen, bis du bereit bist, mich über deine Schulter zu werfen und nach oben zu tragen. Dann will ich mit dir tanzen, du Hochzeits-Gigolo, und heiß und verschwitzt werden. Und *dann*« – mir war in meinem Smoking bereits heiß – »werde ich dich nach oben bringen und dir zeigen, wie sehr ich dich schätze.«

»Mich schätzen?«, neckte ich, während ich meinen Finger tiefer, unter den Stoff ihres Kleides, gleiten ließ. »Ist das alles?«

Sie küsste meine Wange, runzelte dann die Stirn und wischte den Lippenstift ab. »Du weißt, dass ich dich liebe.«

»Ich weiß.« Die Aufzugtüren öffneten sich und die Leute begannen auszusteigen. Ich ergriff ihre Hand und küsste ihre Fingerspitzen. »Ich weiß.«

Wir waren auf genug dieser Veranstaltungen gewesen, dass ich den Ablauf kannte. Zuerst standen herumgereichte Horsd'œuvres und Networking auf dem Programm. Ich stand da, meine Hand auf Marlees entblößtem unteren Rücken, und beanspruchte sie vor allen für mich. Sie schmiegte sich an meine Seite und beanspruchte mich ebenfalls für sich.

Dann kam der Ansturm auf die Tische. Marlee hatte Glück und saß neben Alicia. Ich bekam Westons Begleitung ab, eine glitzernde, scharfkantige Frau in den Vierzigern, von deren Hals Diamanten tropften. Nicht Westons Diamanten; diese hier hatte er nicht geheiratet. Noch nicht.

Nach ein paar gescheiterten Versuchen fanden wir etwas, das wir gemeinsam hatten: Mustangs. Sie hatte einen Oldtimer, einen 1969er Boss 429, sowie das Modell zum 50. Jubiläum. Wir unterhielten uns während des Salats und des Hauptgangs über PS, Kurvenverhalten und Wertsteigerung.

Aber Marlee forderte meine Aufmerksamkeit, als das Dessert serviert wurde. Sie tauchte ihren Löffel in die cremige dunkle Schokoladenmousse, und von dem Moment an, als sie ihre Lippen berührte, fand sie ihre Glückseligkeit.

Ich schaute wie gebannt zu, wie sie jeden winzigen Bissen aufnahm und ihre Lippen um den Löffel schloss, ihn genoss, heimlich den Löffel in ihrem Mund leckte und liebkoste. Meine Smokinghose wurde unangenehm eng und ich wippte auf meinem Stuhl, um die Enge zu lockern.

Marlee schlug mit den Wimpern. »Es ist so gut. Probier mal.« Und sie nahm etwas aus meiner Schale – nicht ihrer – und drückte es an meine Lippen. Ich öffnete sie für sie und ließ die Mousse auf meiner Zunge schmelzen.

»He, ihr zwei.« Jacksons Stimme drang wie aus weiter Ferne zu mir. »Nehmt euch ein Zimmer. Habt etwas Rücksicht auf uns alte Eheleute.«

Ich ließ den Löffel los und Marlee legte ihn neben ihre Schale, ihre Wangen rosa.

»Alt?«, zog Alicia eine Augenbraue hoch. »Und seit wann hast du in der Öffentlichkeit je Zurückhaltung gezeigt?«

»Zurückhaltung?« Das Tischtuch verdeckte Jacksons Hand, aber er tat etwas, das Alicia nach Luft schnappen ließ. »Was ist das?«

»Das« – Alicia hob seine Hand auf den Tisch und verschränkte ihre Finger mit seinen – »ist etwas, was du zeigst, während Cooper seine Rede hält.« Sie nickte zur Bühne auf einer Seite des Raumes. Cooper schüttelte jemandem neben dem Rednerpult die Hand.

Ich lehnte mich zu Marlee. »Das ist unser Stichwort.«

»Was?« Sie liebäugelte mit ihrer unfertigen Mousse – und meiner –, aber ich zog sie auf die Beine und drängte sie zum Ausgang. Die Türen schlossen sich hinter uns, gerade als Coopers Stimme über die Lautsprecheranlage hallte.

Ich eilte um die Ecke und hielt ihre Hand umklammert. Ich hatte mich früher mit dem Grundriss vertraut gemacht, während sie in unserem Zimmer oben geduscht hatte. Wir kamen an den Toiletten vorbei, einem kleineren Ballsaal, in dem Hip-Hop so laut pumpte, dass der Boden bebte, und ein paar Konferenzräumen, bevor wir vor der Tür des Tagungsraums Duchess ankamen.

Ich machte ein großes Theater daraus, die Tür zu probieren, als ob ich wirklich etwas Verbotenes täte, als ob ich den Raum nicht schon vor Wochen reserviert hätte.

Die List funktionierte. »Was machst du da?«, flüsterte sie, obwohl der Flur leer war.

»Wir brauchen ein wenig Privatsphäre für Operation Glücklich bis ans Ende.«

»Warte. Was ist das? Ist das wie Operation Buch-Bums?«

»Ein bisschen.« Meine Hand zitterte am Knauf. Es war viel größer als Operation Buch-Bums.

Der Raum war schwach von den flammenlosen Kerzen beleuchtet, die ich zuvor aufgestellt hatte. Sie umrissen einen stabilen hölzernen Konferenztisch, der von einem halben Dutzend weicher Ledersessel umgeben war. Das Fenster auf einer Seite blickte auf die Straße, wo stetiger Regen die Silvesterfeiernden dämpfte.

»Oh.« Marlee blieb direkt hinter der Tür stehen.

»Es ist kein Billardzimmer«, murmelte ich ihr ins Ohr, »aber meinst du, es reicht?«

Ihre Augen waren groß und dunkel, als sie sich zu mir umdrehte. »Hier?«

Ich schloss die Tür. »Es ist wie eine Hausparty. Stell dir vor, das Hotel ist ein Landsitz.«

»Mit ein paar *tausend* Gästen.«

»Stört dich das? Oder erregt es dich?« Meine Stimme war ein leises Grollen.

»Erregt«, quiekte sie. »Definitiv erregt.«

»Soll ich die Tür abschließen, Mylady? Oder sie unverschlossen lassen?«

»Schließ sie ab, bitte. Ich möchte nicht, dass jemand hereinplatzt, wenn du meinen Namen schreist.« Sie knöpfte meine Smokingjacke auf und schlang ihre Arme um meinen Rücken. Sie lehnte sich an, atmete an meinem Hals ein und neigte dann ihr Kinn nach oben, um mir ihre Lippen für einen Kuss darzubieten.

Ich war kein Narr. Ich griff nach hinten und drückte den Schließknopf am Griff, dann küsste ich sie, was das Zeug hielt, und schöpfte Mut aus ihrem stockenden Atem, ihren wandernden Händen, dem warmen Gleiten ihrer Zunge.

Sie fuhr mit ihrer Hand über die Vorderseite meiner Hose und fand meinen Schwanz, hart und nach ihr verlangend. Sie fuhr die Kontur nach, was mein Gehirn benebelte. Für eine Minute vergaß ich, warum ich den Raum reserviert hatte, aber als sie auf die Knie fiel und die vorderen Haken meiner Hose aufknöpfte, erinnerte ich mich.

»Warte.«

Sie hielt inne, eine Hand drückte immer noch meinen Schwanz und die andere war an meinem Reißverschluss. »Warten?«

»Setz dich. Ich will reden.«

»Reden?«, blinzelte sie zu mir auf. »Wir haben hier doch nicht wirklich eine Besprechung, oder?«

Ich ließ einen Mundwinkel zu einem Lächeln hochziehen. »Ich würde es keine Besprechung nennen, da wir nur zu zweit sind. Aber ich habe etwas zu sagen.«

Sie biss sich auf die Innenseite ihrer Lippe, erhob sich aber langsam. Sie ließ sich in einen der Sessel gleiten und senkte ihn ab, bis ihre Fersen den Boden berührten. Sie zog ihren kurzen, ausgestellten Rock über ihre Knie, der seidige Stoff schmiegte sich an ihre Haut.

Ich zog den benachbarten Stuhl näher ans Fenster und drehte ihn zu ihr. Auf der Kante sitzend, lehnte ich mich zu ihr. Das Flackern der Kerzen beleuchtete ihren kräftigen Kiefer und warf einen goldenen Schimmer auf ihr Haar. Ihre Augen funkelten im Widerschein der Lichter der Stadt draußen. Ich ließ meinen Blick über sie gleiten und prägte mir ihr Aussehen ein, damit ich unseren Enkeln eines Tages davon erzählen konnte.

Als ich es in meiner Erinnerung neben dem Bild von ihr gespeichert hatte, wie sie ihre Fersen auf das Deck stemmte und mir sagte, dass sie mich liebte, während das Schiff sanft unter uns schwankte, sagte ich ihren Namen wie ein Gebet. »Marlee.«

»Ja, Tyler?« Sie streckte die Hand aus und zwirbelte eine Haarsträhne von meiner Stirn. Ich schmiegte mich an ihre Berührung.

»Ich liebe dich. Ich habe dich fast geliebt, seit wir uns das erste Mal getroffen haben. Du bist meine beste Freundin und die Liebe meines Lebens.«

Sie fuhr mit dem Daumen von meiner Wange zum Mundwinkel. »Und du bist mein bester Freund. Meine einzig wahre Liebe.« Gott, sie war so eine Romantikerin. Und das liebte ich an ihr.

»Wirst du für den Rest meines Lebens meine beste Freundin – und mehr – sein?« Ich fummelte in meiner Tasche nach dem Beutel. Warum zum Teufel hatte ich ihn nicht herausgeholt, bevor ich mich hingesetzt hatte? Zwischen meiner Erektion und der Art, wie meine Taschen an meinen Oberschenkeln knitterten, musste ich das Ding herauswringen. Aber Marlee, Gott sei Dank, lachte nicht. Sie wartete, ihre Lippen leicht geöffnet.

Ich kippte den Beutel in meine Handfläche, und der Ring fiel hinein und funkelte im Kerzenlicht.

»Ach du heiliger Edwin Hubble!« Ihre Finger zitterten und bedeckten ihren Mund. »Ist das …«

»Heirate mich, Marlee.« Ich rutschte vom Stuhl auf die Knie, nahm den Ring aus meiner Handfläche und hielt ihn ihr hin. Die flackernden Kerzen glitzerten auf der grob sternförmigen Fassung. Kleinere Diamanten umgaben den größeren zentralen, die Krappen waren so gestaltet, dass sie wie ein Sternenregen aussahen.

»Ja.« Ihr Blick wanderte vom Ring zu meinem Gesicht. »Ja.«

Zwischen meinen und ihren zitternden Fingern brauchte es ein paar Versuche, um den Ring an ihren Finger zu stecken. Als er saß, hielt sie ihn hoch, damit wir beide ihn im Kerzenlicht funkeln sehen konnten. Dann beugte sie sich hinunter und küsste mich, ein sanftes, ewiges Versprechen.

Ich atmete aus.

Ich drückte mich näher an sie und sie öffnete ihre Knie, die meine Taille umrahmten. Als ich meine Hand auf ihr Knie legte und am Saum ihres Rocks zupfte, wurde unser Kuss von süß zu sengend. Ich hatte sie mit dem Ring für mich beansprucht. Das war für alle anderen. Für meine Mutter, die Marlee geliebt hatte, den einzigen Lichtblick bei Raleighs katastrophaler Nicht-Hochzeit letzten Sommer. Für jeden Kerl auf der Gala, der zuvor dem Schwung von Marlees Hüften gefolgt war, der ihre Kurven mit den Augen nachgezeichnet hatte. Der Ring bedeutete, dass sie mein war.

Aber dieses Inbesitznehmen, in dem Konferenzraum, wo die Möglichkeit, wie gering auch immer, bestand, dass jemand an die Tür klopfen würde, war nur für uns beide.

Sie verschlang mich, wie sie es zuvor mit der Schokoladen-mousse getan hatte. Ich schmeckte ihre Süße auf ihrer Zunge. Sie griff nach den Haaren an meinem Hinterkopf und zog mich näher. Mit der anderen Hand knüllte sie mein Smokinghemd zusammen und versuchte, die Hemdknöpfe zu lösen, ohne hinzusehen.

Nein. Auch wenn ich die Tür abgeschlossen hatte, würde ich mich hier nicht ausziehen. Aber ich würde ihr einen Vorge-schmack auf das geben, was wir beide wollten.

Sanft schob ich ihren Rock hoch. Ich zog eine Linie von ihrem Knie bis zu ihrer –

»Verdammt, Marlee!« Ich riss mich von ihren Lippen los und starrte auf ihre entblößte Pussy. »Du bist unten ohne?«

»An Silvester werden alle ein bisschen wild.« Sie zuckte mit einer Schulter, ein schelmisches Funkeln in ihrem Auge.

Es war ein Spiel, und ich spielte mit. »Du hast versucht, auf der Party allen was zu zeigen, nicht wahr?«

»Nur dir. Ich hatte auf ein paar Fingerspiele am Tisch gehofft.« Sie biss sich auf die Lippe.

»Neben der Frau deines Chefs sitzend?« Ich schnalzte mit der Zunge. »Unartiges Mädchen. Steh auf.«

»Aber ich dachte –«

»Oh, keine Sorge. Du kommst schon noch auf deine Kosten.« Ich stand auf und drängte sie gegen das bodentiefe Fenster. Zwei Stockwerke tiefer verbargen Regenschirme die Leute vor Blicken. »Alles, was sie tun müssen, ist aufzuschauen, und sie bekommen eine Show.«

»Aber sie werden nicht –«

»Nein, Baby.« Ich legte die Alpha-Maske ab und grinste. »Es ist beschissen da draußen. Niemand schaut nach oben.«

»Okay«, flüsterte sie. »Aber meine Tugend!«, sagte sie lauter.

»Davon wird nicht mehr viel übrig sein, wenn ich fertig bin.« Ich fiel auf die Knie, drückte ihre Füße weiter auseinander und fuhr mit der Hand unter ihren Rock. Ihre Erregung tropfte zwischen ihren Schenkeln. Sie schloss bei meiner Berührung die Augen.

»Augen auf«, sagte ich. Ich schob ihren Rock hoch und gab ihrem inneren Oberschenkel einen langen, langsamen Lecker. Sie sah mir zu, ihre Augen flackerten auf.

Ich leckte die andere Seite hoch und kümmerte mich dann um ihre Pussy, wobei ich meine Zunge um ihre Mitte kreisen ließ. Sie packte meinen Kopf und hielt mich fest. »Ja, Tyler, ich –«

Ihre Stimme brach, als ich bis zu ihrer Klitoris hochleckte. Ich ließ meine Zunge so an ihr vibrieren, wie sie es mochte. Ihre Beine bebten und warnten mich, dass sie schon kurz davor war. Es schien, der exhibitionistische Aspekt war ein ebenso großer Anmacher wie das Hausparty-Szenario.

Ich schob einen Finger in sie und krümmte ihn zu dem Punkt hoch, der sie verrückt machte. Während ich mit meiner Zunge über ihre Klitoris glitt, sah ich zu ihr auf. Sie griff fester in mein Haar. Ihre Augen waren in meinen verhakt, als sie stöhnte: »Tyler, ich komm –«

Sie musste es nicht zu Ende sagen. Ich wusste, dass sie kam. Sie verkrampfte sich um meinen Finger, und ihre Beine zitterten um meine Schultern. Ich hielt meine Zunge still, bedeckte ihre Klitoris und ließ ihre inneren Wände meinen Finger festhalten.

»Ach du heilige Jocelyn Bell«, murmelte sie, ihre Stimme brüchig. Langsam lösten sich ihre Finger aus meinem Haar.

Ich stützte sie und packte ihre Hüften. »Bereit, zurückzugehen und deinen Ring vorzuzeigen?« Ich grinste zu ihr hoch. Sie brauchte ein paar Minuten, um ihr Haar und ihr Make-up zu richten, und ich würde mein Gesicht waschen und einen Weg finden, meine Erektion genug zu beruhigen, um in den Ballsaal zurückzukehren.

»Wir sind hier noch nicht fertig, Euer Gnaden.«

Ich verengte die Augen. »Du bist der Herzog in diesem Szenario. Ich bin nur der zweite Sohn eines –«

»Du bist genau der, für den ich dich halte.« Ihr Grinsen war an der Grenze zum Bösen. »Jetzt setz dich auf diesen Stuhl, ich meine, auf diesen Thron.«

»Herzöge haben keine –«

»Sitz«, befahl sie.

Ich saß, zupfte an meiner Hose, um irgendeine Linderung von der straffen Spannung zu bekommen.

»Keine Sorge, Baby. Ich kümmere mich um dich.« Sie kniete sich auf den Teppich. Ihr Ring glitzerte, als sie meinen Reißverschluss herunterzog. Süße Erleichterung.

Sie zerrte an meiner Hose und Unterwäsche, bis sie meinen Schwanz befreit hatte. Mit all dem Vorspiel, von der Fahrt im

Aufzug über das Flirten am Tisch bis zu ihrer Erregung, die immer noch mein Kinn bedeckte, war bereits ein Feuchtigkeitstropfen an der Spitze.

Sie grinste und leckte ihn auf.

Verdammt. Ein Kribbeln begann in meinen Eiern und lief meine Beine hinunter bis zu meinen Zehen, die in meinen glänzenden Schnürschuhen gefangen waren. »Prinzessin, ich werde nicht –«

Meine Kehle verengte sich, als sie ihre rosa Lippen um mich schloss und mich in ihren Mund sog. Ich konnte kaum etwas anderes tun, als mich an den Armlehnen des Stuhls festzuhalten, um nicht in ihren Mund zu stoßen. Sie legte eine Hand um die Basis meines Schwanzes und ruhte ihre andere Hand mit dem funkelnden Ring auf dem hochgeschobenen Saum meines Hemdes.

Sie zog die Wangen ein und saugte, bis der Druck meine Augen hervortreten ließ. Langsam hob sie den Kopf, fuhr mit den Lippen an meiner Länge entlang, bis sie mich fast losließ. Dann saugte sie mich wieder ein.

Meine Sicht verengte sich, bis ich die Gebäude draußen, die Kerzen oder den Tisch nicht mehr sehen konnte. Ich sah nur Marlee, meine Verlobte mit ihrem funkelnden Ring. Ihre rosa Lippen um meinen Schwanz, ihre Stirn in Konzentration gerunzelt.

Ihre Zunge rollte sich um meinen Schwanz, so wie sie sich um ihren Löffel gerollt hatte, und die Empfindung, zusammen mit dem Bild, ließ mich meine bröckelnde Selbstbeherrschung verlieren. »Marlee«, keuchte ich und explodierte in ihrem Mund.

Ganz die Prinzessin, hielt sie durch, bis ich fertig war. Sie schluckte und wischte sich mit ihren zarten Fingern die Mundwinkel. Sie stand schwungvoll auf und gab mir einen Kuss auf die Lippen. »Jetzt bin ich bereit, zurückzugehen und meinen Ring vorzuzeigen.«

Verdammt. Nach diesem Orgasmus war ich bereit für ein Nickerchen. Aber wir hatten noch ein paar Stunden bis Mitternacht, und ich wollte es auf keinen Fall verpassen, meine Verlobte zu küssen, während wir das neue Jahr einläuteten.

Ich packte mich ein und stand auf. »Komm schon. Wir machen uns präsentabel, und dann werde ich dich wieder mit meinen Tanzschritten verführen.«

Sie glättete ihren Rock und tippte auf meine Brust. »Ich wusste, dass du es bei Jacksons und Alicias Hochzeit absichtlich gemacht hast.«

»Was soll ich sagen? Ich habe vier Brüder. Ich kämpfe mit schmutzigen Tricks.«

»Ich liebe all die schmutzigen Dinge, die du tust.«

Mein Schwanz zuckte. »Sicher, dass du nicht direkt nach oben gehen willst? Wir können unsere Verlobung morgen beim Brunch bekannt geben.«

»Und meine Runde auf der Tanzfläche mit dem besten Tänzer im Raum verpassen? Keine Chance. Aber sobald wir ›Auld Lang Syne‹ beendet haben, gehöre ich dir.«

»Und ich gehöre dir.«

Hand in Hand verließen wir den Duchess-Raum, um das neue Jahr und unser neues gemeinsames Leben zu feiern.

Vielen Dank, dass du *Scheinbeziehung gesucht* gelesen hast! Bitte ziehe in Erwägung, eine Rezension bei deinem bevorzugten Händler oder auf Goodreads zu hinterlassen.

Das nächste Buch der Reihe, *Umweg gesucht*, handelt von Jacksons nerdiger Schwester Sam. Sie wollte nicht auf einer Buchtournee landen und versuchen, ihren von künstlicher Intelligenz geschriebenen Roman als einen auf altmodische Weise geschriebenen auszugeben. Und sie wollte sich schon gar nicht in ihren flanelltragenden, poetischen Tourpartner verlieben. Gegensätze ziehen sich an in dieser Roadtrip-Romanze. Lies weiter für eine kleine Vorschau.

SAM

NICHT JEDER WÜRDE seinen Hund zu einem Spendenessen mit hineinschmuggeln. Ihren süßen, kaum bellenden, absolut – na ja, meistens – nicht haarenden Hund.

Aber zur unendlichen Enttäuschung meiner Mutter bin ich nicht jeder.

Jeder wünschte, er hätte deine Vorteile.

Jeder sollte jemanden heiraten, der in seinen sozialen Kreis passt. Damit meinte sie reich.

Jeder will ein Jones sein.

Aber irgendwann in den letzten fünfundzwanzig Jahren hätte sie merken müssen, dass ich ein wenig … anders bin.

»Bilbo Baggins«, zischte ich und hob die weiße Tischdecke eines großen runden Tisches an.

»Sam!«

Mit einer Grimasse ließ ich die Tischdecke fallen und wirbelte zu meiner jüngeren Schwester herum. Sie sah von ihren himmelhohen Absätzen auf mich herab, eine Hand in die Hüfte gestemmt, in der anderen einen rosa Cocktail, der zum Babyrosa ihres Seidenkleides passte. Bei diesen Anlässen sah sie immer so mühelos aus. »Was machst du da?«, flüsterte sie.

»Äh, ich suche einen Ohrring?«

Natalie kniff die Augen zusammen. »Du trägst doch gar keine Ohrringe.«

»Oh. Dann suche ich wohl zwei.«

»Perlen. Du solltest Perlen tragen.« Sie musterte mich von Kopf bis Fuß und ich schob meine riesige schwarze Tasche hinter meinen Rücken. »Der Hosenanzug ist so von vorletzter Saison. Hat Mutter dir nicht einen neuen geschickt?«

Ich starrte auf die runde Spitze meiner flachen Schuhe und erinnerte mich daran, wie ich das grellpinke Monstrum in die Altkleidersammlung geworfen hatte. Dieser Hosenanzug war nicht so schlecht. Ich hatte ihn gekauft, als ich noch Geld für neue Kleidung hatte, und er war in meiner Lieblingsfarbe, Schwarz.

Natalies Stimme war sanfter, als ich sie seit Langem gehört hatte. »Sag ihr das nächste Mal, was du willst.«

»Was ich will, ist, nicht hier zu sein«, murmelte ich.

»Ach, wirklich? Was hätte Dad dazu gesagt?« Ihre Augen bekamen einen für sie untypischen Glanz, bevor sie sich auf ihren glitzernden Sandalen umdrehte und davonstakste.

Dad? Ich beging den Fehler, sein Bild auf dem Banner am Eingang des Museums anzusehen. Er wäre viel zu beschäftigt mit der Arbeit gewesen, um zu einer solchen Veranstaltung zu kommen, obwohl sie nach ihm benannt war. Ich rieb die Stelle auf meiner Brust, die immer noch schmerzte, selbst nach vierzehn Jahren.

Ich war nicht seinetwegen hier. Obwohl ich lieber geforscht hätte, mit Bilbo Baggins auf meiner Couch gekuschelt oder mir noch einmal den Blinddarm hätte entfernen lassen, war ich für meine Mutter hier. Sie verlangte, dass ihre Familie bei den Veranstaltungen der Stiftung perfekt wie aus dem Ei gepellt erschien.

Und das erinnerte mich daran, dass ich Bilbo Baggins finden musste, bevor sie es tat. Wo konnte er nur hingegangen sein? Normalerweise war er nicht schüchtern. Er würde sich nicht unter einem Tisch verstecken. Im Gegensatz zu mir wäre er mitten im Geschehen und würde Freundschaften schließen. Ich drehte mich im Kreis und ließ den Blick durch den Raum schweifen.

Ein langes Buffet nahm eine Seite des hohen Museumsraums ein. Mutter hasste normalerweise die Vorstellung von Leuten, die Essen in der Hand hielten, aber Esstische hätten nicht zu den großen Skulpturen gepasst. Auf der anderen Seite des Raumes waren kleinere Tische mit Horsd'œuvre verteilt. Vielleicht war er hingegangen, um um einen Hähnchenflügel zu betteln. Nicht, dass Mutter jemals unordentliche Hähnchenflügel servieren würde, aber das wusste Bilbo Baggins ja nicht.

Ich hatte kaum einen Schritt in diese Richtung gemacht, als eine seidige, aber stählerne Hand mein Handgelenk umklammerte. »Samantha, *was* ist das?«

Panisch sah ich mich in der näheren Umgebung um. Hatte sie ihn gesehen?

Blasse Finger mit French Nails zupften am Riemen meiner Tasche. »Warum haben Sie Ihre Schultasche nicht bei der Garderobe abgegeben?«

Langsam drehte ich mich zu ihr um. »Mutter, da habe ich mein Portemonnaie und meine Schlüssel drin.« Und meinen Hund, bevor er seine große Flucht angetreten hatte.

Ihre roten Lippen verzogen sich nach unten. »Was ist mit der Tasche passiert, die ich dir zum Geburtstag geschenkt habe?«

»Sie passte nicht zu meinem Hosenanzug.« Ich deutete auf meine schwarze Anzughose und mein weißes Hemd. Ich erwähnte nicht, dass der Verkauf der geblümten fuchsiafarbenen Handtasche auf eBay Bilbo Baggins' jährlichen Tierarztbesuch sowie seine Herzwurmprophylaxe und Allergiemedikamente abgedeckt hatte.

»Fang bloß nicht mit dem Hosenanzug an«, murmelte sie und bürstete einen Fussel von meiner Schulter. »Also, wo ist deine Verabredung?«

»Meine Verabredung?«

»Ja, erinnerst du dich, ich habe dir gesagt, dass William Winford dich kennenlernen will.«

»Sie haben nicht erwähnt, dass es eine Verabredung ist.«

Ihre blauen, blasseren Augen als meine, wanderten zu meinem Kragen, den sie zurechtrückte. »Er ist sehr angesehen. Und brillant. Soweit ich gehört habe, hat er seinen Treuhandfonds verdreifacht.«

Lass sie bloß nicht mit Treuhandfonds anfangen. »Was ist sein Geschäftszweig, Drogenboss? Waffenschieber?«

Ihr Mund formte ein schockiertes, rotes *O.* »Samantha Renée Jones, du weißt genau, dass wir uns nicht mit solchen Leuten abgeben.«

»Mutter, das war nur ein Wi–«

»Du kannst deiner Familie vertrauen, dass sie nicht zulässt, dass du solchen Leuten zum Opfer fällst.«

Meine Lippen teilten sich. Sie würde doch nicht etwa hier meinen schrecklichen Fehler zur Sprache bringen, oder? Mein Herz raste.

»Samantha.« Sie legte eine Hand auf meinen Ärmel. »Du musst den Menschen vertrauen, die dich lieben. Wir helfen dir, einen Partner zu finden, der dich versorgen kann.«

»Ich kann mich selbst versorgen.« Vielleicht traf ich beschissene Entscheidungen bei Männern, aber ich brauchte sie nicht, um mich mit einem Partner zu verkuppeln. Ich hatte einen Plan für mein Leben. Ich verschränkte die Arme. »Das Letzte, was ich brauche, ist ein Partner.«

»Du brauchst Sicherheit. Ich habe diese Bruchbude gesehen, in der du wohnst. Das ist nicht …«

»Mutter.« Die große Hand meines ältesten Bruders legte sich auf die Schulter ihres Jackets.

»Ah. Jackson.« Ihre Stimme wurde beim Namen meines Bruders ganz sanft, so wie sie es bei meinem Namen nie war.

Er beugte sich vor, um ihre Wange zu küssen, aber sein schiefes Lächeln galt nur mir. »Ich brauche Sam für eine Minute.«

»Aber ich wollte sie gerade William Winford vorstellen. Weißt du, dem *Investmentbanker*.« Sie schürzte die Lippen in meine Richtung.

»Sie kann deinen Typen später kennenlernen. Ich habe jemand anderen im Sinn.«

Ich verengte die Augen. Mein Bruder verkuppelte mich nicht und versuchte auch nicht, mich als eine Art Schachfigur in seinem Geschäftsspiel zu benutzen. Aber unter Mutters Blick verriet er nichts.

»Na gut. Ich suche dich später, Samantha. Mit William.« Sie stakste davon, ihre Absätze klackerten auf dem Holzboden.

»Was zum Teufel, Jacks–«

»Du hast nicht zufällig diese übergroße Ratte, die du einen Hund nennst, mitgebracht, oder?« Er schnippte gegen meine Tasche.

Ich sog die Luft ein. »Hast du ihn gesehen?«

»Drüben am Charcuterie-Tisch.«

»Oh nein.« Dicht gefolgt von Jackson eilte ich zu dem Tisch, der mit Platten voller Fleisch und Käse beladen war. Ich ging in die Hocke und zog das Tuch hoch, das ihn bedeckte, aber der Platz unter dem Tisch war leer. »Er ist nicht hier.«

»Sam, warum bringst du deinen Hund zu Mutters Party mit?«

Ich stand auf und tätschelte meine Tasche, als ob Bilbo Baggins auf magische Weise wieder dort hätte auftauchen können, wo er hingehörte. Mit meinem Hund an meiner Seite hatten meine Hände aufgehört zu zittern, und mein Herzschlag hatte sich von Kolibri-Geschwindigkeit auf erschrockenes Kaninchen verlangsamt. »Ich weiß nicht.« Aber ich konnte nicht anders, als auf das riesige Banner mit dem überlebensgroßen Gesicht meines Vaters zu blicken.

Sein Lächeln verblasste. »Ich hasse es auch, Samwise. Aber die Leute zahlen viel Geld, um hierherzukommen und ausgefallenen Käse zu essen, und das Geld geht an einen guten Zweck.«

Dads liebster Zweck, das musste er nicht sagen.

»Ich weiß, aber –« Die Veranstaltungen der Jones Foundation waren die schlimmsten. Die Leute wollten über Bücher reden, die ich nicht mehr las, oder über Dad, was mein Herz so schmerzen ließ, als wäre er erst ein Jahr und nicht mehr als mein halbes Leben lang tot. »Warum können sie nicht einfach Schecks ausstellen und mich da raushalten?«

Er zuckte mit den Schultern. »Ob es dir gefällt oder nicht, du bist eine Jones.«

Ich konnte meinem Namen nicht entkommen, nicht hier in San Francisco. Aber eines Tages – in einem Jahr, wenn ich mein Dissertationsprojekt in die richtige Bahn lenken könnte – würde ich ausbrechen können. Ich würde eine Forschungsprofessur irgendwo weit weg in der Mitte des Landes finden, wo Mutter nicht hinfahren würde. South Dakota oder Iowa oder sogar Arkansas. Mir war es egal, wo, solange es dort keine Designer-Boutiquen oder Sponsoren gab. Alles, was ich brauchte, war ein Computerlabor und eine Wohnung, die groß genug für mich und –

»Bilbo Baggins«, zischte ich wieder, leise. Mit seinen riesigen Ohren hätte er mich selbst unter dem Lärm der feiernden Gäste hören müssen.

»Schau, wir teilen uns auf und suchen. Du übernimmst diese Hälfte des Raumes, und ich schaue drüben beim Buffet nach.«

»Was, wenn er nach draußen gelaufen ist?« Im umliegenden Park gab es Füchse und Falken, vielleicht sogar Kojoten.

»Dieser Hund würde dich niemals verlassen, Samwise. Er ist nur auf der Suche nach einem Snack. Wir werden ihn finden.«

Das Innere meiner Nase brannte ein wenig, als ich die Hand ausstreckte und Jacksons Arm drückte. »Danke.«

»Mach dir keine Sorgen. Das ist viel unterhaltsamer, als mit hochnäsigen Literaturtypen zu reden. Hey, erinnerst du dich, wie wir in dem Spiel, das wir zusammen gemacht haben, nach Gnomen gesucht haben?«

»Gnome Dome? Das ist Jahre her.« Uralte Geschichte. »Und Bilbo Baggins ist viel trickreicher als die Gnome, die wir programmiert haben.«

»Bei Snacks ist er ziemlich berechenbar.« Er zwinkerte, bevor er zum Buffet hinüberging.

Ich drehte mich wieder zu den Horsd'œuvre-Tischen. Er musste dort drüben sein und um eine Leckerei betteln. Ich suchte den Boden ab. Keine Spur von seinem schwarzen Fell.

Ein Lachen, satt und tief, erregte meine Aufmerksamkeit. Es war nicht das höfliche Kichern, das die Leute benutzten, um ihre meist vorgetäuschte Belustigung bei solchen Anlässen zu zeigen. Es war rein und hemmungslos. Und laut. Ich sah hinüber, um zu sehen, wer den sozialen Pakt gebrochen hatte.

Er war groß und … und leuchtete, als ob er von innen heraus brennen würde. Sein Haar hatte die gleiche Farbe wie der Himmel während der Waldbrände letzten Sommer, ein tiefes Rostrot. Goldene Sommersprossen bedeckten seine Haut. Er hatte den Körperbau von jemandem, der eine dieser Sportarten spielte, bei denen man einen Ball über ein Feld trägt, breit in den Schultern und nach unten hin schmal zulaufend. Jemand, der in einem pelzgefütterten Umhang mit einer Axt in der Hand natürlicher aussehen würde als in einem anthrazitgrauen Anzug, in dem er einen …

»Bilbo Baggins!« Ich kam vor dem Wikinger quietschend zum Stehen.

»Wie bitte?« Mit einer übergroßen, sommersprossigen Hand drückte er Bilbo Baggins enger an seine Brust. Er traf mich mit einem Paar blauer Augen. Nein. Sie waren grün. Goldene Sprenkel erleuchteten sie wie Funken. Seine Wimpern waren rot. Gab es einen nordischen Gott des Feuers? Denn dieser Kerl war ein Freudenfeuer, wohlig warm, aber auch knisternd vor Gefahr.

Ich sah nach rechts und links, bevor ich mich näher heranschob. Leiser sagte ich: »Das ist mein Hund. Bilbo Baggins.«

»Dieser Kerl hier?« Er blickte hinunter in Bilbo Baggins' hervorquellende braune Augen. Bilbo Baggins streckte seine rosa Zunge heraus, um das glatt rasierte Kinn des Mannes zu lecken, und wand sich dann in seinem Griff. »Er sieht eher aus wie Toto als ein Hobbit.«

Ich konnte keine Augenbraue hochziehen wie Natalie, aber ich hob beide. »Und macht dich das zur bösen Hexe des Westens, die meinen Hund entführt?« Filmzitate, die konnte ich. Dieser Kerl sah eher aus wie ein Footballspieler als ein Bibliothekar; wenn wir im seichten Wasser blieben, müsste ich meine literarische Unwissenheit nicht verraten.

Ein Lächeln breitete sich wie Honig auf seinem Gesicht aus. »Entführung? Eher sichere Verwahrung. Es scheint, als wäre Bilbo Baggins bereit für ein Abenteuer. Um etwas Aufregung in sein eintöniges Leben zu bringen.«

»Aufregung wird überbewertet.« Mein Magen zog sich zusammen. Ich konnte Bilbo Baggins nicht einmal in die Augen sehen. »Ich weiß, ich hätte ihn nicht mitbringen sollen. Es ist nur so, dass …« Ich presste die Lippen aufeinander. Ich konnte diesem Fremden nicht erzählen, dass ich meinen winzigen Hund brauchte, um die Emotionen abzuwehren, die mich hier bedrohten.

»Hey, hey.« Er wartete, bis ich wieder aufsah. »Schon gut. Er ist jetzt in Sicherheit. Siehst du? Ich hab ihn.« Bilbo Baggins seufzte und schmiegte sich an seine Brust.

Ich wünschte, ich hätte mich auch an ihn kuscheln können.

Der Mann kicherte. »Klar, es ist genug Platz für euch beide.«

»Scheiße, das habe ich laut gesagt, oder?«

»›Kein Erbe ist so reich wie die Ehrlichkeit.‹« Er blickte sich im Raum um. »Obwohl man das von dieser Gesellschaft hier nicht behaupten könnte.«

Ich legte den Kopf schief. »Das klingt nach Benjamin Franklin.«

»Shakespeare, um genau zu sein.«

»Oh.« Trotz seines Aussehens, trotz seiner Einschätzung der Besucher der Spendenveranstaltung war er einer von den Literaturtypen. »Ich nehme Bilbo Baggins jetzt wieder.«

Seine roten Augenbrauen zogen sich zusammen, aber er streckte Bilbo Baggins zu mir aus, und mein Hund paddelte mit seinen winzigen, flauschigen Pfoten direkt in meine Arme. Ich schmiegte ihn eng an meine Brust. Zu eng, wie ich feststellte, als er einen Rülpser von sich gab.

»Du hast ihm nicht zufällig Käse gefüttert, oder?«

Der Wikinger entrollte seine andere Hand und zeigte mir eine zerknüllte Serviette mit einem einzigen orangefarbenen Würfel. »Nur ein oder zwei Stückchen.«

Ich verzog das Gesicht. »Ich bringe ihn hier raus, bevor er … bevor er Magen-Darm-Probleme bekommt, meine ich.« Ich rümpfte die Nase. »Er verträgt keine Milchprodukte.«

»Tut mir leid. Es schien ihm zu schmecken.« Seine Stimme war, wie sein Lachen, tief und satt. Ich konnte Bilbo Baggins nicht verdenken, dass er zu ihm gelaufen war. Verdammt, ich würde mich an diesen Mann kuscheln, während er mich mit Snacks füttert.

Ein Hauch von strengem Käsegeruch stieg mir in die Nase. Ich hievte Bilbo Baggins in meine Tasche.

»Er mag Käse, bis zu dem Moment, in dem sein kleiner Darm nachgibt.« War das zu viel Information? Wahrscheinlich. Wenn ich nervös war, war mein Mundwerk hemmungsloser als Bilbo Baggins' Verdauung nach dem Verzehr von Münsterkäse.

Er zuckte zusammen. »Das tut mir wirklich leid.«

»Schon gut. Das gibt mir eine Ausrede, um früher zu gehen.« Aber meine Füße blieben genau dort vor dem freundlichen Riesen stehen, der meinen Hund gerettet hatte.

»Ich bin Niall Flynn.« Er streckte seine rechte Hand aus.

»Samantha.« Meine Hand verschwand in seiner viel größeren, seine Finger waren so lang, dass sie die empfindliche Haut an meinem Handgelenk berührten. Mein Herzschlag beschleunigte sich, und ich sog die Luft ein.

Er verzog das Gesicht. »Entschuldigung. Raue Hände.«

Es stimmte. Schwielen machten seine Handfläche und jeden der Finger, die den Rücken meiner Hand bedeckten, rau. Die meisten Männer bei solchen Veranstaltungen taten nichts Anstrengenderes als eine Maus zu klicken, und ihre Hände waren glatter als meine. Niall musste ein Sportler sein. Die Stiftung arbeitete mit ein paar Profisportlern zusammen.

»Schon gut. Ich – ich mag das.« Ich beäugte, wie sich die Ärmel seines Sakkos über seinen Bizeps spannten. Meine Freundin Marlee würde mir sagen, ich solle es wagen. Flirten. Mit ihm etwas trinken. Aber ich war keine Marlee. Ich muss im Computerlabor gewesen sein, als die Lektionen über Haare-Zurückwerfen und Small Talk verteilt wurden. Auf der Gesprächsskala von leichtem Geplänkel bis zu todernst landete ich meistens bei elf – intensiv.

Als mir klar wurde, dass er immer noch meine Hand festhielt, zog ich sie aus seinem Griff. »Also, danke, dass Sie Bilbo Baggins davor bewahrt haben, von jemandes Absatz aufgespießt zu werden.«

»Warte.« Er musterte mich, ein langsames Betrachten meines Gesichts, so wie manche Leute Kunst betrachten, nicht wie die Kopfrechnung, die die meisten Leute anstellten, wenn sie eine Jones ansahen.

Ich blinzelte. »Habe ich etwas im Gesicht?«

Er schüttelte den Kopf. »Entschuldigung, ich – ich war wohl nur überrascht, jemanden wie dich hier zu finden.«

»Jemanden wie mich?« Ich rümpfte die Nase. »Was soll das heißen?« Was hatte er in unseren zehn Minuten zusammen über mich herausgefunden?

»Jemanden … der echt ist. Und doch nicht. Es ist, als würdest du dich bei Sonnenuntergang in eine Waldkreatur verwandeln.« Sein Gesicht wurde rot, sogar die Sommersprossen.

»Wie in *Der Tag des Falken?*«

»Ja, wie –«

»Niall! Da sind Sie ja.« Eine Frau ungefähr meiner Größe, mit lockigem dunklem Haar und gelbbrauner Haut, packte Nialls Ärmel. Eine Salve von Klicks hinter ihr verriet mir, dass sie einen Fotografen mitgebracht hatte. Ich zuckte zusammen und drehte dem Geräusch den Rücken zu. »Was machen Sie hier versteckt? Wir müssen dafür sorgen, dass Sie unter die Leute kommen.«

»Ich habe mit Samantha gesprochen.« Er streckte seine Hand zu mir aus. Auf keinen Fall würde ich mich in sein Fotoshooting hineinziehen lassen. Jedes Klicken des Auslösers verstärkte das kalte Gewicht in meinem Bauch. Wie konnte ich mich nur wieder so getäuscht haben? Er war kein sanfter Riese. Er war irgendein Prominenter, der hier war, um für Publicity Geld locker zu machen.

Oder schlimmer noch, er war wie Stephen, der mich in seine Falle lockte und nur darauf wartete, sie zuschnappen zu lassen. Irgendwie hatte er mich mit der Familie Jones in Verbindung gebracht, obwohl ich ihm meinen Nachnamen nicht genannt hatte. Verdammt sei dieses lächerliche Familienporträt, das sie bei diesen Veranstaltungen auf eine Staffelei stellten. Ich war zehn gewesen, mit meinem glatten dunklen Haar in einem Zickzack-Scheitel, einem Lächeln mit geschlossenem Mund, das meine Zahnspange verbarg, und Augen, die zu groß für mein Gesicht waren. Jetzt war mein Haar zu einem tiefen Pferdeschwanz zurückgebunden und die Zahnspange war weg, aber ich sah immer noch aus wie dieses vorpubertäre Kind, das zu ahnungslos war, um zu wissen, dass es kurz davor stand, seinen Vater zu verlieren.

Der Blick der Frau richtete sich auf mich, noch durchdringender als der von Niall gewesen war. »Wie ist Ihr Nachname, Samantha?«

»Gabi«, sagte Niall, »ich brauche noch eine Minute mit Samantha.« Normalerweise mochte ich meinen vollen Namen nicht, aber die Art, wie er in seiner tiefen Stimme hervorrollte, ließ mich erschaudern. Oder vielleicht war das ein warnendes Beben von Bilbo Baggins. Was konnte Niall in einer weiteren Minute tun wollen? Die Hundehaare für ein Foto von meinem Hosenanzug bürsten? Einst war ich bereit gewesen, eine Dekoration am Arm eines Mannes zu sein, für Fotos zu lächeln, die ich nicht wollte. Nie wieder.

Ich hob die Handflächen vor meiner Brust, als könnte ich sie beide wegstoßen. »Schon gut. Wir sind fertig. Nett, Sie kennengelernt zu haben, Niall.« Ich schritt zum Ausgang und ließ Niall und sein Gefolge vor dem Charcuterie-Tisch zurück.

Als wir ein Rasenstück vor dem Museum erreichten, sprang Bilbo Baggins aus meiner Tasche, um sich des bösen Käses zu entledigen, und starrte mich an, als hätte ich ihn verraten. »Das war dein neuer Freund, Niall, der dich vergiftet hat«, sagte ich, als ich die Sauerei beseitigte. »Und er war es absolut nicht wert. Er ist genau wie dieser Winford Sowieso. Will mich als Ausweis benutzen, um auf solche Scheißpartys zu kommen.« Ich schüttelte den Plastikbeutel mit Hundekot. »Ich bin niemandes goldene Eintrittskarte. Ich mache meinen Doktor und verschwinde von hier. Verstanden?«

Bilbo Baggins legte den Kopf schief.

»Ich weiß. Du verstehst es.« Ich warf den Beutel in den Müll und rieb meine Hände mit Desinfektionsgel ein.

Als ich die Leine an seinem Halsband befestigte, summte mein Handy aus der Außentasche meiner Tasche. Dr. Martells Klingelton. Normalerweise respektierte er meine Wochenenden. Vielleicht hatte er einige Tests vergessen, die er benotet haben musste.

»Hallo, Dr. Martell.«

»Samantha. Ich dachte, ich würde Ihre Mailbox erreichen. Hatten Sie heute Nachmittag nicht irgendeine Party?«

»Ich – ich bin schon fertig.« Ich führte Bilbo Baggins zu einer Bank, setzte mich und streifte meine Absätze ab.

»Gut. Gut.« Ich konnte förmlich hören, wie sein Gehirn in den Forschungsmodus zurückschaltete. Ich hatte den Fokus meines Betreuers auf das Wichtige immer gemocht.

»Wir müssen über Ihre Forschung sprechen. Montagmorgen um neun, in meinem Büro.«

Mein Magen grummelte, als hätte ich auch den schlechten Käse gegessen. »Ich weiß, es lief nicht so gut, aber –«

»Machen Sie sich keine Sorgen, Samantha. Es ist eine Gelegenheit.«

Die letzte Gelegenheit, die er mir gegeben hatte, hatte mich in eine Sackgasse geführt, und ich versuchte immer noch, das

Projekt wieder in die richtige Richtung zu lenken. »Eine Gelegenheit.«

»Sie werden es lieben. Bis Montag.«

In seiner Stimme lag keine Frage. Er war nicht nur für mein Stipendium, sondern auch für meine Promotion verantwortlich. Ohne seine Unterschrift auf meiner Dissertation wäre ich die Dr.-freie Version von Samantha Jones, unfähig, die Forschungsposition zu bekommen, die ich zur Flucht brauchte. »Okay«, sagte ich.

Er hatte bereits aufgelegt.

Ich ließ das Handy in meine Tasche fallen. »Gehen wir nach Hause, Bilbo Baggins.« Ich schlüpfte wieder in meine Schuhe und stand auf. Vorbei an der Reihe schwarzer Mercedes, Bentleys und Jacksons protzigem gelben Lamborghini trottete ich zur nächsten Bushaltestelle.

———

Umweg gesucht ist als Taschenbuch bei deinem Lieblingshändler erhältlich.

ÜBER DEN AUTOR

Michelle McCraw liebt es, Liebesromane zu lesen und in der Tech-Branche zu arbeiten. Eines Tages beschloss sie, ihre beiden Interessen zu kombinieren, und jetzt schreibt sie heiße, nerdige Contemporary Romance, die dich vielleicht zum Lachen bringen wird. Ihre Bücher zeigen Charaktere, die ungeniert Wissenschaft, Ingenieurwesen und Technologie lieben.

Als gebürtige Texanerin hat Michelle während Schneestürmen in Neuengland Schnee geschaufelt und im Mittleren Westen auf eine Schneefräse aufgerüstet. Jetzt nennt sie Georgia ihr Zuhause, wo sie den Schnee ÜBERHAUPT NICHT vermisst. Sie liest gerne, reist, trinkt Bourbon und verwöhnt ihren außergewöhnlich schlecht erzogenen, aber bezaubernden Hund. Sie war Finalistin im RWA Vivian Contest, im Stiletto Contest der Contemporary Romance Writers und im Four Seasons Contest der Windy City Romance Writers.

facebook.com/MichelleMcCrawAuthor

instagram.com/MMOWriter

amazon.com/author/michellemccraw

goodreads.com/MichelleMcCraw

bookbub.com/authors/michelle-mccraw

BÜCHER VON MICHELLE MCCRAW

Synergy Series

Kollege gesucht

Scheinbeziehung gesucht

Umweg gesucht

Boss gesucht

Erinnerung gesucht

Versuchung gesucht

40 and Fabulous

Fashion and Passion

Frenemies and Lovers

Books and Hookups

Conspiracies and Chemistry

Advances and Retreats

Marriage and Trouble

Sugar and Spice